La rivière
en colère

Dans la collection Rouergue en poche

1. *La Gantière*, de Daniel Crozes
2. *Les Chapeaux d'Amélie*, de Daniel Crozes
3. *Mademoiselle Laguiole*, de Daniel Crozes
4. *La Pomme bleue*, de Roger Béteille
5. *L'Orange aux girofles*, de Roger Béteille
6. *La Vengeance de Laura*, de Roger Béteille
7. *Le Pain blanc*, de Daniel Crozes
8. *L'Héritier*, de Daniel Crozes
9. *Julie*, de Daniel Crozes
10. *La Rivière en colère*, de Roger Béteille
11. *Le Vieux cévenol et l'enfant*, d'André Gardies

Photographie de couverture : © plainpicture/Vanessa Chambard

www.lerouergue.com

ROGER BÉTEILLE

La rivière en colère

roman

ROUERGUE

À Jean Évrard, très amicalement

Première partie

LA VALLÉE TRAHIE

1

Bleu très haut. Simplement bleu. Totalement bleu. Verts en deux touches : émeraude sourde le long de la rivière, céladon clair dans les prés caressés de lumière. Il est des lieux et des moments où le temps semble s'arrêter sur les couleurs qui composent le bonheur.

L'homme progressait, lèvres serrées. Insensible. Incapable de s'émerveiller à la vue de cette nature en deux teintes, les yeux et l'esprit entièrement occupés par ses projets et ses réflexions.

Il avait passé la nuit à l'hôtel des Voyageurs, dormi jusqu'au matin sans s'éveiller un seul instant, ce qui ne lui arrivait jamais à Paris, où les heures d'insomnie l'épuisaient. Mais, il s'était levé de mauvaise humeur, en constatant qu'il n'y avait pas de téléphone dans la chambre et qu'il lui était donc impossible de faire monter son petit-déjeuner.

Au bar, des buveurs matinaux l'avaient observé, en descendant leur blanc, et il craignait qu'ils se fussent demandé pourquoi il se trouvait dans leur bourg reculé du Massif central, peu habitué au séjour de touristes en dehors du plein été.

Sortir du village exposait aussi aux regards. Il lui avait fallu traverser la grand-place de Pradelles-le-Château, parcourir une rue étroite qui se transformait ensuite en une route déserte, sur laquelle on ne pouvait que trop remarquer la présence d'un étranger, pendant un kilomètre au moins.

Lorsque, au terme de cette distance qui lui avait semblé démesurée, un virage en épingle à cheveux avait ployé la chaussée contre le versant opposé, sa respiration s'était enfin libérée. Il s'était enfoncé dans un sentier conduisant vers le cours d'eau, coulant en contrebas. Assez pour qu'on ne le vît plus, mais dans un endroit d'où il distinguait encore parfaitement chaque détail du paysage.

L'homme se jugea satisfait : il avait bien cerné les choses au cours d'une première visite rapide, quelques mois plus tôt. Ce serait de ce gros village aux prétentions de bourgade que tout serait organisé. Il regretta la rusticité de l'hôtel, mais cet inconfort revêtait-il de l'importance ? Lui s'accommodait de tout et, quand ses amis de Paris viendraient, ils verraient bien !

La marche le long de la rivière se révélait pénible. Tantôt le sentier longeait l'eau et se mouillait dans des flaques luisantes, héritées des pluies ou de légers débordements anciens ; tantôt il partait à l'assaut de méchants rochers ou de broussailles impénétrables.

Des branches flagellaient le visage de l'intrus. Les tiges bleutées des jeunes saules filaient entre ses doigts, quand il les saisissait pour assurer son avancée.

On eût dit que ses intentions secrètes étaient percées à jour et que la végétation, stimulée par une abondante montée de sève, se défendait contre un danger à venir, rejetant cette forme humaine qui tentait de s'insinuer dans la vallée, d'y prendre pied subrepticement.

La haute région qui s'élevait en monts rudes derrière Pradelles-le-Château était-elle si repliée sur elle-même qu'elle rejetait n'importe quel excursionniste ? Ou pressentait-elle en lui un ennemi ?

Autour de midi, quand la fatigue commença à obscurcir son raisonnement, il n'écarta plus complètement cette dernière idée, même s'il la tenait pour insensée et indigne de son souci obstiné de garder la tête froide en toute circonstance.

Elle ressurgit aux moments les plus torrides des heures qui suivirent, le long des pentes raides ralentissant sa marche. Il lui semblait que les promontoires rocheux qui le dominaient l'accusaient, ployant leurs échines hérissées de bruyères, pointant vers lui des doigts gigantesques avec leur peau de caillasses dénudées.

Face à cette hostilité vague, qu'il avait rarement ressentie ailleurs, il peinait avec une espèce d'entêtement, les lèvres sèches, se raccrochant à la volonté imparable qu'il mettait à toutes les missions qu'on lui confiait.

Soudain, le paysage changea. Au défilé chaotique succédait un panorama de bois et de prés, où se devinaient des gorges et des conques de verdure plus amples. Le couvercle du ciel s'élargissait, diffusant une belle lumière sur le fouillis des versants qui restaient abrupts.

Le marcheur se figea.

– C'est ici ! murmura-t-il d'une voix étrangement rauque, qui semblait provenir du plus profond de lui-même ; plus profond que sa gorge, peut-être même d'une transe mystérieuse qui tendait son corps et son énergie.

– Ce sera ici, se convainquit-il, après un temps pendant lequel toute son intelligence se mobilisa pour analyser et évaluer ce que ses yeux voyaient.

Il sortit un bloc à écrire d'une sorte de sacoche qu'il tenait à la main. Avec beaucoup d'attention, il esquissa plusieurs croquis panoramiques et des vues plus détaillées. Puis, d'un œil expert, il parut mesurer des distances, qu'il reporta en petits chiffres parfaitement calligraphiés sur les feuilles de papier.

Ces énigmatiques dessins achevés, il écouta pendant de longues minutes. Des chants insignifiants d'oiseaux fusaient des fourrés à intervalles irréguliers. D'en haut tombait la plainte répétitive d'un rapace affamé. L'individu haussa les épaules, tant ces cris lui étaient indifférents.

Mais il possédait un sixième sens qui l'avertit d'une présence humaine. Lointaine encore, imprécise quelque part dans les châtaigneraies ou les prairies, mais bien réelle.

– À toi de jouer, Corton, décida-t-il, en s'adressant à lui-même.

Il sourit en pensant au rôle un peu ridicule qu'il avait choisi de simuler. Cependant, il banda aussitôt son instinct de prudence et d'observation, tel un chien d'arrêt qui flaire la marque d'un gibier encore mal identifié.

– C'est le moment de se montrer vrai pêcheur ! Allons-y ! persifla-t-il, heureux d'avoir eu cette idée bizarre.

Il ouvrit un long fourreau verdâtre qu'il portait en bandoulière. Il en extirpa les cinq ou six brins d'une canne à pêche en beau roseau moiré de roux, dont les viroles de cuivre rougeoyèrent au soleil.

Il s'appliqua au montage, puis à la mise en place du crin sur le moulinet, vérifia l'hameçon avec soin. Il déplia aussi une musette à poisson, cachée dans le sac de transport de l'attirail, et la garnit de quelques rameaux de fougères comme le font les pêcheurs soucieux de la fraîcheur ou du confort de leurs prises mortes.

– Mes vers ? grogna-t-il en cherchant une boîte d'asticots, achetés la veille à Pradelles-le-Château, avec tout le reste de l'équipement.

Corton jeta son dévolu sur une petite gorge, rive droite de la rivière principale. Le ruisseau qui l'avait entaillée dans le haut plateau roulait des eaux presque calmes, même si son débit d'hiver devait être impressionnant. De larges prés le bordaient, sans pente véritable, autorisant de longs biefs tranquilles. En bas des versants, deux ou trois champs exigus indiquaient qu'on pouvait cultiver des céréales ou des pommes de terre. Au-dessus, s'élevaient des bois.

La découverte de cette thébaïde verdoyante contraria l'amateur de poisson d'occasion, car il eût préféré déboucher dans un bout du monde sans vie. Mais il décida de suivre exactement le cours de ce torrent assagi par un printemps sec, même si le maniement de la longue canne à travers les aulnes et les saules se révélait extraordinairement malaisé pour quelqu'un d'inexpérimenté.

– Vous pêchez ? demanda Hilarian Boudet, avec cette manière des gens qui constatent et qui questionnent en même temps.

– Oui… C'est pas facile par ici.

– Vous devez pas être un ravageur de rivière…

L'inconnu leva des yeux lisses vers le paysan, ne paraissant pas bien comprendre la raillerie de son interlocuteur. Il accentua l'aspect inexpressif de son visage, concentrant en apparence son attention sur l'asticot accroché à l'hameçon.

Les choses s'engageaient bien. Le péquenot de ce désert de verdure le prenait pour un touriste, traqueur de truites, mais incapable de capturer un vairon au bout de sa gaule de concours. Il était ravi de lui parler avec une condescendance teintée d'un peu de mépris ironique. Il allait se départir de la moindre méfiance.

– Et vous ?

– Moi ? Je garde ma vache, rigola Hilarian Boudet, en montrant une petite bête rousse au museau noir, superbement encornée.

– Votre vache ! Vous n'en avez qu'une ?

– Je pourrais en tenir cinq ou six, assura Hilarian, en se raidissant soudain.

– Les prés sont beaux par ici, observa Corton, à qui l'ombre passant dans le regard du paysan n'avait pas échappé.

Hilarian Boudet était le dernier habitant d'un hameau qui avait compté trois fermes autrefois. Il était heureux de voir des pêcheurs monter jusque dans son chaudron, à l'anse de ciel azur, d'Igues-Basses. Ses traits secs s'illuminaient quand il se lançait à leur intention dans d'interminables explications sur la vie des poissons et du ruisseau.

– Vous attraperez rien : l'eau est trop claire aujourd'hui, prédit Hilarian Boudet.

– Je serais vexé de rentrer bredouille, mentit Corton avec prudence.

– Vous fatiguez pas. Je peux arranger ça. Venez à la maison.

– Une truite… Une seule truite. Je serais si fier de la montrer…

– Vous êtes un type curieux. Les autres ont honte d'accepter. Vous, ça paraît vous amuser, constata le vieux, dérouté par la facilité avec laquelle ce quidam novice renonçait à ses prétentions de fine gaule, que semblait annoncer la longueur de sa canne de luxe.

– Vous avez un secret pour prendre du poisson ?

– Secret ? Filets, nasses, tramail, cordes et foëne pour les anguilles : tout est interdit ! Mais j'emmerde le garde, s'amusa Hilarian.

– Il peut vous surveiller, caché dans les châtaigneraies et vous tomber dessus par surprise.

– J'ai ma chienne. Elle vous avait reniflé. Je savais que quelqu'un approchait. Elle débusque le gibier à deux pattes au plus loin. Et le garde mieux que les autres !

– Vous avez de la chance de posséder une telle bête… admit Corton avec douceur.

– À Igues-Basses, on fait notre république. L'étranger qui viendra me commander ici est pas encore né ! s'exclama Hilarian Boudet.

Les mots contenaient de la plaisanterie et de la vantardise facile, mais le vieux paysan fixa subitement son visiteur avec une lueur farouche dans le regard. Celui-ci fut saisi d'une impression désagréable, comme si cette affirmation d'indépendance, aussi imprévue que naïve, pouvait perturber ses projets secrets.

– Pliez votre attirail et venez, le pressa le solitaire d'Igues-Basses, impatient de commencer une heure de conversation.

De quelle nuit des temps datait l'installation du premier habitant du hameau semi-abandonné ? On devinait que les hommes avaient lentement façonné ce havre perdu, lové dans une nature à la fois inquiétante et favorable.

Les maisons pouvaient regarder de haut les colères du ruisseau. Établies sur un petit replat de terrain, elles avaient nargué n'importe laquelle de ses crues centennales. Elles étaient tout autant à l'abri des gelées les plus sévères, blanchissant les prairies au plus fort de l'hiver, alors que les rayons réconfortants des soleils précoces du printemps devaient les réchauffer dès le matin.

Une abeille exploratrice vint tournoyer autour des deux hommes. Le faux pêcheur s'agita, dans un geste de défense instinctif et maladroit. Hilarian Boudet se mit à rire.

– Bougez pas comme ça… Même si elle vous piquait, ce ne serait pas la mort de Turenne !

– Vous en parlez à votre aise…

– Regardez le rucher, là-haut. Il est au bout de mon jardin. J'y travaille pendant une heure ou deux chaque jour, au milieu de ces demoiselles.

L'étranger suivit la grosse pogne d'Hilarian Boudet qui lui désignait le potager, serti de quelques bouquets de jonquilles et de corbeille d'or en pleine floraison déjà. Effectivement, un rangée de ruches s'y devinait, tout contre un mur de pierre sèche.

Celui-ci n'était que le tronçon le plus proche d'un étonnant escalier de terrasses, découpant la pente en petites planches de terre noire, rendues faciles à cultiver par la peine de ceux qui avaient dressé les murets et aplani les parcelles minuscules.

Elles n'appartenaient pas toutes à Hilarian Boudet, c'était évident. Mais leur abandon n'était pas assez ancien pour que les schistes se fussent écroulés. Depuis le départ de leurs propriétaires, enfuis vers quelque grande ville, ils s'arc-boutaient de leur mieux pour ne pas céder à la tristesse de cet abandon, qui les minait, tout comme le cancer sourd des racines de broussailles qui proliféraient et qui disjoignaient leurs corps de blocs serrés.

Des chemins de chars traçaient de jolies arabesques chevelues, aux teintes d'herbes folles, débouchant sur des tènements insignifiants. Sur la droite du paysage, une longue coulée de végétation plus drue que celle du voisinage ourlait une longue barre de rochers quartzeux, légèrement couchée. Corton y devina une faille, du fond de laquelle devait sourdre une source d'eau vitale, ayant fixé les premiers occupants de ce lieu éloigné de tout.

Cependant, ceux-ci n'avaient pu vivre sans rencontrer d'autres hommes. Ils avaient lutté pour tailler une mauvaise voie carrossable, peu à peu améliorée pour devenir une étroite route empierrée. Corton suivit des yeux le tracé compliqué de ce cordon ombilical, déjà jaune de poussière sèche, reliant le hameau au reste de la commune et du monde.

– C'est beau, non ? demanda naïvement Hilarian, en scrutant le regard de son invité, espérant y lire au moins une part infime de l'émotion qui s'emparait de lui chaque fois qu'il contemplait l'écrin vert de sa vie, pourtant si familier.

– Je n'avais jamais vu des buis aussi hauts, observa Corton, en remarquant les touffes centenaires, piquées au-dessus des habitations, devenues de véritables arbres.

Il ne put réprimer un éternuement, provoqué par leurs pollens impalpables, qui grattaient les narines. Sa voix ne contenait ni vibration ni acquiescement à l'espoir du vieux paysan, qui regretta pendant une fraction de seconde d'avoir invité un être aussi insensible à pénétrer chez lui.

– Entrez, dit-il pourtant.

La salle dans laquelle Hilarian traînait ses heures lorsqu'il ne travaillait pas dehors foisonnait d'objets hétéroclites, capharnaüm étonnant, d'où émergeait la table de ses repas, encombrée de couverts, datant sans doute du matin ou de la veille.

L'inconnu embrassa tout d'un seul regard : les poutres enfumées portant une perche à saucisse, le foyer à peine rougeoyant d'un reste de braise, le fouillis de la souillarde ouverte, des vêtements et des chaussures dispersés. Il fixa le vieux, attendant peut-être une excuse banale, comme en font les ménagères populaires, conviant quelqu'un à pénétrer dans leur cuisine récurée au dernier carat. Mais, pour Hilarian, le désordre domestique était sans doute naturel.

– Asseyez-vous. Vous mangerez une tartine de miel. Vous serez réconcilié avec mes abeilles, proposa-t-il en retrouvant sa bonne humeur.

– Pour ma truite, vous avez une réserve à poissons ? s'enquit Corton, continuant à jouer son personnage de pêcheur débutant ou maladroit.

– Oui, j'en fournis à deux ou trois restaurants des alentours, confia le paysan braconnier.

– Merci de m'éviter de rentrer bredouille, articula l'hôte de circonstance en forçant sa modestie.

Au cours de ses missions, il avait rencontré tous les types d'hommes, mais aucun ne l'avait dérouté autant que ce vieux. Il examinait Hilarian Boudet, se déplaçant dans la salle sombre, à la recherche du pain et du miel dans un buffet, de verres aussi.

Son amabilité, sa naïveté apparente mettaient Corton mal à l'aise, bien qu'il possédât un esprit cuirassé. Où était la faille de cet être si simple, qui paraissait si heureux ? Quelles faiblesses secrètes permettraient d'avoir barre sur lui, de lui imposer des décisions prises à son sujet, de le faire plier s'il se rebiffait ?

– Du vin de ma vigne, il vous trouera pas l'estomac, comme le pinard du Midi, assura Hilarian.

– Vous parvenez à faire du vin à cette altitude ?

– Du bon, je vous dis ! Parce que je sais entretenir ma futaille, pour bien le conserver.

– En somme, vous produisez tout ce dont vous avez besoin ?

– Oui. Ici on est maître chez soi.

Les yeux du solitaire avaient lui d'un éclat d'acier, qui ne s'accordait pas avec l'impression de fragilité que donnait son corps amaigri. Son invité perçut parfaitement la force de volonté qu'exprimait cette brillance subite du regard.

– Maintenant je vais rentrer à Pradelles. Donnez-moi le poisson. Je vous le paierai au prix des restaurants.

– Payer une malheureuse truite de pêcheur capot ! Vous rigolez ! s'esclaffa le braco.

Le visage de son hôte se crispa. Il était enfermé dans son personnage de chevalier maladroit de la gaule, jusqu'à en devenir franchement ridicule face à la générosité candide d'Hilarian.

– Je veux payer.

– Moi, je veux vous donner cette truite.

Le vieil homme se mit à rire, sentant confusément que l'esprit de son interlocuteur flottait. Mais il ne força pas son avantage, même si une curiosité vague et l'impression de percevoir quelque chose de trouble chez cet inconnu le poussaient à lui poser des questions.

– Buvez. Un autre verre ne sera pas de trop pour redescendre à Pradelles, conseilla-t-il.

Soudain, des roues ferrées écrasèrent les pierres et les graviers de la cour. Hilarian Boudet serra les lèvres comme s'il était fâché qu'on interrompît son tête-à-tête avec l'étrange visiteur de l'après-midi.

– Bougez pas. Une pratique*, à coup sûr… marmonna-t-il.

– Vous vendez autre chose que des poissons ? hésita Corton, mécontent d'être vu par l'arrivant, dont la carriole venait de s'arrêter, projetant des rayures d'ombre sur une fenêtre basse éclairant la pièce.

– Vous, vous voyez l'argent partout ! le rabroua Boudet.

Corton se replia sur lui-même, guettant par en dessous la silhouette et le visage de l'arrivant, qui franchit le seuil sans s'annoncer. C'était un homme entre deux âges, carré comme une armoire, les traits durcis par de nombreuses rides et par une moustache épaisse et tombante. Quand il eut les deux pieds dans la cuisine, il s'arrêta et ne parut voir qu'Hilarian.

– Assieds-toi, proposa celui-ci en souriant.

– Je peux pas. Je suis raide comme un verre de lampe. Tu l'as su en me voyant, dès que je suis descendu de voiture. Te fous pas de moi parce que tu as de la compagnie !

– Oui, j'ai entendu ta démarche. Tu cloches de la patte gauche.

– Je peux compter sur ce que tu as dans les mains ? demanda l'individu, incapable d'apprécier la raillerie aimable, parce qu'il souffrait.

– Pose ta sciatique sur une chaise ! continua de plaisanter Hilarian Boudet.

Corton se garda de dévisager franchement l'arrivant, pas plus qu'il ne parut prêter attention à

* Un client.

l'évocation d'un pouvoir de guérison du solitaire d'Igues-Basses.

– Sortez, commanda tout à coup Hilarian, après avoir laissé s'établir un silence total.

Ses traits s'étaient figés. Corton devina qu'il prenait possession de son patient, qu'il concentrait tout son savoir et tout son influx pour venir à bout des douleurs de ce dernier par des invocations ou des gestes mystérieux, dont il gardait jalousement le secret.

– Excusez-moi : ce sont des choses qui doivent rester entre celui qui pâtit et moi, expliqua-t-il à Corton, en le rappelant, dès qu'il eut terminé sa manipulation mystérieuse.

– Vous êtes guérisseur ?

– Non. Je rends seulement service aux gens, se défendit le vieux paysan.

– L'écoutez pas ! Guérisseur, rhabilleur de membres cassés : le meilleur du pays ! affirma l'individu, heureux d'un réel soulagement de ses souffrances.

– Puisque Émilien Maillebuau, le maire d'Albepeyre, vous le dit, je veux bien être un peu guérisseur ! s'amusa Hilarian Boudet, auquel les couleurs revenaient.

Corton ne croyait pas aux pouvoirs occultes. Mais en rentrant dans la pièce, il avait remarqué la pâleur de ce dernier, comme si une fatigue immense l'accablait à la suite de ses gestes de thaumaturge.

Puis, peu à peu, Hilarian se détendit. Cependant, un afflux de sang empourpra ses joues et ses tempes avec une espèce de violence. On eût pu croire que le vieil homme avait flotté dans le surnaturel et l'inexplicable pendant tout le temps de ses gestes de guérison et que son retour dans le monde ordinaire le secouait.

– Tu as des nouvelles de ton fils ? demanda Émilien Maillebuau, avec l'intention évidente de manifester une amabilité à la hauteur du soulagement de ses reins.

– Pas plus que d'habitude… Il est toujours à Paris, à faire le bistrot. Mais il a changé : vers les beaux quartiers.

– Il reviendra plus à Igues-Basses : il gagne trop d'argent maintenant et sa femme préfère les beaux magasins de Paname à la mercerie d'Albepeyre…

Émilien regretta aussitôt sa phrase, qui coulait pourtant de source dans ce genre de conversation entre paysans dont les garçons montaient dans la capitale pour se constituer un pécule ou pour goûter à la liberté de la grande ville.

– Il reviendra ici, sache-le ! articula Hilarian Boudet, dont les yeux s'allumèrent soudain de violence, mais peut-être aussi d'un doute lancinant, qui hantait ses nuits sans sommeil.

– Ne dis pas « Fontaine, je ne boirai pas de ton eau ». Un jour, il t'achètera un bel appartement à la sous-préfecture, avec l'argent de Paris ; et tu laisseras ta glacière pour aller y vivre au chaud pendant l'hiver ! crut bon d'insister Maillebuau, en s'enferrant dans son raisonnement, en forme de plaisanterie bienveillante.

– Je croyais pas que tu avais des idées comme celles-là ! se raidit Hilarian Boudet, la figure sombre.

– Tout de même, votre ami a peut-être raison, l'hiver doit être long par ici, ajouta Corton, comme le torero esquisse un mouvement infime du poignet pour faire luire le rouge de la cape, afin de tester les réactions de son adversaire.

– Hiver ou été, je partirai jamais d'ici. Mon fils fauchera les foins dans un an ou deux au plus tard ! s'énerva de nouveau Hilarian.

– Nous pourrions aller à votre réserve, suggéra Corton, en comprenant qu'il ne devait ni poursuivre ce genre de conversation ni s'éterniser dans la maison du vieux.

– Oui, je vais vous donner votre pêche, se radoucit celui-ci, en se levant.

– Ce brigand profite des touristes comme vous, assura le maire d'Albepeyre, trop heureux de se situer de nouveau sur le ton de la raillerie.

– J'aime donner des poissons à des types comme lui, qui n'ont pas la chance d'habiter la vallée, corrigea Hilarian Boudet, avec une sorte de douceur grave, comme s'il considérait bénéficier d'une chance immense parce qu'il vivait à Igues-Basses.

– C'est vrai. Tu n'es pas un Prussien !

– Merci. Le cuisinier de l'auberge m'a promis de cuire ma truite, si j'en rapportais une, dit Corton, humble, mais le cœur dur comme la pierre des versants de schistes.

Il devina qu'Hilarian Boudet pardonnerait mal sa maladresse à son visiteur, parce qu'Émilien Maillebuau avait ravivé en lui une souffrance qui marquait sa vie. Les deux hommes allaient se séparer dès qu'il se serait enfoncé dans le sentier longeant le ruisseau, malheureux de la déchirure d'amitié, provoquée par quelques mots seulement.

– Le fils... Il nous sera peut-être utile plus tard... marmonna Corton, en traversant la cour, impatient de regagner Pradelles-le-Château.

Il pressa le pas, pour s'éloigner rapidement du hameau presque mort, où le vieil homme s'obstinait à affirmer son bonheur simple, en dépit de la solitude et de l'inconfort dans lequel il vivait.

Corton n'était pas enclin à la sensiblerie ou à un vague sentiment d'ingratitude, mais l'accueil sans calcul et la générosité naïve du solitaire l'agaçaient, maintenant qu'il s'éloignait, le rendant mécontent de lui, peut-être un peu gêné. D'un geste furieux, il lança la truite dans un roncier. Il ne recouvra la pleine maîtrise de lui-même qu'en entrant dans la grande salle de l'hôtel des Voyageurs, satisfait de jouer de nouveau son rôle de pêcheur novice, qui rentrait bredouille, à l'évidence.

Les jours suivants, il emprunta une voiture au garagiste, assurant qu'il voulait découvrir le pays. Il parcourut les routes tordues qui s'insinuaient dans la vallée principale, puis qui coupaient les gorges secondaires avec beaucoup de difficulté. Il s'arrêtait en des lieux qui semblaient très importants pour lui, dressant chaque fois des croquis, couvrant de notes serrées les pages quadrillées de son carnet.

Corton monta jusqu'à Albepeyre. Aux aguets à l'abri d'une touffe de broussailles, il scruta longuement le village. Les maisons s'étageaient sur le versant abrupt avec une sorte d'harmonie sereine. Les couleurs vives des balcons, déjà fleuris par des mains amoureuses, contrastaient avec le brun minéral des pierres à l'appareil méticuleux et avec les nuances plus claires des toits de lauzes. D'une beauté irréelle par leur simplicité et la pureté de leurs proportions, des dizaines de lucarnes faisaient à Albepeyre une ligne de ciel comme Corton n'en avait jamais vu ailleurs.

Des charrettes et des voitures, des silhouettes se déplaçaient dans les rues, des femmes se courbaient sur des planches de jeunes légumes dans les jardins potagers, des troupeaux épars de moutons et de vaches se dispersaient dans d'étroites prairies déclives et ensoleillées.

– Tous ces ploucs ! Combien y en a-t-il ? calcula Corton, mécontent.

Avant de regagner Paris, il décida de rendre une visite au notaire de Pradelles, dont le double panonceau doré, surmontant une magnifique porte de chêne richement ornée de ferrures, annonçait une étude respectée.

Maître Norbert Lastic était l'héritier d'une dynastie de juristes locaux, ayant prospéré au fil des siècles et des affaires de famille, poivrées de secrets, comme les poissons de la rivière grossissaient de l'eau et du temps qui coulaient.

Corton détailla le géant placide qui le pria de s'asseoir dans l'un des sièges de cuir patiné destinés aux visiteurs. Le corps, solide et lourd, serré dans un complet trois-pièces bleu, à fines rayures, offrait une massivité tranquille, sans aucun relief.

Mais, à s'attacher au visage, on comprenait que Norbert Lastic jouissait d'une intelligence exceptionnelle, bien que la nature l'eût plutôt désavantagé en le dotant d'une physionomie étrange. Corton laissa glisser son regard sur le crâne entièrement glabre et bizarrement rose.

Le bas de la figure étonnait tout autant. Un gros grain de chair rouge, placé sous l'aile droite du nez, suggérait une caroncule disgracieuse de volaille. Seuls, au milieu de cette nudité rose et luisante de la peau du notaire, les yeux indiquaient de la vivacité, chez cet homme que son métier destinait à parler avec ses semblables des choses de la vie, avec leur banalité matérielle, mais aussi leurs passions.

Corton pensa que les clients habituels de maître Lastic devaient ignorer ses traits pour ne voir que son regard. Mais lui dut faire un effort de volonté pour ne pas continuer de fixer le sien sur le pois charnu de la lèvre.

Le visiteur ne cacha rien d'essentiel, exposant en peu de mots les projets de ceux qui l'avaient envoyé en reconnaissance à Pradelles-le-Château.

– Les gens d'ici n'aiment pas le changement. Vous me comprenez, ce ne sera pas facile, prévint Norbert Lastic.

– Toutes les affaires seront conclues dans votre étude, nous nous y engagerons, assura Corton.

– Vous me comprenez… répéta le notaire en laissant traîner sa pensée.

– Pour résumer, nous pouvons compter sur vous ? coupa Corton, en devinant le tic verbal du tabellion glabre.

– Oui, mais vous me comprenez… insista maître Lastic pour bien signifier combien la réalisation des intentions qu'on lui révélait serait délicate.

Le lendemain, en quittant Pradelles-le-Château par l'autobus du matin, Corton pensa de nouveau aux toits d'Albepeyre que le soleil levant devait éclairer. Mais la nuit lui avait donné des certitudes : ces lauzes rigides, ces lucarnes altières elles-mêmes ploieraient. Comme tout le reste…

– Delalande sera satisfait, marmonna-t-il doucement, parce que ses missions secrètes et solitaires lui avaient donné cette habitude plutôt ridicule de réfléchir à voix basse.

2

Au cours de sa carrière, déjà longue de plus de quinze ans, Charles Neuville s'était trouvé de nombreuses fois dans un petit salon du Ritz, en compagnie d'amis, pour fêter un événement particulièrement heureux ; ou avec des relations, pour y évoquer quelque projet très important.

Mais ce soir-là, plus que d'autres, lorsque le maître d'hôtel s'effaça, à sa façon grand style, pour prier les convives de s'asseoir, Charles fut pénétré d'une sensation qu'il n'avait jamais éprouvée. Il lui apparut soudain que les deux ou trois heures pendant lesquelles la réunion se prolongerait allaient devenir un moment crucial de sa vie.

La pièce réservée convenait bien. Sa décoration suggérait de la discrétion et de la gravité. Mais on pouvait également penser que le lieu était tout aussi propice aux combinaisons d'argent qu'aux confidences de cœur.

Les motifs des dorures à entrelacs, s'élevant pour séparer les panneaux de tapisserie velours, les fauteuils élégants à accoudoirs réglables, un Ispahan au sol, composaient une atmosphère de luxe à la fois retenu et ostentatoire.

Deux tables avaient été prévues : celle destinée au repas et une autre, portant une grande carte d'état-major et des documents.

Du lustre en cristal de Baccarat émanait une absolue pureté. Sa lumière n'avait rien de ce jaune qui rend vulgaires les éclairages prétentieux et solennels de certains établissements. Sous son scintillement blanc, semblait devoir se révéler chaque trait des êtres et des choses.

Pour la première fois, Charles Neuville put voir la vallée. Pour lui, elle occupait deux ou trois centimètres carrés de papier, sur la carte. Quelqu'un, Corton sans doute, les avait cernés d'un contour sinueux d'encre rouge. Celui-ci enfermait une forme qui ressemblait à une main d'enfant.

On distinguait la rivière principale, coulant dans une sorte de déchirure brutale du relief. Comme le dessinateur avait figuré la raideur des pentes à l'aide de hachures d'autant plus serrées que celle-ci était forte, les ravins secondaires lui firent penser à d'étranges phalanges tourmentées de cette menotte.

Pour un observateur superficiel, même pourvu d'une capacité d'imagination au-dessus de la moyenne, cette étendue digitée ne suggérait rien de passionnant. Mais, le regard d'ingénieur de Charles lui permit de se représenter assez facilement cet endroit perdu, dont il ne savait même pas le nom exact à cet instant. Ce devait être une entaille franche, sauvage, enfoncée pour le moins de trois cents mètres dans une mer indécise de hauts plateaux. De part et d'autre, des affluents mordaient des versants abrupts, riches d'eaux abondantes, il n'en doutait pas.

Mentalement, il traça un trait au point précis où s'étranglait la paume ; où il fallait nécessairement fermer la ligne vermillon du dessin. C'était là qu'il construirait le barrage, s'il était choisi par ses compagnons.

Le représentant de la banque Rigord opta pour un grand saint-émilion. Il exalterait à merveille la richesse des mets raffinés.

– Monsieur Delalande, restez fidèle à votre Cheval-Blanc 1923, conseilla le sommelier, avec juste assez d'obséquiosité pour persuader l'un de ses clients importants qu'il était un œnophile distingué.

– Beau domaine, belle année…

– Sur les graves anciennes et les sables nobles du château, la récolte 1923 nous a donné un summum, expliqua l'expert réputé du Ritz.

– Vous avez raison. Dix ans ! C'est un vin qu'on peut commencer à boire, décida Delalande avec un plaisir prémonitoire d'amateur éclairé.

Visage lisse, le plus souvent inexpressif, rares cheveux de paille délavée, soigneusement plaqués sur l'arrière de la tête, stature de géant légèrement épaissie par la soixantaine, il possédait tous les attributs d'un animal à sang froid.

Ses yeux, qui paraissaient éteints en temps ordinaire, pouvaient, Charles Neuville le savait, prendre la lueur du métal. Mais il n'était pas assez familier du banquier pour deviner la seconde exacte où l'excitation subite de son esprit provoquerait cet éclat bref.

– Vous avez regardé… Votre première impression ? exigea Delalande, en haussant légèrement la voix.

– Nous barrerons la rivière très facilement et l'eau s'accumulera comme dans un entonnoir qu'on bouche, assura Charles d'un ton tranquille, frappé par les avantages évidents de la gorge où semblaient se nouer les versants abrupts que la feuille d'état-major lui avait permis d'évaluer.

– Vous connaissez la réputation de Corton ? Un chien limier ! Un X renifleur ! Il ne s'est jamais trompé depuis qu'il fouine pour nous. Et là, il vient encore de trouver un coin désert qu'on noiera sans difficulté !

Corton continua de dépiauter avec précaution la caille farcie au foie gras. Sans regarder Charles. Peut-être le jalousait-il avec violence ou même le haïssait-il, parce qu'il était pressenti pour édifier le futur barrage. Mais il ne leva pas ses paupières, bizarrement colorées d'un bistre virant au brun, ne s'occupant que des petits os, dans son assiette.

Construire. Créer. Remodeler un paysage en apparence voué à rester immuable. Ces ambitions lui étaient interdites. Définitivement. Depuis des années, il n'était plus qu'un ingénieur brûlé, condamné par un tribunal à la suite de la mort de trois ouvriers, due à une négligence. La sienne, vraiment ? Nul n'en était certain. Il avait couvert son sous-fifre, ce qui plaidait en sa faveur. Mais il restait beaucoup d'ombre…

Maintenant, Corton courait la France, l'Europe ou le reste du monde pour la banque Rigord, chargé par Delalande de débusquer les sociétés à dépecer, de redresser les plus juteuses. Il partait aussi sonder la richesse secrète de mines mal connues, mesurer ce que rapporterait un cours d'eau, si on bridait sa fougue d'une centrale judicieusement placée.

Polytechnicien, ayant lancé des lignes de chemin de fer, dirigé des fonderies ou des manufactures, il possédait des compétences remarquables, rendant son jugement très sûr. Mais il excellait également comme homme de paille, ne révélant jamais pour qui il travaillait.

Vêtu avec modestie, la taille moyenne, le visage banal, Corton n'éveillait ni la curiosité de ceux qui le rencontraient dans les hôtels ni la méfiance des inconnus qu'il questionnait sur tout et n'importe quoi, avec un air ennuyé. Quand il réapparaissait dans le hall du bel immeuble de la Rigord, on le saluait parce qu'il avait l'oreille de Delalande, montant à son bureau sans faire attention au planton ou à la fille sèche du standard téléphonique, préposée à introduire éternellement des fiches dans les trous cuivrés.

– Combien de chèvres dans votre brousse ? reprit Delalande, avec la voix de quelqu'un qui s'irrite de découvrir à contrecœur l'importance d'un détail.

– Des chèvres, des vaches…

– Vous n'allez pas nous expliquer maintenant que nous devrons engloutir un eldorado ! s'énerva tout à coup le financier.

– Des prairies dans les fonds et des châtaigneraies sur les pentes, ce n'est pas un monde, si nous savons manœuvrer ! corrigea froidement Corton, en relevant les yeux vers son patron et en le fixant sans faiblesse.

– Des biques desséchées et des châtaigneraies ! Autant dire rien ! se récria Delalande, sur un ton méprisant.

– Détrompez-vous ! Depuis des siècles, dans toute cette région, les gens appellent le châtaignier l'arbre à pain et les châtaigneraies leur semblent plus précieuses que les champs. Sur les cadastres, elles se situent en première ou, au pire, en seconde classe, intervint Antoine Campan, dont Charles Neuville avait épousé la fille unique quelques années auparavant.

– Sénateur, vous connaissiez notre projet ! Vous auriez pu demander un déclassement de ces bois à la manque ! grinça le banquier, comme si la somme à débourser pour acquérir quelques centaines d'hectares de pentes était susceptible d'arrêter la Rigord.

Le reproche blessa-t-il Antoine Campan ou celui-ci prit-il alors plus nettement conscience que la retenue et la centrale électrique dépendaient autant de sa bonne volonté et de son soutien que des millions de Delalande ? Il s'essuya les lèvres avec une lenteur qui lançait un défi, attendant que chaque regard converge vers lui, surveillant aussi le départ du serveur, comme si se heurter à son interlocuteur devait lui attirer toute l'attention du petit groupe de convives.

– Vous allez noyer ces gens ! Il faudra donner ce qu'ils demanderont, martela-t-il, avec cette voix si particulière qui dominait celle de ses adversaires au cours des réunions publiques ou à la Haute Assemblée, sans qu'il paraisse crier.

– C'est bon ! Puisque vous y tenez, la Compagnie achètera ces friches à prix d'or !

– Delalande, soyez recta. Jouez pas à trompe-couillon avec ces paysans, conseilla le sénateur avec dureté.

– Le cacique que vous êtes a de drôles de mots, Campan !

– Sans moi, vous n'avancerez pas d'un pas. Je vous soutiens, Delalande. C'est plus important que ma grammaire ! persifla Antoine Campan.

L'homme d'argent adressa un signe au sommelier vigilant, qui observait la table à une distance de bonne convenance. Lorsque Campan fut servi, il ironisa.

– Antoine, j'ai cru que vous vouliez que je paie les châtaigneraies de vos gens au prix des graves de Cheval-Blanc…

– Non ! Pour accompagner leurs châtaignes, les gens de la vallée boivent plutôt de la piquette, du cidre ou du poiré, répliqua Campan avec un reste d'humeur.

– Des arbres à pain sur les pentes, des prés à vaches dans les fonds, je vois le tableau. Et dans les têtes, sénateur ? questionna soudain Delalande, avec l'éclat des yeux que Charles Neuville attendait depuis le début du dîner.

– Demandez à Corton. Vous l'avez envoyé là-bas pour savoir ça, non ?

Charles sentit le pli de ses lèvres, qui se serraient, tirer sur sa peau, tandis qu'un flot de sang battait ses tempes. Quelque chose de rond et de désagréable s'éleva dans sa gorge. En imaginant le déroulement de la réunion dans le calme de l'appartement où il vivait avec Hortense, puis en roulant vers le Ritz dans un taxi inconfortable, il avait pensé à cet instant où on évaluerait le nombre d'habitants qu'il faudrait persuader de quitter la vallée, ces silhouettes inconnues qu'on chasserait de gré ou de force.

Bien des fois déjà – et encore dans cette cité de Picardie dans laquelle il venait d'achever l'installation d'une sucrerie quelques semaines auparavant – il avait dû organiser le déplacement des propriétaires du sol ou celui d'ouvriers. Mais jamais il n'avait été responsable d'un choc aussi total pour un petit groupe d'hommes soumis à ses décisions.

Aucun des convives, sauf peut-être Corton et Antoine Campan, ne connaissait l'un de ces paysans, l'une de ces femmes et ces enfants qu'on projetait de submerger sous les eaux du barrage. Poussé par il ne sut quel besoin dérisoire de se les représenter, Charles tenta de faire apparaître des visages ou des formes humaines devant ses yeux. Mais son esprit s'y refusa absolument. Étaient-ils noirs de teint ou certains possédaient-ils des complexions très claires, comme cela arrive parfois chez des montagnards réputés bruns ? Étaient-ils replets et massifs, comme collés aux abrupts sur lesquels ils devaient s'accrocher à longueur d'existence, ou longilignes ?

À quoi bon se poser ces questions, puisqu'il avait accepté d'édifier le mur gigantesque derrière lequel des millions de mètres cubes de liquide monteraient inexorablement ? Les rapaces qui, par jour de grand soleil, planaient pendant des heures sur la vallée, guettant de leurs yeux perçants les rats des champs, les lapereaux ou les lièvres, se souciaient-ils de la couleur ou de la forme de leur proie ?

Dans les salons du Ritz, les dîneurs réunis planaient infiniment plus haut, ils étaient plus éloignés, plus détachés de leurs futures victimes que les busards survolant les prairies exiguës ne l'étaient des bestioles. Et l'argent de la Rigord et de ses associés faisait d'eux des aigles, dont la puissance serait énorme, le moment venu.

Sous leurs cloches en métal argenté, les assiettes chaudes parurent, transportées avec une distinction experte. Charles Neuville se raidit. À six cents kilomètres, à la même seconde, dans cette main d'enfant cernée de rouge sur la carte, des campagnards traînaient à la veillée ou s'endormaient déjà, seulement préoccupés des travaux du lendemain, ignorant encore que se traçait un destin qu'ils étaient incapables de concevoir. Qui parmi eux aurait pu pressentir un ennoiement futur, même si on avait remarqué les déplacements d'un étranger ? Corton était trop habile pour que les gens ordinaires aient éventé sa véritable mission.

L'eau. Refluant ; contre la loi naturelle qui l'entraîne vers l'aval. Contre tout ce que les esprits connaissaient. L'eau, remontant vers le haut de la gorge ! En gros bouillons surpris, repoussés d'abord par le mur colossal de béton, s'étalant ensuite dans les prés des fonds, couvrant bientôt les premières pentes.

Puis, le calme silencieux, quand la profondeur deviendrait noire, assez opaque pour apparaître immobile. Mais elle continuerait de s'insinuer toujours plus en amont dans la vallée incrédule.

L'esprit de Charles Neuville suivait la marée lente avec une extrême précision, comme si ses yeux la contemplaient déjà, figés par ce spectacle auquel il n'avait jamais pensé avant de franchir la porte du Ritz.

Des filets, puis des courants puissants comme de petits ruisseaux, léchaient les murets des terrasses, s'élançaient dans les ruelles des hameaux abandonnés par leurs habitants, battaient les murailles des granges et des maisons, emportaient tout à coup la terre noire d'un jardin en une grosse pustule écœurante, arrachaient un talus au bord d'un chemin. Montaient. Montaient toujours…

Il voulut écarter ces images, incongrues dans le salon privé qui ne suggérait qu'une sérénité feutrée. Poussé par la nécessité absolue de brider son imagination folle, il saisit sa serviette blanche, qu'il froissa d'un geste nerveux. En même temps, il dut blêmir.

– Charles, ça ne va pas ? s'inquiéta Antoine Campan.

– Il fait très chaud ici.

– Cette poularde de Bresse à l'embeurrée de truffes est magnifique, vous ne trouvez pas ? demanda Delalande.

– Nous pourrions écouter Corton, suggéra le sénateur, pour éviter à son gendre une inquisition plus approfondie de la part du financier, pourvu d'un sixième sens implacable.

– Alors, Corton ? Qui avons-nous en face ? Combien de pékins ?

– Les jeunes de la vallée montent à Paris depuis deux ou trois générations. Il ne reste plus qu'une grosse centaine d'habitants dispersés. Un village qui est un bled, des hameaux à demi-ruinés, des fermes perdues, expliqua Corton.

– Il ne nous faudra pas des mois pour balayer ce peu de chose ! calcula Delalande, impatient de voir tourner les turbines de cette nouvelle centrale qui enrichirait la Rigord.

– Pas si sûr !

– Des arbres tordus, rongés par l'encre, des prés, quelques champs et des broussailles, nous n'allons pas lâcher des millions, même au prix que prétend Campan, parce que ces péquenots sont dans sa circonscription ! persifla le banquier.

– Les gens de là-bas ne regardent pas seulement l'argent, corrigea Corton.

– Quoi encore ? Que verront-ils d'autre, quand notre compagnie versera les sommes prévues à leur notaire ?

– Leur vie… Leur vie dans la vallée, chez eux, insista Corton.

Le timbre de voix de l'ingénieur affidé n'était ni plus bas ni plus haut qu'à l'ordinaire. Il ne paraissait pas exprimer de sentiment particulier. Corton restait de glace. Il exposait simplement ce qu'il avait observé au cours de son enquête, ce qu'il avait senti chez les individus qu'il avait rencontrés : un attachement atavique, viscéral à leurs terres.

– Nul ne résiste à un paquet de billets. Vous faites du mauvais roman, mon vieux ! grogna Delalande, qui ne s'attendait ni à cette mise en garde de son homme de confiance ni aux mots qu'il venait d'utiliser pour l'affirmer.

– La Rigord me paie pour voir toutes les choses et les dire, ne l'oubliez pas ! rappela Corton.

Charles Neuville avait participé à de nombreux repas d'affaires au cours desquels l'atmosphère parvenait soudain à un état de tension extrême, que le glissement opportun des serveurs préservait d'une explosion ou d'une rupture. Une fois de plus, sans le savoir, ils intervinrent à la seconde même où Delalande risquait de s'emporter, parce que Corton jetait un froid, en assenant ses vérités désagréables.

Les fourchettes conservaient de minuscules souillures, en dépit des bonnes manières de leurs utilisateurs. Les restes de beurre blanc se figeaient, mais les assiettes risquaient de couler. Desservir exigeait de la lenteur dans les gestes. Les mangeurs suivirent le changement de couverts dans un silence absolu.

Delalande ne se commettait guère à des familiarités avec le personnel. Mais, de façon tout à fait imprévue, il sourit à la silhouette qui se penchait vers lui. Charles comprit qu'il s'apprêtait, tel un joueur de billard chevronné, à reprendre la partie par la bande.

– Antoine, vous allez nous sortir votre grand jeu, dans ce pays que vous connaissez si bien, suggéra-t-il en feutrant la tension dans la voix.

– Je me charge du maire et du conseiller général. C'est du tout cuit… J'irai les visiter chez eux. Moi-même, insista Campan.

– Le notaire ? C'est un personnage très important pour nous, puisqu'il a la confiance des ploucs, souligna Delalande.

– Je lui ai parlé, intervint Corton, en retrouvant son timbre indifférent d'entomologiste décrivant une petite colonie d'insectes : exactement ce que devaient représenter pour lui les êtres confinés dans la vallée.

– Expliqué en clair que nous rayerons cette poignée de types de la carte ?

– Vraiment en clair. Je ne prenais pas de risques : il est tenu au secret professionnel.

– Il marche avec nous ?

– Il travaillera ses clients au corps, affirma Corton, en s'obligeant à un mince sourire de connivence.

– Vous avez été bon. Comme d'habitude, se radoucit Delalande, qui savait que l'ingénieur était revenu dans la conversation pour préciser les obstacles les plus désagréables.

– Écoutez bien notre X, Charles ! Il y a des cas où quelques emmerdeurs peuvent vous causer plus de soucis qu'une montagne à ouvrir ou des milliers de tonnes de béton à couler, prévint le banquier.

– Les paysans sont attachés à leurs maisons, peut-être plus qu'à leurs familles, crut bon de préciser l'ingénieur défroqué.

– On connaît ça. On mettra le prix qu'il faudra.

– Dans notre vallée les maisons sont des *ostals*, à la fois bâtisses et fermes. Si vous y touchez, vous étripez les gens.

– Ils foutront le camp, Campan ! menaça Delalande, sans qu'on sût à quels moyens il pensait pour arriver à ses fins.

– Il y a une église et deux cimetières, annonça alors Corton.

– Deux cimetières ? C'est un luxe !

– Non, expliqua l'homme de paille avec son objectivité froide. Il n'existe pas de pont entre les deux versants de la vallée. Quand la rivière est en crue, on ne peut pas transporter les morts jusqu'au cimetière principal.

– Nous noierons le tout, déclara Delalande.

– Je crains qu'il ne soit nécessaire de transférer les restes en terrain sec. Les gens pensent que les âmes abandonnées viennent hanter les vivants, rapporta Corton calmement.

– Des superstitions et des croyances dignes de sauvages, on se croirait en Afrique ! Où avez-vous entraîné la Rigord, sénateur ? grinça le banquier

– En France. Dans mon département… Essayez de comprendre les gens, Delalande ! protesta Antoine Campan.

Charles Neuville ne vouait pas d'affection particulière à son beau-père. Simplement la sympathie de façade que provoque la fréquentation répétée de quelqu'un. Il y avait aussi ses façons plutôt chaleureuses, son humeur bienveillante…

Mais il admit que sa réplique et son irritation le grandissaient. En dépit des combinaisons, le parlementaire provincial paraissait soudain avoir conservé une certaine sensibilité au sort des gens.

Quand les hommes disposent d'un pouvoir immense, les masques tombent, les natures véritables se révèlent d'autant plus qu'ils se trouvent en face de la faiblesse de leurs semblables. Delalande ne considérait-il pas les paysans de ces gorges lointaines comme des individus inférieurs, se situant très en dessous de son intelligence, étrangers à la clarté de ses vues, à la logique de son esprit de décision ?

Il eût aimé des entailles cyclopéennes et de profonds ravins déserts. Charles Neuville pensa qu'il se montrait brutal moins du fait des sommes à verser aux futurs ennoyés que parce que Corton le tirait de son rêve de financier, imaginant une nature vierge de toute présence humaine, domesticable sans résistance aucune.

– Avez-vous décelé un meneur possible, quand la population apprendra nos projets ? questionna-t-il, avec une sorte de tic plissant trois ou quatre fois ses paupières, tandis que la peau de son visage, très pâle, se piquait d'une infinité de petits points, sans doute sous l'afflux du sang dans d'imperceptibles vaisseaux.

– Pas un meneur. Une espèce d'ermite, le dernier habitant d'un hameau en ruine. Dans un bout du monde, au fond d'une ravine, expliqua Corton.

– Vous lui avez parlé ?

– Pendant une heure peut-être. Déguisé en pêcheur à la ligne…

– Vous êtes impayable, Corton, ricana Delalande.

– Il ne partira jamais, j'en suis sûr. Même quand l'eau montante léchera sa bicoque.

– Dites-nous son nom. Je veux savoir qui peut résister à la Rigord dans ce pays de rustiques.

– Hilarian Boudet, articula l'ingénieur déclassé.

– Notez bien, Charles : Boudet Hilarian ! Contre la Rigord. Contre vous, si vous acceptez de diriger les travaux du barrage.

– Un vieux, très sec, un peu paysan, beaucoup braconnier, un peu guérisseur, précisa Corton.

– On verra si les pouvoirs de votre illuminé vont jusqu'à arrêter la montée des eaux, grinça Delalande, furieux d'entendre de nouveau évoquer quelque chose d'irrationnel et de devoir compter avec un individu, si insignifiant fût-il, étranger à la logique et au calcul.

– Si nous passions aux chiffres, maintenant, fit le cinquième convive, qui s'était contenté d'écouter la conversation et d'observer les réactions des uns et des autres.

– Oui, des chiffres… murmura Delalande, en flottant un instant, comme s'il se reprochait d'avoir écouté Corton jusqu'au bout camper la silhouette noueuse du solitaire des gorges.

Le dernier membre du petit groupe représentait la compagnie d'assurances l'Arverne. C'était un ancien général à une étoile, dont l'armistice de 1918 avait tronqué une carrière s'annonçant prestigieuse. Lucide, il avait préféré la sécurité d'un fauteuil de président aux aventures de la Coloniale, qui restaient alors la seule alternative à l'ennui des bureaux ou des garnisons des temps de paix. Avec la même intelligence du futur, l'ancien officier supérieur, devenu manieur d'argent, s'apprêtait à emboîter le pas à la Rigord et à Delalande, parce qu'il pressentait toute la richesse que pouvaient engendrer les centrales sur les rivières. De l'eau, des millions de francs, à regarder couler…

Corton se dirigea vers la table supportant la carte et les documents qu'il avait préparés. Il prit des feuilles noircies à la Remington, qu'il distribua à chacun, puis se mit à exposer le contenu de son ébauche.

Il analysa avec rigueur l'esquisse du barrage-voûte, aux proportions remarquablement élégantes, qu'il avait tracée sur deux pages. C'était irréprochable. Ensuite, il présenta les colonnes de chiffres, pour les sommes à prévoir et pour ce qu'elles rapporteraient. Il aligna les kilowattheures, les centaines de milliers, les millions de francs.

Charles le trouva brillant, convaincant. Mais il s'exprimait avec une sorte d'amertume résignée, un timbre de voix dans lequel transparaissait la blessure intime d'un homme mis à l'écart par ses pairs.

Soudain, pendant un laps de temps très court, il se trahit, parce qu'il n'était plus capable de maîtriser le dépit qui le déchirait à l'idée qu'un autre mènerait à bien les plans sommaires qu'il commentait. Une lueur de violence traversa ses yeux et le papier trembla entre ses doigts.

Charles pensa qu'un jour, comme Corton, il serait peut-être un ingénieur fini. Alors il eut une envie froide de ne pas ressembler à cet être aigri. Il se vautra dans l'ivresse de la minute qu'il vivait. Elle était formidablement importante. Exaltante et menaçante à la fois, par les risques qu'il fallait prendre.

Une sensation de puissance occulte l'envahit. Il participait à cette rencontre secrète de quelques personnes se préparant à lancer un grand projet, dans la discrétion luxueuse d'un salon du Ritz. Delalande allait lui confier la responsabilité d'un énorme chantier.

Certes, c'était Corton qui avait tout flairé dans la vallée. Mais il faudrait des centaines d'heures de réflexion et de calculs pour transformer ses deux pages de dessins élémentaires en plans précis. Un instant, l'immense arête de béton du barrage s'imposa devant les yeux de Charles, tendue comme un arc formidable bandé à se rompre.

Reflet gris, arcure majestueuse, hauteur impressionnante. Tout cela était déjà sa chose. Une création qu'il était seul capable de voir à cet instant ! Une œuvre unique.

Delalande perçut-il cette hallucination, cette dérive presque extra-lucide de l'imagination de son invité ? Il le dévisagea avec une froideur qui le paralysa, peut-être celle qu'il mettait toujours à étalonner ses collaborateurs.

– Charles, vous prenez, malgré toutes ces histoires d'âmes abandonnées dont nous a abreuvés Corton ?

Il ne s'attarda pas au silence du jeune ingénieur, commandant une bouteille de Dom Pérignon pour célébrer leur pacte, avant de s'adresser à ses partenaires en affaires.

– Nous allons créer la Compagnie centrale, annonça-t-il.

– Je suivrai, dit calmement le général, pour l'Arverne.

– Combien ?

– Trente pour cent.

– Et vous, sénateur ? demanda Delalande.

– Quinze pour cent, avec des amis ; plus deux pour cent pour mes enfants, ajouta Antoine Campan, en souriant à son gendre.

– Pas mal pour vous et les grandes familles du département. Et beau cadeau pour Hortense et Charles ! apprécia le banquier avec laconisme.

Neuville connaissait la plupart de ces relations, apportant des capitaux, comme Antoine Campan : des négociants de la préfecture modeste, enrichis rapidement par la boulimie d'achats des campagnards des alentours, après les privations de la Grande Guerre. Lui s'était montré le plus subtil parmi eux, profitant du passage dans ses magnifiques magasins des clients qui affluaient, grâce à un remarquable réseau d'autobus dont il avait obstinément soutenu la création au conseil général. Souvent, Charles avait pensé que son beau-père ressemblait à une grosse araignée matoise, guettant les mouches dansant sur sa toile.

Mais Antoine Campan possédait aussi un beau parler, une intelligence vive, qui l'avaient hissé au rang de grand notable de cette IIIe République aimant si fort les tribuns provinciaux. Sentant les risques et la précarité de la députation, trop soumise à la fantaisie des électeurs, il avait réussi à se glisser au Sénat. Un temps même, un maroquin de secrétaire d'État à l'Industrie l'avait placé sur le devant de la scène. Peut-être était-ce à ce poste sous-ministériel qu'il avait rencontré Delalande pour la première fois.

En sortant du Ritz, le parlementaire prit le bras de Charles Neuville. Chez lui, c'était un geste habituel, un peu protecteur, dont il supposait qu'il lui assurait la connivence de son interlocuteur. Il avait acquis cette sorte de manie dans la première période de sa vie politique, lorsqu'il courait les foires ou les sorties de messe pour y courtiser les gens d'influence, pensant que la pression amicale de ses doigts sur les manches lustrées des complets dominicaux rendait les esprits plus bienveillants.

– Charles, je n'ai pas envie de rentrer tout de suite. Si nous marchions un peu.

De l'autre côté de la place Vendôme, les vitrines des joailliers étincelaient. Antoine Campan ne leur accorda pas même un regard. Il poussa son compagnon vers la rue de Castiglione, puis la rue Saint-Honoré comme si, ce soir-là, le spectacle du luxe l'ennuyait.

– Vous vous sentez de taille ?

Tout à coup sa main serrait très fort. Instinctivement, Charles Neuville s'arrêta et fit face, sous la lumière vive d'un lampadaire.

– Vous allez jouer très gros, prévint Antoine Campan, les traits tendus.

– Cela ne vous concerne qu'à moitié.

– Vous vous méprenez, Charles. Nous engageons chacun notre avenir. Delalande ne vous pardonnera pas la moindre erreur ou le plus petit accident. Moi, je risque ma fortune et ma carrière politique en vous soutenant.

– Je réussirai.

– Je vous aiderai de toutes mes forces ! Pour Hortense, pour vous, Charles, parce que je vous estime. Mais restez toujours sur vos gardes.

– Merci du conseil inutile !

– Delalande n'enverra plus Corton à l'étranger, tant que le barrage ne sera pas inauguré. Vous l'aurez dans les jambes comme chien de garde. Méfiez-vous.

L'avertissement du sénateur n'impressionna pas Charles. Il pensait à la vallée. Soudain tout ce qu'il possédait de force, de volonté et d'intelligence se fixait sur elle.

Les deux hommes se remirent à marcher, indifférents aux rares passants qu'ils rencontraient à cette heure tardive. Ils se séparèrent devant l'église de la Madeleine, Antoine Campan pour regagner son pied-à-terre parisien, rue Tronchet, Charles Neuville pour rentrer à son domicile, boulevard Malesherbes.

En parvenant devant l'immeuble, il vit que la belle porte-fenêtre du logement qu'il occupait avec sa femme était encore éclairée. Il ralentit imperceptiblement le pas, envahi une fois de plus par la sensation d'avoir réussi la première partie de sa vie, à la vue de la façade de pierre de taille, dont les lumières de la nuit soulignaient la qualité. Certes, Campan avait largement doté sa fille, mais cette adresse de prestige devait aussi beaucoup à sa propre habileté d'ingénieur brillant. La mission, d'une importance exceptionnelle, que venait de lui confier Delalande pour la Rigord, ne couronnait-elle pas ses succès antérieurs ?

Hortense n'était pas couchée. Elle était assise dans l'un des beaux fauteuils du vaste salon, vêtue seulement d'un déshabillé léger. Quand il entra, après avoir un peu maladroitement cherché le bon cran de la clé dans la serrure, elle ne bougea pas.

Il se reprocha cette envie subite, mais il eût aimé qu'elle se dresse vers lui, qu'elle se jette à son cou, comme une midinette retrouvant son amoureux.

Plus que d'autres soirs, il fut bouleversé par la sensualité de sa jeune femme. Le voile léger révélait, plus que ne l'aurait fait une nudité totale, une poitrine parfaitement galbée, généreuse sans vulgarité, des hanches et des jambes qui suggéraient l'ardeur de leur caresse ou de leur possession.

Hortense avait un beau visage de brune à la peau mate, que des cheveux mi-longs, d'un beau jais brillant, rendaient plus attirant encore. Ses yeux, dont on ne parvenait pas facilement à dire la nuance entre le bleu et le vert, semblaient prendre aussitôt l'ascendant sur celui qu'elle regardait.

Mais cette sensualité était une sensualité froide, dans laquelle on devinait une retenue commandée par la volonté. C'était peut-être aussi cette part de lucidité et d'intelligence qui avait séduit le jeune ingénieur, lorsqu'elle lui avait été présentée, quelques années auparavant.

– Tu l'as ?

– Oui, dit Charles Neuville, je vais construire le barrage de la Rigord.

Elle se leva et s'approcha très lentement de lui. Quand elle l'embrassa, il pensa qu'il venait de satisfaire ses ambitions de femme brillante, mais qu'elle attendait de lui que l'arc de béton qu'il allait édifier soit le point de départ d'une nouvelle carrière, exceptionnelle.

3

Delalande se méfiait tout autant de ses amis que de ses ennemis. Pour garder ses secrets, il ne faisait confiance qu'aux murs épais, aussi sûrs qu'une tombe, de la Rigord. Il avait provisoirement vidé cinq ou six bureaux, au dernier étage de la banque, pour y installer Charles Neuville, épaulé par quelques ingénieurs débutants, qui seraient ses adjoints, et des dessinateurs.

– Je crois que je vais aller là-bas, annonça Charles, en pressentant que sa décision agacerait Delalande.

– Les croquis et les chiffres de Corton ne vous conviennent pas ?

– Je pourrais encore travailler pendant plusieurs jours d'après ses carnets, avant de me rendre sur place, admit l'ingénieur.

– Alors, pourquoi filez-vous ? s'énerva le brasseur d'affaires.

– Une indigestion de plans peut-être ! J'ai besoin de me mettre la montagne et la vallée dans les yeux. Je partirai demain matin, très tôt, décida Charles Neuville.

– Vous n'accompagnerez pas Hortense à la réception du Sénat, cette nuit ? s'étonna Delalande, que l'idée semblait ennuyer.

– Non. Son père viendra la chercher et la raccompagnera boulevard Malesherbes.

– Manquer une soirée comme celle-là ! Vous êtes un sauvage, déplora le banquier.

– Vous m'avez confié un barrage dans un pays de sauvages, ne l'oubliez pas ! ironisa l'ingénieur

Hortense attendait son mari, déjà parée pour des mondanités qui se prolongeraient jusqu'au matin. Elle avait choisi une robe près du corps d'une grande simplicité, mettant en valeur son aisance naturelle. Ses cheveux, relevés sur la nuque, dégageaient son cou, ce qui donnait à son port de tête une distinction qui lui vaudrait tous les regards.

– Tu es très en beauté ce soir, chuchota-t-il, en l'embrassant avec légèreté pour ne pas risquer d'altérer un maquillage parfait.

– Tu trouves ?

– Oui, vraiment !

– Papa sera content, flatté de se montrer au bras d'une jeune femme, même si c'est sa fille ! plaisanta-t-elle.

Charles réprima l'envie violente qui le poussait à la serrer avec force dans ses bras, à l'embrasser avec passion, comprenant qu'il valait mieux rester à la surface des choses, dans ce marivaudage conjugal. Hortense était déjà en pensée dans la foule distinguée qui devait commencer à garnir les salons du Sénat. L'arrivée d'Antoine Campan précipita la fin de leur court tête-à-tête.

– Soyez prudent, il ne faut pas que les gens de là-bas sachent encore ce que nous avons décidé pour la vallée, insista-t-il.

– Rassurez-vous, je vais seulement voir et photographier. Je prends mon Leica : pour tous je serai un touriste précoce, devançant ceux qu'ils ont l'habitude de voir, l'été.

– À quelle heure démarrez-vous ? demanda Campan avec un éclat soudain dans les yeux.

– Au petit jour, précisa Charles.

– Je vous envie…

– Mais non ! Vous ne renonceriez pour rien à votre nuit avec Hortense ! railla Charles.

– Quatre ou cinq heures… Vous avez de la chance ! Vous allez pouvoir roder votre Peugeot neuve à la fraîche. Tranquillement et seul… rêva le sénateur, que son chauffeur ennuyait.

Le voyage se révéla magnifique. Dix heures plutôt fatigantes, mais dix heures de plaisir. Jusqu'à Moulins, Charles Neuville ménagea le moteur, suivant à l'oreille sa respiration régulière et un feulement qui promettait bien des plaisirs, lorsqu'il serait débridé. Puis, dans les contreforts du Massif central, il poussa l'accélérateur en petits coups de fouet qui devaient décrasser les dépôts imperceptibles de limaille où qu'ils se trouvent dans les cylindres. La voiture répondait superbement à chaque sollicitation. Si on ajoutait à ces performances sportives, les chromes et le cuir clair qu'avait voulus Hortense, c'était une belle acquisition, même si son prix se révélait à l'avenant.

Comme il se rapprochait de Pradelles-le-Château, une idée lui traversa l'esprit. Les autos n'étaient pas de simples objets roulants. Elles occupaient une place singulière dans la vie de leur propriétaire ou de leur conducteur. La Peugeot serait peut-être la voiture la plus importante de sa vie. Plus tard, parmi ses souvenirs, elle demeurerait définitivement associée au barrage. Dans un geste étrange, il effleura doucement le volant, puis le tableau de bord.

Il maîtrisait facilement chaque virage. L'avenir lui apparut soudain plus incertain que le tracé sinueux de la route départementale. Cependant, son esprit s'arrêta sur une constatation qui allait de soi, s'il y réfléchissait : dans les projets de la Rigord, il n'était responsable que de la construction d'un mur géant, ancré entre les versants qu'il verrait dès le lendemain. Personne ne lui avait clairement demandé de se salir les mains dans les interminables palabres qui précéderaient l'expulsion des habitants de la vallée. C'étaient Corton et d'autres qui auraient la sale besogne !

– Il n'y a jamais de vols à Pradelles, mais je préfère que vous mettiez votre voiture au garage de l'hôtel, proposa le tenancier, dès qu'il ouvrit la portière de Charles Neuville, avec la considération due à une Peugeot juste sortie d'usine.

À Pradelles-le-Château, on mangeait à sept heures. Le restaurant était presque désert. Lorsque Charles y pénétra, le service venait à peine de commencer. Trois représentants de commerce se comportaient déjà en habitués, manifestant des exigences maniaques à l'égard de la serveuse et ne se gênant pas pour s'autoriser des attouchements qu'elle tolérait en riant. À l'autre bout de la salle, qui donnait le bourdon parce qu'elle était trop grande et donc plutôt obscure, un individu maigre, encore assez jeune, cravaté de noir sur une chemise d'un blanc immaculé, semblait reluquer les gestes enveloppants avec réprobation, du moins si on en croyait la sévérité de son regard, qui épiait les jeux de main.

– Ici ? proposa le serveur avec une politesse de larbin, en désignant à l'arrivant une table cachée par une énorme plante verte, sans doute destinée aux meilleurs clients

– Si vous voulez.

– Monsieur voyage ? tenta de se renseigner le loufiat.

Bien que le garçon, trop obséquieux, et ses voisins ne lui paraissent pas très dangereux, Charles ne répondit pas, feignant de commander un apéritif avec une précipitation assoiffée.

Pendant son repas, qui fut bref, l'isolement relatif du guéridon le protégea des banalités et des rires bruyants ou entendus des peloteurs de bonne, tandis que le complet trois-pièces semblait s'être dissous dans l'air trouble de volutes de cigarillos.

Charles tenta de fixer son attention sur ce qu'il mangeait, en particulier sur une sorte de purée du pays, bourrative à souhait. Mais, comme dans les derniers virages avant Pradelles, son esprit ne lui obéissait plus. Seules les idées, les images, les réflexions concernant le futur barrage semblaient pouvoir s'y imposer, battant aux tempes, s'insinuant dans le moindre interstice des méninges, rendant le monde extérieur lointain et confus.

– Café ?

– Café, accepta Charles, presque sans remarquer le serveur, penché vers lui.

Aux premières heures de la journée du lendemain, il monterait dans la vallée jusqu'au point où il avait tiré le trait rouge, dans le salon du Ritz, qu'il n'imaginait que d'après la carte grisâtre et les affirmations de Corton. En trempant ses lèvres dans le liquide trop tiède à son goût, il s'efforça de mieux se représenter la gorge, mais son intelligence parut perdre sa vivacité et se brouiller. Les versants, le fond et le ciel, les prairies et les bois dont elle devait être couverte ne formaient qu'une sorte de magma visuel. Il pensa soudain qu'il était ridicule, comme un enfant impatient d'imaginer le cadeau qu'on lui promet.

Charles Neuville se souvint qu'il avait parfaitement campé le panorama de la vallée, à Paris, lorsqu'il avait fixé la main d'enfant sur la carte. Maintenant, il comprenait qu'il n'avait peut-être vu qu'un territoire de papier, une espèce de représentation de son cerveau, sans consistance véritable.

À Pradelles-le-Château, c'était autre chose. Parce qu'il allait contempler la rivière et son écrin de nature, son esprit se faisait plus exigeant sans doute. Des formes, des profondeurs, des couleurs, des bruits… le silence.

Le jeune ingénieur fixa la plante verte. Bizarrement, il pensa que la vallée venait de se refuser à son imagination parce qu'elle était maintenant trop proche. Il lui fallait la voir enfin, la prendre dans son regard, peut-être aussi sentir son odeur, l'écouter. Ainsi, il toucherait sa vérité profonde.

Un doute le parcourut. Si Corton s'était complètement trompé ? Si lui s'était aussi fourvoyé, parce que la confiance flatteuse de Delalande l'avait caressé dans le sens du poil, de ses aspirations, de ses ambitions secrètes ?

Charles Neuville ferma les yeux. Ces types, qui finissaient par s'ennuyer à caresser la croupe de la serveuse, le pisse-froid qui venait de partir, le tenancier rond de ventre, les habitants du bourg, ceux des plateaux, admettraient-ils que le barrage apporterait le progrès ? Il pensa également qu'il créerait des centaines d'emplois, qui dureraient des mois et des mois, grâce aux fouilles, aux terrassements, puis à la construction du mur gigantesque. N'était-ce pas tout cela qu'il aurait pu dévoiler et marteler devant ces inconnus, si Delalande n'avait pas exigé qu'il reste muet ?

– Un autre café, commanda-t-il.

En sortant, il se dirigea vers le pont médiéval enjambant la rivière. Son arche la plus haute se cassait en une voûte d'ogive, au-dessus de laquelle se situait un refuge triangulaire.

Charles Neuville sonda l'eau du regard. Elle était si limpide qu'il y suivit la flèche brillante d'une truite furtive. La bête lui apparut magnifique et il put distinguer parfaitement les ocelles rouges de ses écailles.

Cependant, en dépit de cette pureté, le courant était sombre, avec un glissement sourd, un froid qui s'élevait vers le pont, malgré la tiédeur de l'air printanier.

Charles serra sa veste défaite sur sa poitrine. Il pressentit qu'il ne prendrait pas possession de la rivière sans un combat obstiné contre sa vitesse, pourtant modérée dans la traversée de Pradelles, contre sa force impressionnante, contre certains de ses mystères aussi. Il se promit d'examiner avec précision chaque tronçon du cours amont, de jauger l'impétuosité des torrents affluents. En observant quelques minutes encore la lame liquide devenant noire avec la tombée du jour, il se résolut à cette lutte pour brider sa puissance. Mais il devina qu'il lui faudrait jouer de toute son intelligence et de son savoir d'ingénieur.

– Belle promenade ? s'enquit l'hôtelier, avec amabilité et son meilleur sourire commercial, lorsque son client traversa le hall de réception pour monter dans sa chambre.

– Je suis allé jusqu'au vieux pont, indiqua Charles.

– L'eau est belle à cette saison, mais elle reste encore glacée, avec beaucoup de courant, parce qu'elle vient d'en haut, expliqua le tenancier.

– Sa force doit être terrible parfois ? dit Charles Neuville d'une voix étrange.

L'homme le fixa, mais il ne devina pas que l'ingénieur ne s'adressait pas à lui, mais à la rivière, reconnaissant ainsi une hésitation, peut-être une faiblesse, des mois avant de l'affronter.

Comme Corton l'avait fait, avant de s'enfoncer dans le sentier caché, Charles éprouva le besoin de stopper la Peugeot pour assurer dans sa mémoire une vision lucide de Pradelles-le-Château. Il gara la voiture à la sortie d'un lacet, d'où le panorama se révéla remarquable. À contempler l'ample paysage, on pouvait penser que les habitants du bourg, aux maisons d'allure assez opulente, ne s'intéressaient guère à leurs voisins d'amont, qui habitaient des communes escarpées et rudes. Prendraient-ils le parti de ces derniers, lorsque le projet de barrage serait connu de tous, pour s'opposer à la Rigord ? Ou calculeraient-ils très vite tout le profit qu'ils pourraient tirer de la présence des ingénieurs et des ouvriers ? Charles se persuada que Pradelles le soutiendrait, se convaincant aussi du poids dont pèseraient les notables du lieu, le moment venu. Tous devaient une partie des honneurs dont ils bénéficiaient à la protection vigilante d'Antoine Campan.

Ces réflexions, agrémentées d'une belle lumière et de fraîcheur matinale, étaient agréables. Charles roula lentement, attentif à la route bossue, à l'épiderme rugueux, ridé de saignées comme un visage sénile. En contrebas, une suite de combes évasées laissaient apercevoir quelques hameaux de deux ou trois maisons et, plus loin, une ferme perdue.

Au bout d'une dizaine de kilomètres, la difficile chaussée départementale butait contre deux promontoires disposés face à face, entièrement couverts de bois, qui semblaient être la porte d'un autre monde, plus dur et plus difficile que les vasques de prés que Charles venait de voir. Au-delà de cette sorte de verrou naturel, qu'elle franchissait par un étroit, la route devait être plus mal entretenue encore, empierrée à la diable, ciselée de ravines par temps d'orage.

Comme il advient souvent, les hommes avaient voulu profiter de ce passage obligé pour tirer profit de ceux qui se déplaçaient pour gagner la montagne ou en descendre. Au cours des siècles précédents, des individus louaient des paires de bœufs ou des chevaux, qu'on plaçait devant les attelages, afin de permettre aux tombereaux et aux voitures surchargés de franchir les montées sévères. Depuis des années déjà, les camions avaient ruiné ces besogneux, mais les chauffeurs et les voyageurs continuaient à boire, ce besoin irrépressible assurant la survie d'une auberge.

Charles fut attiré par l'enseigne fatiguée. La veuve Bru y avait fait inscrire son nom et son état matrimonial, le tout entouré d'une grecque, inattendue en ce lieu.

– Prenez un canon. Ici, le vin est bon parce que les caves sont bonnes, affirma la tenancière.

– Oui, un verre de rouge, consentit le jeune ingénieur, avec le sentiment d'être dominé par cette femme de sac et de corde.

– Vous êtes pas d'ici : ça se voit à votre accent…

– J'aimerais savoir où je suis.

– On n'est pas Paris, mais on a tout de même un nom, à défaut d'un panneau sur la route ! Vous êtes à Serret.

– Serret, répéta Charles Neuville, d'une voix calme, en fixant tout à coup la veuve Bru pour qu'elle comprenne que ses manières envahissantes l'agaçaient.

– On pouvait pas s'appeler autrement, vu ces saletés de bois et de rocs qui serrent la route comme le kiki d'une bouteille étrangle le vin, expliqua la virago, lancée dans une explication historique singulière.

– Comme vous dites…

– Théo, apporte le pichet de monsieur, commanda-t-elle, tranchante.

La mère possédait une nature généreuse : visage autoritaire, encadré de cheveux d'un beau corbeau lustré, en dépit de son âge apparent, poitrail rebondi, croupe solide. Mais elle n'avait engendré qu'un minus : corps d'adolescent monté en graine, tête de betterave chevelue, regard morne. Charles Neuville pensa que les yeux du garçon trahissaient une soumission malsaine.

– Vous voulez aller plus haut ? Avec votre belle voiture, il faudra faire attention, conseilla la veuve.

– Serret a une auberge. Il passe du monde par ici ? demanda Charles.

– Des gens d'Albepeyre, qui montent chez moi pour descendre un blanc ou un café. Deux ou trois touristes perdus, comme vous. Des pêcheurs. Pas de quoi vivre comme on vit partout, regretta-t-elle.

– Vous aimeriez avoir beaucoup de clients ?

– Oui, je suis faite pour le commerce, assura la veuve Bru.

– Peut-être qu'un jour vous vous plaindrez d'être débordée, dit alors Charles Neuville.

– Vous foutez pas de moi ! lui répliqua-t-elle, furieuse.

– On ne sait jamais… insista-t-il, en constatant avec plaisir qu'une personne au moins dans la vallée ne se plaindrait pas de la construction du barrage, quand les ouvriers assoiffés envahiraient l'estaminet campagnard.

– Théo, tu encaisseras monsieur, ordonna-t-elle, en s'éloignant vers le fond de la pièce avec un air encore offensé.

L'ingénieur appesantit son regard sur Serret, qui lui apparaissait en totalité à travers la fenêtre de la salle à boire. Il évalua avec satisfaction l'ampleur relative de l'endroit, l'existence d'espaces plats ou de bosses modestes qu'il serait aisé de raser en quelques journées de travail. La route qu'il venait de parcourir semblait également assez facile à élargir pour permettre aux camions et aux engins de circuler.

Serret serait le camp de base du barrage. Ignorant la curiosité impolie de Théo, tout autant que la mauvaise humeur de sa mère, il s'attarda à bien percevoir, puis à fixer dans sa mémoire chaque détail du relief et du paysage.

Charles s'appliqua à imaginer les futurs bâtiments. Il y aurait les entrepôts, les baraques de l'outillage, les bureaux de commandement, sur la façade desquels apparaîtrait le nom béni ou honni par les habitants de la vallée : « Compagnie centrale ». Juste en face, à cent mètres de l'enseigne de la veuve Bru !

Enfin, il fallait fixer l'emplacement des logements des deux ou trois centaines d'ouvriers en chambrées, en casernes comme les appelaient ironiquement certains. Charles Neuville les disposa mentalement sur un beau replat que le soleil commençait à effleurer.

– Formidable ! Un nouveau village dans cette montagne… Je n'avais jamais fait ça, murmura-t-il.

– Vous voulez autre chose ? demanda la veuve Bru.

– Non, rien, fit-il, se sentant un peu ridicule d'avoir marmonné, parce que son imagination exaltait son enthousiasme de créateur.

Au-delà du défilé, la voie qui conduisait à Albepeyre et plus haut encore, était loin d'être royale. Sans doute héritière d'un chemin de chars séculaire, elle autorisait le passage d'une voiture comme la Peugeot, mais le croisement avec un camion devait être délicat. Corton avait emprunté un sentier situé beaucoup plus bas, mais on comprenait qu'il eût jeté son dévolu sur ce secteur de la vallée : un pays délaissé, peut-être méprisé de ceux d'en bas, vers lequel la route semblait une artère atrophiée, n'envoyant qu'un mince filet de vie dans un corps.

Sans stopper, Charles Neuville repéra facilement l'endroit où se dresserait le mur du barrage. Une logique d'ingénieur irréfutable obligeait à le situer là. Il allait affouiller, excaver, creuser. En parcourant des yeux les versants auxquels les monstres métalliques s'attaqueraient, il traça une griffure gigantesque de terrassements, de déblais et de remblais. Un sentiment de puissance inconnu jusque-là lui souleva la poitrine, une pulsion forte, enivrante.

Un lacet plus haut, il remarqua aussi l'étroite conque ouverte par un torrent. Trois maisons, dont une seule fumait. C'était sans doute Igues-Basses. L'ingénieur expérimenté comprit que le minuscule hameau serait privé de soleil par l'élévation du mur de barrage avant même l'achèvement de celui-ci. C'était une idée un peu désagréable, mais il ne s'y attarda pas.

Charles Neuville s'arrêta un peu au-dessus d'Albepeyre pour prendre quelques photographies. Il ouvrit l'étui de cuir de son Leica avec la satisfaction de posséder un appareil de luxe et d'une extrême précision. Il fixa une dizaine de vues sur la pellicule, plus par plaisir que par nécessité de disposer de ces clichés pour ses esquisses, à Paris.

Ensuite il passa de longues minutes à évaluer le niveau de l'eau, lorsque le barrage serait achevé. Elle monterait vingt mètres plus haut qu'Albepeyre, que ses habitants avaient eu le tort de bâtir à mi-versant. Toutes les maisons, l'église et son clocher à peigne, l'école et la mairie accolées, face à lui, se trouveraient sous le miroir sombre de la retenue.

Charles dut tendre toute sa volonté pour achever cet inventaire de ce qui disparaîtrait et de ce qui survivrait, hors du lac qu'il créerait. Un instant, il vit la cohorte dérisoire des villageois les plus obstinés, fuyant au dernier moment l'arrivée inexorable de la masse liquide, courbés vers le sol, résignés mais désespérés, conduisant une voiture ou un char encombrés de bois de lits et de meubles modestes.

Ces évocations étaient terrifiantes si on succombait à une sensiblerie inutile. Charles Neuville les jugea absurdes, indignes d'une intelligence d'ingénieur, toute vouée aux calculs et à la lucidité. Il réussit à les repousser sans trop de peine et à reprendre son examen méticuleux de la vallée et des gorges dont Delalande lui avait confié l'aménagement pour en faire jaillir de l'électricité, de l'argent et de la puissance.

Une croupe plus élevée que les autres apparaissait. Charles Neuville ignorait que les paysans l'appelaient le Saut du Diable, mais elle l'attirait. Son sommet était entièrement nu, alors que ses voisines se couvraient de châtaigneraies et de chênaies.

L'ascension nécessita une heure de dure marche. Le sentier se redressait pendant quelques dizaines de mètres, s'enfonçait à nouveau sans raison, virevoltait entre des arbres sombres, déroutait le marcheur, hostile, interminable. Le faîte glabre se voyait, disparaissait, réapparaissait, semblait s'offrir, se refusait. On eût dit que la vallée déniait à l'ingénieur le droit de monter plus haut, de la découvrir dans son entier, de cet observatoire naturel, de contempler sa totale beauté.

Mais Charles Neuville possédait l'obstination des hommes forts. L'expérience aussi. Il avait tracé des routes. Il lui avait fallu chercher les vallons perdus, les couper d'un ponceau, ruser avec la pente. Mais sa voie était passée.

Fatigué, il parvint pourtant au Saut du Diable. Une fine arête de quartz brillant parcourait sa tête chauve. Charles s'y appuya. Un rapace dérangé s'envola à quelques mètres de lui, avec un cri aigre.

De tous côtés la vue était sans limites, sereine et pure. Charles eut la sensation d'un aboutissement. Jamais sans doute il ne remonterait à cet endroit exceptionnel. Il voulut en garder un souvenir très précis, tenté d'abord de jouer du Leica. Mais il comprit qu'il se trouvait devant un paysage qu'on ne photographiait pas. À fixer seulement dans ses yeux.

Ce haut pays n'était pas une montagne. Seulement des moutonnements rudes, âpres ici, verdoyants là, mais communiant toujours avec le ciel.

La rivière était au centre, médiane ; essentielle, on le sentait en apercevant son cours scintillant et ses petits affluents aux vifs reflets de lumière. Dominatrice, elle avait sculpté les monts de sa gouge liquide.

La vallée était tout en fantaisie et en méandres. Charles ne parvenait pas à les dénombrer, à suivre leur tracé courbe, qui parfois semblait s'étrangler. Le ciseau avait ouvert des conques rondes entre les versants abrupts ou plus doux : rive concave taillée à vif, rive convexe en promontoires doux et en prés paresseux et solitaires. Charles Neuville prit du temps. Il se pénétra longuement de cette beauté. Combien dura cette fascination ? Plus tard, en se remémorant ce moment irréel, il resta toujours incapable de le dire. Il plissa ses yeux pour distinguer avec le plus de précision possible le point où la nappe d'eau du futur barrage s'arrêterait. Mais cela lui fut impossible car les méandres semblaient tout à coup se tordre comme ces nœuds de serpents qu'on découvre parfois dans les fougères hautes.

– La retenue remontera au moins sur quinze kilomètres, se persuada-t-il cependant.

Lorsqu'il s'enfonça sous les arbres pour reprendre le sentier, une dernière lueur de la rivière s'imposa à ses yeux, dont il conserverait le souvenir jusqu'à la fin de sa vie.

Charles haussa les épaules. Pourquoi se sentait-il coupable de quelque chose ? Le trait d'eau que son barrage écrirait au milieu de ces monts sublimes serait large et épais, grossier si on le comparait au mince fil d'argent courant au fond de la vallée, tel qu'il venait de le voir. Mais Charles Neuville s'obstina à trouver de la beauté à la retenue qui dominerait Serret, grâce à son talent d'ingénieur.

Comme il débouchait des bois en direction de la route, il croisa un homme qui le dévisagea avec une sorte de suspicion, s'arrêtant brusquement à sa hauteur, sans l'avoir salué.

– Vous descendez de là-haut ?

– Non, mentit Charles, devinant une hostilité inexplicable chez cet individu.

– Du Saut du Diable, il ne vient ni bon vent ni bonnes gens ! grommela l'inconnu en s'écartant.

Celui-ci disparut derrière un dos de terrain, sur une sente à peine tracée dans les hautes herbes, qui ne semblait mener nulle part, sans doute un trajet discret conduisant sur le passage d'animaux gros ou petits. Charles pensa qu'il avait eu affaire à un braconnier, surpris de rencontrer quelqu'un au plus reculé de ces solitudes dont il se voulait la seule présence humaine. Cependant l'attitude hargneuse du plouc lui causa un malaise désagréable, comme si ce dernier venait de lui faire sentir qu'il était indésirable dans ce haut pays.

Charles Neuville retrouva le confort du cuir luxueux de la Peugeot avec la sensation de se réfugier dans un cocon qui le ramenait à quelque chose de connu, de banal, dont il avait besoin après sa contemplation d'une nature grandiose, absolue, qu'il devrait profondément altérer, peut-être défigurer, pour accomplir la mission confiée par Delalande et la Rigord.

Peut-être parce que les images du Saut du Diable continuaient encore de défiler devant ses yeux et qu'il les laissait se graver lentement dans sa mémoire, il conduisait avec précaution, attentif aux pièges de la chaussée, piquée de nids de poule, et à la raideur de chaque lacet.

Quand le versant d'Albepeyre s'encadra dans le rectangle du pare-brise, il voulut confirmer son appréciation du niveau qu'atteindrait le plan d'eau, en arrière du barrage. La voiture enfoncée dans un chemin de charrettes, il s'avança dans un pré en légère pente, à l'émeraude un peu jaunie par la belle lumière qui baignait toute la vallée.

Il ne s'était pas trompé. C'était bien cela : Albepeyre serait largement, totalement noyé. Sans tergiversation, ni états d'âme possibles. Comme le matin, son regard confirmait les calculs qu'il avait réalisés à Paris, d'après la carte d'état-major.

– On est pas dans les guides pour touristes, mais c'est quand même beau d'ici, vous croyez pas ?

Charles sursauta, essayant de se composer une attitude en saisissant son appareil photographique qui pendait au bout de sa bride. Un peu plus haut, en dehors de l'angle de vue que lui donnait son avancée dans la parcelle, une famille de paysans chargeait du foin sur un char à échelles attelé à des vaches rouge grenat.

« Ils sont quelques mètres seulement au-dessus du lac », jugea Charles Neuville, dont les yeux et la réflexion restaient occupés par la fixation de la future ligne de rivage dans le paysage qui s'offrait à lui.

Cependant, il fut subjugué par la simplicité et la beauté de la scène rustique sur laquelle la voix venait de l'obliger à reporter son attention. Une femme, jeune encore, assez belle de visage et de formes malgré des vêtements modestes et maculés de salissures, arrangeait le foin avec des gestes habiles, non dépourvus de charme. Dans le pré, l'homme piquait d'énormes fourchées, qu'il hissait vers sa compagne de travail dans de petits brouillards jaunes de poussière et de graines d'herbes mi-sèches.

Homme du Nord, Charles Neuville ne connaissait pas ces façons, d'une simplicité virgilienne. Il fut heureux que l'eau, telle qu'il venait d'en fixer la hauteur, les épargnât. Pendant une seconde, il imagina même les silhouettes, celles de l'homme et de la femme, celle des bêtes magnifiques, se reflétant dans le miroir démesuré du lac, quelques mètres en dessous.

Mais Charles s'attacha plus encore au spectacle de la fillette qui se tenait devant les vaches aux reflets pourpres. Neuf ou dix ans, un corps un peu trop maigre, mais une grâce enfantine indéniable. La petite, munie d'une branche feuillue, effleurait le mufle des animaux pour en chasser les taons et les mouches, acharnés à profiter de leur immobilité pour se gorger de leur sang, en les piquant aux endroits les plus fragiles des muqueuses de la bouche et des paupières.

Charles frémit. Pourquoi, en voyant cette fillette, venait-il de penser à Hortense, qui différait sans cesse depuis leur mariage la décision de concevoir un premier enfant ?

– Vous permettez que je vous photographie ? s'entendit-il demander, incapable de préciser pourquoi il lui paraissait tout à coup si important de fixer ce tableau à la Millet dans son Leica.

– On veut bien, mais il faudrait des habits du dimanche. Du foin dans les cheveux, en coulant de transpiration, on n'est pas attifés pour être photographiés, objecta la paysanne.

– Merci, madame, fit Charles Neuville, pressé de déclencher l'obturateur.

Spontanément, dans une sorte de mouvement de coquetterie instinctive, la gamine enleva son chapeau de paille brûlé de soleil, rajusta ses mèches désordonnées, puis sourit au photographe inconnu.

– Je m'appelle Jeanne, dit-elle avec fierté.

– N'ennuie pas le monsieur, la gronda sa mère.

Charles Neuville chercha quelques mots gentils pour la fillette, mais il ne les trouva pas. Il se retourna en direction de la voiture, puis la rejoignit à grands pas rapides, en s'appliquant plus que d'habitude à fermer le sac du Leica.

Lorsqu'il repassa à Serret, la veuve Bru s'affairait devant son auberge à rempoter des géraniums fatigués. Elle lui adressa un salut de la main, vulgaire et familier, comme s'ils étaient de vieilles connaissances.

Ainsi la haute région qu'il allait bouleverser en édifiant le barrage prenait de la chair, celle de la croupe de cette femme qu'il devrait côtoyer chaque jour, lorsque ses bureaux seraient installés dans les futurs baraquements de Serret, qu'il se déplacerait dans le hameau, qu'il commanderait une boisson à l'auberge, en compagnie d'un collaborateur.

La journée s'achevait de façon troublante. La petite Jeanne et ses parents, l'aubergiste rustique de Serret prenaient une importance étrange, tout comme les silhouettes inconnues d'Albepeyre. Ce n'était pas l'espèce d'inconsistance des habitants des gorges solitaires décrite par Corton dans les salons feutrés du Ritz.

Au dîner, Charles Neuville décida de regagner Paris, mais aussi de cacher une partie de ses impressions à Delalande, qui lui ferait sans nul doute remarquer qu'un ingénieur devait s'abstenir de sentiments personnels, lorsqu'il analysait les sites d'un futur chantier.

– Votre idée, Charles ? Franchement ? exigea le géant sur le ton d'un ordre.

– Il n'y a qu'un seul endroit pour poser le barrage. Corton avait vu juste.

– Pas autre chose ? Pas d'embrouille possible ?

– Non, assura Charles, en sachant qu'il occultait une part incertaine de l'avenir auquel il lui faudrait faire face.

– Nous allons pouvoir commencer, articula Delalande, avec un sourire mince, quoiqu'il fût assez satisfait.

– Il faudrait d'abord préparer la route, pour que les camions puissent monter facilement à Serret, prévint Charles.

– Vous avez l'idée du siècle : ouvrir la route. Les gens de là-bas seront heureux de voir disparaître les nids de poule et les virages à chèvres. Ils s'habitueront en douceur au bruit, avant que nous débarquions vraiment… persifla Delalande.

Dans toutes les affaires qu'elle traitait et dans tous les projets considérables qu'elle lançait, la Rigord avançait toujours masquée. Cette fois encore, son nom ne serait pas prononcé tout de suite. Lorsque les habitants apprendraient l'incroyable nouvelle de l'élargissement de la vieille chaussée sinueuse, ils tomberaient de surprise, mais ils n'y verraient que l'influence du cacique, récompensant la fidélité du maire de Pradelles-le-Château.

– Antoine, Charles a besoin de la route tout de suite. Trouvez l'argent, dit Delalande, avec l'assurance d'un chef habitué à tout obtenir sans retard.

– Comme vous y allez, cher ami ! se raidit Campan.

– Vous êtes patron du conseil général, que diable ! Vous avez été sous-ministre des Transports…

– Je trouverai des fonds de tiroir pour vous, grogna le sénateur, plutôt irrité par la sommation du banquier.

– Un boulevard en six mois, alors qu'ils attendaient de maigres travaux depuis vingt ans ! Les gens vont vous bénir et croire que vous avez le bras très long. Ne soyez pas rabat-joie, sénateur. Ce sont les contribuables qui paieront. Pas vous, ni nous !

Il se faisait tard. Charles Neuville rejoignit son domicile alors qu'Hortense était à sa toilette de nuit. Elle lui ouvrit au second coup de sonnette, se jetant dans ses bras dans l'entrebâillement de la porte.

– Je ne t'attendais plus, dit-elle sur le ton d'un reproche léger.

– Delalande avait convoqué ton père. Il y a eu les inévitables questions d'argent, pour une route en particulier, expliqua-t-il sans conviction.

– Viens, je suis si impatiente de te retrouver, chuchota-t-elle.

Elle l'embrassa de nouveau. Provocante, séductrice. Puis ce fut la chambre, leur lit sur lequel il l'étendit.

– Charles, souffla-t-elle.

Passionnée, sensuelle, ardente. Elle excella dans leur combat amoureux. Lorsqu'ils s'apaisèrent, il voila son corps du déshabillé de soie qui gisait en désordre sur le tapis chinois aux tons bleutés et doux.

– Où en es-tu ?

– Que veux-tu dire ?

– J'aurais aimé que tu m'annonces que tu étais enceinte. Ce soir…

– Pourquoi ce soir ? Attendons encore, refusa-t-elle, avec le détachement qui lui était habituel, lorsqu'ils évoquaient ce sujet intime.

– Tu ne comprends pas… J'aurais aimé…

– Plus tard. Quand ton barrage sera construit, plaisanta-t-elle, avec un rire charmant.

– Tu ne comprends pas… répéta Charles, sans masquer sa déception.

– Tu me vois, en cloque jusqu'aux yeux, promener ma grossesse chez nos amis pendant que mon bel époux court les vallées lointaines ? fit-elle mine de s'amuser, avec dérision.

Il ne lui répondit pas, la jugeant pour la première fois futile. Un instant, il pensa au bonheur sans ombre du couple de paysans modestes et de la petite Jeanne, avec son éventail à vaches.

4

Bonne fille, la République ! La participation d'Antoine Campan au Gouvernement, quelques années auparavant, n'avait pas été vaine pour son département. Il avait réussi à attirer sur celui-ci la manne de l'État, tombée comme une rosée précieuse sur des terres assoiffées.

Cet argent miraculeux s'était mué en interminables serpents de pierres, déposés le long des routes, que des trimardeurs, affublés de lunettes de mica, avaient réduites en miettes à force de coups de massette. Puis, ils avaient étendu cette menue caillasse et les rouleaux compresseurs l'avaient longuement écrasée, pour la transformer en belles chaussées où les voitures ne s'embourberaient plus en hiver. C'était l'une de ces voies qui reliait Pradelles-le-Château à la préfecture. Mais, le progrès s'était arrêté là et les habitants des communes de la vallée n'espéraient plus rien.

Lorsque le sénateur parla de redresser et d'élargir le ruban étroit de virages et de lacets reliant

Pradelles-le-Château à Albepeyre, tous ses amis du conseil général crurent qu'il allait à nouveau devenir ministre et s'empressèrent de voter les subsides qu'il demandait. Que représentaient quelques milliers de francs en regard de la pluie d'argent que Campan pouvait drainer sur le département, s'il s'en donnait la peine ?

À Pradelles-le-Château comme à Albepeyre, on fut plus surpris encore quand apparurent des machines mal connues, destinées à dévorer les rochers, et d'énormes camions qui les déplaceraient. Les Ponts et Chaussées firent encore gonfler les rumeurs en demandant à des paysans proches de Serret de louer leurs bras, leurs tombereaux et leurs attelages pour évacuer des déblais.

Cette précipitation surprenante excita les esprits jusqu'à la folie. Les plus retors prédisaient des combines politiciennes, ourdies par Antoine Campan, qui allaient enflammer la vallée. Les rêveurs annonçaient, avec des chuchotements secrets, que la rivière et les torrents fougueux qui s'y déversaient charriaient de l'or, assurant même que des chanceux avaient trouvé de grosses pépites.

Chaque jour, les gorges et les conques plus évasées vibraient des coups de tonnerre des explosions et du bruit permanent des moteurs des engins. Dans les fermes, les paysans veillaient, surveillant les bêtes, la peur au ventre. Des vaches, saisies de panique, se jetaient dans des ravins ou se fracassaient contre des arbres ou des rochers, au bout d'une course folle.

– À la mine !

Le cri des contremaîtres devint familier au bout d'une semaine. Il emplissait la vallée, se dirigeait vers un promontoire plus dénudé que ses voisins, d'où les croupes de roche dure le renvoyaient. Personne ne pouvait échapper à cet appel portant une menace, improbable mais inquiétante.

– *Macarel*, il restera bientôt plus un oiseau dans le ciel, grognait Hilarian Boudet, lorsque les coups violents lui parvenaient, malgré l'éloignement d'Igues-Basses et l'obstacle opposé par le défilé fermant son petit bout du monde. Désolé, il suivait le vol des rares rapaces, qui ne planaient plus avec leur indifférence majestueuse, mais qui tournoyaient, désorientés.

Le soir et tard dans la nuit, c'étaient les jurons, les invectives et les braillements tonitruants des ouvriers qui montaient. Ils se disputaient le pinard de la veuve Bru, qui s'était aussi largement approvisionnée en Picon, en Noilly et en jaune*.

– Si c'est Dieu possible ! Serret est devenu Babel !

Goûtant le frais sur le pas de sa porte, Hilarian fut peu à peu capable de distinguer, sans beaucoup de risques de se tromper, la langue dans laquelle juraient ou s'insultaient les inconnus. Aux sonorités violentes des Espagnols, succédaient les tonalités plus chantantes des injures des Italiens.

L'aubergiste de Serret, un autre de Pradelles, étaient montés à Igues-Basses. Hilarian Boudet avait refusé de leur procurer du poisson par panières,

---

* Anisette forte.

comme ils l'exigeaient. Ils étaient repartis furieux, couvrant le vieux de sarcasmes.

Au début des travaux de la route, la chienne d'Hilarian Boudet courait vers l'aval, aboyant longtemps contre des intrus lointains, dont son intelligence animale ne parvenait pas à justifier la présence et les bruits. Puis, elle s'habitua à la rumeur permanente et aux coups de gueule des soûlots.

Souvent, dans ce repos qui s'émaille de réflexions chez les solitaires, Hilarian appuyait doucement sa canne sur le cou de la bête couchée à ses pieds. De lui ou de l'animal, on ne savait qui était le plus apaisé par ce geste singulier. Mais, parfois, Hilarian Boudet devait repousser la sensation d'un danger confus, d'une menace peut-être.

Pourquoi ceux d'en bas éventraient-ils avec tant de rapidité et une espèce de fureur les lacets le long desquels il aimait flâner lorsqu'il n'empruntait pas le sentier du bord de la rivière ?

L'unique habitant d'Igues-Basses ne se souvenait plus de l'étrange pêcheur à qui il avait donné une grosse truite. Pourtant Corton était revenu dans la vallée.

Au cours de l'été, vêtu avec modestie, il passa sans doute pour un touriste désargenté. Il parla avec les agents voyers et avec les terrassiers sans que quiconque ne prête attention à ses déplacements. Pourtant, il se livra à des observations, nota des chiffres et des relevés, qu'il adressa à Charles Neuville.

Parfois, il déjeunait chez la veuve Bru, écoutant les conversations, prenant un plaisir un peu malsain à examiner les mangeurs sans méfiance à son égard avec la froideur d'un citadin insensible, méprisant les campagnards.

Il aimait aussi sentir qu'il trompait parfaitement la vigilance et l'hostilité instinctive de la femme. Parfois, il lui posait des questions de naïf sur les bois proches, lui demandant où poussaient les champignons. Elle rigolait.

– Même si je le savais, je vous le dirais pas !

– Salope, grinçait Corton entre ses dents.

Un matin d'automne, alors que les travaux du chantier touchaient à leur fin, il l'attaqua de front, s'amusant à la contrarier, peut-être à la blesser, en évoquant le départ prochain de l'armada de buveurs qui l'avait enrichie depuis des semaines.

– Ils vont vous laisser pas mal de crasse et de nettoyage, mais finie la galette ! remarqua-t-il, en traçant une arabesque sur la table grise de la poussière qui envahissait tout.

– Ce sont pas les trois ou quatre traîneurs de savate d'Albepeyre qui vont les remplacer, se plaignit-elle.

– Ne pleurez pas. Vous avez gagné de quoi vivre pendant deux ans comme une rentière.

– Il faudrait quelque chose dans ce pays ! Pour que ça continue…

– Vous rêvez ! grinça Corton, heureux de la voir inquiète de l'avenir parce qu'elle avait pris l'habitude de l'argent facile.

– Quelque chose… Je sais pas, moi… hésita la veuve Bru.

– Un barrage !

Corton ricana et partit d'un rire bruyant, tout à fait inhabituel chez lui. La tenancière ne parvint pas à distinguer les derniers mots, qui venaient de lui échapper.

– Pourquoi vous riez ? s'énerva-t-elle.

– Pour rien, articula Corton, de nouveau glacial.

Mais il était satisfait. Cette femme cupide, qui s'ennuyait lorsqu'elle n'avait personne devant son zinc, serait facilement manipulable. Elle défendrait bec et ongles les projets de la Rigord. Elle n'avait pas la classe d'une reine dans la partie qui allait s'engager contre les gens de la vallée, mais on la pousserait comme un pion facile.

L'ingénieur déchu regagna Pradelles avec une lenteur calculée. Le spectacle prolongé de la nouvelle chaussée lui procurait de la délectation, les entailles vives dans la roche coriace possédant la netteté des lèvres d'une plaie bien débridée par un chirurgien habile. Sous une lumière acérée, les lacets éventrés ressemblaient à un animal vaincu, membres ouverts, ventre offert, instinct de défense résigné, attendant la main qui caresse ou qui frappe, selon son bon plaisir. Ainsi, l'argent mobilisé par Campan livrerait facilement la vallée aux engins de la Rigord, jusqu'à Serret. On était maintenant à pied d'œuvre. Corton décida de téléphoner à Delalande le soir même.

– Que se passe-t-il ? Vous avez une voix de curé dans un confessionnal, s'étonna le banquier.

– Toujours pas de téléphone dans ma chambre. Je vous parle de la cabine. Il y a du monde autour de moi.

– Où en sommes-nous ? La route est achevée ?

– Monsieur, il faut foncer maintenant. Brutalement. D'un seul coup. La nouvelle de la construction du barrage doit frapper les gens.

– Oui, convint Delalande. Le barrage doit arriver comme un boulet. Nous allons faire les achats de terres très vite, pour ne pas donner le temps de réagir aux empêcheurs de tourner en rond.

– Monsieur, maître Lastic se tient prêt, précisa Corton, avec la déférence dont il témoignait pour parler à son patron dans les grands moments.

– Vous voyez un jour idéal pour lancer notre bataille ?

– La grande foire d'octobre, à Pradelles, dans dix jours. Tout le pays sera là, expliqua Corton.

– Soyez prudent. Laissez faire Lastic : il connaît ses ploucs.

– Il est d'accord pour lâcher la nouvelle à ses clients, ce jour-là.

– Ne vous mouillez pas, Corton. Attendez plus tard pour vous montrer : les cas difficiles.

– Il y en aura, prévint sobrement l'X en rupture de ban.

Au cours de ses multiples voyages dans des départements ou des régions éloignées de Paris, l'homme de paille de la Rigord avait côtoyé des gens et assisté à des scènes d'une extraordinaire variété. Pourtant, son esprit resta tendu, entièrement occupé à observer et à retenir ce qu'il voyait, tout au long de la journée, qui commença tôt et se termina très tard, de la grande foire d'automne.

Avec une certaine condescendance, le notaire avait expliqué au Parisien que celle-ci différait des marchés ordinaires parce que les hommes et les bêtes, cantonnés sur les hauts pâturages pendant tout l'été, envahissaient Pradelles-le-Château. Ces retrouvailles des vachers, condamnés à la solitude pendant trois ou quatre mois, avec un bourg civilisé étaient débridées et tonitruantes. Quant aux vaches, aux génisses et aux jeunes bœufs, ils attendraient rivés aux chaînes de l'immense foirail, abasourdis de se trouver privés de la liberté des grands espaces d'herbe, dans la cohue des acheteurs. Au fil des heures l'excitation de l'argent, celle de la domination du niais par le requin, enfleraient, tendraient les gestes et les paroles, puis retomberaient, enfermées dans un tope-main, l'affaire conclue.

Corton se laissa glisser dans la foule dès la sortie de l'hôtel. Aussi invisible qu'une aiguille dans une botte de foin, il observa les êtres, épiant les regards, essayant de percevoir ce que cachaient le frémissement des faces de paysans et l'agitation de leurs mains, à défaut de saisir parfaitement certaines conversations, précipitées et coupées de patois.

Pour une durée de quinze ou seize heures, jusqu'à la nuit avancée, Pradelles-le-Château était devenu une espèce de chaudron où bouillonnaient la fièvre du lucre, la peur de se faire empaumer par un filou, l'excitation, le plaisir de se retrouver entre parents et connaissances, les nouvelles vraies ou fausses.

Les mâles, en blouses bleues ou noires, suaient la lourdeur ou, au contraire, dissimulaient une ruse que

Corton percevait instinctivement. Ils évoluaient autour des animaux aux croupes froment ou grenat, sans jamais se départir de leur prudence madrée. Ils s'efforçaient de paraître assurés, portant le regard droit, en maîtres des décisions importantes et de l'argent.

Ils étaient les rois du foirail. Corton dut gagner les rues pour côtoyer un grand nombre de femmes. Beaucoup se cambraient sous le poids de paniers remplis d'œufs ou de sortes de cages en osier occupées par des volailles. Il en vit de belles, jolies silhouettes déhanchées par l'effort, yeux ardents le temps bref d'un regard. Des rombières aussi, visage couperosé, cervelles épaisses sans doute, derrière une figure bovine.

Déjà au cours de la matinée, plus souvent encore l'après-midi et le soir, la foule parut s'émietter en petits groupes, se formant, se défaisant, atomes fantasques qu'unissaient pourtant toujours la cohue des mouvements et une sorte de rumeur flottant dans les rues et les places. Dans ces centaines, peut-être ces milliers de conciliabules rustiques, les confidences, les calomnies et les nouvelles s'insinuaient, foisonnaient, étaient déformées, se propageaient avec la vitesse de l'éclair.

Corton percevait des mots, des phrases, surprenait des secrets familiaux ou des aveux intimes. Il se moquait de tout cela, mais il exultait. Dès que le client, à qui maître Lastic aurait choisi de révéler la construction du barrage en amont de Serret, sortirait de l'étude, la foire d'automne serait frappée d'un coup de tonnerre. Les achats et les ventes continueraient, mais rien n'aurait plus d'importance.

L'odeur de la journée était animale, suffocante. Mais Pradelles-le-Château émettait d'autres fragrances particulières. Celle de l'encens, brûlé en abondance devant les catafalques et aux fêtes carillonnées, rôdait sur la place de l'église. Celle, de cire asséchée de poussière, de la demeure notariale, sourdait de sa porte monumentale, puis se répandait dans toute la rue, dont la vieille maison de famille formait l'angle.

Elle prenait les clients à la gorge dès qu'ils pénétraient dans le hall, orné de petits animaux empaillés et d'une hure de sanglier au poil bizarrement poivre et sel. Dans le bureau, le douceâtre léger de la patine rendait l'air lénifiant.

Le notaire donnait à chacun de ses visiteurs la certitude qu'il se levait pour l'accueillir. Mais il ne bougeait pas, esquissant seulement un mouvement vague, puis offrant une main molle.

Le bureau ministre Louis-Philippe en noyer finement veiné impressionnait les paysans, effarés de voir autant de papier accumulé, alors que Norbert Lastic ne laissait pourtant devant lui que les affaires les plus récentes.

Cependant, les hautes armoires-bibliothèques où se pressaient, rangées dans un ordre impeccable, les reliures de cuir des registres, les incitaient à se comporter avec humilité. Ils savaient que Lastic était capable d'extraire en une demi-minute l'acte concernant leur mariage, leur héritage, un achat ou une cession de terres. Il ouvrait l'une des portes vitrées, tirait le beau volume aux fers dorés, le maniait en souriant avec onctuosité, lisait lentement. Mais son regard indiquait à l'évidence qu'il se souvenait des secrets, des paroles qui avaient été prononcées devant lui, des frémissements des visages, à la seconde où les gens avaient paraphé les pages grisâtres. Sous la lueur de ses yeux, les plus influençables se sentaient jugés, même si maître Lastic n'exprimait jamais ouvertement de sentiments personnels. Pourtant, les querelles de famille, les haines, l'absence d'amour de certains mariages remontaient du passé, se mêlaient à l'atmosphère confinée de la pièce, l'alourdissaient.

Il était exactement dix heures. L'employée introduisit directement le rendez-vous, fixé depuis plusieurs jours.

Joseph Recoulettes entra avec calme car, s'il ne se croyait pas tout à fait l'égal du tabellion, la superficie de son domaine, proche d'Albepeyre, l'autorisait à une certaine confiance en lui.

– Bonjour, maître, articula-t-il, en homme habitué à sortir de son hameau.

– Prenez la chaise ou le fauteuil. Comme vous voulez…

– La chaise, choisit Joseph Recoulettes, car elle lui permettrait de se tenir très droit face à son interlocuteur. Cela valait mieux pour exposer un projet crucial.

Le paysan prospère fixa Norbert Lastic. Il lui trouva une figure inhabituelle. Le pois charnu, sous le nez, n'était ni plus ni moins rosé qu'à l'ordinaire, mais il lui sembla que la boule de calvitie, le front et les joues étaient cendreux. Il se posa sur le siège en évitant les mouvements brusques, comme s'il redoutait d'accentuer cette pâleur par un geste dérangeant.

– Vous avez souhaité me parler ? demanda le notaire.

– Oui. Je n'irai sur le foirail qu'en queue de matinée.

– Vous avez amené des bêtes ?

– Des génisses. Mon fils les surveille à la chaîne. Il mange ses vingt ans. Il peut commencer à entendre les prix des marchands. Je verrai ensuite…

Cette explication parut intéresser l'homme de loi. Il demeura pendant quelques instants dans l'attitude rigide qui paralysait certains de ses clients : ses dix doigts opposés un à un appuyés sur son sous-main de cuir vert, le torse redressé, l'intelligence tout en dedans, faisant le choix des mots qu'il allait assener.

– Les vaches… Votre fils. Mais, vous, monsieur Recoulettes ?

– Je suis sur le point d'acheter un beau champ, que j'attends depuis des années. Vous savez comment sont les voisins, à Albepeyre comme ailleurs…

La peau de Norbert Lastic ne se plissa pas. Elle se tendit imperceptiblement, ce qui accentua l'aspect cendreux que son visiteur venait de remarquer. Les doigts se disjoignirent l'un de l'autre et prirent appui sur le bureau, comme pour assurer plus de force aux phrases à venir.

– Ne pensez plus à votre champ ! L'heure n'est plus à acheter ; au contraire, il faut vendre, dit-il froidement.

– Vendre !

Joseph Recoulettes flottait, hésitant, ne comprenant pas encore ce que le notaire voulait l'amener à admettre. Il bougea sur sa chaise, maladroitement, cherchant appui sur l'assise de paille, se redressant un peu.

– Tout vendre ! Les terres. Toutes vos terres ! Votre maison !

– Vous allez bien, maître ? osa demander le paysan, qui crut à une attaque cérébrale.

– Noyé ! Vous serez noyé ! envoya Lastic comme on assomme un bœuf d'un coup de merlin en plein front.

– Noyé ?

– Noyé ! Et Albepeyre avec vous.

– Un barrage ?

– Oui. Pourquoi pensez-vous qu'on a élargi la route jusqu'à Serret ? Vous êtes un homme avisé. Vous auriez dû deviner.

– L'eau ne montera pas jusque chez moi. Au-dessus d'Albepeyre.

– Si !

– C'est impossible ! s'emporta Recoulettes.

– Comprenez-moi… Vous êtes quelqu'un qui compte dans la vallée. La Compagnie paiera vos hectares au prix fort et je vous aiderai à retrouver une belle propriété ailleurs. Au sec, pour toujours ! D'un seul tenant, alors que vous ne possédez que des champs dispersés, sur vos pentes.

– Les gens se révolteront. objecta Joseph Recoulettes.

– Comprenez-moi, insista Lastic.

– C'est un secret ? demanda le fermier, encore incrédule.

– Plus maintenant ! grinça Lastic.

– Il y a de gros bonnets d'ici dans le coup ?

– Antoine Campan et bien d'autres. Réfléchissez, Monsieur Recoulettes. Vous êtes estimé : vous serez un exemple. Dans la commune, on vous suivra.

– Si j'avais su entendre ça en me levant ce matin… philosopha le paysan.

– Soyez lucide. Marchez avec nous, conseilla Norbert Lastic sur un ton impératif et bienveillant à la fois.

Joseph Recoulettes était planté sur le versant d'Albepeyre comme les chênes et les fayards. Il avait échappé à la mort à vingt ans, du côté de Verdun, d'où il était revenu sans une bosse. Ses trois ans de guerre l'avaient trempé à l'image de l'acier.

Pourtant, lorsqu'il se leva, il sentit ses jambes lui manquer. Vendre ! Lui qui avait voué sa vie à réunir des parcelles !

– Les meilleures années de ma vie. Foutues ! se tortura-t-il, tout en cherchant le secours du dos de la chaise.

La maison sous les eaux. Quelque chose se brisa dans sa poitrine, très profondément en lui. Mais il garda assez de volonté et de fierté pour quitter la pièce sans tituber.

Dehors, il faisait encore froid car l'automne avait crispé la matinée d'une gelée blanche précoce. Joseph reprit la maîtrise de son corps et de ses gestes. Mais la nouvelle insensée, assenée par maître Lastic lui rongeait la tête, lancinante, intolérable. Il comprit qu'elle ne le quitterait plus pendant des heures, des journées, des nuits peut-être. Un tel événement était si inconcevable qu'il faillit arrêter une passante inconnue, pour tout lui révéler.

Cependant, il se força à marcher avec lenteur vers le foirail. En approchant de ses bêtes, il constata qu'il avait repris assez d'emprise sur lui-même pour se concentrer sur la vente des génisses.

– Tu as tardé. Quelque chose n'allait pas chez le notaire ? le questionna sa femme.

– Non. Rien…

– La volaille a rapporté une belle somme, précisa-t-elle, sereine.

– Les maquignons ont fait un premier tour, l'informa alors son fils.

– Je saurai tenir mon prix, annonça Joseph Recoulettes, avec une voix dure, alors qu'il conservait toujours un ton égal.

La foire d'automne était jour de plaisir de manger et de boire. Les endroits où on servait de la soupe et du vin se multipliaient, offrant leur tambouille, à côté de l'hôtel et des auberges payant patente.

Joseph Recoulettes ignora les bouillons et les caboulots d'occasion pour retrouver ses amis à l'hôtel des Voyageurs, vers une heure de l'après-midi.

– Tu as vendu tes vaches pour la mort ? s'enquit un maladroit.

– J'ai pas l'habitude de mettre mes bêtes à l'abattoir avant l'heure. Mes génisses travailleront dans une bonne ferme. Longtemps, je l'espère, s'agaça le gros fermier.

Savourer le foie persillé, écraser dans sa bouche le vin vert de l'année, ces goûts gardaient-ils encore un sens ? Joseph Recoulettes regarda longuement sa femme, qui riait avec discrétion d'une plaisanterie. Son fils, les autres... Leurs visages devenaient flous, quand il ne se forçait pas à les fixer, à employer toute sa volonté pour participer à la conversation qui les passionnait : les prix, les rencontres qu'ils avaient faites, les rumeurs familiales, celles provenant des hameaux proches ou lointains.

Leur dire ? Se soulager du poids qui pesait dans sa tête. Ou attendre ? Attendre la solidité de forteresse de la maison, à l'abri de laquelle le fils et l'épouse pourraient l'écouter, abasourdis, désemparés. Attendre. Peut-être l'intimité ultime, celle du lit conjugal. Demander conseil à celle qui partageait sa vie.

Leur apprendre la terrifiante nouvelle, qui rayait la vallée. Ensuite décider. Marcher avec Lastic ou refuser d'un bloc ? Réfléchir. Conserver encore le secret. Pour combien de temps ? Réfléchir. Garder le silence. Joseph Recoulettes considéra à nouveau sa femme. Mais elle ne parut pas remarquer la moindre lueur inhabituelle dans ses yeux, ni les interrogations angoissées qui le rongeaient.

– Le foie persillé te reste sur l'estomac ? Tu as une mine de papier mâché ! fit l'un des mangeurs.

Soudain, Joseph Recoulettes se sentit incapable de supporter plus longtemps les méandres des banalités habituelles et de la fin de repas trop arrosée.

– Viens, commanda-t-il à son épouse.

– Monsieur Recoulettes se retire ! railla une voix empâtée.

– Con !

– Joseph !

– Ils vont vous noyer derrière un barrage, tous tant que vous êtes ! Moi aussi !

Joseph Recoulettes avait hurlé. Pas le genre à lancer des bobards, Joseph ! Surtout en éructant ce cri farouche, dont on ne savait ce qu'il exprimait vraiment. Ses amis courbèrent la tête.

– Tu aurais pas dû me chercher, reprocha-t-il au railleur.

– C'est Lastic qui t'a craché ça ?

– Viens, répéta le gros fermier à sa femme, jugeant inutile de répondre à cette question, qui en amènerait d'autres, aboutissant peut-être même à l'accuser d'avoir caché la vérité depuis des jours.

Soudain les sanglots de quelques femmes habitant en amont de Serret jaillirent. Leurs hommes, une boule dure dans la gorge, incapables de formuler leurs pensées, regardaient droit devant eux, les yeux fuyants.

Au bout de quelques instants, le silence mouillé des pleurs féminins devint si accablant que les deux filles de salle se précipitèrent vers la cuisine.

Leurs pas pressés ravivèrent sans doute la lucidité des convives originaires de Pradelles ou des villages de l'aval. Ils réalisèrent tout à coup que l'inconcevable nouvelle de Joseph Recoulettes ne les concernait que d'assez loin, puisque le mur du barrage serait construit au-delà de Serret, où ils ne montaient que rarement.

Certains, se sentant un peu coupables de ne pas subir le sort annoncé à ceux d'Albepeyre, se mirent à toussoter. D'autres, qui possédaient une intelligence déliée, tentaient de trouver quelques avantages à un projet aussi stupéfiant.

– Pleurez plus ! Sortons d'ici, commanda aux femmes un homme d'Albepeyre qui n'avait pourtant pas la réputation d'être autoritaire.

– Tu as raison. C'est pas Pradelles-le-Château qui sera noyé…

– On est avec vous… On vous aidera, promit une voix.

– Te force pas ! ricana celui d'Albepeyre.

Les mangeurs se connaissaient parfaitement les uns et les autres, chacun sachant où habitait son voisin ou son vis-à-vis. Pourtant, lorsqu'un de la haute vallée se levait, homme ou femme, une sorte de stupeur marquait les visages. Quand le petit groupe se serra, fragile et hésitant, pour franchir la porte du restaurant, les autres baissèrent les yeux, n'osant pas les regarder partir.

– Merde, constata quelqu'un lorsqu'ils furent dehors, on aurait dit qu'ils allaient se pendre…

– On va pas les couvrir d'eau sans leur donner une montagne d'oseille !

Prudent, ignorant si Lastic lâcherait sa bombe avant le repas de midi, Corton n'était pas apparu à l'hôtel des Voyageurs. Errant avec lenteur dans les rues engorgées d'étalages, d'acheteurs et de badauds, il guettait des paroles ou des signes, lui indiquant que la rumeur se répandait enfin.

Tout à coup, il pressentit que maître Lastic avait révélé à l'un de ses visiteurs le formidable secret et que ce client avait été incapable d'en supporter le poids, se confiant à des amis ou à des parents.

Autour de lui, la foule, molle jusqu'à cet instant, parut parcourue d'une transe subite, impalpable d'abord, mais que son instinct de chasseur détecta aussitôt, sans risque de se tromper.

La cohue informe fut prise d'agitation. Les gens s'abordaient, se regardaient fixement, accéléraient le pas, ralentissaient, se livraient à des écarts à droite ou à gauche, se heurtaient parfois. Corton pensa à ce qu'il advient dans une fourmilière lorsqu'on écrase la motte qui l'abrite d'un coup de pied. Les ouvrières affolées vont et viennent, tentent d'emporter leurs œufs, leurs réserves de nourriture, tout ce qui peut être sauvé. Entre les étalages ou dans les espaces plus ouverts des placettes, les chalands de la foire d'automne de Pradelles offraient tout à coup une image assez comparable à celle des fourmis dérangées.

Mais toute société essaie de réagir face à un événement imprévu et imparable. Après l'effervescence causée par la progression rapide de la rumeur de bouche à oreille, la foule sembla en proie à une étrange cristallisation. Les individus se regroupaient par trois, par quatre, par cinq ou six, amis ou parents, en s'efforçant de mesurer la portée de la nouvelle immense, parlant à voix basse. Parfois l'un des membres de ces groupuscules se détachait, tel un atome mal agrégé, filait, rejoignait une autre grappe humaine, sans doute pour glaner des miettes d'informations fraîches, ou se sentir en compagnie plus rassurante.

Corton jubilait : le lendemain, la rumeur aurait pénétré les plus isolés des recoins de la vallée, à Igues-Basses par exemple. Il esquissa un sourire cynique. Hilarian Boudet se trouvait-il à Pradelles-le-Château ? Connaissait-il déjà la menace qui pesait sur sa marmite de vert et d'eau ? Ou la nouvelle devrait-elle remonter la rivière, puis le torrent, le surprendre dans son refuge d'ermite rustique ?

Par une curiosité, qu'il jugea d'ailleurs inutile, mais à laquelle il succomba, le limier de la Rigord voulut surprendre quelques phrases des conversations. Mais, quand il se rapprocha d'un quatuor, chuchotant avec des mines de comploteurs, les gens se turent, le fixant avec hostilité.

Corton se demanda pendant un instant si l'un de ces hommes l'avait déjà vu quelque part et le reconnaissait. Non ! Ces paysans étaient seulement devenus soupçonneux et très méfiants. La crainte, mille suppositions plus folles les unes que les autres sur l'avenir de la vallée se mêlaient, se mêleraient chaque jour davantage dans la tête des vieux et des jeunes, des riches comme des pauvres. Corton acéra son regard sur les visages inconnus : ils étaient inquiets, décomposés pour les plus sensibles.

Ordinairement, la foire d'automne s'invitait bruyamment dans les auberges, où les domestiques claquaient une partie de leurs gages et où les mâles se libéraient du regard sans indulgence de leurs rombières, en s'extasiant sur le velours d'une fillette. De vin du Midi. Parfois de Bordeaux, pour les gros fermiers. Des maquignons sirotaient des fines, pour se donner une réputation de puissance financière devant les paysans.

Peu, parmi les groupes serrés qui considéraient Corton d'un mauvais œil sans raison précise, savaient que le projet de barrage avait été révélé par Joseph Recoulettes. Mais beaucoup réagirent comme lui. Assommés par la nouvelle, ils crurent s'en protéger en rentrant de très bonne heure dans leur chez eux : village, hameau ou lieu-dit solitaire.

Il resta pourtant des buveurs et des badauds attardés à Pradelles. Interminablement, ils parlèrent et reparlèrent du barrage, craintifs, fanfarons pour certains d'entre eux, prétendant tout expliquer et posséder des informations secrètes, parce qu'ils côtoyaient parfois Antoine Campan ou un politicien de campagne.

Le soir tomba tôt. Lorsqu'ils se résolurent à quitter Pradelles-le-Château, ceux de la vallée se retrouvèrent sur la chaussée élargie jusqu'à Serret. Instinctivement, ils se comptèrent : une vingtaine, d'Albepeyre et des hameaux nichés sur les versants ou dans une combe profonde.

La veuve Bru était déjà au parfum. Elle les interpella, sûre qu'ils boiraient encore ; aussi pour leur soutirer quelques détails que les premiers avaient pu ignorer.

– Les noyés, vous avez soif ?

– Commande ton homme de cave : ton foutu Théo ! Qu'il nous monte du bon ! la défia un fort en gueule.

L'auberge ne possédait pas de chaises pour tous. La veuve offrit des bancs de bois lourds, qui ravagèrent le plancher parce qu'on les poussait trop fort. Quand les hommes s'installèrent, ils craquèrent à se rompre. La seule femme du groupe, une servante occasionnelle à qui on ne contait pas des balivernes, refusa le siège qu'un homme lui avança. La veuve Bru servit un vin robuste et pas cher, devinant que beaucoup d'argent avait été bu à Pradelles et que ceux d'Albepeyre ne disposaient plus que de petits moyens. Quand les mains se refermèrent sur le poli des ballons en verre soufflé, elle attaqua par la bande, en s'adressant à la fille.

– Toi qui aimes danser, tu manqueras pas de cavaliers. Ce barrage va nous amener des jeunes comme tu n'en as jamais vus ! Si j'avais vingt ans... dégoisa la tenancière.

– Faudra voir, se raidit la domestique.

– Les bals du dimanche ! Des Italiens beaux garçons ! Tu finiras mariée, avant que l'eau du lac coule.

– Ou engrossée jusqu'aux oreilles ! corrigea grossièrement l'un des buveurs.

– Tu es pas son fiancé. Elle te demandera pas ton avis, le rabroua la veuve Bru, surprise par cette sortie imprévisible.

– Je suis ni son fiancé ni son père, elle valse avec qui elle veut. Mais ces types viendront pas faire la loi à Albepeyre !

Il avait crié si fort que les autres s'étaient tus. La servante laissait courir son imagination. Elle se sentait un peu gauche, mais la perspective d'un tango dans des bras inconnus lui était agréable. Cependant, elle baissa les yeux car elle eut la sensation vague d'être déjà coupable.

Le silence se prolongea, comme si les clients de la veuve étaient effarés de découvrir que le barrage s'immiscerait dans tous les recoins de leur existence, même au plus profond de leur vie intime. Certains avalèrent une rasade de vin noir, d'autres en furent incapables, déglutissant au contraire une noix de bile amère.

– Les femmes ! Les terres ! Les *ostals* ! Qu'ils y viennent ! recommença l'excité.

– Ils vont pas tout nous prendre. Ils paieront les châtaigneraies et les prés. Il faut leur demander beaucoup, objecta un journalier qui ne possédait qu'une petite maison.

– Nous serons tondus comme des moutons. Le barrage ruinera la vallée. Ils n'apporteront rien. Pas un franc ! s'obstina l'autre.

– Du travail, si nous laissons pas venir les étrangers ! Moi, j'irai travailler sur le chantier plutôt que de trimer pour une misère chez un propriétaire.

– Bien sûr ! Tu n'as rien. Pas un *pradel** pour aller pisser ! Les crevards comme toi gâchent toujours tout !

Chacun vit que l'insulté blêmissait. Pourtant il parvint à se maîtriser, peut-être parce que les yeux baissés de la fille lui laissaient deviner qu'il ne serait pas le seul à vouloir chercher une vie différente parmi les petits ou grands événements que le barrage introduirait dans la vallée.

– Les prix des bêtes tombent depuis des mois, les châtaigniers crèvent de l'encre, je partirai ailleurs, si

* Petit jardin ou pré, habituellement proche de la maison d'habitation.

je tire un peu d'argent de mon bien de petit, réfléchit à haute voix un paysan modeste.

– Et tes enfants ? Tu les foutras dans le lac ?

– Ils iront à Paris, comme d'autres.

– Des moins que rien ! Des crevards. Vous êtes tous les deux de sales crevards ! Des vendus au barrage !

– Arrêtez, vous deux ! s'interposa la veuve Bru.

Les trois hommes s'empoignèrent avec sauvagerie. Le vin du pays pesait sur celui du Midi, ingurgité quelques heures plus tôt à Pradelles. Les insultes et l'angoisse avaient dérangé les esprits. Deux camps se formèrent en une seconde. La bataille de poings se déclencha, sans que l'aubergiste pût sauver sa verrerie.

Hilarian Boudet parvint à éviter les coups. Il jeta un regard méprisant à la veuve, puis contempla pendant quelques secondes les pugilistes avinés, la déception et la tristesse au cœur.

– C'est bien fait pour ta vaisselle ! Tu n'as que ce que tu mérites. Tu aurais pas dû les pousser à boire, reprocha-t-il à l'hôtesse cupide.

– La Compagnie te sortira d'Igues-Basses comme on enfume un renard dans son trou ! ragea-t-elle, dévoilant avec brutalité de quel côté elle s'était placée dès le début de l'après-midi.

Hilarian ne répondit pas. Il quitta la salle d'auberge dans un brouhaha de cris et d'invectives, haché de coups sourds et de bris de verres. Les bancs étaient tombés et ceux qui s'y fracassaient les chevilles éructaient des cris ridicules.

La nuit manquait de lune. Elle était noire comme le plus noir péché. Mais Hilarian Boudet ne trébucha pas, passant le tronc d'arbre couché servant de passerelle sur le torrent sans aucune crainte, ni hésitation. Lorsqu'il arriva dans les prairies d'Igues-Basses, assez loin de sa maison encore, sa vieille chienne l'attendait.

– Saloperie ! Ils se sont battus, alors que nous aurions besoin de tant d'entente dans la vallée, lui confia-t-il d'abord.

Puis ses idées continuèrent leur chemin. En approchant de sa demeure, il remarqua l'odeur un peu sucrée de la fumée de la cheminée, qu'il avait garnie le matin, parce qu'il prévoyait déjà une soirée fraîche.

– Macarel, reprit-il avec satisfaction, il me faudrait mettre plus souvent du bois de tilleul. Il sent drôlement bon.

La bête, heureuse du retour de son maître et sans doute aussi de gagner le trou dans la paille du petit hangar où elle avait établi ses pénates animales, émit deux ou trois jappements brefs.

– Crois-moi, ils nous couvriront pas de deux cents mètres d'eau, dit Hilarian Boudet avec son calme de sage.

À l'hôtel des Voyageurs, Corton finissait de dîner. Il avait choisi un châteaubriant saignant, accommodé aux pommes reinettes, fraîchement cueillies tout près de Pradelles. Délicieux.

Le vin était à l'égal : un saint-estèphe opulent, dont on pouvait s'étonner qu'il se trouvât en cave dans cet établissement moyen d'un bourg modeste, d'un pays quasi montagnard. Légèrement euphorique, l'ingénieur s'abandonna à une lenteur inhabituelle chez lui, prenant plaisir à prolonger son repas solitaire.

L'atmosphère était étrange : une vacuité, une fragilité, comme si les dix ou douze convives attardés n'avaient pas remarqué l'agitation fébrile de l'après-midi et oubliaient qu'un barrage couperait bientôt la vallée en deux, comme on tranche un pain long. Corton serait peut-être resté longtemps immobile, dans un certain vide de l'esprit, admettant que la province recelait des charmes. Agréables, somme toute ! Mais il lui fallait appeler Paris. Neuville. Avant qu'il ne se couche. Depuis la cabine.

– Allo, Corton ! s'annonça-t-il.

– Bonsoir, répondit Charles, avec une distance qui chassa la sérénité vespérale, parfaite par le bouquet et l'arôme du saint-estèphe.

– Norbert Lastic a lancé le lièvre. La nouvelle court partout, persifla Corton.

– Mes plans sont prêts. Montrez-vous. Persuadez les gens de vendre leurs terres à la Compagnie centrale. Les finances sont votre domaine et celui de Lastic.

– Ne jouez pas au saint, Charles ! Delalande a fait de vous le patron de ce projet. Ici, les gens vous considéreront comme le grand manitou. Moi, je ne suis qu'un homme de l'ombre.

– Travaillez avec le notaire. La Rigord vous paye pour ça, gronda l'ingénieur en chef.

– Il n'y a pas les nobles calculs, les engins monstres et le béton pour vous et le sale boulot, qui consiste à chasser des récalcitrants, pour moi. Il faudra vous mouiller, Charles ! Vous serez seul à décider en dernier ressort.

– Je viendrai. Je parlerai avec Lastic. Je n'ai pas l'habitude de fuir mes responsabilités. Moins que vous, à ce que je crois savoir…

– J'avais raison de me méfier de vous, ragea Corton, en coupant, furieux de ce rappel à peine voilé de son passé ambigu.

5

Le sénateur n'avait jamais confié à ses amis, même les plus intimes, pourquoi il n'affichait ni femme ni maîtresse. À la Haute Assemblée, comme dans les salons influents qu'il fréquentait avec méthode, on connaissait à peine Mme Campan. Elle n'apparaissait à Paris qu'une ou deux fois par an, pour une cérémonie prestigieuse de gala ou de bienfaisance, ce qui poussa d'abord les médisants à évoquer la possibilité d'une rivale, bien cachée, ou des faiblesses coupables soit pour des théâtreuses, soit pour des gourgandines de luxe. Mais il avait fallu se rendre à l'évidence : le cacique provincial ne reléguait pas sa compagne dans sa bonne ville pour la tromper plus facilement dans la capitale. Nul n'avait jamais cité une aventure ou un nom de belle créature.

En revanche, on savait que Campan réservait certaines de ses soirées à sa fille, qui possédait peut-être beaucoup plus d'influence sur lui qu'on ne le croyait.

Ce soir de l'extrême fin d'octobre, à l'instant du café, il avait trahi quelques affaires assez confidentielles occupant les cercles proches de l'Élysée et du président Lebrun. Puis, il avait choisi un havane dans le coffret qu'il avait lui-même acheté pour le laisser chez Hortense, en vue de ces moments-là.

Cela lui permit de se composer une attitude, autant que de s'adonner à un plaisir qu'il n'appréciait qu'avec modération.

– Vous vous êtes disputé avec Corton, n'est-ce pas, alors qu'il se trouve à six cents kilomètres. Décidément, même au fin fond de la province, vous n'aimerez jamais ce type.

– Comment savez-vous que je l'ai rabroué au téléphone ? Il a cafardé à Delalande, qui vous envoie mettre de l'huile dans les rouages.

– Quelque chose comme ça, Charles, ironisa le sénateur, en reposant son cigare en train de s'éteindre, prêt à sentir le refroidi dans un instant.

– J'attendrai après la Noël pour aller à Pradelles. Ma présence n'est pas indispensable pour convaincre les paysans de céder leurs terres.

– Si ! Corton n'a pas tort : les gens préféreront avoir affaire au maître du projet que vous êtes, assura Antoine Campan.

– L'homme des achats et des ventes, c'est Norbert Lastic, argua Charles Neuville, à qui l'idée de fréquenter l'ingénieur déchu jour après jour était très désagréable.

– Gagnez Pradelles-le-Château assez vite. Quand vous y serez installé, j'irai vous aider. J'ai toujours de l'influence, croyez-moi. La parole d'un sénateur compte encore pour les politiciens de campagne, insista Antoine Campan.

Sur le boulevard Malesherbes, un moteur, poussé au maximum par un chauffard profitant de la nuit pour rouler à toute vitesse, jaillit brusquement du bourdonnement sourd de la circulation. Les deux hommes se turent, finalement assez heureux de ce vrombissement intempestif, qui chassait l'image de Corton. Ils restèrent ainsi face à face, silencieux. Antoine Campan ne détestait pas ces moments où les dialogues avec son gendre s'interrompaient sans raison véritable, tandis qu'Hortense se mouvait avec légèreté dans le salon luxueux. Alors, il considérait Charles sans vraiment le fixer. Il se demandait quels sentiments profonds celui-ci lui portait. De son côté, il était flatté de débattre d'aussi grands projets que celui du barrage avec un ingénieur brillant qui, de plus, était le mari de sa fille.

– Hortense, je compte sur toi pour ne pas retenir Charles ici trop longtemps, reprit-il sur le ton d'une plaisanterie affectueuse.

– Monsieur l'ingénieur n'a jamais hésité à abandonner lâchement sa femme pour rejoindre une usine ou un chantier. J'attends comme Pénélope attendait Ulysse, répliqua-t-elle.

– Je vous laisse, tous les deux… décida Antoine Campan, satisfait de cette harmonie familiale, qu'il volait à ses obligations permanentes de se montrer dans les soirées politico-mondaines.

Charles reconduisit son beau-père jusqu'à l'ascenseur. Il attendit que le bruit métallique de la cage aux ornements tarabiscotés arrivant au rez-de-chaussée lui parvienne pour rentrer chez lui. Il tarda un instant sur le palier aux riches boiseries, avec la sensation que cette immobilité lui faisait du bien et permettait à son esprit de s'alléger de l'espèce de réserve qu'il adoptait en présence du sénateur.

– Tu ne m'avais pas dit que Corton t'avait pris à partie au téléphone, lui reprocha Hortense dès qu'il fut rentré dans l'appartement.

– Tu étais sortie pour l'une de tes soirées avec des amis. Et je me moque de Corton !

– Tout de même… Il pourrait te couler auprès de Delalande, s'inquiéta-t-elle.

– Delalande ne confond pas les genres. Corton est son homme à tout faire, mais je suis son principal ingénieur.

– Mon père connaît ses gens. Je crois que tu devrais suivre son conseil et aller là-bas le plus tôt possible, insista Hortense.

– J'aurais aimé être avec toi pour les fêtes.

– Tu reviendras quelques jours avant Noël.

– Non. Les routes vont devenir difficiles à Pradelles-le-Château et dans la montagne. Je risque d'être pris au piège de la neige.

– Ton chantier et ta carrière d'abord ! trancha Hortense de cette voix qu'elle prenait lorsqu'elle exprimait une décision définitive.

– Tu pourrais me rejoindre, au moins de temps à autre, pour quelques semaines ou un mois, avança-t-il en pressentant que cette suggestion allait la surprendre car elle était toujours restée à Paris quand il effectuait des missions à une cinquantaine ou à une centaine de kilomètres de la capitale.

– Tu veux m'installer où ? Dans tes baraques au pied du barrage ou à l'hôtel de Pradelles ? demanda-t-elle ironiquement.

– Tu habiterais avec ta mère, dans votre maison de la préfecture. Je viendrais à chaque fin de semaine.

Hortense éclata de rire, comme s'il venait de lancer une énormité. Retrouver les immenses pièces un peu trop sévères, les rues peu animées de la ville où elle s'était morfondue à l'adolescence, était devenu totalement inconcevable pour elle.

– Il n'y a que maman pour aimer se confiner là-bas ! Tu lui rendras visite souvent. Elle sera si heureuse d'avoir son gendre parisien ! Et elle te présentera ses belles amies, tu verras ! persifla-t-elle.

En proposant des séjours prolongés dans la grande demeure des Campan, Charles Neuville ne se faisait aucune illusion. Pourtant, l'ironie de sa jeune femme le heurta désagréablement, tendant soudain l'atmosphère sereine de la soirée, qu'avaient agrémentée les confidences politiques et la conversation chaleureuse du sénateur.

Charles atteignit Pradelles-le-Château sur la fin d'une après-midi encore lumineuse, mais déjà fraîche. En débouchant sur la place centrale, plutôt que de diriger la Peugeot vers l'hôtel, il eut envie de revoir Serret, qui serait son quartier général dès que les premiers coups de pelle seraient donnés. L'aisance avec laquelle il circula sur la route rénovée le combla : les ingénieurs des Ponts avaient fait du bon travail. Il stoppa la voiture au commencement de la combe, hors d'atteinte de la curiosité des habitants et de la veuve Bru.

Les plaies de la nature s'étaient cicatrisées. Des tailles dans les rochers, des creux brutaux de déblai, des boursouflures de remblais, indiquaient qu'une blessure avait été infligée au versant à cet endroit, quelques mois auparavant. Mais le temps passé avait déjà adouci les écrasements comme les simples égratignures. De hautes herbes, nées au printemps, finissaient de sécher, piquées de quelques corolles de fleurs tardives. Des genêts conquérants coulaient sur les pentes, en chevelures rêches.

Charles Neuville constata que leurs cosses noires filiformes bâillaient, ayant libéré des millions de graines aux alentours, formidable promesse de vie végétale pour les saisons qui suivraient.

Les travaux du jour avaient cessé, les paysans s'activaient dans les étables, invisibles. Serret semblait trop au large, dans l'évasement de la combe, juste devant la gorge. Au-dessus de ses quelques maisons, la vallée paraissait plus que jamais déserte. Cette vacuité était opulente, les bois peignant avec le génie d'un peintre inspiré des tableaux d'automne grandioses.

Charles pensa que le froid, qui surviendrait bientôt, renforcerait cette sensation de silence et de vide. Il en fut bizarrement satisfait, comme s'il voulait encore se cacher la présence, pourtant bien réelle, d'habitants qu'il lui faudrait réduire à sa volonté avec l'aide ou la complicité de maître Lastic et de Corton.

Lorsque Charles Neuville franchit la porte capitonnée du bureau notarial, il fut frappé par le changement qui se lisait sur le visage de Norbert Lastic. Chaque parcelle de sa peau lisse, d'habitude si pâle, avait pris de la couleur et émettait une espèce de luisance, traduisant un contentement ou même une exultation intérieure.

– Bonjour, maître, salua l'ingénieur.

– Comprenez-moi, cher monsieur Neuville, nous abordons des semaines délicates et cruciales, voulut préciser Lastic, dès l'entrée en matière.

Le mouvement de ses yeux, plus rapide qu'à l'ordinaire, leur éclat, moins maîtrisé, trahissaient une excitation rentrée que son esprit n'avait jamais connue auparavant. En observant ces signes, évidents ou imperceptibles sur les traits de son interlocuteur, Charles Neuville comprit que l'habileté et l'intelligence de celui-ci atteignaient un point qu'elles n'avaient jamais atteint dans sa vie. S'y ajoutaient de la fierté et peut-être un orgueil démesuré, enfoui au plus profond du personnage, parce que Lastic avait toujours joué l'homme empreint d'une extrême réserve.

Vendre une vallée tout entière ! De la propriété de Joseph Recoulettes au plus petit bois, perdu dans le recoin le plus reculé d'une gorge. Traquer la parcelle la plus infime, sa contenance en ares et en centiares, la coucher sur le papier timbré, pour qu'aucun atome de propriété n'échappe à la Rigord ! Quel notaire du département pourrait prétendre avoir fait ça un jour, l'avoir réussi ?

Débrouiller les droits de chaque propriétaire, chercher les indivisaires, réunir les familles éparpillées pour signer les actes de vente, persuader les émigrés à Paris de descendre à Pradelles pour donner leur paraphe, la tâche serait énorme, complexe, à crever le clerc et les scribes de l'étude. Mais elle excitait Norbert Lastic, elle l'enthousiasmait, peut-être plus encore que la perspective des honoraires qui lui tomberaient dessus, de façon si inattendue, grâce aux projets de la Compagnie.

– Où en sommes-nous ? Des paysans sont venus ? questionna Charles Neuville.

– Comprenez-moi, les gens se cachent, mais il s'en présente pour m'offrir des terres. L'idée fait son chemin.

– J'espère qu'ils tiendront leurs promesses.

– Le plus difficile est de les persuader d'abandonner des biens qui remontent à leurs ancêtres, mais ensuite ils tiendront parole, assura Lastic.

– Quel genre de vendeurs ? demanda Charles, que les détours prudents du notaire agaçaient.

– Vendeurs de queues, comme on dit ici.

– De queues ?

– Des prés, des champs, des châtaigneraies de quelques ares, qui appartiennent à des héritiers le plus souvent dispersés à Paris ou ailleurs, expliqua l'homme de loi.

– Au total ? s'impatienta Charles, contrarié de constater que ces poussières de propriété ne comptaient pas beaucoup par rapport à l'étendue de la vallée.

– Pas grand-chose, confirma Norbert Lastic, sans avancer un nombre d'hectares, même approximatif.

– Si je comprends bien, les paysans importants font les sourds ?

– J'ai peut-être une surprise, annonça maître Lastic. Il faudra se montrer généreux. M. Corton a voulu vous laisser la décision.

Le notaire appuya sur un poussoir, caché sur le côté de son bureau, qui alertait son employée. Elle apparut dans l'encadrement d'une porte étroite qui ouvrait discrètement entre deux bibliothèques.

– M. Recoulettes est arrivé ? s'enquit Norbert Lastic, avec un éclair imperceptible dans les yeux.

– Je l'ai fait patienter dans la petite salle d'attente, précisa la secrétaire.

– C'est bien. Il vous en sera reconnaissant toute sa vie. Il a toujours eu peur de son ombre ! persifla le notaire.

Joseph Recoulettes s'avança calmement, en prenant le temps de dévisager Lastic et l'homme qu'il n'avait jamais vu. Sa blouse de paysan gonflait sur son torse puissant, mais elle était assez échancrée pour révéler une veste de drap soignée, enfilée sur une chemise blanche. Côté gauche, une belle chaîne d'or attachait sûrement une montre de prix, glissée dans la poche gousset. Recoulettes affectionnait cette tenue mi-campagnarde, mi-bourgeoise, parfaite par un feutre de qualité. Il ne se rangeait pas parmi les propriétaires vivant de la location de leurs fermes, mais il ne dédaignait pas d'afficher une part de sa prospérité et signifier ainsi à son interlocuteur que celle-ci l'élevait au-dessus des simples paysans.

– Monsieur Recoulettes, vous avez de la chance : M. Charles Neuville est l'ingénieur en chef du barrage. J'ai cru pouvoir lui demander d'assister à notre entretien. Ainsi, il vous écoutera personnellement.

– C'est la Compagnie qui veut prendre la terre. C'est moi qui l'écouterai, contre-attaqua le gros fermier sans attendre d'être assis.

Charles devina que ni son titre d'ingénieur ni ses immenses responsabilités à la tête du futur chantier n'impressionnaient Joseph Recoulettes. Il le regarda prendre possession du siège suranné de l'étude, sans cesser de le fixer. C'était un peu désagréable, mais il fallait accepter ce jeu d'égal à égal, voire admettre que le paysan dicterait sa loi.

– Heureux de faire votre connaissance, Maître Lastic m'a déjà parlé de vous.

– On gagne toujours à se connaître, le défia Joseph.

– Comprenez-moi… Quand vous êtes sorti d'ici, le jour de la foire, je n'ai pas été capable de dire si vous étiez vendeur, avança le notaire.

– C'était la Compagnie qui était acheteuse. Ce n'est pas exactement la même chose…

– Nous restons acheteurs de tous vos biens, intervint Charles Neuville avec fermeté.

– J'ai réfléchi.

– Vendez, Joseph ! Comprenez-moi… crut triompher facilement Lastic.

– Vous vous êtes fait fort de trouver une propriété en un seul tenant, lui rappela Recoulettes.

– J'ai peut-être une belle ferme sur le plateau. Vous êtes un bon éleveur : vous y réussirez, s'empêtra Norbert Lastic, dont la proposition était rien moins que sûre.

Un carillon Westminster sonna dans le logement familial des Lastic, situé au-dessus du bureau. La mélodie convenue parut insulter les deux magnifiques pendules ornant la cheminée de marbre, qui restèrent bizarrement silencieuses. Joseph Recoulettes, sans doute étonné de ce mutisme, les examina brièvement : elles ne marchaient pas, ce qui amena un sourire ambigu sur ses lèvres.

– Ne vous forcez plus. Je trouverai un bien moi-même, jeta-t-il, comprenant que Lastic lui avait fait une promesse de Gascon.

– Combien voulez-vous ? demanda Charles Neuville, irrité de se sentir en difficulté.

– Quatre cent mille francs, lâcha Joseph Recoulettes, sûr de son avantage.

Comme s'il désirait vérifier la sonnerie du Westminster et feignant d'être appelé par quelque affaire plus importante, il sortit l'oignon de son gousset et consulta ostensiblement le beau cadran guilloché. L'or riche en carats brilla, avant de regagner l'obscurité de la poche.

– C'est trop et vous le savez ! protesta Charles.

– C'est vous qui voulez nous noyer, rétorqua Joseph, avec des yeux durs.

– Allons, Joseph, il n'y a aucune propriété qui vaille ce prix à cinquante kilomètres autour de Pradelles. Que ferez-vous de votre argent ? crut bon d'ironiser maître Lastic, qui pensait bien connaître son client.

– Ma femme... Mon fils, qui va me seconder chaque année davantage... Une autre vie... Nous partirons.

– Partir ? Que voulez-vous dire ? grogna Norbert Lastic, incertain.

– Les plaines. Vers Toulouse. Une maison, au milieu des terres, rêva Joseph Recoulettes.

– Un château ! ricana Lastic.

– Non, simplement un domaine où le travail sera moins pénible qu'à Albepeyre, corrigea le gros paysan.

– Vous oubliez que nous ne payerons pas quatre cent mille francs pour des prés et des châtaigneraies en pente, coupa Charles Neuville, frappé par la volonté de cet homme dont les ambitions rustiques faisaient la force.

– Vous les mettrez, monsieur l'ingénieur, le défia Joseph Recoulettes avec tranquillité.

– En somme, vous désertez votre vallée, fit mine de s'offusquer maître Lastic.

– Vous et vos amis m'y avez poussé, souligna Joseph, d'une voix posée.

– Ne rêvez pas à votre château en Lauragais ! grinça Charles.

– Quatre cent mille francs. Pas moins ! Vous savez où me trouver.

Recoulettes posa lentement son chapeau sur sa tête. Avant de quitter la pièce dans laquelle il avait scellé de sa signature tant d'évènements importants de sa vie, il prit le temps de mesurer la détermination de l'homme de loi et de l'ingénieur. Il se sentit fier de son obstination et de leur avoir rivé le clou en leur montrant qu'il restait maître du jeu. Il ne connaissait pas leurs amis mystérieux de Paris, qu'on disait si puissants, mais une certitude farouche le galvanisait : la Compagnie cracherait ce qu'il venait d'exiger.

Charles Neuville se souvint du coup de colère de Delalande dans les salons du Ritz, quand Antoine Campan avait cru devoir défendre les intérêts des paysans. Celui-là lui donnerait la jaunisse ! Quatre cent mille francs ! Combien étaient-ils, dans la vallée, à pouvoir tenter d'obtenir une somme pareille ? Un frémissement le parcourut. Si le banquier se raidissait, humilié de se voir tenu en échec par des péquenots, le projet allait-il capoter ?

– Il vous avait parlé de ses songes de presque châtelain ? persifla Charles, sans cacher son ironie amère.

– Quelle intelligence concrète ! Il est sorti d'ici bouleversé par la menace d'être noyé dans votre lac, mais il a compris aussitôt que c'était une occasion de changer entièrement d'existence, en exigeant assez pour abandonner la vallée, constata maître Lastic, plutôt fier de son client.

– Il vaut sans doute mieux pour lui qu'il ne reste pas dans la région. On va l'accuser de trahison.

– Il ne faut pas ! L'ambition de Joseph Recoulettes doit entraîner les autres. Des têtes brûlées ou des imprudents suivront son exemple. J'y veillerai, promit Lastic.

– Vous lâcherez la nouvelle de la vente de ses terres et un chiffre, peu importe lequel, dès que Delalande aura accepté de verser les quatre cent mille francs, décida Charles.

La désertion du plus gros fermier de la vallée glaça les esprits, plongeant les petits paysans dans la certitude d'une totale vulnérabilité, les plus craintifs redoutant soudain une expropriation brutale et des prix de chien, payés en monnaie de singe. Cependant, paralysés ou inspirés par une prudence atavique, ils ne se précipitèrent pas chez maître Lastic pour prendre connaissance de l'offre que leur proposait la

Rigord. Certains, même, lancèrent leurs corniauds sur Corton, qui traînait sur les routes, engageant des conversations d'apparence anodine, mais s'évertuant à persuader celui qui écoutait ses belles paroles de descendre à Pradelles, chez le notaire.

Une chape immaculée couvrit la vallée en février. La couche de neige n'était pas très épaisse : seulement un manteau un peu oppressant. Contrairement à ce qu'espérait Norbert Lastic, qui n'ignorait rien de la sévérité des hivers au-dessus de Pradelles-le-Château, les habitants ne restèrent pas calfeutrés chez eux. Tels les oiseaux s'aventurant sur la blancheur, qui les aveugle, ils allaient de maison en maison par les ruelles dégagées à la pelle ; de hameau en hameau par des sentiers improbables, dont ils suivaient d'instinct le tracé voilé d'ouate poudreuse.

Devant les âtres aux foyers assourdis, contemplant le surgissement imprévisible des flammèches rouges ou bleues, face à un verre de vin, tout à tour confiants ou méfiants à l'égard de leur interlocuteur, peureux ou forts en gueule vis-à-vis de la Compagnie et de ses séides qu'ils avaient aperçus à Pradelles, ils évoquaient interminablement le barrage et ses conséquences difficilement imaginables sur leur avenir.

Une allusion mal comprise, un battement des yeux, une intonation particulière, une phrase, alimentaient les supputations les plus folles et des rumeurs qui se propageaient dans la vallée. On apprenait une vente chez Lastic. Le lendemain ou le dimanche suivant, le prétendu vendeur rigolait en affirmant qu'il conservait tous ses champs.

Ces visites, ces conciliabules, rassuraient, endormaient les peurs vagues pour on ne savait combien de semaines. Le soir, dans la chaleur des étables ou dans celle des échoppes muettes des artisans, les hommes ressassaient ce qu'ils venaient d'entendre, remuaient leurs fausses certitudes ou leurs doutes avec la paille des bêtes ou dans le désœuvrement précédant le repas du soir. L'effervescence datant de la foire d'octobre régnait toujours dans les têtes, plus oppressante que la neige.

Parfois, cette attente confuse, cette léthargie agressive de la haute vallée sourdaient brusquement à Pradelles. Chez les commerçants ou dans une salle de café, des disputes brèves éclataient, ceux du bas accusant ceux de la vallée de rester des bougres attardés, comme ils l'avaient toujours été, empêchant l'argent de la Compagnie d'enrichir Pradelles.

Charles Neuville regagna Paris sans nécessité, peut-être pour échapper au sentiment d'impuissance qui l'accablait lorsqu'il contemplait la neige, en se heurtant à la défiance, à la haine parfois qu'on lui faisait sentir. Tous les plans étaient terminés. Il les examina longuement, se complaisant avec délice à l'excitation que lui procuraient les dessins parfaits et les chiffres.

– Quatre cent mille francs d'abord pour ce Recoulettes, maintenant des pauvres types qui se cachent et qui jouent à l'édredon, il faut sortir ces ploucs de leurs bicoques comme on enfume des frelons ! Je vais voir le ministre. L'expropriation générale ! promit Delalande, pas très loin d'accuser son ingénieur en chef d'inertie.

Lorsque Charles Neuville revint à Pradelles, l'humidité douce qui suit la neige, donnant tant de charme aux fins d'hiver, baignait toute la vallée. Comme le premier soir de sa découverte du bourg, il voulut voir la rivière. La fine poussière des chatons de saule le fit tousser. Dans l'eau peu profonde, frangeant les berges de sa dentelle de clairs-obscurs liquides, il distingua les filaments de frai récent de batraciens. La vie animale et végétale s'essayait à renaître.

– Du nouveau ? lui demanda Norbert Lastic, le lendemain, à l'étude.

– Rien à Paris, sinon le coup de colère en guise d'avertissement de Delalande. À l'hôtel : une lettre d'Émilien Maillebuau, le maire d'Albepeyre, pour m'inviter à une réunion des habitants.

– N'y allez pas, c'est un finassier, conseilla le notaire.

– Vous attendiez les gens ici, maître. Mais ils ne sont pas venus, constata Charles Neuville froidement.

– Émilien Maillebuau vous piégera, même si vous êtes de taille, insista Lastic, en serrant les lèvres, vexé par le reproche à peine édulcoré.

Charles traversa Serret lentement, comme retenu par la grappe de maisons grises qu'il cernerait de baraquements et de bâtisses basses dans quelques mois. La veuve Bru décrassait des cuivres rongés de vert-de-gris. Il distingua parfaitement les chaudrons et les marmites. Elle lui adressa le signe vulgaire de la main qu'elle devait lancer aux camionneurs qui passaient. Il n'aima pas cette familiarité, mais il lui rendit vaguement son salut de la tête.

La voiture tressauta dès les premiers lacets, secouée par les ornières supplémentaires laissées par la mauvaise saison. On eût dit que la haute vallée prenait un plaisir amer à souligner ainsi sa solitude et son isolement.

Émilien Maillebuau guettait la Peugeot sur la place exiguë d'Albepeyre, tendu, le visage fermé. Dès que Charles coupa le moteur, il s'empara de la poignée nickelée de la portière.

– Venez ! exigea-t-il, sans politesses superflues.

– Où me conduisez-vous ?

– Vous verrez ! Maintenant, vous sortirez pas d'Albepeyre avant d'avoir tout vu ! jeta le maire, en apparence très emporté.

Ils descendirent une rue en pente raide, parfois traversée de marches de pierre grossières. Charles Neuville aperçut des vieilles, épiant derrière des fenêtres sans rideau. Au passage des deux hommes, un molosse invisible se précipita contre une porte, éructant des aboiements furieux.

– Même les chiens vous attendaient ! grinça Maillebuau.

– Arrêtez votre comédie ou je repars, menaça Charles Neuville.

– Vous connaissez le dicton : « Entre qui veut, sort qui peut. » Vous ne quitterez pas Albepeyre avant que les gens sachent ce que vous traînez dans la tête, répliqua le maire, provocateur.

Pendant une fraction de seconde, l'ingénieur de la Rigord admit qu'il pouvait être séquestré ou même molesté. Mais, étrangement, les yeux apeurés des femmes noires, qu'il continuait de voir dans leurs cuisines, le rassurèrent. Il pensa qu'elles savaient peut-être tenir leurs hommes et que son compagnon n'était qu'un fort en gestes et en gueule.

– Là ! Entrez, Neuville ! cria tout à coup Maillebuau, en poussant son compagnon forcé vers l'école à classe unique.

Maillebuau ouvrit la porte, en homme ayant autorité sur l'institutrice de la commune. Une pauvre salle inconfortable apparut. Des murs au crépi délavé, maculé de taches de fumée de poêle. Cinq ou six tables, avec leurs bancs joints, emprisonnant moins d'une vingtaine d'élèves, placés deux par deux. Sur l'estrade, une pédagogue efflanquée. En blouse stricte. Traçant au tableau le titre d'une dictée, qui s'effritait en particules blanches de craie.

Les enfants se levèrent, se raidissant dans un garde-à-vous impeccable. Charles remarqua d'abord que le calorifère scolaire fumait en spirales légères dans la partie horizontale du tuyau, s'enfonçant dans le mur par un tampon noirci. Puis, il dévisagea l'enseignante. Avait-elle demandé que le maire l'amenât là pour le présenter comme un épouvantail ? Il conclut par la négative : elle ne possédait ni la tension du corps, ni celle des prunelles d'une pasionaria.

– Asseyez-vous, les petits, commanda l'élu.

– Bonjour, mademoiselle, fit Charles Neuville, gêné.

La classe flottait, dans l'attente d'un événement que la maîtresse n'avait pas annoncé. Les pieds ne raclèrent pas le sol, retenus par la paralysie que leur causait la fixité impressionnante des trois adultes.

– Voilà qui vous voulez noyer : nos enfants, dans l'école ! attaqua Émilien Maillebuau.

– Nous ne noierons pas vos enfants. L'école sera reconstruite ailleurs. Plus claire. Plus belle. Sans ce poêle qui empeste ! articula Charles, en détachant lentement les syllabes pour que les élèves comprennent bien ses paroles et les rapportent à leurs parents.

– Avancez dans les rangs. Allez leur expliquer vos mensonges ! cria l'édile, comme un défi terrible.

Faire deux pas au milieu des tables carcans. Chercher une fille ou un garçon. Le prendre à témoin. Décrire le barrage avec des phrases simples qu'il puisse comprendre. Parler ainsi pour lui et ses camarades. Évoquer la beauté du lac qui se formerait très lentement, derrière le mur immense.

Affirmer : la vieille école qu'ils aimaient serait remplacée par un bâtiment neuf, pourvu de sièges confortables, de tables en bois clair, agréables. Rassurer. Chasser la peur nourrissant les rumeurs les plus fausses.

À la seconde où il obéit à l'injonction de Maillebuau, Charles Neuville ne possédait aucun mot à sa convenance pour exprimer ce qu'il voulait dire.

Comme il parvenait à la hauteur du poêle, deux fillettes éclatèrent en sanglots. Des garçons le fixèrent avec des yeux effrayés, puis se protégèrent la tête du coude, comme s'il allait les gifler. D'autres se retournèrent, lui opposant leur dos courbé en arc, blouse grise tendue à craquer, le rejetant, tel un ennemi terrifiant. Charles esquissa un geste impuissant, comme s'il voulait prendre l'un de ces écoliers dans ses bras, le réconforter.

Soudain, il reconnut la petite paysanne qu'il avait photographiée, éventant les vaches attelées, dans la descente du Saut du Diable : son port de tête élégant, ses traits réguliers, la pureté de ses yeux. Elle appartenait à cette catégorie d'êtres qu'on distingue au premier regard, quels que soient le moment ou le lieu où on les rencontre. Charles pensa qu'elle semblait plus fine que ses camarades, attirante dans la classe sombre autant que sur le versant ensoleillé où il avait fixé sur la pellicule la scène de fenaison, pittoresque pour un Parisien.

– Jeanne, murmura-t-il, remué par des sentiments étranges qui lui nouèrent la voix.

Elle leva vers lui des prunelles révulsées, tandis que son visage s'altérait. Puis elle se prit la tête à deux mains, comme si elle refusait de croire que l'homme auquel elle avait confié son prénom en riant était le maître du barrage, que sa mère évoquait toujours en chuchotant, craintive, angoissée.

– Jeanne, tu me reconnais ? insista Charles.

Soudain, elle se redressa, se contorsionna pour se libérer de l'étreinte de la table-banc réglementaire, provoqua la chute d'un encrier dans son affolement et s'enfuit en direction de la cour.

– Jeanne, ne sors pas, je te l'interdis ! cria l'institutrice.

La fillette, habituée à obéir, ralentit ses pas, obliqua vers l'estrade, où elle se jeta contre sa maîtresse, comme si elle la suppliait de la protéger.

– Vous voyez ! Vous foutez la trouille à nos gosses, constata Émilien, retrouvant un ton calme. Cynique.

– Taisez-vous ! Vous venez d'utiliser un procédé indigne d'un maire ! protesta l'ingénieur en chef, décontenancé.

– Suivez-moi à l'auberge, maintenant. Les gens qui vous attendent auront moins peur de vous !

– Je vous suis ! s'emporta Charles, écœuré par le traquenard de Maillebuau, qui s'était servi odieusement des élèves pour le mettre en difficulté.

Cinquante personnes à peine guettaient l'apparition de l'ingénieur de la Compagnie, chauffant leur cervelle au rouge lourd de corps et à la blanche violente, brute d'alambic, titrant au moins soixante degrés. Charles Neuville ne vit d'abord que des hommes. Puis, il repéra assez vite sept ou huit femmes solides, les cheveux couverts d'un fichu de couleur.

– À la porte ! Dehors !

– Au contraire, M. l'Ingénieur ne sortira pas d'ici tant qu'il n'aura pas bien logé dans son crâne d'œuf ce que nous voulons, persifla Maillebuau.

– Nous voulons pas de barrage ! Qu'il se carapate ! Ou je lui mettrai mon poing sur la figure ! menaça un excité.

Charles traversa le labyrinthe des tables luisantes et alla s'appuyer contre une espèce de comptoir, que le cafetier finissait de torchonner comme si l'entrée d'un Parisien lui donnait une brusque envie de netteté.

– Écoutez-moi tous, commença-t-il, en essayant de mobiliser toutes les ressources de son intelligence et de son sang-froid pour se faire convaincant.

– Dehors ! Pas de vannes et pas de barrage ! hurla de nouveau l'individu haineux.

– La Compagnie sait qu'elle détruira vos habitudes et le travail de tous ceux qui sont encore jeunes. Elle est prête à dépenser beaucoup d'argent pour acheter vos terres, vos boutiques et vous aider ensuite.

– Elle nous embauchera même pour trimer sur le chantier ?

– Oui, si vous voulez. Il y aura des dizaines d'emplois pendant des mois, plaida Charles Neuville, sans paraître relever l'ironie aigre de son contradicteur.

– Vous noierez pas nos morts ? s'inquiéta tout à coup l'une des femmes.

– Non. Vos deux cimetières seront déplacés, plus haut.

– J'aimerais me trouver au sec, quand mon heure viendra. Et que ceux qui y sont aujourd'hui pourrissent pas sous l'eau, expliqua-t-elle avec gravité, comme si c'était la seule question qui la préoccupait.

– Je vous promets d'y veiller personnellement, s'engagea Charles.

– Menteur ! Tu vas tout écraser, à Serret et ici, puis tout noyer ! l'invectiva un paysan rougeaud, qui bedonnait sous son pantalon de travail.

– Écoutez-le. Il y a peut-être du bon dans son orémus, intervint alors le maire, railleur, heureux de voir l'ingénieur en chef se colleter avec ses administrés les plus teigneux.

– Joseph Recoulettes a déjà accepté de vendre ses terres. C'est aussi une occasion unique pour tous ceux qui sont trop vieux pour travailler. Pour les autres, nous chercherons des fermes. Nous les trouverons ! plaida Charles avec force.

– Foutons-le à la porte d'Albepeyre ! Pas de barrage ! vitupéra de nouveau un meneur.

– Vous voyez ! Ils veulent pas de vous et de votre argent. De la route, monsieur l'ingénieur ! conseilla Émilien Maillebuau, heureux d'avoir laissé crier ses têtes brûlées, sans exprimer le fond de sa pensée.

Charles traversa l'auberge en direction de la sortie, couvert d'insultes plus ou moins menaçantes et grossières. Blême, il parvint cependant à ne pas se ridiculiser en fuyant honteusement, faisant front aux plus énervés, qui s'étaient levés.

Certains lui firent une escorte hostile jusqu'à sa voiture. Lorsqu'il saisit la poignée, l'un d'eux le bouscula, ouvrit largement la portière, prêt à frapper.

– Vous ne me faites pas peur, le défia Charles Neuville, même s'il pressentait que tous allaient lui tomber dessus s'il esquissait un mouvement.

Des bras irrésistibles l'obligèrent à s'asseoir au volant. Impuissant, il mit le contact. La portière claqua sur lui.

– Roule et dépasse jamais plus Serret, si tu tiens à ta belle Peugeot. Les freins lâchent si facilement sur nos routes ! menaça le costaud.

Charles démarra en trombe, mais dès qu'il s'engagea dans la longue descente, il ralentit. Pour reprendre un peu de calme, il s'appliqua avec une espèce de plaisir brut à placer la voiture au centimètre près dans chaque virage, suivant la trajectoire de la tête de lion stylisée, au bout du long capot, qui constituait son repère. Sous lui, les roues qui vibraient à la demande de l'accélérateur et du frein qu'il actionnait avec précision, lui redonnaient peu à peu un sentiment de maîtrise de soi, mis à mal par les vociférations et les insultes déversées contre lui dans la salle d'auberge.

Il s'arrêta dans la gorge. De chaque côté de l'étroit défilé au fond duquel les eaux gonflées émettaient un souffle puissant, les parois de roche semblaient fermer une nasse géante. Une nasse ! L'image le frappa. Il était pris comme un vulgaire rongeur, depuis que Corton s'était débiné. En acceptant d'épauler maître Lastic, en s'engageant dans les tractations, il s'était désigné à la colère des habitants de la vallée. Maintenant, on le reconnaissait, on le haïssait, les têtes chaudes d'Albepeyre venaient de le lui faire savoir.

Charles Neuville se sentit dans une impasse. Est-ce pour cela que le souvenir de l'invitation insistante de sa belle-mère lui revint ? Il décida de se montrer enfin dans la grande maison familiale de la préfecture, où il ne s'était jamais rendu depuis le début de son séjour à Pradelles-le-Château.

À chacune de leurs rencontres, il éprouvait la même admiration pour cette femme exceptionnelle, dont le calme et la sérénité lui permettaient de mener de front l'entreprise commerciale, les relations sociales que supposait le rôle de son mari, une famille unie enfin.

L'épouse du sénateur traitait les invités politiques de son époux avec une distinction cérémonieuse, qui parfois l'amusait. Mais, en recevant Charles, elle voulut lui faire sentir combien elle appréciait le moment rare d'intimité que sa visite inattendue leur offrait. La vieille domestique posa sur la nappe en damas, brodée aux initiales de jeune fille de sa patronne, un petit vol-au-vent. Elle s'effaça aussitôt.

Mme Campan avait ses yeux profonds. Elle fixa son gendre, dans l'intimité du dîner en tête-à-tête qu'elle espérait depuis si longtemps. Il soutint ce regard, qu'il lui connaissait depuis son mariage avec Hortense : inquisiteur, percevant la vérité des choses, mais infiniment bienveillant.

– Charles, vous vous heurtez à un mur, n'est-ce pas ? commença-t-elle.

– Non, mère, je vous assure ! se défendit-il maladroitement.

– Ne niez pas. J'ai senti ces choses dès que je vous ai vu, insista-t-elle, souriante, mais fermement protectrice.

– Les gens d'Albepeyre…

– Vous ne les connaissez pas assez. Ils sont peut-être moins obstinés que vous ne croyez. Vous ne vous rabaisserez pas en disant la vérité vraie à mon mari. C'est un vieux lutteur : il les apprivoisera à sa manière, affirma-t-elle avec assurance.

– Il revient de Paris ? murmura Charles.

– Demain. Allez le chercher au train de nuit. Il sera surpris et heureux de vous voir à ma place, s'amusa-t-elle.

La République transportait ses caciques de province en première classe, mais elle ne se souciait pas de leur fatigue. Antoine Campan possédait au plus haut point la résistance du corps et de l'esprit lui permettant d'affronter sans paraître trop marqué les dix heures de secousses et de bruit de ferraille qui séparaient son fief de la capitale.

Le convoi arrivait à son terminus aux petites heures de la matinée du dimanche. Après une sorte de toilette de chat, dont il avait l'habitude pour se rendre présentable aux possibles connaissances qu'il rencontrerait dans la petite salle des pas perdus de la gare, le sénateur descendit du wagon couchette presque aussi dispos que s'il eût passé sa nuit dans la chambre conjugale.

– Vous, à la maison ! Mme Campan a dû organiser une soirée en votre honneur, je suppose !

– Nous avons dîné seuls, corrigea Charles, plutôt agacé par cette plaisanterie facile.

– Conduisez-moi. Je suis un peu fatigué, avoua Antoine Campan.

– Vous allez vous reposer, avança plutôt stupidement son gendre.

– Je pars en tournée toute la journée : des rubans à couper, des mains à serrer. Vous pourriez me servir de chauffeur, si vous voulez vous rendre utile.

– Je veux bien, accepta Charles, malgré l'ennui que lui infligerait ce périple politique.

– Je vous présenterai. Les gens seront fiers de vous connaître. Certains croiront même que vous faites un tour de piste en ma compagnie. Quand le barrage sera terminé, vous pourriez penser à la députation ! plaisanta Antoine Campan, en partant d'un grand rire.

– Vos banquets me tueraient…

– Question d'habitude, Charles. L'appétit vient en mangeant…

À leur descente de voiture, la bonne se précipita, prenant le bagage chic et la serviette de maroquin du sénateur. Celui-ci embrassa sa femme d'un baiser léger.

– Tu repars ? demanda-t-elle.

– Madame Campan, exigea-t-il affectueusement, laisse-nous. Je crois que nous avons à parler avec M. l'ingénieur.

– Oui, je crois, fit-elle, avec une complicité profonde dans le regard et le ton que Charles n'avait jamais ressentie chez Hortense.

Les deux hommes empruntèrent le long couloir conduisant au bureau du sénateur. C'était une pièce vaste, dans laquelle pénétraient des personnalités de toute importance, une sorte de creuset sentant la cire, où se mêlaient la puissance de l'argent et l'influence de la politique, les confidences et les ambitions, l'admiration sincère à l'égard du sénateur et la servilité intéressée, dont celui-ci n'était jamais dupe.

– Je vous accorde une heure. Après, nous partons, annonça le cacique.

– Une heure ou dix minutes, peu importe…

– Du pas bon ? interrogea Campan, soudain préoccupé.

– J'ai failli être cogné à Albepeyre. Ils sont très excités et le maire les soutient, révéla Charles.

– Le maire, je le retournerai, assura le sénateur, le regard dur.

– J'ai passé trop de mois à attendre les achats de terres. Je veux commencer les travaux à l'automne, s'impatienta Charles Neuville, en ingénieur d'abord soucieux de lancer le chantier géant dont il avait souvent rêvé.

– Ne soyez pas comme Delalande. Dans nos campagnes, il faut laisser du temps au temps. Les esprits changent, mais ne les brusquez pas trop.

Antoine Campan se plongea dans ses réflexions, sans doute aussi dans des souvenirs concernant des années de sa vie chargées du même découragement que celui de son gendre. Il avait emprunté des méandres plus tortueux que ceux de la vallée, il avait dansé des tangos politiques, reculant, avançant, poursuivant obstinément son ambition. Aucun des comportements des hommes ne l'étonnait plus : les rodomontades, les affirmations provocantes, les changements imprévus de pied, les reniements. Lui cherchait la faille, l'orgueil, savait trouver les mots, le prix juste à payer pour arriver à ses fins.

À Albepeyre, le petit groupe d'opposants farouches se fissurerait, puis craquerait, parce que les intérêts de chacun étaient différents, parfois opposés. Une certaine semaine, un certain jour, l'idée de profiter des offres avantageuses de la Rigord se fixerait définitivement dans plusieurs cervelles. Les gens descendraient en douce chez Norbert Lastic.

– Excusez-moi, Charles, je vous avais promis de me montrer très souvent dans la vallée. Je me suis trop occupé de politique à Paris ; mais je monterai à Albepeyre, je vous l'assure, reprit Campan.

– Le notaire n'a pas vingt promesses de vente, mise à part celle de Recoulettes. Qu'allez-vous faire ?

– D'abord promettre à Maillebuau de le soutenir aux élections cantonales. Il rêve du conseil général depuis des années. Je ne l'aime pas, mais je vous dois bien ça.

– Il n'acceptera pas. S'il se prononce pour le barrage, il perdra sa mairie, objecta Charles.

– Pas si sûr ! Et vous oubliez qu'il gagnera la faveur des habitants de Pradelles et des autres communes du canton, qui espèrent beaucoup du barrage.

– Vous avez vos calculs, concéda l'ingénieur.

– Je parlerai aussi à Delalande. La Rigord doit donner l'impression qu'elle propose plus. Il faut augmenter les prix de l'hectare, en particulier ceux des prés le long de la rivière et ceux des châtaigneraies, qui ont beaucoup compté dans l'histoire de ces familles.

– Vous avancez comme les paysans à la foire : sou par sou…

– Si vous voulez, Charles ! ironisa Campan.

La matinée fut insipide. Mais le sénateur resta de bonne humeur. Dans la voiture, il expliquait des choses confidentielles, tout en se montrant disert sur le plaisir qu'il prenait à parcourir les routes rugueuses dans une auto aussi confortable. Pour lui, Maillebuau semblait déjà retourné comme une omelette aux pommes de terre. Une seule fois, les inquiétudes de son gendre se rappelant sans doute à son esprit, il évoqua de nouveau leur conversation dans son bureau.

– Ne ratez pas votre barrage, Charles ! Je vous promets le président Albert Lebrun pour l'inauguration, dit-il alors qu'ils entraient dans un village.

Le maire d'une commune minuscule se porta au-devant d'eux avec des gestes empressés. Antoine Campan présenta son gendre, dont tous savaient les responsabilités, mais que nul ne connaissait.

– Monsieur l'ingénieur, notre département vous devra beaucoup, affirma l'édile avec un accent rocailleux rabaissant la grandiloquence à l'étage du dérisoire.

– Allons, entrons en mairie, intervint Antoine Campan, heureux de remarquer que cette flatterie convenue avait tout de même fait plaisir à Charles, puisque son visage paraissait plus détendu qu'à l'arrivée du train de nuit.

6

L'état-major du barrage se tenait au grand complet, sous l'autorité stricte de Delalande : Charles Neuville et ses ingénieurs principaux, Antoine Campan, le général de l'Arverne et Corton, toujours.

Cette fois, le luxe des salons du Ritz n'était plus de mise. Le banquier avait visé la rigueur et une ambiance de travail et de réflexion, que les bureaux de la Rigord affectés au projet de la vallée inspiraient à la perfection. Une dizaine de tables à dessin, inclinées à l'angle voulu, s'alignaient parallèlement à un grand plateau de réunion, autour duquel siégeait la poignée d'hommes d'affaires et de calculs. De solides lampes à l'abat-jour en métal laqué blanc éclairaient la pièce avec violence. On eût dit de froids scialytiques, dans une salle d'opération anormalement vaste. Les câbles et les poulies, les contrepoids, destinés à modifier l'inclinaison des tables à tracer, accroissaient l'austérité du lieu.

– Il ne manque que Lastic, observa le sénateur Campan, peut-être pour échapper à la dureté de la lumière artificielle, trop vive.

– Il nous a rendu d'immenses services, mais il n'était qu'un exécutant. Je n'ai pas jugé bon de l'inviter. Sa place reste à Pradelles-le-Château. Pas ici, décréta Delalande.

– Vous nous avez rassemblés pour faire le point ? Où en sommes-nous exactement ? demanda le général financier de la compagnie l'Arverne, qui n'avait pas revu certains des participants depuis la soirée du Ritz, au cours de laquelle ils avaient décidé de domestiquer la rivière riche d'eaux fougueuses et de promesses de profits.

– Mon cher général, je ne vous apprendrai pas combien coûtent certaines batailles…

– Si on les gagne, elles deviennent un bon souvenir, railla l'officier supérieur, sur un ton qu'il voulut léger, presque enjoué.

– Il y a quelques mois encore, nous étions au bord du gouffre. J'ai failli demander à Charles de ranger ses plans dans de beaux rouleaux en carton et de penser à autre chose, révéla Delalande.

– Vous nous avez fait courir un risque sur notre argent sans nous prévenir, reprocha le général.

– N'oubliez pas que la Rigord est en première ligne. Et puis, vous savez qu'il n'est pas dans mes habitudes de lâcher le morceau ! articula le banquier, les yeux rivés sur ceux de son associé principal.

– Les gens de la vallée résistaient vraiment ? grogna le président de l'Arverne.

– Il est difficile de nous résister, à plus forte raison de nous arrêter… affirma Delalande avec une sorte de sourire de carnassier qui, tant de fois, était arrivé à ses fins dans des affaires incroyablement difficiles.

– Vous avez douté ? Jusqu'à envisager de renoncer ?

– Peut-être pendant une semaine ou deux…

Les deux hommes, dont la puissance était considérable, se regardèrent durant une fraction de seconde. La bouche mince du banquier se contracta, tandis que les bajoues du haut gradé tressautaient imperceptiblement, sous le coup du désagrément que lui causait l'aveu du patron de la Rigord.

– Jusqu'où sont allés ces paysans ? questionna le militaire avec une sorte de curiosité froide, qu'il devait afficher autrefois lorsqu'il étudiait sur la carte les réactions des régiments ennemis.

– Demandez donc à Charles ! s'exclama Delalande. Il a failli être lynché dans ce bled d'Albepeyre, dont vous ignoriez même le nom !

– Mais les autorités ? Le maire ? s'indigna son interlocuteur.

– Le maire d'Albepeyre criait avec ses administrés, mon cher !

– Le binz, quoi ! éclata le général, que ce laisser-aller argotique détendit un peu.

– Mis à part celle d'un gros propriétaire assez intelligent pour nous céder ses terres, les ventes piétinaient lamentablement. Pendant des mois, pas un hectare acheté !

– Comment est-on sorti de ce bordel ? grinça le représentant de l'Arverne, toujours poussé à user de grossièreté par un énervement pas encore retombé.

– Chercher les appétits et les intérêts opposés. Diviser. C'est une vieille recette dans les affaires, comme dans les guerres… philosopha Delalande.

– Et ce maire, chef de bande, vous l'avez fait casser par la préfecture ?

– Non. Il a retourné sa veste, parce que notre ami Campan lui a promis le conseil général. Pas moral, n'est-ce pas ? ricana le banquier.

– Vous avez dû avaler une sacrée couleuvre ? observa le général, en fixant le sénateur.

– L'art de la politique, cher ami… crâna Antoine Campan, bien qu'il fût plutôt tendu.

– L'art de la politique, c'est de gagner. Je remercie Antoine d'avoir avalé ce boa, plaisanta Delalande.

– Alors on fonce ? Neuville envahit la vallée à la tête de ses bulldozers et commence à creuser ? triompha l'officier.

– Au casse-pipe, vous n'avez jamais eu une dernière casemate à emporter, cinq ou six Boches qui se sont fait tuer pour le plaisir ou la gloire bête de vous asticoter ?

– Si. On leur a épinglé des médailles à titre posthume comme aux vrais héros, admit le général.

– Nous, il nous reste à acheter un chaudron : dix ou quinze hectares, Lastic ne garantit pas la surface, tant les prés et les petits champs de cet individu sont dispersés.

– Hilarian Boudet, je me souviens. Vous aviez dit « Boudet contre la Rigord ».

– Maintenant, c'est arrivé ! Corton sent ces choses : il nous avait prévenus.

– Ridicule ! Un plouc arriéré, qui bloque une compagnie. Dans un cul de vallée, dont nous ne savons même pas le nom…

– Igues-Basses, mon général, articula Delalande d'une voix qui glaça tous les assistants.

Le patron laissait percer cette détermination totale, qui rendait son visage impénétrable et l'éclat de ses yeux juste un peu plus acéré qu'à l'ordinaire. Les jeunes ingénieurs, fiers de leurs plans et dont l'ambition personnelle se voilait de sérieux irréprochable, blêmirent, supposant une décision qu'ils imaginaient mal, tant tout ce qu'ils venaient d'entendre les stupéfiait, parce que leur grande école prestigieuse ne préparait ni à se faire chasser comme un malpropre ni à affronter la faiblesse obstinée d'un solitaire accroché à une maison protégée d'un pampre de vigne et à un jardin piqué de trois ou quatre ruches.

Delalande aimait tester les êtres. Il fit le tour de la petite assemblée. Antoine, le général, Corton ou Charles lui laissaient simplement le soin de parler d'abord et d'exposer son point de vue. Mais les X, qu'il avait pourtant recrutés dans le haut du panier de l'école, ne savaient où arrêter leurs yeux et mouillaient de sueur inquiète leurs cols impeccables.

– Josselin, on ne vous a pas beaucoup entendu. Vous penseriez à quoi pour ce vieux ?

Robert Josselin n'était pas sorti major, mais peu s'en fallait. Aux côtés de Charles Neuville, il s'était montré un hardi concepteur de chaque détail du barrage et de la centrale, qui transformerait en électricité et en argent le courant généreux de la rivière.

Delalande sembla s'amuser en considérant le jeune polytechnicien. Très brillant. Sans impulsivité.

Pondéré. Comme à l'ordinaire, il réfléchissait avant de répondre à son patron. Sans doute, un cerveau anormalement volumineux avait-il gonflé sa fontanelle de nourrisson, puis ses os, lui galbant une tête bizarrement trop grosse à son sommet. Des cheveux clairs et de petites lunettes cerclées d'acier brillant accentuaient ce manque d'harmonie. Pour la première fois depuis qu'il le côtoyait dans l'atelier de dessin, Delalande trouva que Robert Josselin avait une allure étrange de potache mal à l'aise dans sa peau, malgré sa réussite exceptionnelle. Mais, quel autre que lui ferait le brillant second de Charles sur le chantier de Serret ?

– L'expropriation ne sera qu'une affaire de semaines, assura-t-il sur un ton ferme.

– Non, Josselin, pas maintenant ! corrigea Delalande.

– Monsieur, vous aviez…

– Pensé à une expropriation générale, je vous l'accorde. Mais nous patientons depuis des mois. Aujourd'hui nous devons travailler en douceur, puisque nous avons gagné à l'usure. Exproprier serait une brutalité inutile, qui noircirait l'image de la Rigord.

– Vous avez raison. Je connais des journalistes qui transformeraient Boudet en martyr, intervint Corton, silencieux jusque-là.

– Très juste ! Josselin, suivez Corton dans ces affaires-là : il vous sera toujours de bon conseil, souligna le banquier, sentant qu'il fallait caresser son chien de chasse dans le sens du poil.

– Je vous remercie de ne pas faire donner le préfet contre Hilarian Boudet, dit Antoine Campan sans forcer sa voix.

– Donnant donnant, mon cher. Vous avez accepté de soutenir ce Maillebuau, alors que cela vous coûtait. Nous prendrons le temps de convaincre votre ermite d'Igues-Basses.

– Merci, Delalande, mâchonna le sénateur, peu désireux de voir son fief parcouru de plumitifs, attirés par l'inertie obstinée d'Hilarian Boudet.

– Mais que fait cet individu ? s'empourpra de nouveau le général.

– Le mort, simplement. Il a ignoré toutes les lettres et les invitations de Lastic et on ne l'a jamais vu dans aucune réunion, ni d'opposants ni de gens favorables. Il faut d'abord se rendre à Igues-Basses, précisa le banquier.

– Un édredon. Il sera dur à cuire, annonça l'ingénieur défroqué.

– Vous y allez, Corton ? proposa Delalande, sans forcer son exigence.

– Non. Je crois que ma vue le raidirait, plus qu'une crise cardiaque.

– Charles, un ingénieur d'un grand avenir comme vous, doit aussi posséder une profonde expérience de la nature humaine. Je vous donne deux mois, pas un jour de plus, pour amener Boudet chez le notaire, trancha le patron de la Rigord.

Comme le soir du dîner au Ritz, le sénateur et son gendre partirent ensemble. Antoine Campan était plutôt morose et désabusé, peu glorieux d'avoir dû écouter Delalande exposer aussi clairement comment Maillebuau bénéficiait désormais de son soutien et figurait parmi ses poulains politiques du département. Pendant une seconde très brève, il pensa même que ces combinaisons l'usaient, se demandant s'il venait de prendre subitement un coup de vieux.

– Je devrais passer la main, mâchonna-t-il, dans le vrombissement d'une grosse voiture roulant à toute allure.

– Qu'y a-t-il, père ? s'inquiéta Charles, incrédule, mais sûr d'avoir entendu assez de mots pour comprendre le sens de la phrase de son compagnon de marche.

– Rien ! une idée bizarre… esquiva Campan.

– Si je peux vous aider ?

– Merci Charles d'avoir accepté de tout prendre en charge, jusqu'à ce pensum dérisoire d'aller forcer Boudet à vendre son petit paradis. Vous voyez comment tout se tient : l'argent de la Rigord dans le barrage, qui doit faire des petits au plus vite, ma tranquillité politique. Il nous faudrait le moins de bruit possible, Charles. Abordez le vieux tout en finesse. Réussissez. J'ai besoin moi aussi que vous réussissiez. Mais Delalande ne vous a pas laissé beaucoup de temps.

– Vous verrez, c'est assez. Je retournerai à Pradelles-le-Château dès la fin de la semaine.

– Je viens prendre un verre chez vous. Hortense nous parlera chiffons : ça nous changera ! plaisanta le sénateur en serrant le bras de Charles en signe d'affection.

L'atmosphère de Pradelles-le-Château était chargée d'électricité. Les cafés et les rues s'emplissaient de rumeurs, maintenant que la haute vallée semblait entièrement aux mains de la Compagnie. Certains dimanches, avant le retour de l'ingénieur en chef, des voyeurs étaient montés à Serret pour imaginer le mur cyclopéen du barrage, debout devant eux, hauteur opaque contre laquelle se heurterait le regard. Mais la fièvre que ressentit Charles dès le soir de son retour se nourrissait plus encore des calculs d'argent de tous ceux à qui le chantier allait profiter, les employant ou les enrichissant.

– Vous êtes revenu ? demanda plutôt stupidement le patron de l'hôtel.

– Vous voyez… fit Charles, avec l'intention de garder ses distances.

– Les travaux vont commencer, n'est-ce pas ? s'impatienta son interlocuteur.

– Sans doute, mais il m'est impossible de vous dire quand.

– Allons donc ! Un matin, pas si éloigné, Pradelles s'éveillera au boucan de vos engins ! espéra l'hôtelier avec un air de connivence.

Charles haussa les épaules et ne répondit pas, jugeant peu utile de décevoir cette impatience mercantile. Le lendemain, lorsqu'il entra dans le bureau de maître Lastic, il aperçut aussitôt un surprenant étalage de grandes feuilles de papier d'un gris jaune. C'étaient des parties du plan du cadastre, disposées sur une table à tréteaux, dont la laideur injuriait le beau mobilier notarial.

– Que se passe-t-il, maître ? s'inquiéta-t-il, avant même de saluer Norbert Lastic, tant cette verrue lui sembla insolite dans l'ordre parfait de la pièce.

– Je crois que j'ai failli être dépassé. Sans l'idée qui m'est venue, j'aurais pu me tromper mille fois, avoua Lastic. Ce n'est pas rien d'enregistrer la vente d'une vallée entière.

– Quelle idée ? hésita Charles.

– Comprenez-moi bien, monsieur Neuville… Approchez-vous et regardez.

Charles connaissait les plans cadastraux. Combien de fois avait-il passé de longs moments à les examiner, pour situer un bâtiment ou un terrain dans son voisinage ? Mais, en se penchant sur celui d'Albepeyre, il fut sidéré. Sur les feuilles qu'il déplaçait lentement devant ses yeux, il découvrait peut-être un millier de parcelles : des triangles étriqués, des trapèzes maigres ou lourds de formes, des rectangles déformés par les fantaisies du terrain à l'endroit qu'ils représentaient. Chacune de ces surfaces, enfermée dans le trait noir qui la délimitait, ne contenait que quelques ares, parfois moins, jugea-t-il. Enclavées, emmêlées par des siècles de vie paysanne parfois âpre en querelles, de successions, de donations, éparpillées sur les versants ou dans les fonds, à combien de propriétaires différents ces parcelles appartenaient-elles ?

– Dans les derniers temps, après votre départ à Paris, je n'ai pu avancer qu'en reportant chaque pré et chaque champ vendu sur ces feuilles. Avec des encres de couleur différente, expliqua Lastic, soufflant de soulagement, heureux de se libérer enfin d'un souci présent jour et nuit dans son cerveau, rangé comme des rayons de bibliothèque.

– C'est assez réussi, maître ! ironisa Charles.

Norbert Lastic possédait-il une vocation de peintre pointilliste ? Certes, les encres employées n'excitaient pas l'imagination : du noir, du violet, du rouge et quelques touches de vert. Le notaire avait aussi varié les signes, sans doute pour différencier les champs des prés ou des châtaigneraies : des croix, les plus nombreuses, des triangles, des ronds presque parfaits. Charles Neuville pensa à un Sisley morose, privé de la lumière vivante et transparente de cet artiste qu'il aimait.

– Voyez ! Tout en bas, à gauche. Igues-Basses. En blanc ! Ce sont les terres d'Hilarian Boudet. Vues comme cela, sur le papier… qu'en pense l'ingénieur en chef de la Rigord ?

Charles Neuville ne répondit pas, remué par des pensées contradictoires. Infimes, inexistantes, ridicules, pathétiques, savait-il, les minuscules formes blanches représentant la propriété modeste du vieux étaient tout cela.

En se penchant un peu plus vers la feuille, il remarqua que les croix noires ou violettes s'insinuaient dans le vide vierge de toute marque, tels les filaments de champignons empoisonneurs dans une vieille souche d'arbre. C'étaient des parcelles appartenant à des originaires du hameau, déserteurs fixés dans une ville, ravis du prix offert par la Compagnie pour un champ en friche. Hilarian Boudet ignorait-il ces ventes qui permettraient à la Rigord d'envoyer quelqu'un le narguer, à cent mètres de sa maison ?

Charles fut gagné par l'envie d'aller chercher le paysan dans son repaire de verdure, de l'emmener de gré ou de force chez le notaire, qu'il respectait peut-être, de lui mettre le nez sur la planche du cadastre, couverte de signes colorés, de lui crier qu'il était définitivement cerné. Mais Hilarian le suivrait-il ?

– Je monterai à Igues-Basses. Demain, décida Charles.

– N'y allez pas en voiture. Il est de ces hommes d'ici que le progrès en général et les moteurs en particulier déconcertent. Comprenez-moi, c'est un détail qui peut prendre de l'importance quand vous arriverez là-haut.

– Merci du conseil, coupa Charles, agacé par le ton faussement amical du notaire.

Emprunter le chemin de Corton, qui s'était introduit à Igues-Basses en traître, pour espionner Hilarian, lui fut désagréable. Mais il progressa assez vite. Cependant, il ne compta pas les minutes perdues à plusieurs reprises, se laissant arrêter par la beauté de certaines floraisons tardives des sous-bois. Un moment, il suivit le repas d'un geai goulu, se goinfrant de baies de sorbier.

Charles déboucha dans la prairie d'Hilarian Boudet vers onze heures. Le spectacle de la façade baignée d'une lumière resplendissante le frappa. Il reconnut que le conseil de Norbert Lastic était justifié.

C'était un endroit qu'il fallait découvrir lentement ; un tableau dont on devait s'imprégner, avant de le comprendre ; ce monde exigu, loin de l'ailleurs, de l'agitation, de l'argent, que lui, Neuville, portait sous ses semelles et dans sa tête. L'air sentait bon.

– Finissez d'arriver ! cria le vieux, sur le côté de la bâtisse.

– Bonjour ! fit Charles.

– Approchez. Vous n'avez peut-être jamais vu ça.

– Je ne voudrais pas vous déranger, crut bon d'ajouter l'ingénieur.

– Je coule* mon vin. Il vous faudra attendre, annonça Hilarian calmement.

Charles s'immobilisa, stupéfait. Le vieux paysan s'affairait sans se presser, mais sa besogne l'absorbait en une totale concentration autour de son appareillage rudimentaire.

Du rouge violacé et lourd pissait doucement dans un chéneau de deux mètres, constitué par un demi-tronc de jeune châtaignier évasé à la gouge. En haut, planté dans le ventre d'un cuvier, un gros robinet de buis réglait le débit. En bas, le liquide se déversait en un mince filet dans un énorme entonnoir de tôle, posé sur la bonde d'une barrique bordelaise.

– C'est mon père qui a eu cette idée : une bonne idée. On décharge le raisin dans le foudre, au même niveau que celui de la vigne. Puis, au bout de la fermentation, on coule le vin ici, devant la cave. Sans forcer, insista Hilarian, satisfait de l'étonnement de son visiteur.

– Comment faites-vous pour rentrer votre grosse barrique ? demanda Charles, frappé par la fragilité du vieux.

---

* Soutire.

– Vous ne voyez pas l'échelle couchée, juste devant la ventrue ? J'enlève doucement les cales, je la roule en la poussant sur les barreaux.

Un vertige s'empara de l'ingénieur. Ces moyens rudimentaires, le sens pratique d'Hilarian Boudet, sa voix calme, la maîtrise qu'il lut dans son regard, étaient une force dont celui-ci n'avait sans doute pas conscience. L'intelligence déployée pour apprivoiser la pente du versant impressionnait, en dépit de sa simplicité.

Le vieux se releva. On approchait de midi. La chaleur devenait plus vive, presque cuisante. Il était déjà trop tard dans la matinée pour commencer une discussion sérieuse. Charles se reprocha sa maladresse ou sa prudence excessive. Pourquoi n'avait-il pas arraché le vigneron d'occasion à sa futaille archaïque pour lui poser des questions ?

– Tenez ! Goûtez. C'est ma tasse, mais j'ai pas la morve ! proposa Hilarian.

Charles ne refusa pas. Le vin emplissait la gorge, épais et lourd. Il contenait une quantité de tanin à noircir l'estomac. Hilarian sourit pour servir un second verre.

– Une bonne vendange. Vous n'êtes pas d'ici et vous pouvez pas juger. Mais, cette année, je trouve de la mûre et la pierre mêlées.

– La pierre ? ne put s'empêcher de demander Charles.

– Oui, la pierre teulière, que j'ai défoncée pour planter les souches.

– Vous avez beaucoup de schistes ardoisiers ici, admit l'ingénieur, comprenant vaguement le sens des paroles du vigneron, en se souvenant des cartes géologiques en sa possession.

Le vieux fixa subitement son visiteur. Puis, il parut s'en désintéresser, son regard embrassant d'abord la maison et la petite grange, ensuite les frondaisons enflammées des bois et enfin, très haut, le Saut du Diable qu'une vue perçante devinait. Un instant, il dessina une forme dans la poussière.

– Neuville, je savais que vous viendriez, dit-il. Aujourd'hui, demain. Peu importait.

– Comment me connaissez-vous ? s'étonna Charles, mécontent de ne trouver que cette question ridicule pour s'engager dans l'affrontement qui suivrait.

– Allons ! On nous a assez dit que vous étiez un grand ingénieur ! Une tête ! ironisa le solitaire.

– Excusez-moi, je reviendrai après le repas pour parler avec vous, proposa Charles.

– Vous allez chercher des arnissols* ? Mangez la soupe avec moi, offrit Hilarian.

– Non, je ne veux pas.

L'ingénieur, brusquement tendu, n'était pas à son avantage. Mais le vieux ne profita pas de la gêne de son interlocuteur, montrant seulement la direction de sa cuisine inconfortable.

– Comment ! Vous voulez pas manger avec un paysan ? feignit-il de railler.

Hilarian se mouvait lentement dans la pièce à vivre, où il passait le moins de temps possible, préférant le

* Minuscules tubercules comestibles appréciés par les petits bergers de cette époque, qu'il faut déterrer au pied des haies.

grand air. En réchauffant la soupe, il s'adressa à plusieurs reprises à sa chienne, comme s'il ignorait son invité. Des paroles étranges, ni celles qu'on réserve à un enfant ni celles d'un adulte : un langage, propre à ces deux êtres unis par on ne sait quels liens mystérieux de la solitude.

Charles Neuville se laissa servir : la soupe aux pommes de terre récemment récoltées, un travers de porc salé aux coulemelles, fromage frais et miel. Entre les deux hommes, la conversation s'écoula, banale et incertaine.

– Sortons. J'aime pas parler dedans, décida Hilarian à la fin.

– Monsieur Boudet… commença Charles.

– Je suis pas vendeur, Neuville. J'ai le droit de garder des terres qui viennent de loin dans notre famille.

– Le barrage est déclaré d'utilité publique. Tous les gens de la vallée ont signé des promesses de vente. Vous serez exproprié. Les gendarmes vous menotteront et vous arracheront d'ici, cria Charles Neuville, en décidant tout à coup de ne plus ménager le vieux.

– La justice doit être la même pour tous, le faible comme le fort. Faites ce que vous pouvez, Neuville. Prenez-moi la terre, mais je signerai pas, s'obstina-t-il.

L'affrontement semblait si inégal qu'il apparaissait irréel. L'ingénieur en chef de la Rigord et le solitaire se turent, comme épuisés de ce premier assaut, imaginant avec peine l'issue de leur combat de mots et de volonté. Charles, peut-être plus marqué que son adversaire, respirait difficilement. Un instant, la tension intérieure qui le raidissait à lui briser les tempes se relâcha. Il remarqua que les nuages, plus nombreux que le matin, filaient doucement.

– Dès que je vous ai vu, j'ai pensé que vous étiez pas un faux jeton comme le premier de votre bande qui est monté ici. Vous êtes venu pour faire votre travail. Je sais pas pourquoi je vous estime, mais vous repartirez pas avec ma signature sur un papier, se radoucit un peu Hilarian.

– Vous êtes un vieux fou. Essayez de comprendre, plaida Charles.

– Si tous les salauds comme Maillebuau n'avaient pas trahi, vous seriez pas ici ! s'emporta de nouveau Boudet.

– Vous êtes seul. Personne ne vous défendra. Réfléchissez vite. Je voudrais vous aider, mais je n'ai que deux mois. Après, ce sera les gendarmes.

– Qu'ils viennent ! Ils seront reçus ! menaça le paysan.

– Vous êtes seul, Hilarian. Seul contre la Rigord. Seul contre nous ! Vous allez tout perdre, dit Charles Neuville, d'une voix implacable, exaspéré par cette obstination farouche.

– J'ai mon fils à Paris. Il reviendra pour reprendre les terres d'Igues-Basses.

– Imbécile ! éructa Charles, en quittant son adversaire et en s'enfonçant vers l'aval.

La résistance aveugle de celui-ci l'avait rendu furieux. Mais il devait aussi admettre qu'il se sentait éprouvé. C'était un échec qu'il reconnaissait, au plus secret de lui-même, mais qui mettrait également Delalande en fureur. Tel un marteau-pilon écrasant une mouche, le banquier allait activer ses relations, mobiliser ses avocats, chasser Boudet en quelques semaines. Et ce qu'il lui avait prédit pour l'impressionner se réaliserait : il quitterait sa maison bracelets aux poignets.

Était-ce un renoncement, Charles Neuville sortit de Pradelles-le-Château à l'aube du lendemain, jetant sa voiture dans les premiers virages avec une espèce de violence. Plus loin, sur les routes faciles de la plaine, il roula aussi aux limites de la prudence.

À Paris, les bureaux de la Rigord l'attirèrent irrésistiblement. Il prit prétexte de la nécessité de vérifier le travail de ses adjoints pour ne pas rejoindre d'abord son appartement, craignant de montrer un visage défait à Hortense et de devoir lui avouer sa déconvenue.

Corton traînait dans les escaliers de marbre, à l'affût des ragots de la banque, mais également des secrets provenant du dehors, que pouvaient trahir des visiteurs mis en confiance par des manières aimables.

– Vous avez l'allure d'un chasseur qui a manqué trois bécasses d'affilée et qui rentre bredouille, constata-t-il en croisant Charles.

– Où est le patron ? esquiva celui-ci.

– Venez dans mon bureau. J'ai un renseignement qui vous intéressera ?

Charles souhaitait rendre compte de sa mission à Delalande le plus tôt possible, persuadé qu'Hilarian Boudet ne céderait jamais. Cependant, il suivit Corton, espérant peut-être obtenir de lui une indication sur l'état d'esprit du banquier.

– Pendant que vous crapahutiez dans la vallée, je me suis rendu utile. Vous me remercierez quand vous saurez.

– Pourquoi feriez-vous ça pour moi ? grinça Charles, très méfiant.

– Parce que je n'aime pas ce paysan. Maintenant, il faut l'écraser ! Ce type est trop heureux dans son bout du monde, dit méchamment Corton.

– Qu'avez-vous trouvé ? demanda Charles, en hésitant parce que l'acharnement personnel de l'ingénieur déchu contre le vieux l'incitait à la prudence.

– L'adresse du fils Boudet. Il habite un petit appartement dans le XIVe.

– Vous l'avez vu ?

– J'ai été pêcheur maladroit pour son père, je pouvais être représentant de commerce, accrocheur de surcroît, pour lui et sa femme, persifla Corton.

– Vous voulez que j'oblige ce garçon à convaincre son père ?

– Mieux que ça ! Obliger le plouc à signer chez Lastic. Le couple tire la langue, à cause des envies bourgeoises de madame. Allez-les voir : ils seront d'accord pour liquider les terres et la maison et pour recevoir un petit cadeau de la Compagnie. Commencez vous-même par leur offrir une enveloppe pour les inciter à faire plier l'ermite.

– Vous êtes un cynique, murmura Charles.

– Ce Boudet-là n'a pas la trempe de celui d'Igues-Basses, croyez-moi. Vous gagnerez à tous les coups, parce que sa femme le domine et qu'elle déteste ce douar, où il la force à passer quinze jours, tous les ans. Elle s'y ennuie à se jeter à la rivière…

– Comment savez-vous toutes ces choses ?

– Il suffit de laisser parler les gens, Charles. Ils vous lâchent tout ce qu'ils ont sur le cœur ! se moqua Corton.

Il tira d'un sous-main une feuille de calepin, qu'il y avait cachée, sans doute au retour de sa visite de faux démarcheur. Charles la saisit, puis l'enfouit rapidement dans une poche, comme si elle lui brûlait les doigts. D'un coup d'œil, il eut le temps de lire : rue Daguerre, une courte voie qu'il connaissait vaguement, avec ses nombreux commerces de bouche, ni pauvre ni riche. Mais l'idée de Corton lui répugnait. Il ne se voyait pas, contraignant cet inconnu, encore jeune, à faire une pression inimaginable sur son père, pour qu'il abandonne ses terres exiguës.

– Je ne t'attendais que dans deux ou trois semaines, avoua Hortense.

– Mon retour t'ennuie ? plaisanta-t-il, bien qu'il se demandât s'il ne dérangeait pas ses projets pour la soirée ou les jours à venir.

– Non ! chuchota-t-elle, je suis très heureuse.

Elle l'embrassa avec fougue, puis lui servit des boissons et se montra tendre et enjouée. En dépit de la fatigue du voyage et bien que les sorties mondaines lui fussent pénibles, il se laissa entraîner dans un restaurant à la mode qu'elle prétendit lui révéler. Ils rentrèrent tard dans la nuit ou plus exactement très tôt le matin.

– Parfois, j'ai tellement peur de ce qui nous attend : des semaines ou des mois sans te voir… chuchota-t-elle.

– Ne pense pas à ces choses. Je t'aime, Hortense, assura-t-il, avant de l'étreindre avec une passion qui la fit gémir de plaisir.

Au cours de la nuit, il pensa à plusieurs reprises au premier enfant, dont la naissance l'eût comblé, mais qu'elle lui refusait toujours. Cependant, il évita d'évoquer de nouveau ce besoin profond, qui le remuait au plus secret de lui-même, espérant follement que leur emportement sensuel produise un fruit inattendu, qu'elle ne pourrait pas arracher de son ventre.

Dans l'atelier de dessin de la Rigord, tous les plans étaient prêts, formidable armada de croquis cotés et de chiffres, qu'il allait lancer sur chaque point de l'immense chantier, comme un général déplace ses régiments sur le champ de bataille, selon sa stratégie et son bon vouloir.

– Corton est venu me rendre visite, révéla Hortense un soir.

– Que te voulait ce faux jeton ? s'agaça Charles.

– Tu devrais rencontrer Damien Boudet, avança-t-elle, le regard tendu.

– Tu as eu droit à plus de détails que moi. Je ne savais pas son prénom.

– Rencontre le couple, Charles, tires-en tout ce que Corton en tirerait. Nos amis commencent à poser des questions ironiques sur ton barrage.

– Ils t'ont tournée en ridicule, s'inquiéta-t-il.

– Pas vraiment encore. Mais il y a des allusions, des coups de griffes, se plaignit-elle.

– C'est peut-être mieux que d'envoyer les hommes de loi de la Rigord à Pradelles-le-Château, réfléchit Charles à haute voix.

– Ce vieux, tel que tu m'en as parlé, ne cédera pas, prédit Hortense, morose soudain.

– À voir ! répliqua Charles.

Les refus, durs, calmes, du solitaire lui revinrent en mémoire avec une précision totale, remarquable. Sa raison et son intelligence, la dignité, le sens commun même, le portaient à renoncer à un second voyage à Igues-Basses.

– J'irai rue Daguerre demain, promit Charles, bien qu'un sentiment de gêne inexplicable le retint.

Un immeuble de peu d'importance, dont le rez-de-chaussée abritait une épicerie à la vitrine soigneusement tenue. Pas d'ascenseur. Une cage d'escalier propre, un palier sur lequel se morfondaient des plantes grasses. La plaque de cuivre gravée et la sonnette assortie. Que du bon aloi, bon marché, mais assez bourgeois somme toute.

– Neuville, ingénieur en chef, se présenta Charles.

La jeune femme blonde qui lui ouvrit était plutôt belle, assez commune cependant. Charles remarqua aussitôt les lourdes bagues de Fix qui surchargeaient ses phalanges et le décolleté plongeant ouvert dans un chemisier de confection aux couleurs voyantes.

– Mon mari est au salon, annonça-t-elle, en prenant des patins de feutre sous ses pieds, qu'elle n'osa pas proposer à l'arrivant.

Charles en chaussa une paire. Il la suivit, glissant sur le parquet ciré. Devant lui, elle était ridicule, les jambes légèrement ployées, avec une allure de plantigrade en jupe.

– Vous êtes ingénieur du barrage de la vallée ? demanda-t-elle, sans se retourner.

– Oui…

– Damien travaille au Métro, précisa-t-elle, comme si cela pouvait constituer une moyenne.

– Au Métro ? mâchonna Charles, réalisant que l'émigré à Paris avait menti, en se disant cafetier dans les beaux quartiers.

Le fils d'Hilarian Boudet se reposait dans un fauteuil Windsor obèse. Il se leva un peu mollement pour tendre la main au visiteur. Corton avait raison : Hilarian avait engendré un être banal. La silhouette fragile du vieux emplit le prétendu salon de l'appartement modeste. Comme si cette évocation le mettait mal à l'aise, Charles fixa son regard sur le buffet de style Henri II à double corps, occupant le côté le plus long de la pièce, outrageusement ouvré, torturé de colonnettes et de sculptures.

– Excusez le désordre.

Les yeux les plus acérés n'eussent pas décelé le moindre atome de poussière. Charles déglutit lentement une mauvaise boule, en réalisant la cruauté du sort : ces deux-là oubliaient lentement Igues-Basses. Pire, ils avaient peut-être honte d'avouer qu'un père y vivait, dans une maison d'un autre monde, d'un autre âge même.

– Ce barrage va enfin sortir de terre ? questionna la jeune femme, les yeux brillants.

– Oui, lui répondit Charles d'une voix froide, parce qu'elle lui était indifférente, qu'il la méprisait vaguement.

– Mon père a écrit que tous vendaient. Mais il fait sa tête, regretta alors Damien Boudet.

– Il dit que vous êtes fatigué du Métro et que vous reviendrez à Igues-Basses.

– Jamais ! s'énerva la petite-bourgeoise.

– Où êtes-vous née, madame ? demanda Charles.

– En Bretagne. Un trou comme Igues-Basses.

– Dommage qu'on ne puisse pas y construire un barrage !

Le couple ne devina pas l'ironie cinglante du visiteur. Elle proposa du porto. Charles Neuville accepta, buvant lentement, disant du bien du vintage d'épicerie de quartier. Sa décision était prise.

– Êtes-vous prêt à m'accompagner à Igues-Basses pour essayer de persuader votre père de céder ses terres à la Compagnie ? proposa-t-il entre deux gorgées, les yeux rivés sur le visage de son interlocuteur.

– Il y a mon travail, tenta de se défiler Damien Boudet.

– Vas-y ! articula la jeune femme, sur le ton d'un ordre.

– Je t'assure… C'est impossible.

– Suis M. Neuville, tant qu'on peut tirer quelque chose de la bicoque et des broussailles. Rapporte au moins la part d'héritage de ta mère, que tu aurais dû toucher depuis des années, trancha-t-elle, implacable.

– Je passerai vous chercher demain matin à six heures, ajouta Charles, en prenant aussitôt congé.

– Je le ferai porter pâle, s'empressa de promettre la Bretonne, illuminée de joie à la perspective de ne plus jamais salir ses escarpins dans la poussière du chemin aboutissant chez son beau-père.

Porte d'Italie, nuit noire encore. Puis, les longs pinceaux lumineux des phares sur les haies de troënes monotones des pavillons de banlieue, aux façades faussement normandes, savoyardes ou basques. Enfin, la route infinie, séparant la plaine rase en deux moitiés incertaines.

Le voyage commençait, terrifiant de solitude pour les deux passagers de la Peugeot, repliés sur leurs pensées et leurs dilemmes. Conduite à tombeau ouvert, elle trépidait sur la chaussée, pourtant remarquablement douce au roulement.

À midi, ils atteignirent Massiac, étirée au fond de sa gorge. Ils n'avaient pas prononcé dix phrases depuis Paris, à l'exception de quelques récriminations inutiles contre les secousses de la voiture à l'entrée dans la montagne.

Il était l'heure de manger, seule certitude qu'ils pouvaient partager. Un restaurant, sur la rue principale, annonçait le menu sur une espèce de tableau noir, fixé sur un tonneau de bière publicitaire, qu'un gnome ventru, peint aux couleurs de la marque, tentait de rendre plus attirant.

La serveuse était une gaillarde auvergnate. Mais son regard portait de la résignation : sans doute celle de n'avoir pas été embauchée à Paris par un oncle, ou un cousin bistrot, qui lui avait préféré une fille moins vigoureuse, mais plus délurée.

Elle précipita sur le sol de carreaux le couvert de Charles. Il tomba dans un grand bruit métallique, qui détendit un peu les deux voyageurs. Sans se démonter, ni s'excuser, elle leur assura que le petit salé était préparé avec des lentilles de la planèze de Saint-Flour, toute proche, ce qui les détermina à accepter le plat du jour.

– J'aimais beaucoup ça quand ma mère les cuisinait, chez nous. Avec une femme bretonne, je n'ai pas l'occasion d'en manger très souvent, se confia Damien Boudet.

En fait, la Marie leur apporta de la grenaille minuscule, bizarrement sèche et sans sauce, presque immangeable, servant de gangue à une viande mal cuite elle aussi.

– On avale du plomb de 12 ! persifla le jeune homme, heureux de trouver une plaisanterie à dire.

– Je peux vous apporter encore du légume, proposa-t-elle au même instant, depuis le comptoir, avec un sourire commercial.

– Non, merci mademoiselle, c'était parfait ! se défendit Charles avec énergie.

Ce repas exécrable ne les avait pas rapprochés, mais ils échangèrent quelques impressions banales sur le paysage, de plus en plus pittoresque et tourmenté encadrant la route. Cependant, à une vingtaine de kilomètres d'Albepeyre, Damien Boudet rentra dans sa coquille, s'efforçant sans doute de prévoir l'accueil de son père et cherchant des mots pour lui avouer enfin qu'il l'avait toujours trompé, en lui laissant croire qu'il abandonnerait un jour Paris pour lui succéder comme paysan.

Hilarian Boudet tuait le temps à nouer des fagots de branchages, qu'il avait émondés sur les arbres bordant sa petite prairie. Il ne se pressait pas, l'esprit vide, s'appliquant à ménager ses mains un peu douloureuses depuis quelque temps. Quand la chienne aboya de joie, en reconnaissant Damien, auquel elle faisait toujours fête à chacun de ses retours, malgré les mois qui les séparaient, Hilarian se redressa d'un coup, alerté par le ton inhabituel des jappements de la bête. Il demeura immobile, laissant s'approcher cette visite, si peu imaginable pour lui, de son fils et de l'ingénieur.

– Papa !

Le mot, pourtant si facile à prononcer, franchit à peine les lèvres de Damien Boudet. Le père et le fils s'embrassèrent avec lenteur, une accolade qui gêna Charles Neuville, tant elle semblait raide. Il devina que le vieux paysan hésitait.

– On peut pas parler debout. Entrons à la maison, finit-il par proposer.

Il avança des chaises, qu'il avait fabriquées lui-même autrefois, montants de hêtre, assise en paille de seigle. Charles remarqua qu'elles paraissaient presque neuves, simplement patinées de brun.

– Vous avez réussi à trouver mon fils dans Paris ? s'étonna Hilarian.

– Vous voyez… fit Charles, l'esprit tendu, incapable de prévoir avec une parcelle de certitude ce qui allait se passer.

– Il faut que les choses pressent pour que vous soyez revenu ici, si vite, avec Damien, constata Hilarian, en maîtrisant parfaitement le timbre de sa voix.

– Oui, la Compagnie n'attendra plus. Vous serez expulsé par la force.

– Vous avez ramené Damien à Igues-Basses pour qu'il me conseille de vendre les terres ? s'emporta Hilarian Boudet.

– Oui, pour qu'il vous ouvre les yeux, mieux que je ne peux le faire, dit Charles en s'efforçant de conserver son calme.

– Damien fauchera les prés au printemps prochain. Il va vous le dire, puisque vous voulez nous forcer ! cria le solitaire.

– Non, papa. Je ne reviendrai pas à Igues-Basses. J'ai ma vie et mon travail à Paris, parvint à articuler le fils désemparé.

– Ce n'est pas possible ! C'est elle ! C'est ta femme ! J'ai compris depuis longtemps qu'elle n'aimait pas notre maison et qu'elle a toujours besoin d'argent, accusa Hilarian, blême, la voix rauque.

– Laisse ma femme de côté ! protesta mollement Damien Boudet.

Hilarian ne répondit rien. Tout à coup, il quitta la pièce, le dos voûté, les pieds lourds sur le plancher, puis sur les premières dalles de la cour. Charles et Damien se regardèrent, mais ni l'un ni l'autre n'esquissa le moindre mouvement, attendant ils ne savaient quoi. Au bout d'un temps indéfinissable, la chienne rentra. Puis, ils entendirent les pas d'Hilarian. Plus fermes.

– Vous avez l'auto ? Allons chez Lastic, décida-t-il sans les regarder.

– Oui, dit Charles, tout de suite.

– Tu devrais t'habiller, suggéra Damien Boudet, en remarquant que son père portait un pantalon de velours orné d'un rapiéçage d'une couleur différente.

– Tu auras honte de moi à Pradelles ? Je travaille la terre habillé comme un paysan. Je peux aussi la vendre avec une rustine aux genoux, refusa le vieux.

L'étude n'était pas loin de fermer quand les trois hommes y parvinrent. Maître Norbert Lastic ne put réprimer un tressaillement de son bouton de visage lorsqu'il les vit pénétrer dans son bureau. Il adressa un signe à l'employée. Qui la congédiait.

– Asseyez-vous, monsieur Boudet, proposa-t-il avec une onctuosité satisfaite.

– Pas besoin !

– Comprenez-moi… Asseyez-vous, insista-t-il.

– Ils ont gagné. Je vends, annonça Hilarian, les yeux fermes.

– À la bonne heure… patelina le notaire.

– Je signe où ?

– Ici. Les actes sont préparés depuis longtemps, expliqua Norbert Lastic d'une voix professionnelle.

Hilarian Boudet n'avait pas besoin de lunettes, malgré son âge. Il rapprocha son siège, puis se pencha légèrement sur le papier timbré pour s'appliquer à écrire son nom, comme l'instituteur le lui avait appris à l'école.

Quand il acheva le dernier paraphe, Lastic se leva, se dirigea vers les plans piquetés de croix, cocha soigneusement les champs et les prés d'Igues-Basses propriété des Boudet depuis des temps immémoriaux.

– C'est fait, il ne reste plus un seul blanc sur mon cadastre, précisa-t-il.

Seul Charles Neuville comprit pourquoi sa voix contenait une si grande satisfaction. Les deux autres crurent que c'était une invite à quitter le bureau notarial, puisqu'il ne restait rien à ajouter.

– Le prix de la maison et des prés est payé comptant par la Compagnie. Vous prenez l'argent maintenant ?

– Donnez, exigea sèchement le vieux paysan.

Maître Lastic pivota sur son siège et ouvrit la petite porte, insérée dans la boiserie, qui dissimulait le coffre. Il saisit une liasse de billets, qu'il posa sur le bureau d'un geste doux. Puis, il compta avec soin la somme due à Hilarian. Dans les mains potelées du tabellion, elle représentait une certaine épaisseur. Mais, elle paraissait dérisoire par rapport au contenu de la petite armoire forte.

– Je vous demanderai encore une signature, sur le reçu. Comprenez-moi, les bons comptes font les bons amis, rappela-t-il.

– Amis… persifla le solitaire d'Igues-Basses.

Lastic possédait une longue habitude des gestes de ses clients se saisissant du montant d'une vente. Il considéra la main d'Hilarian : elle tremblait imperceptiblement, comme si la poignée d'argent l'effrayait.

– Papa… tenta de se justifier Damien lorsqu'ils se retrouvèrent dehors, dans la rue silencieuse.

– Nous devons repartir à Paris. Votre fils a son travail, comme moi, intervint Charles pour essayer d'éviter les mots irréparables qui pouvaient jaillir.

– Partez ! se raidit Hilarian.

– Je vous ramène à Igues-Basses, puis nous prendrons la direction de la grand-route.

Dans le vestibule de l'étude encore, Hilarian Boudet avait semblé totalement indécis sur ce qu'il allait faire de ses billets. Cependant, en sortant, mû par un vieux réflexe de discrétion paysanne, il les avait enfouis dans la poche de son pantalon.

Brusquement, il s'arrêta et dévisagea avec des yeux désespérés son enfant unique, sur qui il avait tant compté. Puis, il lui jeta la liasse de Lastic à la figure.

– Ramasse tout, puisque c'est l'argent qui vous intéresse, toi et ta Bretonne.

Damien Boudet était livide. Il s'accroupit pour tenter de rassembler les coupures un peu dispersées sur la chaussée, se déplaçant en canard tantôt à droite, tantôt à gauche. Charles ne put s'empêcher de le juger grotesque.

– Tu vois, il t'a fallu te courber. Mais tu as moins peiné que moi pour faire venir mes récoltes sur les pentes d'Igues-Basses. Maintenant que tu tiens tout le paquet, partez ! grinça Hilarian dès que son fils perdu se redressa.

Il s'écarta, choisit une venelle qui rejoignait la modeste avenue sortant du bourg. Charles devina qu'il se dirigeait vers le sentier remontant le long de la rivière.

– Papa, attends ! appela Damien Boudet.

– Laissez-le. Il n'a pas besoin de vous, dit Charles Neuville avec dureté.

– Je crois que je ne reviendrai jamais à Igues-Basses, murmura le jeune homme.

– Démarrons. Nous coucherons à Issoire ou à Clermont-Ferrand, décida Charles.

Deuxième partie

LE BRUIT ET LA FUREUR

7

L'oiseau nocturne traversa la clarté jaune, en émettant un long cri d'animal apeuré. Ce n'était pas son ululement habituel ou son signal de chasseur de mulots. Il contenait une douleur : sans doute celle de ses prunelles nyctalopes, blessées par la lumière trop vive. Mais, plus encore, cette plainte étrange semblait traduire de la panique, comme s'il ne reconnaissait plus les repères invisibles que lui dictait mystérieusement chaque nuit son instinct, avant le formidable changement qui venait de tout brouiller dans le ciel de Serret. Le volatile, une chouette hulotte ou une chevêche, zigzagua tout à coup, s'enfuyant vers le noir opaque de la vallée.

Ce soir-là, les gens d'Albepeyre et les habitants clairsemés des hameaux, restaient-ils aussi désorientés que le chat-huant ? Depuis trois ou quatre semaines déjà, la conque de Serret s'illuminait toutes les nuits. D'en haut, on apercevait une grosse boule luminescente, un peu floue, piquée de points plus brillants, dont on pouvait difficilement affirmer la nature. Dans les premiers temps de cette apparition, certains étaient descendus pour s'approcher ; d'autres au contraire étaient montés, gagnant un rocher ou une corniche, d'où ils observaient l'agitation insensée, contrevenant à toutes leurs habitudes associant la tombée du jour et le repos des corps et des esprits.. Assez vite, ils avaient compris que les premiers ouvriers de la Compagnie travaillaient de jour comme de nuit.

Même à la faible altitude où la confusion de ses sens vitaux l'avait rabattu, l'ombre évanescente du petit rapace balaya-t-elle pendant une fraction de seconde les vitres vivement éclairées de la pièce dans laquelle les ingénieurs s'attardaient sur des plans complexes, assortis de fastidieuses colonnes de chiffres ? Charles Neuville se redressa brusquement et scruta le rectangle de la fenêtre avec la sensation qu'un événement fugace et sans aucune importance venait de se passer. Qu'il n'avait pas saisi.

– Robert, constata-t-il, assez mécontent de voir sa vigilance ordinaire prise en défaut, je crois que je suis fatigué.

– Monsieur, il est plus de minuit…

– Josselin, ne m'appelez plus « Monsieur » ! s'irrita-t-il.

– Vous êtes le chef ici, souligna le second du barrage, en remontant ses lunettes d'un geste bref, ressemblant à un tic.

– Comme vous voudrez. Au fond, c'est votre affaire, grommela Charles.

– Monsieur…

– En tout cas, je vous félicite : votre idée de trois projecteurs à trente mètres de haut était la bonne.

Aucune rue de Serret ne reste dans l'obscurité et les baraquements peuvent continuer de pousser pendant la nuit.

– À l'école, j'aimais l'électricité. J'ai mis tous les lumens* qu'il fallait, puisque vous m'aviez laissé carte blanche, expliqua Robert Josselin avec modestie.

– Bravo aussi pour la ligne électrique, qui nous permettra de faire tourner les machines, et pour le téléphone. Tout est arrivé à Serret en vingt jours, pendant que je perdais mon temps à Paris.

– Remerciez plutôt votre beau-père. Une fois de plus, il a eu le bras long. J'ai seulement servi d'exécutant.

– Allons, Josselin, ne vous rabaissez pas en permanence ! Sur le chantier du barrage, il vous faudra plutôt crier fort !

– Monsieur, je vous aiderai…

– J'espère que vous prendrez aussi vos responsabilités, grommela Charles Neuville, en se demandant comment se comporterait cette crème des calculs en cas d'événement imprévu ou d'accident.

Un raclement, suivi d'une sorte de hoquet métallique monstrueux monta soudain, fréquent mais imprévisible. Bien que l'engin qui l'avait provoqué évoluât loin, du côté de la rivière, le bâtiment vibra. Charles se dirigea vers la fenêtre, non par crainte d'un incident, mais parce que l'air lui manquait.

– C'est le scraper** américain. Contre une veine de quartzites, jugea Robert en connaisseur.

---

* Unité de mesure du flux lumineux.

** Engin disposant d'une benne à l'avant, qui charge en poussant.

La baie se composait de deux battants d'acier, enserrant solidement des rectangles de verre épais et déformant. Charles les ouvrit d'un geste sec, comme si son besoin de fraîcheur devenait tout à coup plus impérieux. Il se pencha largement sur la nuit furieuse qui cernait les vieilles maisons, dont on ne savait si elles se recroquevillaient sur leurs masses sombres ou si elles se défendaient des silhouettes inconnues apparaissant de temps à autre dans une venelle.

Charles se rassura : les compétences de Robert Josselin étaient certaines. Il possédait le génie de l'éclairage ! Les trois pylônes, coiffés d'une énorme cupule réfléchissante, rabattaient toute la puissance de leur lumière dans une zone si vaste qu'on distinguait correctement les plateformes déjà dégagées, les constructions et même le responsable du grondement permanent et des coups violents. En inclinant son torse vers la droite, Charles pouvait discerner la silhouette du conducteur sur son siège.

Dans la nuit jaunâtre, mais claire, le spectacle ressemblait à une hallucination. Tout autour du vieux hameau, les monticules peu résistants comme les barres de roche n'existaient plus, rasés, aplanis, fondus aux creux en une platitude lunaire, sur laquelle se tordaient ici ou là une spirale poussiéreuse, élevée par le passage du scraper.

Charles abandonna le panorama du chantier, déjà bien avancé, pour considérer Serret. Si on suivait la logique que dictait la vue de ses abords arasés, il fallait abattre toutes les maisons, évacuer leurs pierres vétustes, les charpentes disloquées.

Qu'étaient ces fermes et ces échoppes. Une pustule du passé, subsistant comme une mauvaise croûte sur une plaie qu'on veut nettoyer ? Mais Serret survivrait, puisqu'il se situait au pied du barrage. Charles Neuville tenta de prévoir quels bouleversements il allait imposer dans la vie quotidienne de cet endroit épargné par le sort, mais soumis désormais à la fureur des machines et au grouillement de centaines de travailleurs. Tout à coup, la veuve Bru sortit de son troquet, amorça un crochet vers sa resserre, réapparut quelque chose à la main, rentra. Il haussa les épaules, rejetant cette interrogation à laquelle il n'était pas dans son rôle de répondre.

– L'inconvénient de vos projecteurs, Josselin, c'est qu'ils transforment Serret en une sorte de camp où les gens ressemblent à des insectes, dit-il en refermant la fenêtre.

– La différence, c'est qu'ils entrent et ils qu'ils sortent comme ils l'entendent. Je n'ai pas prévu de miradors, corrigea le jeune ingénieur, croyant faire de l'humour.

– Qui conduit le scraper cette nuit ? demanda Charles, sans doute désireux de juger de l'ardeur des ouvriers embauchés.

– Warzek. Comme deux fois sur trois ! Il veut gagner de l'argent et il est dur à la peine pour ça.

– C'est un type bizarre. Pourquoi est-il monté dans la vallée ? Vous avez une idée ?

– Non, aucune. Mais c'est le meilleur, pour le moment. Il deviendra un excellent contremaître sur le chantier du barrage, si vous êtes d'accord, avança Robert Josselin.

– Je ne vous reproche pas de l'avoir embauché, mais on verra, biaisa Charles qui ne parvenait pas à saisir la personnalité de l'homme.

Dès l'ouverture du bureau de recrutement de la Compagnie à Pradelles-le-Château, avant même que la Rigord ne possédât toutes les terres, les candidats avaient débarqué du vieil autobus, par grappes certains jours, en solitaires les autres : terrassiers aux fronts obtus, diplômés déchus pour on ne savait quelle raison, malingres, les mains blanches, habitués des grands travaux attirés par la nouveauté ; étrangers : Polonais, Italiens, Espagnols.

Warzek se présenta sans papiers, affirmant seulement qu'il était tchèque et qu'il avait trente ans. Sans nul doute, il impressionna l'X débutant par sa stature et par la flamme de ses yeux d'un vert profond. Des prunelles de rouquin, éclairant un visage taché, taillé grossièrement, mais tout en traits énergiques.

– Je vous préviens : je travaillerai toujours sans chemise, avait-il annoncé, dans un français presque sans accent, avant de signer le contrat.

– Torse nu ?

– Oui. Été comme hiver. Qu'il pleuve ou qu'il vente ! Qui ça peut gêner ?

Le scraper grondait toujours contre ses adversaires minéraux. Warzek devait se sentir encore d'attaque, malgré seize ou dix-sept heures de secousses incessantes, de vacarme et de douleurs dans ses mains cramponnées aux leviers, qui à la fin brûlaient les paumes. Autour de lui, les terrassiers à pied fignolaient le terrain qu'il conquérait, munis de pelles, de pioches ou de lourdes tournées*, serrés en poignées de silhouettes lointaines que Charles ne parvenait pas à bien voir.

– Ils vont jusqu'où, aujourd'hui ? questionna-t-il.

– Deux heures du matin, si nous suivons notre plan de marche, précisa Josselin.

– Vous éteindrez tout après ?

– Bien sûr ! Il faut respecter le repos des habitants de Serret, dit l'ingénieur en second sans rire.

– Vous ne tenez plus debout. Allez vous coucher, Josselin, conseilla Charles.

– Merci, monsieur.

– Imbécile heureux ! marmonna Neuville, agacé par cette politesse obséquieuse.

– Vous couperez le courant ? s'inquiéta encore Robert Josselin.

– Oui, je crois que je saurai abaisser le levier de votre tableau de commande, ironisa Charles.

Le jeune homme, harassé par une journée trépidante et par la veille tardive, gagna le bâtiment préfabriqué, monté à la hâte, dans lequel se trouvaient des sortes de cellules, destinées aux ingénieurs et aux personnes d'importance passant sur le chantier. Ces pièces exiguës ne possédaient qu'une couchette spartiate et un lavabo sans luxe. Charles rejoindrait son subordonné sans désagrément car il aimait ces sommeils à la dure, qui rompaient avec le confort bourgeois de l'hôtel des Voyageurs, où on le traitait avec une bienveillance envahissante.

* Outil associant une pioche et un pic.

À deux heures moins cinq, le moteur du scraper cessa de gronder. Un chien se mit à aboyer dans l'une des fermes de Serret, effrayé par le silence. Charles descendit l'escalier de fer menant sur le terre-plein où allaient arriver les hommes. Il avait envie de leur marquer son estime, bien qu'il ne les connût pas tous individuellement.

Warzek marchait en tête. La lumière des projecteurs faisait luire des coulées de sueur sur sa puissante musculature, saupoudrée de poussière. Derrière lui, les autres formes semblaient plus floues, manquant de consistance.

– J'ai laissé la bête là-bas. Elle sera à pied d'œuvre à six heures, expliqua-t-il.

– Vous arrivez au bout ?

– Deux ou trois jours, pas plus, si on flemmarde pas, annonça laconiquement le Tchèque.

– Bonne nuit à tous, dit simplement Charles.

– Bonne nuit, patron. Coupez pas le jus tant qu'on n'est pas arrivés dans nos turnes, répondit Warzek, tandis que les autres grommelaient.

Charles pensa que le Tchèque cherchait à percer son jugement à son égard et qu'il se tiendrait longtemps sur ses gardes. Cependant le ton de sa voix ne lui parut pas hostile.

Immobile, il regarda le groupe s'éloigner. Il remonta abaisser le levier commandant les projecteurs. Il attendit plus qu'il n'était nécessaire pour que les ouvriers parviennent à leur dortoir. Puis, il redescendit.

Les bruits nocturnes habituels d'une vallée semblaient reconquérir leurs droits : le glissement de l'eau sur les rochers, au fond de la gorge, le souffle de l'air dans les frondaisons, des appels mystérieux de bêtes à leurs congénères, le glapissement d'un renard, pas très loin de Serret, dans les fourrés.

L'ingénieur en chef du barrage écouta pendant quelques secondes. Mais cette nuit des herbes hautes et des bois lui était étrangère.

Lui, avait commencé à modeler autour du hameau un territoire minéral, entièrement occupé par l'activité des hommes, où les animaux étaient indésirables. Le Tchèque, aux leviers du scraper, l'étendrait autant qu'il lui en donnerait l'ordre.

Le préfabriqué où Josselin devait déjà dormir comme une souche attendait Charles à une cinquantaine de mètres. Il fut d'abord tenté de le rejoindre, pour s'allonger rapidement sur sa couchette. Mais il ne ressentait pas de fatigue, son esprit restant au contraire en pleine activité.

Tout à coup, il lui sembla que marcher dans l'obscurité à travers le chantier lui procurerait des sensations, peut-être un plaisir qu'il n'avait jamais éprouvés. Ses yeux s'habituaient à la pénombre. Il avança sans hésitation.

Les formes floues des bâtisses, pourvues de leur toiture ou inachevées, les allées encombrées de matériaux et de gravats, la sécheresse poussiéreuse irritant les muqueuses, rappelèrent à Charles Neuville l'une de ces villes fantômes, désertées après l'épuisement de leur mine, qu'il avait visitées autrefois dans les montagnes Rocheuses. Sans le bruit du scraper, qui pouvait dire si le nouveau Serret naissait ou s'il était déjà mort ?

L'idée plut à Charles Neuville : le scraper, Warzek, les autres, étaient à ses ordres pour accoucher d'un village de parpaings et de béton. Un village ? Le mot n'était pas exact pour désigner ce qu'il construisait. Il s'attarda quelques instants à chercher un autre terme, n'en trouva pas qui le satisfît, continua sa marche.

Il dénombra exactement les baraquements, se souvint de ce qui devait être debout pour le mois suivant, plissa les yeux pour mieux constater l'état des voies de circulation. Bon. Très bon, même !

Les nuits dans les vallées se terminent par des aubes anormalement fraîches. Serret n'échappait pas à cette particularité. Charles se laissa mordre par l'air vif. Son esprit et sa volonté fonctionnaient comme une machines parfaitement réglée. Il nota mentalement quelques remarques, qu'il adresserait à Robert Josselin dès qu'il apparaîtrait. À aucun moment de son étrange promenade nocturne, l'image d'Hilarian Boudet ne lui était revenue. Pourtant, elle l'avait longtemps harcelé. Qu'était devenu le vieux, se pressant vers le sentier d'Igues-Basses, comme si la rivière était un recours à son amertume et son désespoir ? Il ne l'avait demandé à personne, par crainte de se montrer ridicule. Maintenant, il n'y pensait plus.

Charles tourna autour du réfectoire des ouvriers, monta avec précaution dans sa chambre. Il se jeta sur le lit sans le défaire. Il ne lui restait que deux heures de sommeil. À cinq heures, des coqs dérisoires pousseraient leur premier chant de la journée.

Il les détestait. Dérisoires ! C'était le mot ! Les coqs coqueriquaient, mais ils représentaient un monde dont les rugissements du scraper, que Warzek allait relancer bientôt, comptaient les jours.

Maintenant, Serret pouvait accueillir des dizaines de terrassiers et de contremaîtres. Il fallait accélérer les embauches. Avant de s'abandonner au repos, Charles décida de se joindre à Robert Josselin pour juger les candidats du lendemain.

Serret, un nom et un hameau que nul ne situait nulle part, avant que le mot fascinant de barrage ne se répandît dans le département et bien au-delà. Les hommes descendaient du car à Pradelles ou gagnaient la vallée sur de vieux vélos. Ils tournaient en rond dans les rues pendant un moment ou une heure, essayant de deviner ce que ce pays isolé avait dans le ventre ou comment ils seraient accueillis par les indigènes. Puis, ils s'engageaient sur la nouvelle route, bordée de poteaux téléphoniques neufs, se disant que la Compagnie était puissante et riche, puisqu'elle avait réussi à ouvrir cette voie large vers son chantier.

Les individus, qui ne se connaissaient pas, s'abordaient, se regroupaient par quatre ou cinq, s'immobilisaient, repartaient, interpellaient ceux qui redescendaient pour leur arracher au moins une indication, un chiffre. Ils ne répondaient pas ou ils plaisantaient, fanfarons, jouant les malins, alors que les ingénieurs ne les avaient peut-être pas embauchés.

À Serret, après une longue montée, on avait soif. Tous entraient chez la veuve Bru, dont parfois la salle explosait de bruit, d'appels dans des langues inconnues. La femme ne perdait jamais le nord, vigilante, dure, traquant des yeux sur certains visages les signes d'une possible grivèlerie d'auberge. Théo lui rendait ses journées plus irritantes encore, le gonflement subit de la clientèle révélant de plus en plus cruellement sa nullité.

– Mais, où j'ai pu aller chercher un emplâtre pareil ? l'invectiva-t-elle un soir.

– Ils jactent toutes les langues, se défendit-il.

– La langue de l'argent est la même pour tous ! Si seulement tu savais compter... Mais une épine qui germe sans piquant n'en a jamais, enragea-t-elle.

Les buveurs achevaient leur verre. Dehors, ils flottaient, se séparaient. Certains se dirigeaient vers l'étranglement de la gorge. Ils tentaient d'imaginer le barrage, sa hauteur qui les écrasait. Ils se voyaient soudain, mouches minuscules sur le mur gigantesque, travaillant au bord du vide pendant des heures interminables. Alors, certains fuyaient, traversant les baraquements inhumains, reprenant la route, sourds aux interpellations des nouveaux arrivants. Ceux qui se dirigeaient vers les bureaux où on allait les interroger ignoraient cette peur, même s'il avaient déjà pensé au danger qui les guetterait.

Les habitants d'Albepeyre et des hameaux gagnaient Serret plus furtivement, jamais en groupe, un peu honteux de se présenter pour offrir leurs services à la Compagnie qui les chasserait hors de chez eux dès que l'eau monterait derrière le mur.

L'homme qui sortait de la gorge n'interrompit sa marche que le temps d'observer Warzek et de comprendre enfin la mission exacte du scraper : raser définitivement une dernière bosse de terrain, du côté de la rivière, afin de faciliter les mouvements des camions.

Il avait à plusieurs reprises observé l'engin depuis son belvédère de champs et de pâtures. Mais le voir de près avancer, puis reculer, monstrueux bouledogue d'acier, enfonçant son museau brillant dans la chair de pierre, l'impressionna. Combien de ces chiens jaunes grondants la Compagnie allait-elle lâcher à l'assaut des versants ? Il se demanda s'il aimerait conduire un de ces engins, mais il ne parvint pas à se décider. En revanche, il était certain de ne pas vouloir rebrousser chemin. La veille, sa femme l'avait poussé avec la dernière fermeté à descendre à Serret.

– Justin Marti, se nomma-t-il aux deux ingénieurs assis face à lui, de l'autre côté d'une table métallique.

– Vous n'êtes pas étranger. D'où venez-vous ? Nous avons besoin de savoir, dit Charles Neuville, un peu raide sur son siège.

– De là-haut. Je suis paysan, fit l'homme. D'ailleurs, vous me connaissez.

– Vous plaisantez ! Pourquoi essayez-vous de nous raconter des histoires ? Nous ferons une enquête.

– Rappelez-vous ! Vous avez photographié Jeanne.

– Jeanne, murmura Charles, dont la surprise figea le sourire bienveillant.

– Jeanne, ma fille. Vous l'avez revue à l'école. Elle a eu peur de vous.

L'ingénieur en chef blêmit. Il pouvait jeter ce candidat dehors, sans se justifier. Il se tourna vers Robert Josselin, mais son second ne parut pas avoir remarqué l'allusion de Marti, qui les fixait avec calme.

– Que voudriez-vous faire sur le chantier ? finit-il par articuler.

– Je ne sais pas, hésita le petit paysan.

– On vous apprendra un métier, si vous aimez le travail, promit Charles.

– Je crois que j'ai pas le vertige. Vous savez, où on vit, on a de la hauteur, crut bon d'expliquer le père de Jeanne.

– Votre maison ne sera pas ennoyée et vous avez tout de même décidé de venir vous présenter ici ce matin ? insista Charles Neuville.

– J'ai pas touché l'enveloppe de la Compagnie, comme ceux qui ont vendu leurs champs. Je voudrais moi aussi que le barrage me laisse un peu d'argent.

– Inscrivez-le, Josselin, puisqu'il préfère le béton à ses vaches et à sa terre : Justin Marti. Vous le mettrez aux goulottes*.

– Merci, ma femme sera contente.

– Ne me remerciez pas. Vous ne savez pas ce qui vous attend vraiment. Personne ne le sait, mais les gens d'ici sont curieux. Ceux qui seront noyés ont d'abord joué les martyrs et maintenant ils réclament qu'on les embauche. Vous, vous auriez pu continuer à travailler votre ferme au-dessus de l'eau et vous êtes devant moi ce matin, comme les autres.

– Il faut nous comprendre, monsieur : ce barrage nous déboussole, philosopha Justin Marti.

---

* Sortes d'énormes gouttières métalliques dans lesquelles des récipients, appelés manches, déversent le béton pour le guider à son emplacement exact.

– La Compagnie vous écrira pour vous convoquer, dès l'ouverture du chantier, dit Charles Neuville, signifiant que l'entretien était terminé.

Le paysan sortit, satisfait, mais préoccupé par l'avenir, en proie à des sentiments contradictoires. Il en voulait à sa compagne d'avoir tant insisté pour qu'il se rende au bureau de recrutement. Mais, d'un autre côté, il admettait que les tâches que son travail lui imposait étaient très pénibles sur les pentes dominant Albepeyre. Il espéra qu'un verre de vin chez la veuve Bru chasserait ces réflexions trop moroses, alors que la matinée commençait bien pour lui.

– J'ai pas besoin de te demander… Tu viens de voir les ingénieurs. Ils t'ont pris ? s'informa-t-elle, avec sa curiosité de pie cherchant une cuillère d'argent.

– Oui.

– Alors tu offres une tournée générale ! le pressa-t-elle.

– Rape-sous ! Tu auras fait fortune avant la première gâchée de béton du barrage !

– J'ai pas toujours eu de la chance… se défendit-elle.

– C'est vrai que Bru te menait à la dure, reconnut Justin, qui se souvenait des colères brutales du mari disparu.

– Je prends Candie, annonça-t-elle, comme si c'était une revanche sur les mauvais souvenirs qu'évoquait l'allusion de Justin Marti.

– Celle de l'auberge des domestiques à Pradelles ?

– Des Candie, il n'y en a pas dix !

– Nom de Dieu ! Tu tiendras plus tous ces types, prédit le paysan, qui savait la réputation de la serveuse.

– Je les tiendrai, Justin, affirma farouchement la veuve.

– « Bas les pattes » ? Tu pourras écrire ça noir sur blanc, persifla Marti.

– Rastaquouère, je sers ta tournée de jaune ? le provoqua-t-elle.

– Non, je sais où placer cent sous, refusa-t-il avec fermeté, en payant ce qu'il devait.

– Ta Jeanne, tu veux la mettre dans les écoles ? Tu te prives pour elle, insinua la femme.

– Je me prive pas, mais la petite a de la tête, assura Justin Marti avec orgueil.

Lorsque Candie monta de Pradelles, Serret était en folie. Le scraper avait cessé de rager, mais la fièvre des hommes était pire, inquiétante, éclatant en cris, en chansons ou en beuglements d'ivrognes, en violences certaines nuits. Avec la rumeur de l'ouverture imminente du gigantesque chantier, des dizaines d'individus hantaient les lieux, entrant dans l'auberge bondée, buvant fort, ressortant, errant dans le hameau, y restant le soir, se couchant en travers des venelles, invectivés par les paysans furieux de cette invasion.

Les plus inquiets prédisaient le feu, par imprudence ou par malveillance de l'un de ces inconnus. Chez la veuve, l'incendie brûlait déjà dans les têtes et dans les ventres des hommes.

Candie possédait des seins magnifiques, qu'elle cachait juste assez pour qu'on les regardât. Ses hanches étaient douces et généreuses. Candie aimait les jupes courtes, que son tablier blanc de serveuse raccourcissait encore dans les yeux des mâles, auxquels elle souriait en toute circonstance.

La salle enfumée, emplie de buveurs jeunes et vieux, tendait ses pièges à la vierge folle et ingénue, qui les esquivait à regret. Mais les appels se répétaient, incessants, n'autorisant qu'un marivaudage appuyé et des frôlements bénins. S'il le fallait, la veuve tonnait un ordre, une exigence subite qui faisaient enrager les propriétaires des mains baladeuses.

Depuis son apparition à Serret, Candie régnait sur la salle d'auberge. La veuve Bru confinait son fils à la cave et à la manipulation des tonneaux de vin ou de bière, des litres et des bordelaises, qui se vidaient dare-dare.

– Théo, tu as de la colle dans les mains ! criait la mère quand il s'attardait trop à prendre les bouteilles vides des doigts fins de la beauté.

– Je me presse, maman, grognait le garçon, pris en faute d'une envie qu'il ne ressentait pas avant l'arrivée de Candie.

Au fil des semaines, la température de Serret continuait de monter. Les embauches étaient presque terminées et la Compagnie avait bien précisé qu'elle convoquerait les hommes retenus par lettre. Mais, en petites marées, le flot de marcheurs ou de cyclistes amenait toujours dans le hameau des individus à la recherche d'un travail ou des traîneurs de routes. Chaque nuit, on s'injuriait ou on se battait pour dormir sous un appentis ou dans un recoin, entre deux murs. Les paysans défendaient l'entrée des granges et des étables au moyen de gros cadenas ou de lourdes barres de chêne, calées derrière les portes, dans deux encoches taillées dans la pierre. L'émotion de Serret atteignit à son comble quand l'un des éleveurs surprit un Espagnol se livrant à ses instincts animaux en compagnie d'une brebis.

À l'auberge, Théo flanchait, s'épuisant à transporter en courant les tonnelets et les bouteilles, fustigé par les ordres de sa mère, ou les rappels impatients de la serveuse, hélée à chaque seconde par les clients assoiffés ou soulots.

L'après-midi avait été éprouvant. Théo était à bout. Il sentait sa tête éclater. Ses jambes refusaient de le porter chaque fois qu'il peinait dans l'escalier raide de la cave, dont l'étroitesse le forçait à des contorsions incessantes. Finalement, l'envie de ne plus bouger l'emporta sur sa crainte des remontrances de la veuve Bru.

– Le panier de litres de rouge, ça vient ? exigea Candie, en haut.

– Viens le chercher ! cria-t-il, avec le défi d'un esclave qui se révolte.

Incrédule, il la vit plonger dans la pénombre de l'escalier. Quand elle fut à la dernière marche, elle se pencha vers lui. Une odeur un peu âcre de transpiration émanait de son corsage qui bâilla, révélant ses seins rosés, parfaitement visibles en dépit de la faiblesse de la lampe.

– Vicieux, tu profites ! dit-elle, en suivant le regard du garçon.

Elle paraissait furieuse, mais elle riait en coin, comme elle le faisait souvent, s'amusant de sa timidité, quand il la regardait fixement.

– Candie, où es-tu passée ? appela la veuve Bru, sans bouger, parce que lâcher la caisse était impensable.

– J'aide à la cave. Je remonte, cria la fille.

Soudain, une jalousie farouche mordit quelque part, en un point de son corps que Théo ne parvint pas à distinguer : dans sa tête, dans sa poitrine ou peut-être dans son ventre. Il imagina, avec plus de précision qu'il ne l'avait jamais fait, les yeux d'un ou de tous les mâles de la salle, posés sur la chair claire de Candie. Avec la puérilité d'un enfant qui tente de s'approprier un jouet, il s'efforça de la retenir.

– Tu redescendras de suite ? murmura-t-il, en frôlant les doigts qui saisissaient le casier à bouteilles qu'il lui tendait.

– J'aimerais rester tout le temps ici. Il fait si frais. Tu as de la chance ! plaisanta-t-elle.

– Reviens ! souffla-t-il, remué par des pulsions confuses, mais si puissantes qu'il tremblait imperceptiblement.

Plusieurs fois, elle dévala les marches à la hâte, remonta aussi rapidement, emportant les boissons qu'on lui réclamait en haut. Elle offrait au regard de Théo ses jambes bien galbées qui, sous la jupe courte et serrée, possédaient un pouvoir érotique dont elle n'était qu'à demi-consciente.

Il n'avait plus aucune idée de l'heure. Le temps durait, à la fois interminable et trop court. La fatigue raidissait son dos et ses membres, mais il désirait que la soirée ne se termine pas, tant il se complaisait dans une sorte d'euphorie, qui le soulevait à chacune des apparitions de Candie.

Il pensa vaguement qu'il devait être déjà sept heures car Warzek venait de s'installer dans la salle. Sa voix forte lui parvenait. Il n'aimait pas l'assurance qu'il y devinait. Il détestait le Tchèque depuis l'instant où il lui avait commandé son premier verre de blanche. Le torse épais, les muscles gonflés, les tendons durs tressaillant sous la peau l'effrayaient.

– Donne encore une bouteille de jaune. Je suis à genoux. Ils m'auront la peau, se plaignit Candie, en s'appuyant au mur frais, du caveau de l'auberge.

– Ne bouge plus. Reste avec moi, chuchota Théo.

– La poupée, tu distilles l'apéro ? On t'attend ! cria Warzek.

– Reste avec moi, répéta le garçon d'une voix affolée.

Soudain, avec une brutalité inattendue chez cet être timoré, il plaqua la serveuse contre la paroi. Il haletait, s'efforçant de trouver ses lèvres dans l'affolement. En même temps, il lui arrachait son corsage, figé d'angoisse quand les seins jaillirent, puis transformé en animal en rut lorsque ses doigts pétrirent les formes brûlantes. Il n'entendit pas le cri incrédule de la jeune femme, suivi d'une plainte apeurée, qui culmina en un aigu de terreur incontrôlée.

Warzek bondit comme un fauve, brisant des chaises qui traînaient, bousculant les buveurs stupéfaits. Il déboula dans l'escalier de la cave, oubliant les marches, se jetant sur le couple en lutte. Sans modérer sa force, il arracha Théo à son étreinte furieuse ; puis le souleva au bout de ses bras, et commença à lui cogner la tête contre les pierres. Entre les pattes du

Tchèque, le minus de la veuve Bru n'était plus qu'un pantin, ne semblant pas peser autant qu'un enfant de huit ans.

– Laisse-le ! hurla Candie, en s'arrangeant.

– Lâche-le Warzek, cria la veuve, comme on donne un coup de pied à un chien pour lui faire abandonner un os.

La volonté de la femme était si froide que le Tchèque desserra l'étau de ses mains en grognant une insulte ou une menace incompréhensible. Théo se replia sur lui-même comme une nouille trop cuite, formant une sorte de gros paquet sur le sol humide.

– Monte-le, commanda la mère, blême.

Warzek déposa la marionnette inanimée sur la première table qui se présenta à lui. Le visage avait été ravagé par les aspérités des moellons de schiste. Les cheveux s'agglutinaient en plaques noirâtres sur le haut du crâne.

– Mon Dieu ! s'attendrit pendant une fraction de seconde la veuve Bru en constatant que des filets de sang glissaient sur le bois verni, avançant en vaguelettes saccadées de rouge un peu noir.

– La tête, c'est rien ou c'est tout… énonça un paysan, habitué des accidents des champs, laissant un individu inerte pendant un temps variable.

– Nom de Dieu, Warzek, tu as failli tout écraser ! Comme si tu étais le père de la demoiselle. À moins que tu croies avoir des espérances… railla l'un des buveurs.

– Salaud, je te retrouverai, grinça le Tchèque.

– Tu vois… Même dans ce trou, le scraper, ça suffit pas !

– Portez-le à l'infirmerie de la Compagnie, intervint la veuve Bru en voyant que Théo ne reprenait pas connaissance, même si une plainte sourde sortait de sa bouche.

Le jeune homme revint à lui quelques minutes après qu'on l'eût étendu à même le sol dans le hall des bureaux. Il tenta de se redresser, mais il retomba aussitôt de côté, sur l'un de ses bras, continuant de geindre, tandis que ses plaies se gonflaient en boursouflures pourpres, toujours sanguinolentes.

– J'appelle le médecin de Pradelles, décida Charles Neuville, très contrarié par ce premier incident dû à l'un de ses ouvriers.

Les minutes passaient, longues, difficiles à supporter, avec l'odeur fade de la chair tuméfiée et de l'eau oxygénée, appliquée en compresses par sa mère au blessé. Les curieux, venus de l'auberge, se défilèrent un à un. La veuve Bru et le Tchèque s'observaient, mais Charles pressentit qu'ils étaient prêts tous les deux à une paix qui leur permît de ne pas perdre la face.

– Il fera des excuses à Candie, proposa la mère.

– Elle n'a pas été blessée ? demanda Robert Josselin.

– Non, j'ai été vite à la cave, assura Warzek, fier de lui.

– Taisez-vous Warzek ! le rabroua Charles.

La tension retomba peu à peu, mais l'inquiétude persistait car Théo gémissait. Lorsque le ronflement d'un moteur annonça le médecin, Warzek lui-même se sentit soulagé, malgré l'hostilité qu'il vouait au jeune homme.

La silhouette d'une femme s'encadra dans l'entrée. Au premier regard, Charles Neuville pensa qu'elle atteignait cette plénitude des trente-cinq ans qui marque le point haut de la vie chez certains êtres, quel que soit leur sexe. Elle arrêta ses yeux sur chaque membre du petit groupe, qui l'attendait, essayant sans doute de comprendre le déroulement des événements, puis sur le blessé.

– Voyons… dit-elle.

– Vous êtes le docteur ? demanda Charles, maladroit.

– Non, seulement infirmière. Mais je crois que ça suffira, ironisa-t-elle.

– Le médecin est absent ? s'enquit l'ingénieur, avec de nouveau la sensation de se montrer ridicule.

– Rassurez-vous, je le préviendrai si le cas est grave, précisa-t-elle, comme un défi, en découvrant la méfiance confuse dont elle était l'objet.

Elle souleva la tête de Théo avec des gestes doux, puis examina son visage avec soin, palpant les contusions, faisant saillir les lèvres des coupures. Puis, elle vérifia que sa nuque et ses vertèbres n'avaient pas souffert. En se relevant, elle dévisagea Warzek avec sévérité.

– C'est vous, le cogneur ?

– Oui. Il méritait bien cette raclée ! tenta-t-il de se défendre.

– Vous avez de la chance. Vous pouviez le tuer.

– Remettez-le sur pied dès que possible. J'ai besoin de lui à l'auberge, expliqua la veuve Bru.

– Sortez, maintenant. Je vais le rendre présentable, promit la jeune femme.

Le Tchèque s'éclipsa en maugréant. Charles se crut obligé de tenir compagnie à la veuve Bru, parce qu'elle était une mère inquiète pour son fils. Mais ils restèrent muets l'un comme l'autre, n'osant évoquer ni le coup de folie sensuel de Théo ni les incartades des ouvriers dans Serret, dont Neuville se sentait responsable parfois. Il était grand temps que toute cette folie des individus fascinés par le barrage cesse, quand s'ouvrirait enfin le chantier principal qui les occuperait tous. Delalande devait se montrer dans le hameau, visiter les baraquements avec solennité, lancer enfin ceux qui attendaient à l'assaut de la gorge, chasser tous les oisifs et les voyeurs.

– Il est capable de repartir sur ses jambes. Juste un peu amoché ! Les cicatrices disparaîtront dans un ou deux mois, annonça l'infirmière en rouvrant la porte.

– Rentrons, Théo, décida la veuve, sans remercier, pressée de regagner son estaminet trop fréquenté.

– Vous prendrez un café ? J'en ai dans une Thermos, proposa Charles.

– Vous ne fréquentez pas chez madame ? s'amusa la jeune femme.

– Non, rarement, avoua-t-il.

– Vous avez peur des coups ?

– Montons dans mon bureau, décida-t-il, un peu irrité par le ton railleur de ses reparties.

– Je ne me suis pas présentée : Lucile Quentin, précisa-t-elle, alors qu'il s'effaçait pour la laisser passer.

– Charles Neuville, comme vous l'avez deviné sans doute.

– Vous êtes le responsable de quelque chose qui me paraît inimaginable. Je n'aimerais pas être à votre place.

– Choisissez un siège, mais aucun n'est très confortable, s'excusa-t-il, comme ils entraient dans la pièce.

La franchise de sa visiteuse l'étonna. Une banalité lui vint à l'esprit pour éluder avec humour le poids de ses fonctions d'ingénieur en chef. Mais il se ravisa. Quelle raison avait-il de rabaisser l'importance de sa mission face à cette inconnue ? Il ne lui parut pas désagréable qu'elle le crût uniquement préoccupé des machines et des hommes qui allaient commencer les travaux de fondation du barrage.

Lucile Quentin ne pouvait se prévaloir d'une beauté de star, mais il émanait d'elle un charme attirant, peut-être même envoûtant, si on se laissait envelopper par ses yeux très verts, d'une profondeur d'eau émeraude et d'une vivacité extraordinaire.

Cet éclat singulier du regard s'alluma quand elle le fixa, alors qu'il lui servait le café avec la maladresse habituelle des hommes en la matière. Elle fit un léger mouvement de la tête qui anima sa chevelure très brune, mi-longue et ondulée. Ses lèvres s'entrouvrirent, sensuelles, pensa-t-il. Par contraste avec le mat de sa peau, elles semblaient palpiter imperceptiblement.

Charles chercha un mot qui puisse traduire la nature intime de Lucile Quentin. Ardente ! C'était une femme ardente, mais avec une réserve et un secret, qu'il perçut, sans savoir pourtant quelles sensations personnelles motivaient ce jugement.

– Merci pour le café, fit-elle, comme si elle avait deviné une partie de ses pensées et qu'elle voulût fuir sa curiosité par cette politesse banale.

– Remerciez plutôt Josselin : c'est lui qui le prépare.

– Vous aurez des accidents sur le chantier. Je crains que nous nous revoyions, affirma-t-elle en se levant pour sortir.

– Vous êtes directe, constata Charles Neuville.

– C'est sans doute un défaut, n'est-ce pas ?

– Pour les accidents, je préférerais que vous vous trompiez, dit-il, sans se soustraire à l'inquisition de ses yeux.

– Ne me raccompagnez pas. Excusez-moi, j'aurais dû en rester à la bagarre d'aujourd'hui.

Lucile Quentin descendit lentement l'escalier du bâtiment des ingénieurs. Charles suivit son pas précis, qui devint un staccato pressé dans le hall. Puis il y eut l'emballement du moteur au démarrage, la griffure des pneus sur le macadam.

– Quand tous les hommes seront au travail, nous aurons besoin d'une infirmière comme celle-là. Elle n'est pas mal, commenta l'ingénieur en second, qui surveillait le départ de Lucile Quentin.

– Josselin, je ne savais pas que vous vous intéressiez aux femmes, persifla Charles.

Pendant une quinzaine de jours, les soirées chez la veuve Bru connurent une certaine lassitude, la peur rétrospective d'avoir frôlé un drame planant dans la salle. Mais Candie pardonna à Théo. Avec les autres, elle reprit ses aguicheries, dont elle ne pouvait se défendre lorsque les compliments appuyés et les rires l'entouraient.

Delalande respecta les promesses, renouvelées par téléphone à son ingénieur principal, peu avant l'incident de l'auberge. Pour frapper les ouvriers et la population locale, il avait exigé que Charles ne révélât ses intentions à personne de Serret ou de Pradelles-le-Château.

Lorsque la limousine sombre apparut, les hommes se figèrent sur les manches des outils. Ceux qui traînaient chez la veuve sortirent, médusés de l'arrivée d'une auto de ce luxe conduite par un chauffeur. Le patron de la Rigord, Antoine Campan et Corton en descendirent. Quelques instants plus tard, d'autres voitures survinrent, chargées d'inconnus cravatés.

Le petit groupe ainsi constitué commença à parcourir le chantier, sous la conduite de Charles Neuville. Un peu en avant, Robert Josselin arrêtait les hommes qui travaillaient encore, comme s'il redoutait que des éclats de roches ou des poussières malencontreuses puissent atteindre les visiteurs.

Delalande n'attacha pas une attention excessive aux divers bâtiments, dont Charles était pourtant fier. En revanche, il s'immobilisa longuement face aux terre-pleins qui serviraient de base aux énormes engins et au matériel considérable qu'on stockerait là. D'un œil expert, il évaluait la rapidité avec laquelle tous les mouvements nécessaires s'effectueraient et, donc, l'argent qui serait économisé grâce à l'habileté de son ingénieur en chef.

– Sénateur, votre gendre a su tirer magnifiquement parti de cette cuvette isolée. Dans notre intérêt à tous.

– Nous pourrions maintenant procéder à notre petite cérémonie, proposa Antoine Campan, sans répondre au compliment qui s'adressait d'abord à Charles.

– Donnez ordre aux ouvriers de nous suivre, dit Delalande à Robert Josselin.

Les maîtres du barrage se dirigèrent vers la gorge. L'escorte de travailleurs gardait une certaine distance. Des gens de Serret et des traîneurs de savate, qui restaient là depuis des jours, formèrent une autre grappe humaine, indécise sur la conduite à tenir, attendant de voir où les huiles de Paris stopperaient.

– Ici, indiqua finalement Charles Neuville, en désignant un rocher à la verticalité impressionnante, qui semblait ancré au plus profond des entrailles de la montagne.

– Nous avons voulu vous faire la surprise d'une cérémonie entre nous, pour marquer le début des travaux du barrage, expliqua Delalande, en se tournant vers les ouvriers.

Josselin défit une espèce de faveur qui ceignait le papier fort enveloppant une plaque en bronze, sur laquelle étaient gravés une date et un nom.

– Notre retenue s'appellera officiellement : « Barrage de Serret », annonça le banquier avec une emphase qui ne lui était pas habituelle.

– Superbe ! commenta Antoine Campan, sans qu'on sache s'il s'agissait de la plaque ou du nom choisi.

– Allons, sénateur, vous êtes un maître ès inaugurations. À vous d'apposer.

Robert Josselin tendit le rectangle luisant au cacique, tout en adressant un signe à l'un des ouvriers.

Antoine Campan s'avança vers le rocher. De concert avec l'homme désigné pour participer à cet honneur, il disposa la plaque sur une aspérité. Des tétons de métal la fixeraient plus tard pour la postérité.

– Quel doigté ! Merci, sénateur, s'amusa Delalande, sous les applaudissements de la mince foule.

– Les rubans et les plaques, la vie politique a ses servitudes, cher ami, se rengorgea Antoine Campan.

Alors que les participants pensaient que ce qui restait de la matinée allait se traîner en félicitations aussi creuses que superflues, les prunelles du banquier s'allumèrent brusquement. Il fit le tour des visages, pour appesantir enfin l'acier de son regard sur ses partenaires les plus proches.

– Charles, j'ai envie de voir ce vieux, dit-il avec une espèce de violence contenue.

– La route devient très mauvaise au-dessus d'Igues-Basses, tenta de le dissuader ce dernier.

– Je paie mon chauffeur pour rouler sur toutes les routes.

– Si vous voulez… bredouilla Charles, que la perspective de revoir Hilarian Boudet dans sa maison mettait très mal à l'aise.

– Antoine et Corton vont nous accompagner, décida Delalande.

Sur la chaussée départementale, en amont de Serret, l'impressionnante limousine de la Rigord parut absorber les saignées avec une sorte de détachement. Mais, lorsqu'on aborda l'étroit tronçon vers le hameau mourant, la voiture fut secouée comme une vulgaire carriole. Les deux derniers lacets se rebiffèrent, furieux de sentir un tel poids les écraser.

– Monsieur, il serait plus prudent de descendre, suggéra le chauffeur, obligé de s'y reprendre à plusieurs fois pour franchir ces virages enroulés sur eux-mêmes et en très forte déclivité.

– Vous nous voyez arriver à pied ? Continuez, commanda durement Delalande.

L'automobile luxueuse frotta sa carrosserie étincelante contre les buis. Les passagers esquissèrent un geste de défense instinctif comme si les tiges aux petites feuilles en coquilles dures pouvaient les fouetter dans l'habitacle. Ce fut sans doute ce bruit de friction inhabituel qui fit sortir Hilarian Boudet sur le pas de sa porte.

– Bonjour, jeta Charles d'une voix mal assurée.

– Ma vache aussi se racle la panse contre la haie. Quelquefois, elle y laisse un peu de cuir, s'amusa le solitaire.

– Bonjour, monsieur Boudet, marmonna Delalande.

Hilarian avait deviné qui était le géant blondasse, aux yeux figés. Il s'avança lentement vers lui, fragile de corpulence, mais toute sa volonté tendue. Il n'ignorait pas qu'il paraissait sans doute vulnérable et ridicule. Pourtant, il affronta le banquier.

Charles Neuville et Campan étaient pétrifiés. Quelles insultes le vieillard pouvait-il éructer ? Le sénateur pensa que Delalande ne s'était jamais trouvé dans une situation comparable. Pouvait-il réagir de façon brutale ou, au contraire s'égarer en deux ou trois belles phrases, qui seraient grotesques ?

Les deux adversaires se défiaient-ils ou leurs yeux déversaient-ils seulement du mépris sur l'autre ? Devant la vieille maison, le silence devenait terrifiant. Le chauffeur s'était réfugié dans la limousine. De temps à autre les tôles en train de se refroidir lançaient un coup sec. Tout à coup, Antoine Campan dut admettre que Delalande était blême.

– Entrez.

L'invitation avait-elle été vraiment prononcée par le solitaire ? Elle flotta, irréelle, chargée d'on ne savait quoi. Les quatre visiteurs, circonspects, demeurèrent d'abord immobiles.

– Vous aussi, fit Hilarian à l'adresse de Corton.

Delalande dut se baisser pour ne pas heurter le linteau archaïque, qui se situait à la hauteur des montagnards un peu courts, dont Hilarian représentait le type parfait. Antoine Campan, qui suivait le banquier, pensa qu'il passait ainsi sous les fourches caudines du paysan. Il eut envie de rire en sourdine.

Les singuliers invités d'Hilarian Boudet s'habituaient mal à la pénombre de la pièce. Comme si l'instinct grégaire était leur seule certitude, ils se dirigèrent vers l'âtre éteint, mais dans lequel un chaudron de cuivre suspendu à la crémaillère attirait le premier regard.

Hilarian resta à distance, paraissant attendre que le raclement de leurs semelles de chaussures de luxe sur son plancher disjoint cessât.

– L'*ostal* est à vous, puisque je vous l'ai vendu. Je vous le laisse. Je sors…

– Monsieur, nous ne prétendons pas vous chasser aujourd'hui, articula Delalande, avec une altération étrange de la voix, que tous remarquèrent.

– Il y a des châtaigniers creux. J'y dormirai dedans. J'aurai ma vache et ma chienne tout près de moi, assura le vieux désespéré. Méprisant jusqu'à une sauvage noblesse aussi.

L'état-major de la Rigord, échoué à Igues-Basses, sembla pendant un long moment absorbé par le plafond enfumé du paysan. Delalande devina-t-il que la planche suspendue par deux chaînettes supportait toute la bibliothèque d'Hilarian ? Il fut très surpris de voir traîner quelques livres sur la table en désordre ? Tout à coup, quelque chose de mou se colla sur le plancher, juste devant Corton.

– Quand je pense que vous avez mangé ce que j'avais de meilleur ! philosopha Hilarian Boudet, en ravalant un second crachat.

Antoine Campan possédait une longue expérience des réactions paysannes. Il fut le premier à échapper au sentiment d'inconcevable affront dans lequel le vieux avait su les enfermer.

– On nous attend pour déjeuner. Partons, proposa-t-il avec un semblant de calme.

L'hôtel des Voyageurs était en transe. À tort ! Delalande ne vit ni le foie gras, ni la truite de la rivière, ni le pavé fondant qu'on lui servit. Il admettait que ses compagnons d'humiliation l'avaient vu en difficulté dans la cuisine sombre. Cependant, puisque la date du commencement des fondations du barrage était fixée, il se livra à une suite de calculs sur le retour de ses investissements, ignorant les maladresses des filles de salle.

– Charles, y a-t-il un sujet que nous n'aurions pas évoqué ? demanda-t-il comme on apportait un gâteau à la broche, orgueil du chef.

– J'ai pensé qu'une partie de l'électricité du barrage de Serret pourrait alimenter des usines à Pradelles-le-Château et dans toute la vallée. Ce seraient des emplois pour les gens et un bien pour la région.

– Charles, vous parlez comme un livre, mais vous marchez sur mes plates-bandes. C'est au député et au sénateur qu'il revient de se préoccuper du travail et de l'avenir des habitants ! s'exclama alors Antoine Campan, sur le ton d'une grosse plaisanterie.

Le cacique connaissait trop le banquier pour ne pas avoir décelé dès le premier mot de son gendre la surprise et l'irritation de son partenaire en affaires et en politique. Delalande était à nouveau pâle et ses yeux embrassaient la table avec dureté.

– Mon cher, la Rigord investit pour vendre de l'électricité à ceux qui l'utilisent, pas pour prendre des risques dans d'hypothétiques usines. Nous construirons une ligne à haute tension vers Paris qui prendra tout le courant de Serret, trancha-t-il.

La suggestion de son ingénieur en chef l'avait contrarié. Il adressa un signe au chauffeur, qui se leva aussitôt. Tous comprirent que le repas était terminé et qu'on ne boirait pas de fine ou de liqueurs.

– Charles, je vous laisse Corton : il peut vous être précieux, décida Delalande, avant de saluer et de se retirer.

La table se défit rapidement, chaque convive se découvrant tout à coup une obligation urgente. Antoine Campan s'efforça de se comporter à son avantage, serein en apparence, serrant les mains des quelques personnalités conviées.

– Charles, vous avez heurté Delalande. Je ne sais pas si, à Paris, il avait décidé de laisser Corton ici. Mais maintenant vous l'avez dans les jambes. Soyez plus prudent à l'avenir, conseilla-t-il lorsqu'ils furent seuls.

– Vous devriez soutenir mes idées : votre département pourrait être complètement transformé par notre barrage, insista Charles Neuville.

– Des idées de jeunesse, Charles ! Des idées de jeunesse… marmonna le sénateur rassis.

– Non, je crois à ces usines pour garder les jeunes qui partent à Paris dans ces communes.

– Je vous annonce une bonne nouvelle. Hortense m'a promis de venir chez nous pour quelques semaines peut-être. Oubliez tout le reste. Vous irez la voir le week-end.

8

Le torse du Tchèque, encore marbré de poussière et de sueur, avait une vilaine couleur. Sur sa peau de rouquin, que le soleil rendait rosâtre plutôt que bronzée, ces salissures d'une rude journée faisaient ressembler son dos tendu au fond d'un chaudron de mauvais cuivre, trop rouge, piqué de verdet. Mais son visage portait de la jubilation : un grand éclat de rire intérieur, qu'il s'apprêtait à lancer à la figure des autres.

Chaque soir, il apparaissait chez la veuve Bru. Il n'adressait plus la parole à Théo, se comportant comme si celui-ci n'existait pas, mais il avait besoin de se mesurer à la femme, comme s'il trouvait en elle un *alter ego* en jupons, auquel il aimait frotter son tempérament excessif. Il l'interpellait, il la provoquait de récriminations dérisoires, de coups de gueule sans motif, de grosses plaisanteries, qui enchantaient l'auberge. Elle le remettait à sa place sur le même ton, usant des mêmes mots triviaux ou plus que grivois parfois.

– Ma veuve, il va falloir partager la galette ! annonça-t-il.

– Garde tes bêtises pour toi. Quelle galette ? ne put cependant s'empêcher de grincer la bistrote.

– Celle de tous les vices des types comme moi qui t'enrichissent !

Warzek était bon acteur. D'ailleurs, il tenait parterre, toujours entouré des mêmes individus, qui l'écoutaient sans le contredire. Il se dirigea vers la table du fond où ses amis l'attendaient, serra des mains, mais resta debout, dominant la salle, théâtral.

– Les gars, dit-il, Serret a son bordel.

– Un vrai ? s'enquit un initié à ces choses.

– Un vrai ! Avec mère maquerelle et poules encartées*. Trois ou quatre, je sais pas exactement, ajouta-t-il, en regrettant de ne pas disposer de renseignements plus précis.

– D'où tires-tu ça ? demanda la veuve Bru, consternée, car une partie de sa recette allait filer au lupanar, elle n'en doutait pas !

– De tout à l'heure : les putes étaient en train d'emménager dans une bicoque.

La salle explosa d'une dilatation de rate générale, qui fit péter les cloisons pendant d'interminables minutes. Théo s'enfuit à la cave. Candie rougit en imaginant ces filles qui se louaient pour de l'argent,

* Avant l'abolition des maisons closes par la loi Marthe Richard, les prostituées, déclarées à la police, faisaient l'objet d'une carte officielle, les services des mœurs les distinguant des « clandestines » et des « occasionnelles ».

alors que les mâles la méjugeaient et prétendaient s'amuser d'elle parce qu'elle aimait un peu trop les caresses gratuites de leurs mains sur ses rondeurs.

– Faudra voir sur pièces ; sûr que c'est pas mal pour le repos de l'ouvrier ! commenta l'initié avec beaucoup de sérieux.

– Je paie une tournée pour fêter ça ? Vous allez pas partir là-bas comme des goujats ? Vous voulez pas la ruine de notre veuve ? demanda Warzek, rigolard.

– Non ! On l'a à la bonne, la bère Bru ! crièrent-ils en chœur, dans une nouvelle marée de joie gaillarde.

Elle servit les consommations. Malgré l'appât de ce gain facile, elle était maussade car la popularité de Warzek l'agaçait. Elle l'aimait moins que jamais. En quelques jours, depuis le début des travaux de fondation du barrage, il était devenu une sorte de chef occulte, que chacun semblait respecter. Peut-être aussi incarnait-il à ses yeux le fils qu'elle eût souhaité : fort, toujours sûr de lui, violent parfois, alors que le sort ne lui avait concédé qu'un minable.

En versant les Picon et les canons de gros rouge, auxquels certains restaient invariablement abonnés, elle s'efforça de se faire une raison : la maison close ne jouerait pas sur le même registre que l'auberge. L'installation d'un claque à Serret ? Baste ! Il lui faudrait seulement veiller à ce que Théo, en garçon timoré, n'y aille pas s'encanailler.

La veuve Bru ressentit pourtant une sorte d'accès de faiblesse. Ce n'était pas tant la fatigue qui accablait soudain son corps, que la sensation désagréable d'être dépassée par les événements fondant sur Serret, le submergeant.

Le hameau semblait le centre d'un grouillement, comme l'os de jambon attire les vers, pensa-t-elle. Combien d'hommes couchaient maintenant dans les baraquements de la Compagnie et chez quelques paysans de la vallée, qui profitaient de l'aubaine ? Elle embrassa la salle du regard, remarquant à peine le glissement de Candie et de la nouvelle qu'elle avait dû embaucher. Combien de buveurs servaient-elles du matin au soir ?

– Au fond, un bordel à Serret, ça ne pouvait qu'arriver ! fit-elle, pour résumer ses réflexions.

– Moi qui croyais t'en boucher un coin ! s'exclama Warzek, ce qui déclencha une nouvelle hilarité collective.

Maussade ? Pour la première fois depuis qu'elle avait tant désiré le barrage que d'autres repoussaient, elle fut prise d'une sorte de nausée, qui ne dura pas mais qui l'enveloppa d'une grosse bouffée de chaleur. L'odeur si particulière du pinard et des vins cuits, de l'aube au crépuscule, les appels incessants des assoiffés, la vibration du mécanisme en laiton de la caisse, indéfiniment répétée, pourquoi tout cela l'écœurait-il soudain ?

La veuve Bru se passa une main sur le visage, dans un geste d'incompréhension. Ou peut-être de rejet des images des dernières semaines qui lui revenaient de plus en plus souvent, au bout de ses nuits, avant que son esprit ne s'abandonne enfin au sommeil.

Une armée en campagne avait-elle déferlé sur Serret ? C'était l'assaut contre la vallée. Et certains n'affirmaient-ils pas que l'armada métallique de la Compagnie venait d'Amérique et qu'on allait utiliser de telles machines dévoreuses pour la première fois en France ?

La bistrotière revoyait comme dans un film de guerre la montée des engins et des camions sur le chantier. D'abord une journée un peu ennuyeuse, puis un formidable grondement, le vrombissement dantesque des moteurs de plus de cent chevaux, l'écrasement des chenillards, les cris de la piétaille des terrassiers. La colonne avait traversé le hameau en moins de deux heures.

Ensuite, n'était parvenu du défilé qu'un bourdonnement étranglé par le resserrement des collines, chaque bulldozer, chaque dumper, chaque scraper, chaque camion cherchant sans doute sa position avec lenteur.

Enfin, les hommes avaient rappliqué à Serret. Ce soir-là, ils avaient tout cassé, fous de leur violence mécanique et de leur orgueil de commencer un travail qui allait bouleverser l'œuvre millénaire des dieux ou des ères géologiques. L'ingénieur en chef avait payé la verrerie et les chaises. Sans discuter.

La tournée de Warzek était bue. Nul ne bougea. Personne pour remettre ça ! Trop rats ou pensant déjà aux filles de la maison borgne ? Le Tchèque se leva lentement et tendit une espèce de bourse de cuir fauve à la veuve.

– Paye-toi, dit-il, royal.

– Qu'est-ce qui se passe là-haut ? lui demanda-t-elle, d'une voix grave, comme si elle prenait soudain conscience d'être totalement étrangère au monde de ces ouvriers qui venaient tuer le temps chez elle.

– Ma veuve, monte un jour me voir. Je te ferai faire un tour de manège sur mon bull ! s'amusa Warzek, en observant l'obscurité de la rue.

– Tu vas au claque ? souffla-t-elle, pour ne pas paraître accepter son persiflage.

– Tu m'as pas laissé un rond. Les filles, ceinture ! Que la veuve poignet pour Warzek ! ricana-t-il.

Lorsqu'il passa devant les bureaux des ingénieurs, Neuville sortait. Il eut envie de lui apprendre la nouvelle, mais il renonça, même si une évidente confiance s'était établie entre eux depuis les premiers coups de scraper contre les bosses de la conque de Serret.

– Warzek, je suis heureux de vous rencontrer.

– Du beau temps pour demain…

– Il faudra vous trouver un autre métier, après le bulldozer. Vous n'avez pas peur du vide ? questionna Charles, satisfait d'annoncer un nouveau poste au Tchèque ailleurs que dans la blancheur impersonnelle de son bureau.

– Non, je tiendrai debout n'importe où.

– J'en parlerai à Josselin. Il vous mettra sur le mur*, dès qu'il commencera à monter.

– Il me reste encore beaucoup de jours à jouer des leviers.

---

* Il s'agit du mur du barrage, dont la hauteur devait dépasser les cent mètres, ce qui supposait donc une totale indifférence au vertige.

– Oui, reconnut Charles Neuville. Les fondations seront plus compliquées que je ne le croyais.

Charles regretta presque aussitôt d'avoir fait cette sorte d'aveu au Tchèque. Celui-ci pouvait s'en servir pour asseoir son influence sur ses camarades, en affirmant bénéficier des confidences des chefs. Mais Warzek parut n'avoir rien entendu. Il mâchonna une politesse de convenance ; puis rasa les bâtiments, en direction des dortoirs.

Charles le regarda s'éloigner avec déplaisir car il eût volontiers poursuivi leur conversation, même en revenant à des banalités. Il aimait la façon de parler de l'étranger : jamais les yeux baissés, comme d'autres, la voix forte, avec des gestes pour renforcer ses affirmations. Parmi les conducteurs de gros engins, les terrassiers et les ouvriers, Warzek était le seul qui s'adressait à lui d'égal à égal. Et les ingénieurs adjoints larbinaient aussi. Souvent. Même Robert Josselin ne s'en privait pas.

« Seul ! Je serai seul en cas de coup dur », pensa Charles.

Maintenant que les plans conçus à Paris commençaient à se muer en excavations, en terrains bouleversés, en blessures blanchâtres infligées aux versants, le poids de ses responsabilités et ce sentiment de solitude totale, au milieu d'une monstrueuse agitation, s'insinuaient très brièvement dans son esprit ou venaient le hanter dans sa chambre-cellule.

Charles savait qu'il n'échapperait plus à cette inquiétude et que ses subordonnés guettaient ses paroles, ses attitudes, peut-être une faute. Il y avait aussi le jugement des êtres les plus importants pour lui : Hortense, Campan, Delalande. Et, qu'il l'acceptât ou non, celui de Corton, qui attendait un incident, il en était sûr.

Charles soignait le mal par le mal. Depuis plusieurs jours, il tentait d'apprivoiser cette solitude, qu'il ressentait dans le grouillement humain du chantier, en plongeant dans celle, plus absolue, de la vallée, une heure avant le jour.

Bien que la distance qu'il parcourait fût faible, il prenait la Peugeot, démarrant en douceur pour ne pas attirer l'attention de ceux qui pouvaient s'étonner de ces sorties matinales. Il suivait le cône jaune des phares, l'esprit encore vide, pour stopper toujours à peu près au même endroit, sur un élargissement de la chaussée, d'où la vue était dégagée.

Il avançait sur un petit replat. S'arrêtait, tous ses sens en éveil. Il se complaisait à l'idée que nul ne savait qu'il se trouvait là à cet instant. Solitaire. En tête-à-tête avec la vallée, à qui il imposerait en quelques mois de lutte méthodique la loi de son intelligence d'ingénieur brillant.

Le silence total de la fin de nuit, qu'eût pu décrire un auteur superficiel pour évoquer ce moment si particulier des journées de Charles Neuville, n'existait pas. C'étaient des bruits singuliers qui s'entrecroisaient ou qui surgissaient tout à coup, frappant l'oreille : le déversement sourd de la rivière, des cris d'oiseaux, anxieux du retour des hommes avec le jour, des crépitements brusques.

Ces derniers montaient des brûlots géants de broussailles et de branchages, auxquels l'ingénieur avait dû se résoudre pour éliminer la végétation arrachée par les chenillards. Les feux se réveillaient, mêlant les lueurs subites de leurs reprises imprévisibles à la première clarté couleur de cire du jour naissant.

Charles se complaisait dans cette lumière pareille à celle d'un cataclysme, qui flottait, jaunâtre, avec une odeur âcre de fumées mal évacuées. Il portait son regard dans les bois et les châtaigneraies. Les arbres condamnés, dans la journée ou les semaines suivantes, guettaient l'avancée inexorable des bûchers.

Charles Neuville distinguait aussi les lourds engins de terrassement, soigneusement parqués à l'abri de hautes palissades. Corton avait brandi la menace d'un sabotage. Par prudence Charles avait fait poser cette barrière infranchissable par un individu ordinaire.

La nuit parvenait à son terme car l'acier des scrapers luisait déjà. À cet instant, Charles pensa bizarrement que Josselin devait être en train de se raser. Juste avant de descendre pour donner l'ordre de lâcher les fauves métalliques contre les collines.

– Vous rencontrer ici, à cette heure ! Quelle surprise ! s'étonna une voix féminine, derrière Charles ?

Lucile Quentin hésitait au milieu des herbes hautes. Cependant, elle s'avança et elle lui tendit la main. Dans la clarté inachevée, il remarqua que son visage semblait fatigué et sa coiffure plutôt défaite. Il ne l'avait pas revue depuis la raclée infligée à Théo, mais parfois il avait pensé à elle par hasard.

Ses yeux s'étaient posés sur lui. Dans le petit matin, ils possédaient la même force que dans les bureaux de la Compagnie. Mais, rien d'autre en elle ne fixait vraiment l'attention. Pourtant, l'espèce de sympathie spontanée qu'il avait éprouvée alors à son égard ressurgit.

– Mon étonnement est peut-être plus grand que le vôtre. Je pourrais vous demander d'où vous venez, mais je n'ai aucun prétexte pour une telle indiscrétion, plaisanta-t-il, bien que rien ne l'autorisât à cette ironie.

– Vous me voyez au sortir d'une très belle nuit. La plus belle depuis des mois ! affirma-t-elle en riant.

– Mais encore ?

– Un accouchement : un garçon de huit livres, comme on dit ici, lui révéla-t-elle, sur un ton soudain plus grave.

– Vous êtes aussi sage-femme ?

– Si on veut. Dans la vallée, on attend du secours quand il le faut, pas un diplôme.

– C'était où ? murmura Charles, même si cette naissance lui était indifférente.

– La dernière ferme, juste avant le sentier du Saut du Diable. Bien au-dessus de tout ce que la Compagnie va noyer.

– Vous désapprouvez la construction du barrage ? se raidit-il, heurté par la remarque de la jeune femme, qui ne s'imposait vraiment pas pour évoquer une naissance.

– Je ne sais pas, hésita-t-elle, mais sans fuir le regard de l'ingénieur.

– Nous nous ressemblons peut-être plus que vous ne le croyez, articula-t-il avec une volonté de la convaincre qui le surprit lui-même.

– Je ne comprends pas.

– Vous venez de donner la vie à cet enfant. Moi, je lui prépare une vallée nouvelle, un paysage nouveau dans lequel il vivra, s'il ne part pas à la ville.

– Vous avez une haute idée de ce que vous faites, n'est-ce pas ? demanda Lucile Quentin, sans qu'il sût si elle lui était hostile.

– Non, j'aime mon métier et j'essaie seulement de vous permettre de bien comprendre les choses.

– J'imagine mal le lac, derrière votre barrage, quand tout sera fini, avoua-t-elle.

– Vous verrez, ce sera très beau, plaida Charles.

– Pour l'instant, c'est l'Apocalypse au-dessus de Serret ! Un fouillis monstrueux !

– Je suis ingénieur et je n'aime pas le désordre. Repassez plus tard ici, je vous expliquerai comment nous travaillons, se défendit-il en riant faux.

– Excusez-moi.

– Ce barrage est une chance pour toute la région, insista-t-il, comme si convaincre Lucile Quentin avait une réelle importance.

– En tout cas, vous le défendez bien ! railla-t-elle.

Il la regarda se baisser pour se mettre au volant de sa voiture. C'était une petite Rosengart bleu outremer, qui avait dû beaucoup peiner dans les longues côtes conduisant vers le Saut du Diable. Mais elle s'éloigna avec une petite fumée grise, qui suggérait de la légèreté.

Charles la suivit pendant un instant. Bizarrement, il s'appliqua à imaginer les gestes de la jeune femme extrayant l'enfant du ventre de la paysanne inconnue.

Il lui sembla que celle-ci n'avait dû ressentir aucune peur. Seulement la joie fulgurante d'expulser quatre kilos de vie.

Comme si le départ de Lucile Quentin reléguait sa capacité de s'émouvoir au plus profond de lui-même, ses yeux se fixèrent de nouveau sur les machines. Il constata avec une grande satisfaction que le montage de la pelle mécanique américaine était terminé. Malgré la distance, chaque câble, chaque tendeur métallique, chaque poulie s'agençaient avec une extrême précision. À l'avant, le godet énorme reposait sur le sol poussiéreux, au bout de son bras immense. Efflanqué et terrible, l'engin suggérait une mante religieuse fantastique, tapie avant l'attaque.

Comme tous les matins, le soleil éclaira les rochers dénudés du Saut du Diable. Puis, la lumière ruissela en direction de Serret, lente et de plus en plus vive. Charles n'attendit pas qu'elle envahisse le parc à matériel pour rejoindre la Peugeot.

En passant devant l'auberge, il eut envie d'un café bien serré. Par paresse ou par crainte de se retrouver en tête-à-tête avec son filtre, il entra chez la veuve, qui lui fit remarquer aussitôt qu'il était matinal.

– Moins que vous…

– Regardez. Si c'est pas une honte ! enragea-t-elle, en lui désignant d'un coup de menton le fond de la rue, que croisait une venelle.

Quatre ou cinq silhouettes se courbaient vers le sol, serrées, se cachant mutuellement. Elles traversèrent le champ de vision de Charles en une seconde.

– Ils viennent du bordel, expliqua la veuve Bru.

– Inutile de me le dire, j'avais deviné ! la rabroua Charles Neuville.

– Ils vont pas être gaillards au manche !

– Vous leur auriez tout de même servi un calva ou une blanche s'ils étaient venus ici pour tuer le ver, accusa Charles, énervé parce qu'il avait cru reconnaître la façon de marcher de Josselin parmi les fêtards.

Il aurait pu se lever avec précipitation, courir jusqu'aux baraquements, couper le chemin de son adjoint, le ridiculiser en deux phrases. Mais il but son café avec une lenteur calculée, jugeant indigne de ses fonctions de surveiller les sorties nocturnes de Josselin. D'ailleurs, avait-il bien reconnu son second parmi la poignée de types provenant de la maison close ?

Charles Neuville se sentit injuste en attribuant un goût de chaussette au noir de la veuve Bru, qui servait toujours un café excellent qu'elle torréfiait elle-même avec infiniment de soin. Mais la possible débauche de Robert Josselin avait exaspéré son sentiment de solitude. Quelle autorité pouvait exercer un jeune ingénieur, client du bordel de Serret, regagnant sa chambre de célibataire au bout de la nuit, en compagnie de quelques-uns de ses subordonnés ? Tendu, Charles quitta l'auberge, monta dans la Peugeot. Au lieu de se rendre à son bureau, il fit un demi-tour rapide et lança la voiture vers le chantier.

Warzek se trouvait déjà là. Monté sur une chenille de son bulldozer, il injectait de l'huile dans les graisseurs à l'aide d'une grosse burette à canule recourbée. Il transpirait, bien que l'air restât frais, et de petits ruisseaux de sueur convergeaient à sa taille, juste au-dessus de son ceinturon, bizarrement orné de pièces de monnaie, rivetées sur le cuir.

– J'aime pas que les rouages travaillent à sec ; une pièce est si vite grippée… expliqua-t-il, en descendant du chenillard.

– Robert Josselin n'est pas là ? demanda Charles d'une voix neutre.

– Non. Pas encore monté jusqu'ici, observa le Tchèque avec laconisme, sans que ni son ton ni son regard puissent laisser supposer qu'il connût les éventuelles incartades nocturnes de l'ingénieur.

– Vous avez raison de soigner votre cngin. Nous allons commencer les batardeaux la semaine prochaine, révéla alors Charles Neuville.

– Putain, ce sera autre chose que gratter des châtaigniers en train de crever ! s'exclama Warzek.

L'étranger posa la burette avec précaution, puis fixa Charles. Il était à peu près certain d'être le premier à apprendre la décision de l'ingénieur en chef et la date du début des travaux qui érigeraient véritablement le barrage. Pourquoi Neuville lui confiait-il ses intentions ?

– Je sais à peine ce qu'est un batardeau, mais vous allez faire jouer la pelle américaine en même temps que les bulldozers et les camions ? questionna-t-il, avec une certaine prudence.

– Il faut dévier la rivière pour creuser à sec les fondations du barrage, vous comprenez au moins ça ? demanda Charles.

– Oui, je crois.

– Nous mettrons debout deux petits barrages provisoires : l'un avant le futur barrage, pour arrêter l'eau, l'autre à l'aval, pour la récupérer.

– Que faites-vous du courant entre vos batardeaux ? objecta Warzek.

– On pourrait le dériver dans un canal au-dessus du lit actuel, mais, comme il y a beaucoup de pente, j'ai préféré creuser une galerie, expliqua Charles, en essayant d'utiliser des termes d'une grande simplicité, qui eussent à coup sûr déplu à Robert Josselin, si fier de ses équations.

– Merde ! Il va falloir miner sur plus d'un kilomètre.

– Vous n'êtes pas loin du chiffre exact ! constata Charles, dont la tension s'apaisait, peut-être parce qu'il était satisfait d'avoir fait comprendre à l'ouvrier des plans qui avaient exigé des heures et des heures de calculs dans les bureaux de la Rigord.

– Attention ! Je mets en route, prévint Warzek.

Les chenilles ripèrent en rejetant sur le côté de grosses rognures de terre rousse, mêlée de gris. Cramponné aux manettes, regardant loin devant, en direction des arbres séculaires qu'il allait assaillir, puis renverser dans un grondement du moteur, le Tchèque glissa vers son travail avec des allures hiératiques de Titan invincible.

À sa suite, la ronde des dévoreurs de forêt, de roches et de sol se déclencha, inexorable comme chaque jour. Des hommes avaient ravivé les brûlots, vers lesquels les conducteurs rebroussaient des branches brisées, des troncs et des moignons de racines. Un bruit étrange, insupportable par moments, emplissait la vallée. C'étaient des sons fous, lacérant l'air : les coups de boutoir des lames d'acier assassines, les plaintes stridentes des chenilles poussées à bout, les gémissements des bois déchirés.

Vers onze heures, un cri humain perça. Comment put-il l'emporter pendant un centième de seconde sur les vrombissements et les vibrations métalliques assourdissantes ? Ce fut assez pour que tous les ouvriers soient persuadés qu'il provenait du côté où turbinait Warzek. Des hommes y coururent. Un attroupement s'était formé, lorsque Charles Neuville arriva. Des terrassiers sidérés caressaient nerveusement le manche de leur pioche ou de leur pelle.

– Patron, j'ai pas voulu vous ennuyer, mais ce type m'emmerde chaque matin, déclara Warzek, furieux, en sautant de son poste de conduite.

– C'est vous qui avez crié ? demanda Charles, avec la certitude qu'un incident très désagréable venait de se produire.

– Oui, ce salaud était bien capable de m'écraser, si je vous avais pas rameuté en gueulant, prétendit Hilarian Boudet.

La scène apparaissait ridicule et dramatique à la fois. On n'apercevait que la tête et les épaules frêles du vieux paysan, qui opposait sa poitrine à l'impressionnante lame luisante du bulldozer de Warzek.

– Avance. Écrase-moi comme un pape-merde ! jeta Hilarian.

– Je lui passe dessus. J'en fais une crêpe ! s'emporta son adversaire.

– Coupez le moteur, commanda Charles.

– Votre rouquin voulait enterrer le sentier d'Igues-Basses sous une montagne de saloperies. Il n'y arrivera que s'il m'enterre aussi.

– Votre sentier gêne les travaux. Vous savez qu'un jour tout disparaîtra sous l'eau… argumenta Charles.

– Vous avez pas le droit d'écraser mon *biol** avant que j'aie quitté ma maison pour toujours, quand l'eau montera. C'est écrit chez Lastic.

– J'en conviens, admit l'ingénieur.

– Je reculerai pas devant votre singe ! s'entêta Hilarian.

– Warzek est un homme comme vous. Retirez ce que vous avez dit, exigea Charles, exaspéré.

– Je retire rien. Dans la vallée, avant votre saleté de chantier, on n'avait jamais vu de type travaillant nu !

– Venez, marmonna Neuville.

Devinant que le vieillard se raidirait encore s'il exigeait une justification de son attitude face aux ouvriers présents et au Tchèque, il l'entraîna dans un pré en pente assez douce qui avait échappé provisoirement aux monstres ravageurs. Hilarian se laissa faire sans se rebiffer, peut-être épuisé par la tension des minutes précédentes.

La douceur de l'herbe donnait la sensation de fouler un tapis épais. Charles ne prêta pas attention à la distance qu'il parcourait ainsi, sans but précis, en espérant que l'éloignement du chantier rendrait Hilarian plus perméable à des arguments raisonnables.

---

* Bousier.

– Je vais recommander à Warzek de vous laisser toujours un passage ouvert, mais pourquoi vous ne traversez pas Serret, pour rejoindre Pradelles par la nouvelle route ? Ce serait beaucoup plus facile pour vous.

– Vous voudriez que vos hommes se payent la tête du sauvage, de l'Indien d'Igues-Basses, chaque fois qu'il longerait vos baraques ? se braqua de nouveau le paysan.

– Vous ressemblez vraiment aux sangliers qui courent les bois d'ici !

– Oui, je suis comme eux : y a que l'eau qui me délogera de ma bauge.

– Vous serez de plus en plus seul, Hilarian, jeta Charles, sans comprendre pourquoi il se montrait soudain aussi dur.

– Un fils que je reverrai plus, ceux d'Albepeyre qui m'oublient dans mon trou… Seul ! Question d'habitude ! persifla le vieillard, avec un rictus qui fit frémir ses pommettes fripées.

– Ils ne viennent plus vous demander de les guérir ? questionna Charles, remué par la raideur farouche d'Hilarian Boudet.

– Ils voudraient profiter du pouvoir de mes mains, mais ils ont peur de parler du barrage, de reconnaître que nous avons tous trahi la vallée pour un paquet d'argent.

– Le vôtre n'était pas très gros…

– Vous étiez le plus fort, Neuville…

– Je maintiendrai un sentier ouvert pour vous. Vous irez à Pradelles-le-Château en vous cachant sous les arbres : aussi souvent que vous voudrez.

– Les arbres ! Regardez, Neuville ! Sentez ! La poussière, partout. Des troncs gris, des branches grises, des feuilles grises ! s'emporta Hilarian.

– Il faudrait de la pluie. Le temps sec…

– Racontez ça à d'autres. Votre chantier commence par asphyxier Igues-Basses, avant de me noyer, grinça le solitaire.

– Il vaudrait mieux partir… conseilla Charles, avec la sensation de proférer une insanité dérisoire, de surcroît inutile face à une obstination aussi déterminée.

– N'espérez pas ça ! Je ferai pas de vin parce que ma vigne est poudrée de votre poussière, mais j'ai assez de barriques pleines jusqu'à la bonde pour boire à ma soif pendant deux ou trois années.

On entendit un craquement aussi fort qu'un coup de tonnerre, que l'écho précipita d'un versant à l'autre. En haut, Warzek avait repris son inexorable besogne et s'acharnait sur des troncs récalcitrants, furieux, ne comprenant pas que l'ingénieur en chef fît des salamalecs à son adversaire.

Charles Neuville ne répliqua pas au défi d'Hilarian, qui osait lui tenir tête par ses phrases grinçantes, mais aussi par la fermeté de ses yeux qui ne s'abaissaient pas, malgré l'amertume et le désespoir l'accablant au plus secret de son être. Il s'écarta de quelques mètres, puis il repartit lentement en direction du chantier.

À mi-pente, une sollicitation étrange de son esprit lui commanda de se retourner, comme s'il éprouvait le besoin morose de prendre toute la mesure de la fragilité du vieillard et de son éden perdu.

Hilarian Boudet progressait vers sa maison d'un pas coulé, dans lequel se devinait de temps à autre une seconde de vertige, qui le jetait à droite ou à gauche, selon les irrégularités du terrain. Dans les endroits les plus exposés au vent, la couche de poussière faisait une neige sale, sur laquelle crissaient ses pas.

Charles Neuville releva ses yeux vers l'espèce d'ensellement fermant la conque d'Igues-Basses, au-delà duquel grondaient les moteurs. Donner carte blanche à Warzek et aux autres ? Excaver. Raser. Niveler. Chasser le vieil emmerdeur, qui multiplierait sans doute les histoires dans les mois à venir.

Qui le reprocherait à l'ingénieur en chef de la Rigord, maintenant qu'on le laissait seul ? Que même ceux qui lui étaient redevables d'une guérison ou d'un soulagement mystérieux ne descendraient plus jamais à Igues-Basses. Charles serra les mâchoires. À quoi bon ces pulsions de violence ? L'eau monterait. Silencieuse. Plus tard.

Warzek poussait un arbre déraciné entier, quand l'ingénieur déboucha du petit col. D'autres tracteurs s'affairaient sur les pentes, tels de monstrueux termites qui eussent décidé d'outrepasser la loi de leur espèce et de dévorer en pleine lumière. Tout en bas, des bulldozers, des dumpers et des scrapers cernaient la rivière, préparant le terrain pour les batardeaux.

Le Tchèque stoppa brutalement son chenillard, qui resta stupéfait de ce coup de frein imprévu, son os gigantesque en travers de la gueule, branches pendantes. Il bondit vers l'ingénieur en chef, la fureur peinte sur le visage.

– Finalement, qu'est-ce qu'on fait pour le péquenot ? s'énerva-t-il.

– Vous maintenez toujours un passage. Rehaussez le sentier avec de la terre fine.

– Merde ! Je vous comprends pas, Patron !

– Vous n'avez pas à me comprendre, Warzek ! Exécutez ! le rabroua Charles.

D'en haut, à travers les restes fantomatiques de végétation morte, l'équipe des batardeaux ne formait qu'une poignée de silhouettes mal identifiables. Cependant, on distinguait bien les deux hommes maniant des plans, au milieu des terrassiers et des machines. Corton se tenait aux côtés de Josselin, dans cette position qui le caractérisait si bien : un peu en retrait, mais le cou allongé vers les grandes feuilles de papier, pour épier chaque chose.

La présence de l'ingénieur marron portait la tension de la matinée à son comble. Pourquoi se montrait-il précisément près de Robert Josselin juste au moment où on allait lancer les batardeaux ? La question exaspéra Charles. Jusque-là, Corton avait traînaillé à Pradelles, où il logeait dans sa chambre d'hôtel confortable, à Serret, était reparti à Paris à plusieurs reprises, mais n'avait jamais affronté directement Neuville. Maintenant, il était clair qu'il comptait mettre son coup de patte sur certaines choses.

Même si elle se trouvait en basses eaux, la rivière apparaissait puissante. En parvenant près du profond thalweg*, Charles constata qu'elle couvrait facilement

* Lit entaillé d'un cours d'eau.

les conversations et qu'elle assourdissait les vrombissements des engins, comme si elle était capable de repousser les intentions des hommes qui s'apprêtaient à la museler par un mur, puis à l'obliger à s'écouler dans la prison d'une galerie ronde ou ovale, selon leur bon plaisir d'êtres férus de calculs.

– À ce qu'on me raconte, vous faisiez un brin de conduite au yéti maigre d'Igues-Basses ? s'enquit Corton, froidement moqueur.

– Je respecte les gens et les engagements de la Rigord. Hilarian Boudet empruntera son sentier selon ses droits.

– Neuville, le Chevalier blanc ! railla l'autre.

– Il y a beaucoup d'humidité sous la rivière. Il faudra creuser très bas pour les fondations des batardeaux, annonça Robert Josselin, obligé de forcer sa voix.

– Nous utiliserons des caissons* pour protéger les hommes décida aussitôt Charles.

– Si vous les laissez trois heures là-dedans, les types vont avoir la trouille, grommela Corton.

– Nous ne prendrons que des volontaires, trancha l'ingénieur en chef.

L'agent de Delalande avait-il l'intention de suivre chaque étape de la construction des batardeaux, puis du barrage, et de discuter chaque décision de Charles Neuville ? Il se tut, mais il continua de guetter

* Sorte de grandes cages ouvertes au fond, mais étanches, descendant avec le creusement et permettant de travailler en milieu humide, tout en assurant la sécurité des ouvriers.

les paroles échangées et de mâchonner des mots incompréhensibles.

Le déboisement et le nettoyage total s'achevèrent, modelant une espèce de paysage lunaire, sur lequel la moindre lumière acérait des rides brutales, malgré le soin mis à niveler. Dans cette uniformité blanchâtre et minérale, la nudité révélait de longs filons rocheux traversant des poches de terrain plus friables, qui inquiétaient Charles par les risques de glissements qu'elles suggéraient.

Contrastant avec les versants verdoyants non décapés de la vallée, cette immense plaie choquait le regard. Le soir, sous le projecteur du soleil couchant, la ligne de la rivière s'ensanglantait, enfonçant la vrille de ses reflets rouges dans le défilé de Serret. Charles Neuville avait aperçu des travailleurs s'attardant en silence à ce spectacle, comme s'il leur paraissait contre nature, parce qu'ils n'avaient jamais connu que des torrents coulant au fond de gorges émeraude.

La désolation minérale de l'immense cuvette semblait exiger plus des hommes, ingénieurs, conducteurs et terrassiers, qui l'avaient créée. Pour être satisfait, l'esprit esquissait des formes occupant ce vide, une activité nouvelle aussi.

Charles Neuville ressentit-il particulièrement ces sentiments inexplicables ? Il hâta le creusement des fondations des batardeaux et l'assèchement des fonds humides de la vallée. De ses coups de godets de cyclope, la pelle mante traça la base du barrage provisoire, en quelques jours. Warzek et les autres chauffeurs, passés au volant de camions géants, déplaçaient trente tonnes par voyage, faisant rugir les moteurs le long des rampes à la pente impressionnante qui leur permettaient de sortir de l'entaille. Figés au bord de la piste de terre et de caillasse, les hommes à pied suivaient leur lente progression, tendus par la peur de les voir basculer et se fracasser au fond de la gorge. Des Espagnols superstitieux se signaient.

Enfin ce fut le dernier jour de ce curetage. Il ne restait plus que quelques centaines de tonnes de gangue à évacuer. Quand la pelle américaine interrompit les mouvements mécaniques de son bras, parce qu'elle ne trouvait plus de matière friable, les ouvriers s'immobilisèrent, les yeux rivés sur les ultimes débris de rochers, encombrant pour quelques dizaines de minutes seulement le fond de la profonde tranchée.

– Le Tchèque, à toi le der de der, dit le plus âgé des conducteurs, reconnaissant la sûreté et le courage de l'étranger.

– Oui, à vous, Warzek, confirma Charles Neuville, heureux que cet honneur, dérisoire mais si important au terme de toutes les semaines écoulées, échût à ce dernier.

La pelle chargea la benne : il ne restait plus rien. Du haut, Warzek qui avait sauté à terre semblait un gros insecte, cerné par les roches tranchées en falaise par la machine. Quand il se hissa de nouveau d'un bond dans la cabine, les respirations ralentirent. Les yeux ne voyaient plus la vallée : seulement le camion qui s'arrachait à la déclivité, entre les deux abrupts de rochers ciselés par la main d'acier ; et, au creux extrême du thalweg, le flot puissant d'écume de la rivière, encore libre, mais déjà étonnée d'être bridée dans un chenal dépourvu des centaines de petits récifs moussus, sur lesquels elle bondissait naguère.

– Des volontaires pour les caissons ? Demain, avec une prime ! indiqua Charles Neuville.

– J'irai pas crever dans une boîte sans air, comme un rat dans une nasse, grogna un homme.

– Personne ne vous force. Restez avec votre pioche.

– Je veux bien essayer, se proposa le premier Justin Marti, en s'avançant vers Charles.

– Je vous voyais plutôt sur un échafaudage.

– J'ai besoin d'argent. Vous payez bien. Je peux jouer à la taupe pendant quelque temps.

– Comme vous voudrez, accepta l'ingénieur, en jugeant la longueur de la file, apparue derrière le père de Jeanne : une vingtaine d'individus : des manœuvres, des terrassiers, certains conducteurs d'engins, tentés par la bonification promise ou par le frisson d'une tâche inconnue.

Suspendus au bout d'un filin, avec leur cargaison humaine, les caissons étaient descendus dans la profonde tranchée par une grue. Plongeant très lentement vers le fond, sur lequel ils reposeraient, ils ressemblaient à des cages, auxquelles on ne pouvait échapper qu'après avoir actionné une corde selon un code permettant d'appeler les contremaîtres restés en haut.

Charles se souvenait des cours de l'école, qui apprenaient aux futurs ingénieurs les rudiments du comportement des hommes sur les chantiers. Il n'avait pas oublié les paragraphes sur le travail confiné en vase clos, provoquant des réactions imprévisibles et de véritables claustrophobies parfois. La première semaine, il n'imposa que quatre-vingt-dix minutes aux enfermés des fondations. Puis, comme aucune panique ne s'était manifestée, il décida de presser les travaux, en doublant le séjour dans les caissons.

– La boîte de Justin Marti appelle ! Trois coups de corde : le signal le plus grave, cria le chef d'équipe, un peu avant la fin de la deuxième heure.

– Remontez-le, commanda Charles, qui tentait d'avoir l'œil à tout, en demeurant en permanence sur les lieux.

Débloqué à grands coups de marteau, le battant d'acier faisant office de porte tomba lourdement sur le sol. Justin Marti ne réussit à sortir qu'avec l'aide de deux camarades le soutenant aux épaules. Livide, il s'affala devant les ingénieurs et les hommes qui les entouraient, silencieux.

– Vous nous avez fait peur. Que vous est-il arrivé ? demanda Charles.

– L'étouffement… une idée sans doute, murmura Justin Marti, dont le visage demeurait décomposé et cireux.

– Vous redescendrez ?

– Oui, il faut que je redescende. Excusez-moi pour cette faiblesse de tendron ! essaya de plaisanter l'ouvrier que sa défaillance désignait à l'ironie des autres.

– Je compte sur vous pour le poste du matin ? dit Neuville.

– Oui, ça se reproduira plus. Vous pouvez y compter.

Justin Marti s'était relevé avec peine. Il se tenait debout, en proie à un vertige persistant, devant le petit groupe qui l'avait vu à terre et qui s'efforçait de pénétrer ses sentiments et de juger ses réactions. Les regards indifférents, peut-être méprisants ou moqueurs, l'humiliaient.

– Tu as des étourdissements dans le caisson, plus tard tu nous annonceras des vertiges à trois mètres de hauteur, sur le mur du barrage. Tu n'as rien à faire ici ! intervint tout à coup Corton.

– J'ai pour principe de donner une seconde chance aux gens qui travaillent avec moi, le contra sèchement Charles, stupéfait de voir l'homme de Delalande se mêler de cet incident de chantier.

– Ce type est un boulet pour nous. Payez-lui ce que vous lui devez et bon vent !

– Permettez-moi de juger moi-même de ce que je dois faire, le rabroua Charles, nullement décidé à laisser penser aux ouvriers qu'il les dirigeait sous la coupe de Corton.

– Vous parlez de vos principes, mais vous oubliez ceux de la Rigord : un homme n'a droit à aucune faiblesse, parce que la Compagnie doit tirer le maximum de son travail.

– Marti redescendra demain. Après, je jugerai, articula Neuville avec beaucoup de calme.

– Vous devez penser à tout moment aux intérêts de la Compagnie : pour les petites comme pour les grandes choses, s'énerva Corton, furieux du camouflet.

– Je pense au barrage, coupa l'ingénieur en chef, exaspéré par le cynisme de l'ancien X en présence des ouvriers.

– Demandez à Josselin ce qu'il ferait à votre place, insista encore celui-ci, avec une grimace sur ses lèvres minces.

– Faux jeton ! murmura Charles, si bas et si sourdement que nul ne devina son insulte à l'adresse d'un personnage qui, c'était évident, tentait d'enfoncer un coin entre son adjoint et lui.

La rivière se réjouissait-elle des dissensions dans le camp de ceux dont le rêve, près de se réaliser, consistait d'abord à la contenir, puis à l'asservir pour toujours ? Pour qu'elle nourrît un flot d'argent à leur profit. Le batardeau l'approchait semaine après semaine, pour finalement lui fermer son exutoire. Un jour, le béton s'opposerait à sa force millénaire. Elle bouillonnerait avec violence. Elle écumerait, tel un mustang rendu fou par le poids et la poigne de son cavalier.

Le piège des ingénieurs se refermerait, exactement comme ils l'avaient prévu : à la semaine et au jour dits. La galerie de dérivation frayait sa voie ronde dans le versant en même temps que montait le pied du batardeau.

La vallée apprit des bruits nouveaux, plus sourds, plus profonds que les formidables raclements du métal contre les rochers. Charles Neuville avait choisi la dynamite-gomme, dont les cartouches, faciles à poser, explosaient au bout de longs trous, percés à l'aide de perforateurs mordants comme des trépans.

Lorsque la galerie eut progressé de quelques dizaines de mètres, la fureur des conquérants de la vallée parut victime d'un soudain collapsus, peut-être même interrompue. La sape des vrilles d'acier ne s'entendait pas de l'extérieur. Seuls sourdaient à intervalles réguliers les grondements telluriques des charges explosives, qui secouaient les collines à intervalles réguliers. Quand ces brefs séismes, devenus familiers, s'espaçaient pendant trop longtemps, les ouvriers du chantier et les paysans invisibles cherchaient quel incident, qu'on ne saurait jamais, ou quelle menace avaient retardé le tir souterrain. La mèche lente ou le cordon Bickford venaient-ils simplement de faire long feu ou un artificier gisait-il, broyé, sous les roches brisées ? On attendait. Pas très longtemps.

– La sirène de la Compagnie aurait déjà sonné à Serret, s'il y avait un malheur, avançait quelqu'un.

– Pour ça, Neuville a eu raison de faire installer un téléphone de campagne partout sur le chantier : on peut appeler les secours en moins d'une minute, reconnaissait son interlocuteur, heureux de se soulager d'un poids indéfinissable.

Charles pénétrait chaque jour dans le boyau. Le doute et la peur l'attendaient, lui collant soudain à la peau, tièdes, malsains. Il avançait, tous sens en éveil, essayant de détecter une odeur inhabituelle, des coulées sur les parois, une mince fissure ici ou là, un grain anormal dans la roche.

Les silhouettes courbes des foreurs dansaient dans la lueur triangulaire de la lampe frontale. Il s'approchait d'eux. Les hommes d'équipe se relevaient. Ils lui adressaient un sourire mêlé de poussière pâteuse, poudrant leurs lèvres. L'inquiétude de l'ingénieur en chef les rassurait, parce qu'ils la partageaient.

– Vous transpirez, patron… Saloperie ! Le froid, l'étouffement, on sait jamais ce qui vous attend dans ce trou…

– Oui, j'ai chaud, admettait Charles, sans chercher à éponger la sueur perlant sous son casque, jusqu'à son cou.

– Pourtant, la ventilation tourne bien !

– Gardez-la toujours à cent pour cent.

– On n'est pas des taupes ! plaisantait l'ouvrier, pas trop mécontent de voir les traits du chef tirés par la même préoccupation, serrant les tripes, que la sienne.

Un wagonnet emportait les brisures de l'explosion et les blocs plus gros, déposés à la bouche du tunnel comme les tortillons d'un lombric. En compagnie du géologue, Neuville examinait très souvent ces chiures lithiques. La routine ! Rien d'anormal. L'espoir confus qu'on déboucherait à l'air libre, de l'autre côté du versant, sans un dérangement intestinal du ver rond, dans les flancs duquel les foreurs se battaient contre la minéralité opaque et dure, pointait. On se trouvait à mi-chemin de la lumière.

– Nom de Dieu, la flotte ! hurla l'homme du marteau perforateur.

Un jet sec comme une baffe le balaya telle une vulgaire crasse, souleva l'engin, qui s'étouffa, gicla avec un chuintement puissant, trempa toute l'équipe jusqu'à l'os. Aveuglés par la trombe liquide, les ouvriers parvinrent cependant à saisir le vêtement de leur camarade et à le traîner vers l'extérieur, sans lui laisser le temps de se relever. D'abord, l'eau bouillonna sur leurs talons avec la force d'un torrent. Puis, elle parut renoncer à les poursuivre, s'affaiblissant en petites vagues d'écume sale, mourant contre les parois.

– Lâchez-moi ! Vous m'arrachez la peau ! cria celui qu'on tirait comme un fagot pour le sauver.

– Tu étais pas fier, les jambes en l'air dans la flotte qui te couvrait.

– Vous avez foutu le camp comme des gonzesses, parce qu'une simple poche d'eau nous a pété à la figure, crâna le champion du perforateur, bien qu'un vertige le fît tituber.

– Appelle Neuville. La mouscaille va commencer. Tout le tintouin : les boulons* dans le roc tous les cinq mètres, le boisement** renforcé tant qu'il y aura une trace d'humidité.

– Tu préfères recevoir le plafond de la cathédrale sur le caillou ? grogna le foreur rincé, que des frissons commençaient à envahir, sous son bleu de travail détrempé, collé au corps comme de la poix.

Charles arriva très vite, au volant d'une camionnette du chantier. Les hommes se raidirent parce que Corton était du voyage. Quel grain de sel le *missi dominici* de Delalande allait-il mettre dans la discussion, lui qui fouinait partout, toujours pour tenter de rogner les droits ou l'argent des hommes ?

– Il existait sûrement des suintements qui indiquaient l'humidité. Vous auriez pu vous arranger pour ne pas crever cette lentille d'eau interstratifiée

---

* Longues tiges, enfoncées dans la roche pour éviter les éboulements.
** Comme dans les mines, on pouvait poser des bois de soutènement.

dans la roche. C'est une maladresse, sinon une faute, accusa-t-il.

– Vous pissez pas quand vous en avez envie ? répliqua le serveur du marteau, que le langage savant n'impressionnait pas.

– Vous soutiendrez avec des étais serrés aussi longtemps que vous rencontrerez des infiltrations. Il faut aussi prévoir des cintres pour stabiliser la voûte de la galerie, intervint Charles sans hausser le ton.

– Vous perdez la raison ! Vous avez pensé au gaspillage d'argent et de temps ?

– Je préfère être trop prudent.

– Cette poche d'eau est exceptionnelle. Il n'y en aura pas d'autre et vous serez responsable du retard.

– La vie des hommes vaut tous les retards. Vous devriez avoir définitivement compris cela, Corton, articula Neuville.

Les deux ingénieurs se défiaient. Charles était tendu, mais les ouvriers devinèrent qu'il gardait une totale maîtrise de lui-même, de ses décisions, comme de ses paroles. Au contraire, le visage de son adversaire avait viré à la cire.

– Un jour...

– Pas ici ! Vous me direz la suite de votre phrase dans mon bureau. Si vous y tenez toujours.

– Je...

– Des menaces ? Quel spectacle vous donnez, Corton ? l'arrêta Charles Neuville, dont les yeux se durcirent.

9

La lentille liquide interstratifiée, comme l'avait désignée Corton avec tant de pédanterie d'ingénieur, ne gisait pas en solo dans les couches de terrain que taraudait la galerie. Le marteau perforateur piqua tout un plat de ces fameuses lentilles. En hauteur, au ras du sol raboté, à droite, à gauche, elles éclataient tout à coup, malgré la méfiance redoublée des foreurs, déversant sur eux quelques centaines de litres ou quelques tonnes d'eau, selon leur fantaisie.

L'étroitesse du boyau empêcha de doubler l'équipe, qui s'épuisa à poser les bois de soutènement et les tiges à boulon serreur sur une centaine de mètres. Charles dirigea personnellement ces travaux délicats à plusieurs reprises, pendant des heures. Les yeux peu à peu habitués à la pénombre, que les lampes de chantier, surmontaient mal, il examinait en silence chaque nouvelle fissure révélée par l'avancée, cachant soigneusement ses préoccupations ou des craintes plus angoissantes, face à la fragilité incontestable du versant. Parfois, il ressortait sans mot dire. Il gravissait la pente, obliquait vers le point sous lequel creusaient les hommes, écoutait le grondement sourd de leur sape, palpait le sol, essayait de se persuader de la certitude que rien ne se passerait jamais, puis redescendait, s'engouffrait de nouveau dans le ventre du lombric, lançait une plaisanterie que l'équipe ignorait, le plus souvent.

– N'économisez pas les cintres, prenez du temps, recommandait-il, en repartant vers d'autres soucis.

– Soyez tranquille, patron ! On n'ira pas plus vite que la musique.

Dehors, c'était déjà le plein automne. Octobre semblait ignorer que des êtres humains se battaient dans le noir contre les éléments géologiques. Il faisait ruisseler la lumière sur la vallée.

Sous l'ocre violent de midi, le chantier, écartelé entre batardeau et galerie paraissait immobile, comme enlisé dans la sécheresse de la monstrueuse peau minérale qu'il venait lui-même de révéler juste au-dessus du défilé. Parfois, des travailleurs s'éloignaient pour vomir leur bile, comme suffoqués par une des journées trop arides, là comme dans leur camp, qu'on eût cru passé au blanc d'Espagne, de Serret. Tous avaient deviné que les ingénieurs devaient accepter de composer avec les caprices des bancs de roches.

Plus haut, vers Albepeyre et dans les hameaux voisins, se voyaient d'étranges comportements. Certains paysans gagnaient leurs champs ou leurs vignes dès l'aube ou s'y attardaient à la nuit tombante, en se cachant de leurs semblables. Solitaires, ils rivaient leurs yeux sur les fruits qui doraient à cœur depuis des semaines, sur les raisins mûrs. Ils prenaient les grappes lourdes, les conservaient longtemps dans leur paume, comme pour en garder à jamais la forme dans leur mémoire. Parfois, dans un geste dérisoire, ils extrayaient d'une poche leur mouchoir à carreaux et ils essuyaient les grains l'un après l'autre, pour en retrouver le satin purpurin.

Ce soir-là, Justin Marti nettoyait avec la même amertume mélancolique les feuilles de châtaignier et de hêtre destinées à Jeanne, pour son cours de dessin du lendemain. Elles étaient marbrées des couleurs incroyables que l'automne dispensait, comme s'il désirait offrir un royal cadeau à ses adorateurs.

– Cette cendre, qui couvre chaque chose jusqu'ici… déplora le paysan.

– Pourtant nous sommes bénits ! On dit qu'à Igues-Basses elle est épaisse comme un givre et qu'Hilarian Boudet ne fera pas ses vendanges, lui rappela sa femme.

– C'est vrai. Chez nous la poussière n'est qu'une poudre et elle n'aura qu'un temps. Elle disparaîtra avec la pluie.

– Nous reverrons des raisins noirs, des pommes rouges ou vertes. Pas ceux qui seront noyés ! s'exclama-t-elle avec une voix où se mêlaient la pitié et le dépit.

– C'est peut-être leur dernier automne de récoltes. Les ingénieurs ne donnent pas de date pour la montée des eaux.

– Tu vas semer les blés ? demanda-t-elle dans un murmure, comme si elle se sentait coupable vis-à-vis de tous ceux qui hésitaient à ensemencer leurs pièces de terre menacées par le barrage.

– Oui, assura Justin Marti sans faiblesse.

– La Compagnie aura été une bonne chose pour nous : tu gagnes de l'argent et nous garderons notre petit bien.

– La chance ou le malheur passent comme ils veulent, C'est pas une injustice de se trouver du bon côté… philosopha-t-il à sa manière, le visage éclairé d'un sourire.

– Je voudrais qu'elle ait les plus belles de sa classe ! Essuie bien les feuilles de Jeanne, recommanda la jeune femme.

– À Albepeyre… reprit Justin, alors qu'elle croyait la conversation close.

– Pourquoi ces choses te tournent dans la tête ce soir ? Tu as appris du nouveau ?

– Non. Mais personne parle au village. Ils ont tous vendu à la Compagnie, mais on croirait qu'ils ont honte maintenant.

– Les gens imaginent déjà la Toussaint, dit-elle sur un timbre qui se fêla dans sa gorge.

– De l'autre côté de la rivière, il ne reste que les tombes de Boudet et de quelques Parisiens. Maintenant qu'ils ont liquidé les terres, ils viendront pas.

– Sans doute, reconnut-elle.

Justin Marti pas plus que les habitants d'Albepeyre n'avaient revu Hilarian depuis des semaines. Pourtant, il était presque chaque jour sur les chemins. Mais, il refusait de monter à Albepeyre, depuis que le maire, Émilien Maillebuau avait trahi sa confiance. À tout prendre, il préférait les gens de Pradelles, qui ne se cachaient pas de profiter de l'argent des ouvriers et des ingénieurs du barrage.

Octobre regorgeait de champignons. On eût dit que la vallée voulait prouver sa richesse cachée, en livrant ses trésors les plus imprévisibles : des cèpes rebondis, des lactaires délicats, des coprins chevelus, des girolles d'or. Hilarian Boudet prospectait les châtaigneraies, s'enfonçait dans des recoins d'épines, où nul autre que lui ne pouvait deviner un nid de vingt têtes noires. Une tension équivoque le poussait, dont il ne savait si c'était la fièvre des champignons, qui l'atteignait chaque année à l'automne, ou une rage impuissante à l'idée que ces richesses secrètes seraient ensevelies pour toujours sous des dizaines de mètres d'eau opaque.

Vers dix heures, il filait vers Pradelles par le sentier, une énorme musette de toile pisseuse à l'épaule. Le chef de l'hôtel des Voyageurs la vidait avec des airs de conspirateur. Si, par hasard, il manquait d'appétit, Hilarian heurtait à la porte d'une bourgeoise, trop heureuse de lui acheter sa récolte.

Il serrait les pièces et les billets dans sa main jusqu'à la sortie de Pradelles. En s'enfonçant vers la gorge, il les glissait dans sa poche carnassière avec une grimace d'aigre satisfaction.

– Pourquoi je me crève à ça ? grommelait-il.

Le sentier d'Igues-Basses, qui suivait maintenant la fausse colline façonnée par Warzek, montait brutalement après Serret. Hilarian accusait le Tchèque de l'avoir cyniquement redressé pour épuiser ses vieilles jambes. Il accrochait ses brodequins de gros cuir aux pierres comme un défi et il progressait sans faire une pause, écoutant son cœur qui pétait dans sa poitrine.

En haut, avant de se jeter dans la solitude, il s'arrêtait enfin. Il guettait les coups assourdis de la dynamite, qui le secouaient. Il balayait de son regard indigné l'étendue que la fureur des hommes venus d'ailleurs avait décharnée, s'attardant un instant sur le batardeau dont il ne comprenait pas bien les fonctions. Puis, il essayait vainement d'imaginer comment s'ordonneraient les travaux des mois à venir.

– Dieu me damne ! jurait-il, sans bien savoir pourquoi provoquer ainsi la foudre divine lui faisait du bien.

Rien n'est plus imprévisible et capricieux que les champignons. Dans la dernière semaine d'octobre, Hilarian rentra capot deux jours de suite. En sirotant les brûlures du doigt de blanche dont il rehaussait son café au retour de ses sorties mycologiques matinales, il se prit à rire.

– Finies les têtes noires, sous les feuilles ! La femme m'appelle. C'est comme ça tous les ans ! Il faut aller au *pradel**, expliqua-t-il à sa chienne.

Ils gagnèrent ensemble le minuscule cimetière, séparé d'Albepeyre par les torrents et la rivière. Un court déplacement et un travail que ramenait chaque automne. Hilarian marcha du pas avec lequel il se

* Petite parcelle proche de l'habitation, souvent garnie d'arbres, à l'ombre desquels on pouvait faire la sieste. Par dérision, il s'agit aussi du cimetière.

dirigeait vers ses champs, ses outils sur l'épaule. Les mêmes : une faucille, une houe, un râteau.

– Tu pourrais entrer… Il y a des gens moins catholiques que toi là-dedans. Mais un chien dans un cimetière, j'ai jamais vu ça, interdit-il à sa bête.

La terre généreuse de la vallée couvrait les morts d'une végétation luxuriante. Le vieil homme esquissa un signe de croix hâtif devant la tombe de sa compagne d'autrefois et se mit aussitôt au travail. Il faucha les ronces et les hautes herbes à l'aide de la faucille, puis il extirpa les racines. La transpiration ruisselait sur son visage et sous sa chemise.

– Tu m'auras fait suer ! reprocha-t-il à la disparue.

Mais il s'appliqua à mettre la tombe au carré, ratissant la surface meuble, dressant les bords en les surélevant légèrement, comme il faisait pour ses planches de haricots. Quand il fut satisfait, il s'immobilisa, il récita un *Pater*. Puis, il considéra les autres tombes : un fourré, des croix fatiguées, dont certaines étaient étranglées de tiges rougeâtres, sur lesquelles des mûres finissaient de s'empourprer.

– Nom de Dieu, il est trop tard ! Ils viendront pas avant la Toussaint.

En proie à des sentiments contradictoires, qui l'encoléraient, puis qui le ramenaient à la mélancolie, Hilarian défricha entièrement le champ de repos. À la fin, il se reprocha de n'avoir pas apporté une fourche pour évacuer la montagne de ronces et de mauvaises herbes. En s'aidant du râteau, il les emporta à bras le corps, même si les plus épineuses l'écorchaient avec cruauté. Avant de refermer le portail rouillé, il lut les noms sur les plaques ovales accrochées aux croix ou il chercha dans sa mémoire à qui appartenaient les rectangles de terre brune qu'il venait de dégager.

– Saloperie de vie ! confia-t-il à la chienne. Qui s'efforçait de lire dans son regard, plus triste que les autres automnes.

La rosée séchait tard dans les vallons profonds. Mouillant les brassées de déchets végétaux, elle avait trempé la chemise du solitaire. Il avait froid. Il s'exposa avec délice à un rayon de soleil. Ce fut assez pour qu'un bonheur l'envahisse, chassant l'amertume pour quelques heures ou peut-être un temps plus long.

Hilarian buvait ses petits plaisirs comme on boit une gorgée glacée par grande chaleur : rapidement. Ou en les savourant, gourmand. Selon son humeur. Et son humeur jouait au yo-yo, il le constatait ! Parfois, il se demandait si l'âge le rendait de plus en plus sensible. Mais son esprit revenait toujours aux évènements incroyables qui avaient surgi dans la vallée et à l'image de son fils qui ne descendrait pas de Paris pour la fête des morts, alors qu'il n'avait jamais manqué ce jour-là.

Le matin de Toussaint. Le dernier ? Hilarian savait-il ? Il lui fallait se rendre dans le cimetière séculaire proche d'Igues-Basses. La messe à Albepeyre. À quoi bon ?

Il décida de partir vers onze heures seulement, parce que la rosée détrempait plus que jamais les chemins et les herbes. Rasé au coupe-chou, sans la moindre écorchure, il se vêtit avec un certain soin, par respect pour ceux qu'il devait visiter, même s'ils ne le verraient pas.

Hilarian Boudet détestait les gros chrysanthèmes lie-de-vin à la mode. Il cultivait les crocus d'automne et des immortelles, qu'il offrait à sa femme et aux autres morts de la famille sans artifices inutiles, en un simple bouquet porté à la main.

Un air vif, sous un ciel de saphir pur, révélant chaque perle d'eau et les rivières de diamant arachnéennes attachées aux épaules des genêts. Toussaint de silence. Toussaint d'anachorète.

Hilarian haussa les épaules. L'année précédente ou d'autres, avant, lorsqu'il venait tout exprès de Paris, Damien lui parlait-il sur ce même chemin ? Des mots convenus et brefs qui réchauffaient, mais qui ne signifiaient rien, il le savait maintenant.

En entrant au *pradel*, Hilarian Boudet tressaillit. Un couple encore assez jeune se tenait devant l'une des tombes, dépourvue de plaque lisible. Quelle motivation mystérieuse avait poussé ces inconnus, lointains descendants d'un *ostal** de ce côté de la vallée, à faire ce voyage surprenant du souvenir, juste avant que les débris humains reposant là disparaissent sous les eaux du barrage ou soient déplacés sur le plateau, si la Compagnie tenait ses promesses ?

L'Élévation sonnait au clocher d'Albepeyre, tombant en pluie fine de notes lointaines, un peu irréelles.

---

* Maison et par extension famille ou lignage.

Hilarian fouilla dans sa mémoire, mais il resta impuissant à rattacher un nom connu à ces silhouettes élégantes.

Cela avait-il une quelconque importance ? Il déposa les immortelles mariées aux crocus d'octobre sur la planche de terre douce, qui luisait, humide et odorante, sentant l'humus si fertile des fonds. Tout à coup, la femme s'avança vers lui. Elle possédait une distinction naturelle, que rehaussaient un tailleur de luxe et de beaux bijoux.

– C'est vous ?

– Oui, c'est moi, dit fermement Hilarian.

– Merci, murmura la Parisienne d'une voix qui tremblait.

– Vous allez pas me donner un billet ? Pas de merci ! Pour les morts, j'ai fait ce que je devais, le jour où j'ai nettoyé la tombe de ma femme. Seulement ce que je devais, jeta-t-il, brusquement méfiant, sous l'effet de l'une de ses poussées d'irritation.

– Mon mari et moi ne savons plus prier. Vous pourriez réciter une prière. Nous vous écouterions, proposa bizarrement la visiteuse de la Toussaint.

Hilarian Boudet serra les mâchoires. Allait-elle lui offrir vingt francs ? Mais lorsqu'il fixa l'inconnue de ses yeux qui prenaient tant de force s'il le voulait, il comprit que la Parisienne était remuée par une émotion profonde et que son esprit flottait.

– Venez près de moi, demanda-t-il.

– Nous ne connaissons aucune prière. Vraiment… précisa-t-elle avec un sourire qui contenait une sorte de regret douloureux et de la culpabilité.

Hilarian jugea inutile et un peu ridicule d'articuler des mots à côté de ces gens. Il se raidit et il pria en silence à l'intention de sa femme et de tous les autres. Mais, comme lorsqu'il lisait un journal, ses lèvres bruissaient imperceptiblement, frémissant de petits mouvements involontaires. Quand ce fut fini, il dévisagea les Parisiens : ils semblaient plus apaisés.

– Nous ne reviendrons jamais ici, n'est-ce pas ?

– Non, fit l'homme, en prenant le bras de sa compagne, comme pour l'entraîner.

– Il faut que j'y aille, maintenant. Je peux compter sur personne pour la soupe de midi, décida Hilarian.

– Vous vivez seul ? questionna stupidement le mari.

– Non, avec ma chienne. Mais c'est pas une grande cuisinière !

Le lien qui les avait unis un instant devant les rectangles de terre venait de casser brusquement. Ils se regardèrent, surpris peut-être. Puis, Hilarian Boudet se retourna, sortit, commença à marcher vers Igues-Basses. Ses pas semblaient de feutre parce que l'herbe demeurait fortement humide.

– C'est ce type dont on nous a parlé hier soir à l'hôtel de Pradelles, avança l'homme.

– Il a de la chance. Vivre si proche de la nature… Si totalement dans les vraies valeurs… Je l'envie, assura la bourgeoise.

– N'en fais pas trop, je te prie !

Depuis des années, Hilarian Boudet oubliait très souvent de monter à l'église d'Albepeyre pour y suivre les offices du dimanche et ceux des fêtes religieuses et il se moquait des remarques du curé, qui le classait parmi les mécréants de sa paroisse. Pourtant, il respectait à la lettre les usages surannés transformant le travail en péché les jours voués au Seigneur. Il traînait avec application autour de sa maison ou dans ses prés, redressant une brindille penchée, contemplant les couleurs de la saison, vaguement mal à l'aise de ne pas employer ses dix doigts à des gestes utiles.

L'après-midi de Toussaint, Hilarian, escorté de sa chienne, alla visiter sa roussette, qui se gavait de regains opulents. À la voir pâturer avec l'ennui d'une bête déjà repue, alors qu'il restait encore des heures de jour, il pensa qu'elle jouissait du même sort que les animaux de gros paysans qui piétinent une herbe surabondante, dans des prairies immenses.

– T'as le cuir doré, la complimenta-t-il, en se félicitant lui-même de si bien nourrir sa vache.

Soudain, une musique s'éleva, de l'autre côté, vers Serret. Elle parvenait au vieux solitaire en courtes giclées de notes, qu'un souffle d'air coupait. Elles retombaient alors sur lui comme une pierre. Inattendues. Impossibles un jour de Toussaint.

Il prit le sentier. Jusqu'en haut. Jusqu'au dôme de rochers et de terre, façonné au bulldozer, d'où la Rigord le menaçait d'avancer plus encore vers Igues-Basses. Il s'essouffla le long de la pente, mais tous ses sens conservaient leur entière acuité.

Serret ressemblait à un mauvais caravansérail, hanté de formes humaines qui erraient. Il vit les hommes privés de tombes à honorer : les étrangers sans racines, les ouvriers oublieux du souvenir, traverser les rues, entrer chez la veuve Bru, se perdre dans le nœud de maisons où, lui avait-on affirmé, gîtait le lupanar.

Le vent s'était fait plus fort. Deux ou trois flonflons de valse musette arrivèrent, luttant contre les rafales. Un accordéon et sans doute un harmonica tentaient de s'accorder, quelque part au bout de Serret. Hilarian Boudet plissa les yeux. Une cohue cernait la remise inoccupée d'un voiturier d'autrefois, ruiné par les camions.

– Un bal, un jour de fête d'âmes ! Ils dansent pas entre eux… Où ont-ils trouvé les filles ? raisonna-t-il, en essayant de se persuader qu'aucune adolescente de la vallée ne figurait parmi les cavalières des travailleurs du barrage.

Mais, lorsqu'il retrouva sa maison, il n'était plus sûr de rien. La musique de Serret n'était-elle pas l'écume avancée de la grande vague déferlante qui le noierait, lui, les morts et les terres, mais qui déjà balayait tout : les usages anciens, les idées, les façons de vivre dans la vallée ?

10

Quinze. Ou seulement quatorze, si on exceptait Candie, qui ne fit qu'une apparition fugace, traînée dehors par la veuve Bru venue la chercher, criant qu'elle allait la mettre à la porte.

Quatorze, que nul n'eût crues aussi dessalées et hardies ! Insensées. Guincheuses portant la honte au bout de leurs jambes fines et de leurs pieds joliment cambrés et inconscients. Scandaleuses en cette soirée de Toussaint.

D'où venaient-elles ? Des hameaux reculés, d'Albepeyre, de Pradelles ou d'un bourg plus lointain, d'une ville proche peut-être ? Quel que fût ce lieu, qu'avaient-elles prétexté pour échapper à la surveillance de leurs familles ? Tromperies ! Mensonges de belles ! Imprudences d'écervelées !

Jouvencelles mues par plus d'envies que d'expérience. Mais les mâles détaillaient aussi une femme mûre, yeux ardents, foulard noir noué autour du cou, sur décolleté plongeant. Ayant vécu, mais toujours curieuse de nouveaux plaisirs ? En rupture de ban conjugal ? Savaient-ils ? Un cœur à conquérir ? La chance d'une nuit ? À voir… À tenter ?

Quels désirs de séduction, quels phantasmes les avaient poussées là, qui se devinaient à leurs gestes, à leur façon d'onduler ou de danser ? Il y avait le genre valse de Vienne, jupes amples et longues, chemisier immaculé à délicates broderies. Ondoyantes.

Apprenties garçonnes, cheveux courts, robes brèves, elles rêvaient de bras ouvriers, qui ne leur manqueraient pas et de charleston, qui ferait totalement défaut.

Enfin, trois ou quatre voulaient être femmes fatales, front de porcelaine, mèches plaquées sur le visage, pâmées à la Greta Garbo.

Où puisaient-elles la force de braver les formidables interdits ? Dans un besoin secret et indomptable de liberté, ancien, toujours refoulé en elles, qui venait soudain de jaillir, de pulvériser la chape des bienséances ? Dans une explosion de sensualité soudaine ? Aveuglées sans doute sur l'exacte nature de leur pulsion, elles avaient couru vers les hommes du chantier.

Combien étaient-ils ? Elles l'ignoraient. Cent ? Deux cents ? Les rejoindre. Se trouver avec eux. Écouter leurs compliments et leurs fadaises. Dès qu'elles étaient apparues, ils les avaient entourées, pressées, accaparées, croyaient-ils, parce qu'elles avaient accepté une danse.

Elles étaient venues sans rien. Pas de sac, pas de tricots inutiles. Dans la remise enfumée, les pages des carnets de bal s'écrivaient avec les yeux d'abord, puis aussitôt avec les mains. Elles riaient. Très demandées.

Des garçons découragés dansaient entre eux, s'isolant dans les coins mal éclairés, un peu honteux. Ils se trémoussaient avec des mouvements de pachydermes ; ce qui faisait rire les filles plus fort, lorsqu'elles les apercevaient, le visage dans le cou de leur cavalier.

Demandées et demandeuses. Les doigts habiles cherchaient les peaux consentantes, sous les vêtements légers. Les corps se plaquaient l'un contre l'autre. Les mots, les déclarations, les serments enfiévraient plus fort qu'aux bals des kermesses. Où ces hommes, ces étrangers dont les danseuses comprenaient à peine les phrases, avaient-ils appris à parler aux femmes ? Les valseuses s'abandonnaient délicieusement, en pensant aux rares amies qu'elles avaient tenté d'entraîner à Serret, pour partager leur secret avec quelqu'un, et qui devaient se morfondre.

L'harmonica jouait deux tons au-dessus de l'accordéon diatonique. Prétentieux, il couinait à pleins poumons de l'artiste, qui croyait surpasser ainsi son partenaire, parce qu'il soufflait comme un bœuf sur les lames fluettes du petit instrument.

– Attention, Warzek, tu vas bouillir ! se moqua le conducteur de la pelle américaine, qui le frôla, en compagnie de la femme faite.

– Moins que tu emballes…

Le Tchèque s'était habillé. Une sorte de maillot ras du cou et une veste-tunique moulante lui composaient une silhouette de séducteur musclé, qui attirait le regard des filles. Dès le début de l'après-midi, il avait dû refréner les égarements de deux ou trois cavalières, puis les céder en plaisantant à un camarade en attente.

Maintenant, la fille qui se blottissait contre sa poitrine lui plaisait. Ils dansaient ensemble depuis une heure. Il l'avait jugée moins provocante que les premières, mais plutôt banale.

– Vous avez les mains moins baladeuses que d'autres, observa-t-elle.

– Vous le regrettez ? la défia-t-il.

– Pourquoi m'avez-vous invitée ? lui demanda-t-elle, en levant ses yeux vers lui.

– Vous posez de drôles de questions…

– Vous pouvez donner une drôle de réponse…

– Pourquoi je vous ai invitée ? Franchement ?

– Oui, franchement.

– Vraiment, je sais pas, dit Warzek.

– Vous jouez les mystérieux ? Vous vous appelez comment ?

– Warzek.

– Vous n'avez pas de prénom ?

– Un nom, ça vous suffit pas ?

– Si, ça peut suffire, admit-elle.

– Et vous ?

– Juliette. Juliette Cambon, d'Albepeyre.

– Vous voyez ! Nom, prénom, village : vous êtes plus riche que moi…

Ils n'avaient pas interrompu leur danse, simplement un peu ralenti leur rythme. Ils se mirent à rire en même temps, comme s'ils se sentaient tous les deux également ridicules de la maladresse de ces confidences qui n'engageaient à rien.

Le joueur d'harmonica et l'accordéoniste continuaient de s'affronter pour qu'on distinguât d'abord les notes de leur instrument. Pourtant, l'attention des couples commençait à s'émousser. Deux ou trois se rangèrent sur le côté, avec des signes de fatigue précoce, peut-être d'ennui, déjà.

– Paso doble ! cria l'homme du piano à bretelles.

Un coup de fouet cingla la cohue mollissante. Les quatorze femmes furent happées par des bras précipités, un peu au hasard. Mais Warzek ne lâcha pas Juliette.

Comme l'espace se révélait trop exigu, le paso hésita, dut s'organiser, trouver son chemin, qui épousa peu à peu la forme rectangulaire de la salle, en un flot saccadé emportant les danseurs dans une excitation communicative. Les paires de garçons, elles-mêmes, se laissaient entraîner et semblaient y puiser une certaine élégance des pas et des mouvements.

Soudain, le second vantail de la porte, resté fermé comme il était habituel dans les remises, céda sous une poussée furieuse, accompagnée de hurlements. Une vingtaine d'intrus s'enfoncèrent en coin dans le paso doble, qui se disloqua en grappes, se cognant l'une contre l'autre.

– Attention, ça va taper ! cria Warzek, en se plaçant devant sa cavalière, mû par un réflexe instinctif de protection.

Les assaillants serraient chacun un gourdin dans leurs paumes épaisses. Carrés, hostiles, ils paraissaient sûrs d'eux, malgré le nombre bien supérieur des ouvriers du chantier.

Les garçons qui, une seconde plus tôt, s'ingéniaient à peloter les filles, ne pensant qu'à s'amuser, restaient les bras ballants, totalement surpris par cette agression imprévisible.

L'avertissement de Warzek ne se perdit pas dans l'air enfumé. Les agresseurs l'encerclèrent en un instant, haineux.

– Toi et tes copains, vous avez assez touché de viande. Vous allez nous prêter vos maries-salopes pour changer un peu ! cracha le chef de bande.

– Viens-y ! C'est pas un gandin de Pradelles qui me foutra les jetons ! le défia Warzek.

– Macaroni de mes deux !

– Tchèque, corrigea le contremaître, en se demandant si ses camarades étaient prêts à se battre ou s'ils rêvaient encore des délices de peau tiède, sous les chemisiers des poupées.

– Tchéco à la vaque ! Cro-Magnon ! Tu la donnes ta Juliette ou il faut te gondoler ?

– Salaud !

– Tu as vu ? Y a pas des chattes pour tous. Les pas de chance sont de la jaquette ! rigola alors un des assaillants, plus observateur que les autres sans doute.

– Je me fous des pédales ! Mais ces métèques nous prendront nos gonzesses si on les mate pas. On veut même les cuisses-en-l'air qui sont venues dans ce boui-boui pour se faire sauter, un soir de Toussaint, décida le meneur.

– Oui, on fessera les traînées !

– Les chaudes de l'ébouriffé !

L'harmonica et l'accordéon étaient morts. Un silence lourd, moite de respiration et d'odeurs d'aisselles, gonflait de seconde en seconde, obscurcissant les esprits, incertain, menaçant. Chaque camp tergiversait, mais la violence montait, emplissant l'air. Des mouvements instinctifs de défense rapprochaient les ouvriers, les rassuraient, les tendaient. Parmi eux comme chez les attaquants, l'envie de se tabasser bandait les muscles.

Le meneur était-il un stratège avisé ou possédait-il une longue expérience de ce genre de bagarre ? Son regard soupesa le Tchèque, puis fit le tour de la salle de bal improvisée. Il pressentit que ses adversaires se ressaisissaient, menaçants, prêts à en découdre.

– La Juliette Cambon ! lança-t-il.

Il se rua sur Warzek, le jeta à terre d'un coup d'épaule, puis l'assaisonna d'une saucée de coups de sa matraque de houx poli, tandis que ses séides agrippaient la jeune fille.

– Warzek ! hurla-t-elle, épouvantée.

– Sale dévergondée ! Tu en pinces pour ce bouffeur de cailloux ! ragea celui qui la tenait.

L'ouvrier s'était relevé. Il s'élança à la poursuite des cogneurs, dans les rues de Serret, suivi d'assez loin par trois ou quatre camarades, qui n'étaient pas de ses amis proches, mais à qui un réflexe de solidarité commandait de voler au secours d'un homme du chantier.

L'auberge de la veuve Bru, les maisons hautes, les ruelles en arête de poisson, une placette, la route enfin. Les ravisseurs crurent le moment venu de punir leur otage. Ils s'arrêtèrent pour la couvrir d'insultes et la remettre dans le droit chemin en lui administrant quelques gifles, qui lui feraient passer l'envie de courir le guilledou avec des étrangers.

Mais Warzek et les autres déboulaient. L'air trembla sous le choc. Hurlements, accusations obscènes, coups secs des gros bâtons, écrasement du Tchèque contre le gravier, gémissements de Juliette, terrorisée, les yeux figés sur le corps inerte de son beau cavalier, rires tonitruants et satisfaits des justiciers de Pradelles, filant sur la route, pétant de mâle fierté à la suite de cette expédition punitive contre les travailleurs, se mêlèrent ou se succédèrent en quelques secondes.

Lorsqu'il reprit conscience, Warzek se recroquevilla, se protégeant encore la tête de ses avant-bras, dans un mouvement de défense animal, comme s'il redoutait toujours que les triques pleuvent.

– C'est nous, tes copains, assura l'un des ouvriers.

– Warzek, je suis là, chuchota Juliette, en se penchant sur lui.

– Les salauds ! Ils m'ont démoli, se plaignit-il.

– Appuie-toi sur nous, mais joue pas les morts ! On veut pas te traîner comme un sac.

– Je me souviendrai de cette avoinée, mâchonna le Tchèque, en forçant toute son énergie pour ne pas paraître s'accrocher trop fort à ses compagnons.

Les fuyards couraient vers Pradelles-le-Château, pressés de s'éloigner de Serret, à la fois pour ne pas risquer un retour offensif de leurs adversaires et pour étaler leurs exploits face aux timorés, qui s'étaient ennuyés au bourg, puisque pas un café n'était ouvert en cet après-midi de fête religieuse.

Ils se carapataient en désordre, les uns en plein milieu de la chaussée, les autres sur les bas-côtés, s'interpellant, déblatérant des âneries, suggérant un troupeau plus qu'une bande victorieuse. Tout à coup, l'un des petits groupes, sur la droite, perdit l'un de ses cogneurs, qui bascula dans le fossé, hérissé d'herbes sèches.

– *Macarel*, le Tchèque l'a tué ! Une manchette, un coup de tête à retardement qui le descendent maintenant, ragea son voisin.

– Chargez-le, décida le chef, familier des rixes de bal et des coups de bambou des victimes.

– Il va pas mourir ? frémit un benêt.

– Rassure-toi, il encaisse bien.

– Où on va avec ce paquet qui pèse un âne mort ? demandèrent ceux qui traînaient le fardeau.

– À la gendarmerie, dès qu'il sortira des vapes et qu'il marchera.

– Chez les cognes ? T'es fêlé ?

– Tu verras, les gendarmes seront de notre côté. On a un blessé, non ?

– Tu veux porter plainte ? hésita un garçon assez réservé, embrigadé au hasard d'une tournée de bistrot par le chef.

– Pas moi. Lui ! Il sera d'accord pour signer après ce gnon du Tchéco.

– C'est nous qui sommes allés les titiller à Serret, fit remarquer le prudent.

– Tu parles ! ricana le gros bras, dominateur.

Le factionnaire de la maréchaussée de Pradelles-le-Château ne sortait pas de Saint-Cyr. À l'instar de ses collègues, il considérait le chantier du barrage comme un lieu suspect, une espèce d'île ennemie, sur laquelle avaient abordé autant de délinquants et de sujets de préoccupation que d'arrivants : des étrangers à l'identité floue, des filous, des repris de justice peut-être, les poules de la maison de plaisir, que des flics de la préfecture venaient surveiller par moments, ce qui créait de délicats rapports de préséance policière avec l'adjudant-chef.

– Vous confirmez ? interrogea le militaire de garde.

– Oui, c'est le Tchèque, accusa sans hésiter la victime ragaillardie.

– Que faisiez-vous à Serret ?

– On passait. Ils nous ont coursés et tapés comme des bêtes, intervint le chef de bande, volubile, en apparence désireux d'informer le représentant de l'ordre.

– Vous maintenez ? insista le maréchal des logis, qui venait de recoiffer son képi pour écrire la plainte.

– Affirmatif, mon adjudant, jura le meneur, en sachant que cette promotion gratuite de l'homme de veille le rendrait spontanément bienveillant.

– On va monter chercher ce salaud de Tchèque, promit effectivement le gendarme.

Cependant, il hésitait. La brigade de Pradelles ne parvenait pas à s'habituer aux longs baraquements, ni au paysage lunaire des environs du batardeau, où les petites ruses routinières, employées dans la chasse aux braconniers cachés dans les bois ombreux, n'avaient pas cours.

L'adjudant-chef s'imprégnait chaque semaine davantage de la certitude que la traversée du village, même en ne sortant pas de la route départementale, pouvait déraper en confrontation avec les grappes d'étrangers grouillant autour des engins et des tranchées. Prévoyant, il déplaça tous ses hommes pour arrêter Warzek.

Autour du batardeau et sur les pistes des versants, le coup de chaleur de la veille paraissait lointain. Cependant les images s'agitaient dans les mémoires. Les filles ! Girondes. Ardentes.

Le bal dans la grange se reproduirait, peut-être chaque dimanche, maintenant qu'on avait trouvé deux musiciens. La quinzaine de mignonnes reviendrait, elles entraîneraient des amies. Il y aurait des valseuses pour tous !

Ces idées agréables battirent les tempes pendant toute la matinée, hachant le travail de leurs coups d'épingle très doux. Mais les hommes travaillaient dur, comme pour satisfaire l'ingénieur en chef qui, à l'embauche, avait fait mine de tout ignorer du guinche scandaleux de la Toussaint, comme des bagarres.

– Que voulez-vous, messieurs ? s'enquit Charles Neuville.

– Nous sommes ici pour nous assurer du dénommé Warzek. Pour coups et blessures sur un jeune homme de Pradelles, précisa l'adjudant-chef.

– Je crois que les torts sont partagés, objecta Charles.

– Nos garçons ont été attaqués, alors qu'ils ne faisaient que passer.

– Croyez-vous ? ironisa l'ingénieur, en conservant un ton très modéré.

– Demandez à ce Warzek de venir. Nous l'emmènerons à la brigade pour interrogatoire.

– Allez le chercher !

– Non, il est sous votre autorité sur le chantier, grinça le militaire, en blêmissant à l'idée de devoir arrêter Warzek au milieu des ouvriers.

– Je ne livre pas mes hommes. Vous pouvez l'interroger ici, sans l'emmener à Pradelles.

– Vous vous opposez à l'application de la loi ? fulmina le gendarme.

– Non, mais Warzek n'est pas un meurtrier et j'ai absolument besoin de lui ici, trancha Charles avec calme.

– Je vais prévenir la préfecture que l'ingénieur en chef du barrage se moque de l'autorité.

– Faites, mon adjudant, moi j'irai jusqu'au ministre s'il le faut pour garder mon contremaître, le défia Charles Neuville.

– Je reviendrai, menaça le chef.

Lorsque Charles fut assuré que l'escouade de la maréchaussée s'éloignait définitivement de Serret, il gagna la tranchée du batardeau. Les hommes interrompirent leur travail, le fixèrent, mais aucun n'osa poser de question.

– C'était pour vous, Warzek.

– Qu'est-ce qu'ils voulaient ?

– Ils vous accusent d'avoir blessé un garçon de Pradelles.

– Ces types sont montés ici pour chercher la bagarre et cogner ! cria le Tchèque.

– Vous en êtes sûr ? demanda Charles, visage fermé.

– Vous en doutez, patron ? Regardez-moi ! grogna Warzek.

– Ils vous ont assez bien arrangé, admit Charles Neuville, en découvrant les auréoles jaunâtres des coups sur les pommettes de l'étranger, sauvagement bastonné.

– Un bon conseil : n'allez pas traîner dans les rues de Pradelles. Les menottes vous attendent.

– Merci, monsieur, murmura Warzek avec gravité.

Ils se sourirent. C'était l'un de ces moments où un lien privilégié se noue entre deux êtres. Charles et Warzek étaient trop différents et appartenaient à deux mondes trop éloignés l'un de l'autre pour qu'ils croient être devenus des amis. Mais l'ouvrier ressentait l'estime et la confiance de l'ingénieur en chef comme cela ne s'était jamais produit auparavant et ce dernier devinait pouvoir compter sur l'aide du Tchèque, quelles que soient les circonstances.

– Pour vous mettre les bracelets, les képis auraient dû m'arrêter aussi. Je couvre d'abord mes hommes, ensuite je m'explique avec eux.

– Les gendarmes et moi…

– Je ne vous demande rien, Warzek, coupa Charles, qui préférait ignorer si la loi pouvait inquiéter le contremaître étranger.

Le surlendemain, vers dix heures du matin, les oies sauvages commencèrent à survoler la vallée. Elles traçaient leurs flèches à une altitude anormalement basse, battant lentement des ailes, poussant un cri désemparé au-dessus du chantier, puis fonçaient vers le sud dans un éclair bleuté, comme si la vue subite de la nudité de ce morceau de sol les affolait.

Les moins familiers des rythmes de la nature comprirent pourquoi elles volaient si bas. Le ciel tomba sur Serret, coupole oppressante, prison vaguement humide, que les heures qui passèrent glaçaient. Pas de nuages funèbres, pas de pluies opaques, pas de brouillard de coton sale, qu'on eût pu incriminer, avec l'espoir qu'ils se déplacent ailleurs !

Simplement, l'air cessait de respirer : couleur de mur froid, collant au visage, étrangement immobile, engluant les formes et les êtres.

En décembre, de dures gelées transformèrent la durée des journées en plomb. Charles Neuville pressentit que les plus belles pages des manuels de Génie civil ne compteraient plus, face à l'hostilité de l'hiver à venir et aux craintes confuses des hommes. Qu'arriverait-il si la neige ou des pluies incessantes paralysaient les travaux ? Les ouvriers seraient pris dans une nasse blanche ou dans un déluge ruisselant. Cet enfermement exaspérerait les plus violents et accablerait les faibles, décuplant l'ennui, multipliant les rixes chez la veuve Bru ou dans les baraquements-casernes. Les plus lucides ne pensaient-ils pas déjà à ces jours-là ?

Robert Josselin se terrait dans son bureau, ne supportant pas les frissons qui s'emparaient de lui au bout d'une heure près du batardeau.

– Est-ce que Warzek va rester torse nu pendant tout l'hiver ? demanda-t-il à Charles un soir, avec son sérieux habituel.

– Sans doute… Je ne suis pas sa mère. Vous me voyez l'obliger à porter un pull-over ?

– Je claque des dents dès que je l'aperçois. Il a l'air de se moquer du monde.

– Remplissez les paperasses pour Delalande, vous ne verrez pas Warzek, se moqua Neuville.

La lampe de l'ingénieur en second brilla du matin au soir, comme si elle le rassurait. Son regard ne quittait pas le papier, pour ne pas apercevoir le jour trop gris pour lui.

– Vous viendrez à la messe de Pradelles ? lui demanda Charles le soir de Noël.

– Vous allez à l'église de Pradelles ?

– Ce sera différent de la Madeleine, à Paris, où Hortense m'entraînait chaque année. Vous ne trouvez pas ? plaisanta Neuville.

– Les ouvriers vous suivent ?

– Certains. Venez, Josselin. Je vous offre le siège du passager dans la Peugeot, insista l'ingénieur en chef.

– Non. Je vais veiller. J'ai encore du travail. Excusez-moi.

Le refus de son adjoint affecta Charles plus qu'il ne croyait. Soudain, il regretta d'avoir choisi de célébrer Noël à Serret, plutôt que de se rendre à l'invitation de Mme Campan, qui lui eût permis de retrouver Hortense dès cette nuit-là.

Dans sa chambre de solitaire, le froid humide imprégnait chaque chose et lui serra le torse lorsqu'il se dénuda pour enfiler sa chemise de cérémonie et son complet sombre, qu'il arrangea avec soin. Morose, il hésita sur le ton de sa cravate, pour se satisfaire en définitive de l'une des plus anciennes, qu'il aimait bien.

Les hommes s'étiraient sur la route. Il dépassa des isolés et des groupes, assez peu nombreux au total. Certains levèrent une main vers lui. Était-ce une marque de sympathie superficielle ou un signe de complicité religieuse, dans l'obscurité de la Nativité ? Il les reconnut pour la plupart, parfois surpris de voir marcher vers Pradelles un personnage qui jouait les mécréants devant ses semblables.

En approchant de la bourgade, il scruta plus intensément les visages. Pourquoi lui semblait-il que Warzek devait faire partie des marcheurs ? Il tapota le volant pour se détacher de cette interrogation inutile. D'ailleurs, le Tchèque se trouvait peut-être déjà dans l'église. Ou bien s'était-il jugé trop paresseux ou trop fatigué pour enfiler un vêtement correct ?

L'édifice religieux se targuait d'avoir été jadis une modeste collégiale. Pour la grande fête solennelle, la nef regorgeait de cierges, dont la lumière tremblait à chaque filet d'air. En entrant, Charles commença à examiner les figures animales et les volutes végétales des chapiteaux, éprouvant plus de plaisir que d'habitude à découvrir ce bestiaire et ce jardin de pierre.

La place commençait à manquer. Il s'engagea dans l'un des bas-côtés, avec l'intention de rester parmi les travailleurs du barrage, entassés au fond. Mais il dut monter vers le chœur, pressé par d'autres fidèles.

Dans l'une des chapelles latérales, il aperçut Lucile Quentin. Une chaise demeurait libre non loin d'elle. Il ralentit, mais une impulsion étrange le poussa à continuer vers le transept. Il aborda à l'extrémité d'un banc, dont les occupants se tassèrent avec un sourire peu charitable pour lui consentir un espace étroit.

Sous le vaisseau principal, d'un beau roman, le Tout-Pradelles se tenait devant des chaises estampillées de plaques de cuivre au nom des familles, ou face à des prie-Dieu capitonnés de velours pourpre. D'assez loin, Charles lui en sut bizarrement gré, maître Lastic lui adressa un signe discret de la tête.

À l'instant du *Minuit chrétien*, une émotion profonde, qu'il n'avait jamais éprouvée à Paris, remua Charles Neuville. Il se retourna, au risque de paraître sans éducation. Que voulait-il deviner de la foule massée derrière et près de lui ? Une communion fugace autour de l'Enfant-Dieu, entre ses hommes et les habitants de Pradelles-le-Château, au moins pendant ces quelques minutes intenses ?

Il pensa à l'office qui, au même moment, devait se dérouler à Albepeyre. Combien d'ouvriers s'y étaient rendus, mis à part Justin Marti et deux ou trois autres, originaires de hameaux retirés. Aucun, il en était sûr.

Tous ceux qui se pressaient derrière lui dans la collégiale du bourg étaient venus là parce qu'ils se savaient indésirables à Albepeyre, comme ailleurs dans la haute vallée, même si les gens acceptaient tant bien que mal le barrage. Cette méfiance, cette exclusion se vérifiaient même pour une fête de joie et de paix telle que Noël.

Dehors, après une poignée de main, accompagnée de quelques banalités, de Norbert Lastic et de son épouse, Charles comprit que personne d'autre ne lui adresserait la parole. Les familles s'esquivaient par petites grappes, vers le réveillon. Des ouvriers le dévisagèrent un instant, puis ils filèrent vers les cafés.

– Je vous croyais ailleurs, ce soir, articula Lucile Quentin, derrière lui.

– Vous n'avez donc pas eu de naissance pour la Nativité ? répliqua-t-il, sur le même ton léger.

– Vous voyez ! Pas un seul chérubin, que ses parents auraient pu prénommer Noël, pour ne pas trop se fatiguer.

– Je vous invite à prendre quelque chose de chaud ?

– Non, une femme au bistrot à minuit, cela ne se fait pas ici, vous le savez. Nous ne sommes pas sur les grands boulevards de Paris.

– Vous craignez pour votre réputation ? J'insiste.

– Où vous en êtes, là-haut ? biaisa-t-elle, comme si l'avancement du chantier l'intéressait.

– Vers la fin du batardeau. Je dévierai bientôt la rivière, expliqua Charles avec chaleur.

– Comme vous dites cela ! remarqua-t-elle.

– Comment ? Je n'ai pas le sentiment d'avoir parlé autrement que d'habitude.

– Avec passion, je crois…

– Vous n'aimez pas évoquer votre travail avec passion ? la défia-t-il.

– Si, souffla-t-elle.

– Arrêtez-vous un jour, quand nous aurons commencé le barrage. Je vous expliquerai tout, proposa Charles avec gravité, sans cacher qu'il tenait infiniment à cette visite.

– Peut-être. J'ai des grossesses vers Albepeyre. Bon réveillon, ce soir.

Lucile Quentin se dirigea vers une rue transversale, où elle habitait sans doute. Il la suivit des yeux, attendant qu'elle se perde dans la pénombre pour rejoindre la Peugeot.

Il avait remarqué qu'elle portait un manteau-redingote. Il trouva que ce vêtement lui allait très bien, parce qu'il affinait sa silhouette, soulignant le charme de son buste et le galbe de ses hanches. Ses hauts talons l'obligeaient à cambrer légèrement son corps, ce qui ajoutait une touche d'érotisme élégant à sa démarche.

Sur la route, les hommes remontant vers Serret aussitôt après l'office semblaient clairsemés. Moteur ronronnant au régime de croisière, Charles les doubla en leur faisant des appels de phares brefs, auxquels certains répondirent par des signes de la main. En débouchant dans Serret, rien n'attira son attention, sinon les halos habituels : celui, pourpre canaille fatigué du bordel ; celui, papillotant, de l'auberge Bru. Du côté des baraquements tout était éteint. Seules, les lampes de sécurité réglementaires veillaient, faiblardes, dérisoires.

Les draps glacés le firent frissonner. Il se mit en boule. Une petite sensation de chaleur ne le gagna qu'au bout de plusieurs minutes, parcimonieuse, avare du bien-être animal auquel il aspirait plus que tout. Il ne conquit qu'avec prudence chaque centimètre carré de tiédeur. Il ne se désarrondit qu'au bout d'une heure peut-être, avant de s'endormir.

– Patron ! appela tout à coup Warzek, en cognant à la porte sans précaution.

– Quelle heure est-il ? Vous êtes fou ?

Charles avait l'esprit embrumé. Mais une lucidité instinctive lui permit de deviner les coins encore froids du lit. Il bougea avec précaution, avant de se redresser.

– Vaut mieux que vous veniez, insista le contremaître.

– Vous auriez pu prévenir Robert Josselin, qui a dû se coucher tôt. Où est-il.

– Au claque, patron ! ricana Warzek.

Charles Neuville bondit hors des draps. Dans sa précipitation, il enfila à la hâte sa chemise blanche et son complet de cérémonie, sans penser que les circonstances pouvaient exiger des vêtements plus communs. Il poussa la porte de sa chambre brutalement. Le Tchèque arborait une vareuse verdâtre, à même la peau de sa poitrine.

– Vous y étiez, vous aussi ? fulmina-t-il.

– Moi, Patron ? J'étais chez la veuve. Faut avoir des envies et de l'argent d'ingénieur pour aller aux gourgandines !

– Comment pouvez-vous savoir où se trouve Josselin ?

– Les autres… Ils sont venus me prévenir. Votre sous-chef faisait des siennes. Pas exactement à sa place… persifla Warzek.

– Il a été expulsé par un videur ?

– Il est en mauvais état. Il faut le ramener.

– Faisons un détour, murmura Charles, qui ne voulait pas passer devant l'auberge de la veuve Bru, d'où les buveurs apercevaient facilement les allées et venues de la rue.

La maquerelle de Serret se montra cérémonieuse. L'apparition des deux hommes du chantier, dont elle eût le plus ardemment souhaité une fréquentation régulière de son établissement borgne, lui titilla les méninges. De surcroît, leur accoutrement, insolite et si opposé, la dérida, lui faisant oublier une nuit minable, dont l'ingénieur en second et trois ou quatre fauchés avaient été les seuls clients.

– M. Josselin se croit chez lui ici : il s'énerve dès que je lui demande de partir, précisa-t-elle.

– Il est soûl ? grinça Charles.

– Deux bouteilles de champagne, en plus de celles des filles, indiqua la tenancière, avec l'air de décliner toute responsabilité dans ce qui arrivait.

Robert Josselin se vautrait sur un canapé, au milieu d'une sorte de salon, aux murs tendus d'un papier velours à médaillons. Une dizaine de coussins roses encombraient le siège, prétendant sans doute suggérer la volupté. Le polytechnicien était entouré de nymphes, très légèrement vêtues, qui semblaient lui faire la leçon, comme à un enfant capricieux refusant d'obéir. Sur une table basse, les cadavres des champenoises, un plateau encore à demi-garni de gâteries témoignaient des parties fines de la nuit. Sans nul doute, Robert Josselin ambitionnait de faire une tournée des grands ducs dans ce lupanar rustique.

– Bébert, sois mignon ! Tire-toi maintenant, s'agaça l'une des horizontales.

– Du champ ! J'invite mon patron ! bafouilla-t-il péniblement, mais l'esprit tout à coup échauffé par son idée.

– Suivez-nous, Josselin, exigea Charles, sur le ton d'un commandement professionnel.

– Non, monsieur. Les filles vous aiment bien ! Asseyez-vous près de moi, s'obstina le fêtard.

– Prenons-le, Warzek, décida Charles.

Ils l'empoignèrent et le tirèrent dehors, malgré ses cris ridicules et ses gestes incontrôlés. Dans le couloir, éclairé d'une lumière sourde, il heurta une potiche, qui se brisa avec un bruit de mauvaise faïence cassée, ce qui suffit à faire éclater les femmes d'un rire stupide.

Charles était blême. L'air glacial le cingla, ce qui décupla sa lucidité. Les conséquences de l'inconduite de son subordonné se succédaient dans son esprit avec une netteté absolue. Dès le lendemain, il devrait le sanctionner, prendre des décisions très désagréables.

– Serrez-le fort, articula-t-il, en s'efforçant lui-même de maintenir sur une trajectoire rectiligne son collègue, qui s'élançait dans des gambades imprévisibles, à droite ou à gauche.

– Vous vous attendiez à cette force de sa part ? Il nous balade. Nous avons l'air soûls, tous les trois, s'amusa Warzek.

– Non, je n'imaginais pas cette vigueur. On connaît mal les hommes, même les plus proches, admit Charles.

Dans la chambre, ils renoncèrent à déshabiller le jeune ingénieur, le jetant sur son lit. Il s'y abattit en se cassant en deux, face contre les draps. Warzek tourna les talons et se précipita dans l'escalier sans même dire un bonsoir, ce dont Charles lui sut gré.

Le lendemain, Robert Josselin apparut sur le chantier vers le milieu de l'après-midi seulement. Les yeux noircis de cernes, la peau piquée de gros pores dilatés par la fatigue et les effets tardifs de l'alcool, Charles le jugea pitoyable.

– Ne restons pas là. On vous regarde, mâchonna-t-il.

– Excusez-moi pour ce qui s'est passé.

– Taisez-vous ! Éloignons-nous.

Ils s'élevèrent de quelques dizaines de mètres, sur la voie des camions conduisant à la galerie. Josselin transpirait, malgré la température polaire. Les traits accusés, un peu voûté, il faisait plus ectoplasme que d'habitude.

– Je ne sais pas quelle folie m'a poussé là-bas, hier soir. Je n'y reviendrai jamais, je vous le jure, s'humilia ridiculement le fautif.

– Vous y alliez régulièrement. Vous y rencontriez des ouvriers. Ce n'est pas tolérable ! s'emporta Charles.

– Non, c'était la première fois ! protesta Josselin.

– Ne mentez pas. Ayez au moins le courage de vos vices. Je vous ai aperçu un soir, traversant la rue en direction du bordel, mais j'avais refusé de le croire.

– Je vous jure…

– Les ouvriers ont besoin de chefs qu'ils respectent. Vous ne pouvez plus commander sur le chantier, Josselin. Repartez dans les baraquements. D'ailleurs vous tremblez de froid ici ! persifla Charles Neuville avec dureté.

– Vous serez très seul, constata Robert, sans qu'on sût s'il proférait une sorte de menace confuse ou s'il admirait son patron.

– Ne sortez plus des bureaux, l'interrompit l'ingénieur en chef sans ménagement.

Le brillant polytechnicien souffrait-il de l'enfermement dans le chaudron de Serret plus fort que les hommes ? On pouvait l'admettre, mais cette solitude au milieu de la promiscuité apparente du chantier et des baraquements n'excusait en rien le ridicule de son comportement, qui l'abaissait à côtoyer les individus les plus vulgaires dans les débauches du boxon de campagne, et de s'y pocharder tel le dernier des ivrognes.

Robert Josselin était devenu livide. Sous le coup de la sanction et du froid vif, son visage semblait perdre toute vie, comme pétrifié, avec une espèce de transparence, d'où s'extrayait, misérable, la lueur incertaine des yeux, derrière les verres.

Charles hésitait. À cette seconde dramatique, son adjoint le craignait-il, comme un enfant pris en faute de gourmandise, ou le haïssait-il avec violence ? Brusquement, Robert Josselin se retourna et fila vers les baraquements, cervelle trop pleine dans une tête d'oiseau.

S'il n'était pas disposé à passer l'éponge, Charles tenta de s'expliquer les heures de bringue libertine de son subordonné. Comme d'autres, avec qui il avait sans doute frayé chez les filles, ou comme ceux qui avaient hanté la salle enfumée de la veuve, il avait cru sortir de la monotonie des jours, alors que seuls l'ennui créé par l'oisiveté momentanée et l'abrutissement du vin et des liqueurs bouillonnaient dans les lieux de distraction dérisoires de Serret.

Charles haussa les épaules, mais l'incartade de Robert Josselin le consternait. Depuis des semaines, il se sentait également inquiet des excès des ouvriers, qui heurtaient souvent la population de la vallée : nuits du claque, beuveries chez la Bru, bal unanimement jugé scandaleux de la Toussaint. L'ingénieur en chef devait-il aussi assurer la moralité de ses troupes ?

Las… Près du découragement ? Les frasques de Josselin avaient détendu le dernier ressort de sa volonté, érodée par le sévère automne. Il décida de suspendre les travaux jusqu'au jour de l'An. Les hommes dont la famille n'habitait pas loin la rejoindraient. Charles prit sa décision sans penser à Corton, reparti à Paris. Au retour, il cafarderait à Delalande, qui tonnerait au téléphone, furieux. Qu'importait !

Combien de fois Charles s'était-il octroyé un samedi et un dimanche de liberté, afin de retrouver Hortense chez ses parents, depuis qu'elle y séjournait ? Il préféra demeurer dans le flou de son interrogation, tant ces brèves rencontres comportaient des malentendus et des désillusions mutuelles inavouées.

– Charles, je vais vous présenter tous nos amis. Nous voulons voir beaucoup de monde pour ces fêtes, Hortense et moi, annonça Mme Campan, dès qu'elle l'eut embrassé.

– Plus de barrage au programme de vos journées ! Seulement de la cuisine bourgeoise, qu'on réussit à merveille dans notre préfecture, des bons crus, des bonnes manières, de l'amitié, des dîners agréables ! Il vous faut sortir de votre vallée, où vous risquez de devenir un ours si on n'y prend garde ! approuva le sénateur.

La grande crise, déferlant d'Amérique vers l'Europe et la France, n'avait pas épargné le département. Les prix des bestiaux en chute libre, les blés bloqués dans les silos, les paysans achetaient moins qu'avant ces deux ou trois années de plomb. Dans la ville, négociants et petits boutiquiers se plaignaient.

Cependant, le cercle de gens de politique et d'affaires gravitant autour d'Antoine Campan se pavanait avec une discrétion calculée. Chacun, selon ses mises dans la Compagnie, espérait sa manne, se félicitant d'avoir suivi le cacique habile et partagé les projets de la Rigord. On devait entourer Charles. Sa présence dans les soirées augurait bien de l'avenir proche.

Les lignées engluées dans la paralysie du commerce célébrèrent l'an nouveau avec une aigre morosité. Dans une cité, où les revers de fortune comme les gains rapides devaient rester sous le boisseau, Antoine Campan et son clan se gardèrent avec un soin extrême de se livrer à des fêtes ostentatoires.

Cependant, dans le secret des belles demeures, on ne chipota pas sur les plaisirs. Derrière les solides portes à heurtoir d'airain, les tables richement décorées ne manquèrent ni de Sauternes somptueux ni de haut-brion vénérable, ni de dom pérignon merveilleux : des satisfactions rentrées pour cause de sévérité des temps, mais du bon goût et du luxe tout de même !

– Charles, ne partez pas avant le bal de la Préfecture, exigea Mme Campan au soir du premier janvier.

– Les hommes rentrent demain.

– Allons, restez encore ! Vous n'avez qu'à attendre trois jours, avant de vous enfoncer de nouveau dans votre vallée, où vous semblez vous plaire, insista-t-elle.

La soirée mondaine du département campagnard se termina à l'aube. Mais Charles et Hortense se retirèrent vers le milieu de la nuit, laissant Antoine Campan et sa femme en conversation avec les personnages les plus importants de l'administration et de l'argent.

Dans leur chambre à la décoration surchargée, qui écrasait un peu ses occupants, ils firent une dernière fois l'amour. Quand ils reprirent conscience, le jour pâle de janvier pénétrait dans la pièce depuis une ou deux heures.

– Tu n'aurais pas dû accepter ce poste qui nous sépare pendant des semaines ou des mois, regretta Hortense.

– C'est toi qui m'as poussé vers Delalande. Et tu te sentais très fière parce que j'avais la direction du chantier, lui rappela-t-il.

– Je m'ennuie mortellement ici, malgré tous les efforts et les inventions de ma mère pour me distraire, se plaignit-elle.

– Je reviendrai plus souvent, promit-il.

– Ne promets rien, je t'en prie…

– Tu vas repartir à Paris, c'est ce que tu essaies de me faire accepter ?

– Je ne sais pas, murmura Hortense.

– Je me lève. Tes parents…

– Oui, prends la salle de bains. Si tu fais vite, tu arriveras à Serret avant midi.

Dans la semaine suivant le retour de Charles, le vent du sud s'empara tout à coup de la vallée. Il fouailla Serret au matin, puis il ne laissa aucune combe, ni aucun torrent à l'écart de son souffle étrangement lénifiant, parce qu'il dispensait une tiédeur imprévue, surprenante, qui désorientait les organismes après les rigueurs du mois précédent. Pendant tout l'après-midi, les ouvriers se traînèrent sur le chantier, le corps amolli, l'esprit lent.

À la tombée du jour, des coups de foudre, frappant on ne savait où, hachèrent l'obscurité naissante d'incendies fulgurants, où se mêlaient blancheurs d'apocalypse, rouges, et bleus d'acier.

La pluie. Des trombes d'une eau tropicale, aussi tiède qu'au cours des orages d'été. Devant les baraquements se déversaient des ruisseaux sales. C'étaient des filets ou des flots plus puissants, qui fumaient dans la clarté des lampes. Un phénomène rare, anormal. De son bureau, Charles contemplait ces dizaines de petits courants, charriant de la poussière pâteuse, des granules de sable fin ou des brindilles. Il se demanda si cette tempête provenait de très loin, d'Afrique par exemple, comme cela advient par vent de sirocco. Il chercha vainement les traces de boues rougeâtres qui accompagnent ces orages exceptionnels. Une sensation insidieuse, inexplicable, le traversa, puis le troubla : l'air lourd, chargé d'électricité, la chaleur étouffante de ce début de janvier possédaient une étrangeté malsaine, menaçante peut-être.

À l'aube, la nature voulut-elle corriger ses excès de douceur ? La température s'abaissa et le crachin se mit à tomber. Puis, vers midi, le déluge commença, onde obstinée qui ne s'arrêta plus.

Des heures, des jours, janvier entier ! Temps pourri. Bois luisants d'eau plaquée comme une gangue sur les troncs nus, petites gorges déglutissant péniblement leur indigestion liquide, vallée ruisselante.

Charles Neuville s'engouffrait dans la Peugeot. Il atteignait son replat, pour contempler le traquenard qui se refermait peu à peu sur lui et ses hommes. Les vannes de secours du batardeau étaient insuffisantes, rejetant le courant en écumant. Déjà la rivière bondissait par-dessus le petit barrage qui allait crever. D'énormes bouillons chargés de boue déferlaient de tous côtés.

Charles n'osait pas obliger les ouvriers à rester sur le chantier. Les cirés et les pèlerines de caoutchouc à capuche les asphyxiaient, lorsqu'ils y apparaissaient à la faveur d'une accalmie.

C'était un combat. La nuit, l'ingénieur en chef tentait de raisonner, d'évaluer ses atouts face à son adversaire. Il se levait, pénétrait dans son bureau, allumait la lampe, compulsait ses propres calculs et ceux de Josselin, se convainquait que tout allait céder, s'ouvrir comme une vulgaire chaussée de moulin. Puis, lorsque le jour réapparaissait, il reprenait de l'assurance, sortait, revenait au replat, solitaire et obstiné, frémissant, tendant toute sa volonté pour se sentir maître de lui et maître des choses.

Combien y eut-il de ces matins incertains ? Combien de fois vint-il examiner la rivière en colère, tenter d'évaluer sa force secrète, la défier peut-être jusqu'à l'absurde, à la catastrophe ?

Était-ce de l'orgueil ? Un formidable orgueil. Ou seulement la confiance d'un ingénieur dans son intelligence et son savoir-faire ? Le batardeau tenait. Il tiendrait… Josselin, hagard, se taisait quand Charles rentrait de sa contemplation.

Sur le chantier, les hommes dispersés regardaient passer leur chef montant à la galerie pour surveiller les venues liquides. Il s'arrêtait parfois, serrant des mains dégoulinantes.

– On crèvera noyés dans notre sueur, plaisantaient les propriétaires des caoutchoucs*.

Un matin, sur le terre-plein, Charles Neuville eut peur. Un flot formidable submergeait le flanc droit du batardeau, se précipitant au creux extrême de la gorge, rejaillissant en de monstrueux tourbillons, qui se nouaient contre les rochers décapés. En acérant son regard, il aperçut un tracteur, drossé contre les falaises de schistes, tel une écharde de bois mort.

En rentrant dans les baraquements, mû par un besoin confus de rencontrer quelqu'un, il se dirigea vers le bureau de Josselin, déjà penché sur ses dossiers, flottant dans la lumière de sa lampe.

– Nous ne sommes plus de taille. Il faut reculer, dit Charles d'une voix assourdie.

– Que faut-il faire ? bredouilla le jeune homme.

– Je venais voir si vous saviez ! On ne vous a pas appris ça à l'X ? railla le chef.

Il savait qu'il se montrait cynique et injuste, mais la pâleur de Robert Josselin, ses yeux apeurés, l'avaient

* Pèlerines en caoutchouc.

exaspéré. Il n'aimait pas les deux autres ingénieurs, face auxquels il ne voulait pas apparaître troublé. Il restait les conducteurs, qui créchaient au fond des baraquements.

– Warzek et les autres ! hurla-t-il à pleine gorge.

Les tractoristes apparurent un à un, mâchant un reste de petit-déjeuner. Ils avaient déjà enfilé leurs vêtements de protection, sauf le Tchèque qui crânait torse nu, sous la pluie fine.

– Du pas bon ? fit-il en fixant Charles.

– Il y a un dumper au fond du trou.

– On pourra pas le tirer de là ?

– Non, annonça Charles, il est debout contre la falaise.

– Merde…

– Il faut reculer. J'ai besoin de vous tous, articula Charles Neuville.

– Vous reculez ? J'aurais jamais cru ça ! s'exclama Warzek.

– Taisez-vous ! s'énerva l'ingénieur.

Ils se serrèrent l'un contre l'autre, gros épouvantails luisants, dans leurs cirés. Ils pataugeaient dans la boue épaisse d'un sol ramolli par des semaines de pluie. Charles se laissa entourer par la dizaine d'ouvriers, parce qu'il lui semblait que le chuintement des vêtements et des chaussures humides le réchauffait. Quand ils furent en face de la rivière déchaînée, il les stoppa, puis se tourna vers eux, les yeux brillants.

– Attention à vous, vous ne pèserez pas lourd, si un tourbillon vous saisit, prévint-il.

– On est plutôt légers, face à cette saloperie de flotte en rogne, reconnut Warzek en riant jaune.

– Des comiques, je veux ! persifla un autre.

– On recule, répéta Charles comme si ce mot lui procurait une jouissance désabusée.

– C'est-à-dire, patron ?

– Ramenez d'abord les engins. Ensuite vous chargerez un maximum de choses sur les camions et vous les remonterez, commanda Charles.

Les chenillards hoquetèrent au démarrage, grippés par l'air pourri. Mais ils gravirent les pistes raides sans peine. L'évacuation du matériel de chantier dura jusqu'au soir. Les camions glissaient comme des savonnettes, sous le regard de Charles qui redouta seconde après seconde la mort de l'un des conducteurs. En apparence inconscient, mais sûr de son instinct d'ancien terrassier, connaissant chaque traîtrise de la terre détrempée, Warzek gueulait, maculé de poisse épaisse. Les autres crachaient des insultes sans conviction, mais ils exécutaient ses ordres.

– Voilà, patron, on s'est pas amusés, mais il fallait ça, déclara-t-il, en montrant les tracteurs alignés, lorsque tout fut à l'abri de la crue.

– Merci à vous tous, articula Charles Neuville, le visage tendu.

– J'aurais pu plonger et aller accrocher le dumper noyé à un câble, se vanta Warzek.

– Vous savez bien que non. Ne faites pas le pitre ! le rabroua Charles.

Le soir, il alla manger au réfectoire, avec les ouvriers. Le Tchèque raconta les exploits de l'équipe des conducteurs, en rajoutant des péripéties.

– Vous croyez que le batardeau tiendra ? questionna-t-il.

– Oui, affirma Charles Neuville, face à ses hommes. Mais il frissonnait.

Il utilisa le téléphone du bureau pour appeler Hortense. Pourquoi lui sembla-t-il qu'il avait besoin de lui parler, alors qu'elle ignorait tout de la crue et de ses dangers ? Pourquoi se sentait-il aussi pressé de l'entendre, au point qu'il récrimina avec violence contre l'opératrice du central, lente et au débit mollasson ?

– Charles ! se réjouit Mme Campan.

– Hortense n'est pas là ? cria-t-il dans l'appareil.

– Non. Comment allez-vous, mon cher gendre ?

– Hortense est repartie à Paris, n'est-ce pas ?

– Ce matin. Elle a tenté de vous appeler, mais vous étiez je ne sais où.

– C'est vrai, mère ! Vous n'imaginez pas où j'ai passé la journée, grinça-t-il.

– Venez me voir dimanche. Antoine court les réunions. Vous me raconterez…

– Non, mère, refusa sèchement Charles Neuville.

Dans sa chambre, il se jeta sur le lit sans se dévêtir, la tête bourdonnante de sentiments amers. L'image du corps sensuel d'Hortense flotta pendant un moment devant ses yeux. Un désir violent de la posséder monta en lui, mais il pensa qu'il ne lui pardonnerait pas de l'avoir délaissé aussi facilement, sans lui avoir permis de s'habituer à l'idée de son départ et, finalement, en le lui cachant.

Le chantier inerte trempait toujours sous les lames d'eau que déversaient les trombes ou les averses insidieuses quotidiennes. Les ouvriers s'agglutinaient chez la veuve Bru, qui priait chaque soir pour que le déluge continue. Ceux qui restaient dans les baraques s'ennuyaient, abrutis par d'interminables belotes ou des parties de dominos.

Quand s'ouvrait une éclaircie, certains partaient voir où en était la fureur de la rivière. Ils se plaçaient devant la rangée de bulldozers, s'adossaient contre les tôles, fixaient en silence le courant formidable, écoutaient son roulement assourdissant, raidis dans un respect inquiet des éléments, se demandant combien tout cela pouvait durer.

Charles Neuville n'ignorait pas que des hommes se serraient chaque jour devant les engins, comme pour entretenir la certitude qu'ils reprendraient, un jour proche, leur travail. Mais il ne se mêla jamais à ces contemplations muettes, craignant le regard de ses ouvriers.

Il préférait la solitude et la discrétion de son observatoire, où il se rendait au moins une fois par journée, quel que fût le temps. À travers le gris haché des averses ou sous l'éclat si particulier d'un cône fugitif de soleil s'insinuant exceptionnellement sous la chape de nuages, il constatait que la crue persistait. De redoutables spirales liquides s'élançaient dans sa direction, menaçantes comme pour le happer, puis l'ensevelir. Au fond de la gorge, les tourbillons boueux ravageaient les pointements rocheux. Un matin Charles remarqua que le dumper avait disparu, coulé sur place ou emporté en aval.

Parfois des mots insensés montaient aux lèvres de l'ingénieur en chef ou couraient dans sa tête. Il les repoussait en ricanant, il tendait toute sa volonté et son intelligence pour se persuader qu'ils étaient impossibles, indignes de ses fonctions. Mais il se surprenait à les murmurer, indistincts. Leur sens ne pouvait pas tromper celui qui les eût entendus. Des mots de résignation, d'impuissance certains jours.

À plusieurs reprises, il lui vint l'envie étrange de mettre un genou à terre, de courber la tête, de reconnaître son échec, de faire allégeance à la rivière, comme naguère les hobereaux de la vallée ployaient devant un seigneur plus fort qu'eux. Face à l'eau venue des lointains du haut pays et du ciel, était-il autre chose que l'un de ces nobliaux prétentieux qui voulaient s'arroger le privilège de dominer une combe et quelques versants à chèvres ?

Lorsque ces idées irrationnelles s'attardaient trop, Charles serrait les mâchoires pour les empêcher de sourdre, d'être vraiment exprimées. Il éclatait de rire. Il reculait. Il regagnait le cocon rassurant de la Peugeot. Curieusement, le contact du cuir le ramenait toujours à un raisonnement logique : attendre la décrue, avancer de nouveau les engins, consolider rapidement le batardeau. Le déroulement ordinaire des saisons jouait pour lui. L'hiver pourri finirait.

La rivière, encolérée comme une bête qu'on veut dompter, considérait l'admiration craintive ou la peur des hommes lui faisant face à bonne distance et à bonne hauteur, devant les scarabées d'acier. Elle savait qu'elle ne les atteindrait pas, pas plus que Charles Neuville sur son belvédère.

La déférence peureuse des ouvriers, l'allégeance, fût-elle seulement fugace et mal balbutiée, d'un ingénieur lui suffisaient-elles ? La pluie cessa, remplacée par une timide lumière, glaciale comme avant Noël.

Charles ne triompha pas. Il avança lentement les bulldozers et les équipes, incapable de s'expliquer pourquoi il demeurait aussi prudent, après tant de semaines perdues. La boue engluait les chenilles des engins et les vêtements des hommes, qui pataugeaient, tels des insectes amphibies.

Du côté de la galerie, il fallait raviver les talus de la voie d'accès, ravinés et émoussés par l'eau furieuse de mille rigoles. Devinant un risque certain, Charles décida de diriger lui-même la ronde des engins, avec Warzek comme chef d'équipe.

Le pan de versant s'éboula à l'endroit exact des lentilles de terre et d'eau que le creusement du long tunnel avait révélées. Il y eut une aspiration monstrueuse, un déchirement, puis un roulement de tonnerre sourd.

– Ne sautez pas ! hurla Charles à l'adresse du conducteur du bulldozer le plus élevé.

La machine partit comme une savonnette, ondulant ridiculement sur une vague de déblais démesurée. L'homme avait-il entendu la recommandation de l'ingénieur ? Il restait cramponné aux leviers, qui n'obéissaient plus, en apparence arc-bouté contre les montants de la cabine.

Charles suivait la glissade, sans perdre son sang-froid, essayant d'apercevoir les mouvements du conducteur impuissant. Mais, soudain, il ne distingua plus rien. Le bulldozer fit un tour sans se renverser, puis devint une toupie incontrôlable, prise dans une giration folle, qui soulevait des geysers de gadoue. Le choc final planta l'engin contre un monticule géant de terre et de rochers, dans lequel venaient puiser les camions selon les besoins. Warzek, qui avait reculé son tracteur, dans une manœuvre aussi instinctive que désespérée, bondit et se rapprocha de l'ingénieur.

– Nom de Dieu ! Un tas d'os et de bouillie !

– Regardez, cria Charles, il n'a pas sauté : il bouge dans la cabine.

– Les arceaux de sécurité ont tenu, supposa le Tchèque pour expliquer le miracle.

– Dans quel état est-il ? s'inquiéta Charles.

– J'y vais, décida Warzek.

– Non, il faut trouver une solution par le bas.

– Facile à dire ! Vous êtes pas à la place du type qui attend.

Avec un calme contrastant avec ses coups de gueule et sa perpétuelle agitation, le contremaître plaça le treuil de son bulldozer dans le sens de la pente. Il saisit le lourd filin d'acier qu'il commença à dérouler, en s'enfonçant dans la boue.

– Vous êtes cinglé ! s'exaspéra Charles.

– Y a que moi pour descendre. Un type en veste peut pas faire ça parce qu'il remplit ses poches de poisse. À poil, je glisse comme une anguille !

– Vous allez vous enliser !

– Je lâcherai jamais le câble. Vous me laisserez pas crever !

Comme Warzek le pensait, le cordon ombilical métallique, qui le reliait à son engin, lui fut d'un grand secours. Mais il disparut à plusieurs reprises dans le magma terreux.

– Il bouffe de la pâtée, bafouilla un de ses camarades angoissés.

– Te frappe pas, il gueule toujours ! rigola un autre dans un frisson.

– Il accroche le filin, assura Charles, à la fois extraordinairement heureux et incrédule.

Warzek remonta par petits coups de reins. On devinait son effort animal pour vaincre la pente et la gangue gluante dans laquelle il progressait avec une lenteur qui angoissait. Lorsqu'il fut plus près, Charles put suivre chacune des pustules dérisoires que provoquaient les contractions de ses épaules et de ses biceps de lutteur.

– Il est sonné, mais ça va ! déglutit-il dans un jet de boue, dix mètres avant de s'extraire de l'éboulement.

– Vous êtes une sacrée tête de bourrique ! le tança Charles, sans cacher son émotion.

– On va tirer ce couillon comme dans un carrosse, annonça le Tchèque, en lançant le gros moteur diesel, qui hoqueta, puis qui rugit à plein régime pour haler le bulldozer enlisé et son occupant.

– Maintenant, allez vous rincer sous une douche chaude, ordonna Charles quand l'homme se trouva au sec.

– La rivière, qui nous a arrêtés, puis ce versant qui chie, la Nature nous a montré les dents, mais je crois que ce sera la dernière fois, philosopha Warzek.

– Allez vous rincer !

– Voyez ! intervint alors un des conducteurs qui était resté muet jusque-là.

– Quoi ? Tu vas pas nous emberlificoter pour ce petit coup de soleil qui nous regarde par en dessous ? voulut le rembarrer le Tchèque.

Un arc-en-ciel somptueux jetait son arche entre les deux versants de la vallée. Le sillon principal, les petites gorges des torrents et les conques comme celle d'Igues-Basses, demeuraient encore nimbées d'une brume légère, dans laquelle vibraient des milliards de gouttelettes d'eau, mais une clarté rasante illuminait enfin l'horizon familier de Serret : une lumière franche déjà, qu'on n'avait pas vue depuis si longtemps.

– Les paysans disent que l'aigle* annonce le beau temps.

– Je crois pas ces conneries, mais tu as peut-être raison, admit Warzek.

En trois ou quatre journées, la crue s'aplatit, comme un fauve qui se contente de feuler, après un accès de ses pulsions sauvages. Le courant ne vomissait plus que des flots irréguliers d'écume, qui continuaient de tomber dans la gorge, lourds déversements davantage espacés. Enfin, il ne déborda plus du mur du batardeau, dont la vanne suffit à écouler toute l'eau de la vallée.

C'était la fin de l'hiver. Un froid de nouveau vif assécha l'air et les sols. Charles Neuville se surprenait à oublier les enseignements officiels de la géologie.

---

* Jeu de mots en occitan, le même terme désignant le rapace et l'arc-en-ciel.

Il parcourait le chantier et ses abords en se fiant seulement à ses sens. Il observait les couches ; il humait les relents d'humidité ancienne qu'elles libéraient ; il éprouvait le collant de la terre dans sa paume, il enfonçait une tige ici ou là. Ces gestes empiriques le satisfaisaient, lui procuraient des certitudes simples. Parfois, il croyait connaître intimement la vallée, un peu à la manière des paysans d'Albepeyre.

La promesse du printemps constitua la bonne nouvelle de ces semaines, le retour de Corton la mauvaise. Les consignes de Delalande n'étonnèrent pas Charles : précipiter les choses, fouailler les hommes, les obliger à rattraper le retard imposé par la crue.

– Vous savez ce qu'est une rivière en colère, Corton ?

– En colère ! Quel charabia ! Vous vous foutez de moi, à parler comme une midinette devant la cascade du bois de Boulogne ?

– Vous connaissez les coups tordus des bureaux de la Rigord, pas les crues centennales ! articula Charles.

Il s'appliqua à panser et à cureter le chantier, sans hâte excessive. Warzek et son équipe évacuèrent d'abord les centaines de tonnes de rochers et de magma visqueux de l'éboulement. Puis ils comblèrent les déchirures tracées par le ravinement. Ils nettoyèrent la peau meurtrie, enlevant les pustules rocheuses, les arbres boutés là par la furie liquide, dont les racines dénudées évoquaient de monstrueux poulpes morts.

Charles et les deux ingénieurs spécialistes inspectèrent le mur du batardeau. La lame d'eau, les gerbes et les tourbillons s'étaient cassé les dents, sans mordre très profondément. Les trois hommes évaluèrent en silence la profondeur des petites brèches, parcoururent l'ouvrage, scrutèrent ses ancrages dans la roche.

– En juin… décida Neuville, en éprouvant un plaisir bizarre à ne pas exprimer complètement sa pensée.

– Vous fermerez la vanne en juin et vous dévierez définitivement la rivière ? demanda l'adjoint, plutôt sceptique.

– Oui, le tunnel est déjà prêt à avaler tout le bouillon ! plaisanta Charles, en oubliant ses peurs inavouées.

La galerie de dérivation, asservissant définitivement la rivière à sa volonté fut mise en eau dans l'après-midi du solstice d'été. Dans les dernières minutes, les hommes massés au bord du batardeau fixaient la montée lente de la nappe liquide, dont la surface se révulsait contre le modeste barrage, puis se calmait. Quand ce flot parvint à la hauteur de l'orifice, elle sembla hésiter. Mais elle s'y engouffra, en chassant l'air qui siffla dans un chuintement inattendu. Les ouvriers applaudirent bruyamment. Charles voulut prononcer quelques mots de remerciement à leur adresse, mais il y renonça.

– C'est fait, dit Warzek, derrière lui.

– Oui, maintenant nous aurons les pieds au sec.

– J'ai pétoché, certains jours. Vous pas ? demanda le Tchèque, direct et sans tact superflu, à son habitude.

– À votre avis ?

– Je sais pas, mais vous avez maté la flotte. Pourtant, Corton et tous les planqués de Paris vous ont pas beaucoup aidé.

– Vous, si ! fit Charles Neuville en tendant la main à l'ouvrier.

– Patron, cette nuit, il y a bal à Serret ! Restez pas seul. Venez, il y aura une fille pour vous ! dit Warzek, essayant de masquer son émotion par une plaisanterie grasse.

Vers onze heures, des feux s'allumèrent dans la vallée. On devinait facilement celui d'Albepeyre, qui rougeoyait haut sur son versant abrupt. Ceux des hameaux étaient plus filiformes, minces drapeaux de flammes ; ou semblaient couver dans une combe, impuissants à s'élever au-dessus des collines. Sans doute des vieux et quelques jeunes commençaient-ils à franchir ces brasiers inégaux en riant.

À Serret tous les hommes étaient sortis des baraquements. Ils jetaient de temps à autre un regard indifférent aux lueurs virgiliennes de la Saint-Jean, dont la coutume plongeait dans la nuit des temps.

Ils avaient un peu trop bu. Certains ne savaient plus où résidait l'explication de leur gaieté ou de leur joie épaisse, puissante à faire péter leur poitrine : dans la fierté d'avoir apprivoisé la rivière ou dans les liqueurs fortes de la Bru ? Ou encore dans l'espérance que les poupées viendraient ?

Charles Neuville comprit qu'il devait rejoindre ses troupes. Il descendit les marches métalliques du bâtiment de direction sans intention précise, en se demandant seulement si Robert Josselin apparaîtrait et où traînait Corton. Que lui importait ?

Il aperçut les formes féminines qui arrivaient de Pradelles, puis celles provenant de la haute vallée.

Elles étaient nombreuses. Le bal serait à l'étroit dans la remise où il s'était caché à la Toussaint. Cette nuit, aucun scandale ! Charles comprit que les couples danseraient sur la place et dans les rues.

Elles portaient des robes à volants, aux décolletés tentants, chaque adolescente faisant une tache claire dans la demi-obscurité. Combien étaient-elles déjà ? Combien seraient-elles à l'aube à avoir déserté les feux campagnards, pour goûter au frisson d'un tango dans les bras de l'un de ses hommes ?

– Gardez-moi Juliette, osa lui demander Warzek.

Il fila droit vers le chantier, disparaissant au bout de la route. Des explosions retentirent, puis des fusées s'élevèrent, illuminant Serret avec violence, premier feu d'artifice dans la vallée, qui sembla éteindre les rougeoiements des brasiers ancestraux.

– Faites-moi danser, monsieur, demanda Juliette.

– Je n'ai pas l'habitude de ce genre de bal. Vous êtes experte ?

– Vous verrez ! promit-elle, guettant le retour de son cavalier.

11

Dès les premiers jours du déluge, Hilarian Boudet avait jubilé. Il connaissait depuis son enfance les folies passagères de la rivière que les habitants de la vallée respectaient avec une sorte de déférence mêlée de crainte, n'essayant, dans ces journées d'eaux menaçantes, ni de la franchir ni de la contenir. Il avait attendu une matinée, puis une soirée, une nuit, puis de nouveau une matinée, contemplant les heures noyées de trombes continues ruisselant sur Igues-Basses, pour se persuader que la crue serait exceptionnelle, peut-être au-dessus de ce que lui laissaient espérer ses souvenirs.

Assis à califourchon sur une chaise, face à l'unique fenêtre de sa cuisine, tandis que l'âtre lui chauffait le dos, il tentait de mesurer la force de Charles Neuville comparée à celle des éléments. À plusieurs reprises, il enragea parce qu'il ne savait rien de la puissance des engins, ni s'ils étaient vulnérables sous la soupe qui ruisselait du ciel. Mais une joie immense le pénétrait, lui gonflait la poitrine de bonheur : Neuville prendrait un énorme retard et lui, Hilarian, resterait quelques semaines de plus dans sa maison.

Mû par cet espoir encore fragile, il se vêtit de sa cape, saisit son vaste parapluie bleu, sortit, fouetté par la tempête. Avec peine, mais le cœur vaillant, il monta vers le belvédère, d'où il pouvait apercevoir tout le chantier. Quand il vit la rivière, écumante, jetant sa furie jusqu'aux nuages bas, invincible, il tomba à genoux dans l'herbe boueuse.

– Merci, murmura-t-il, comme si elle eût été une divinité vengeresse, qui l'entendait.

De retour à Igues-Basses, il se lova dans son bonheur avec des plaisirs d'enfant solitaire, parfois avec des jouissances violentes, quand il se convainquait que la pluie faisait tourner les ingénieurs en bourriques. Pour occuper le temps, il se tenait sans cesse en mouvement lent dans la bâtisse ou à l'étable, satisfait de découvrir autant de réserves : des tubercules, des légumes secs, des pruneaux moelleux, du miel ; du foin pour la bête. Le soir, il se préparait des délices, qu'il dégustait à petites bouchées, les pieds calés sur les chenets, les yeux fixés sur les flamboiements bleutés des bûches de chêne.

Il s'enivrait de son propre bonheur, mais aussi de celui qu'il attribuait à la Nature et aux animaux.

– Cette eau du ciel lave tout. Tu vas plus étouffer en bouffant leur saloperie de poussière, expliqua-t-il à sa chienne.

Lorsque le souffle proche du ruisseau d'Igues-Basses, puis le grondement de la rivière faiblirent,

Hilarian ne fut ni triste ni révolté. En vieux paysan familier des épreuves, il rangea les jours qui venaient de passer dans sa mémoire, en gardant dans sa bouche le goût de ses petites gourmandises, comme un malade condamné s'accroche à une ultime rémission et à une envie dérisoire que ses proches s'attachent à satisfaire.

Après avoir hésité, il monta à nouveau à son observatoire. Le spectacle du fond de la gorge sans eau et le silence du courant emprisonné dans la galerie de dérivation, sur le côté du batardeau, le souleva d'émotion. Son intelligence d'homme simple se refusait à admettre que tant de puissance fût domptée.

Neuville n'avait reculé que pour mieux triompher. Hilarian attarda ses yeux sur la partie de vallée décapée et sur le défilé de Serret. Tout revenait : le bruit furieux, la poussière asphyxiante, plus forts, plus inexorables qu'auparavant.

Sur le versant opposé, une carrière monstrueuse excavait les schistes et crachait dans l'air la fumée minérale suffocante de ses broyeurs. Dans le fond, l'usine à béton ne se voyait qu'à travers un brouillard blanchâtre.

En bas, les hommes grouillaient, plus nombreux. D'au-delà des baraquements provenait un grondement puissant, inconnu d'Hilarian : sans doute des engins nouveaux, des camions formidables indispensables pour l'édification du barrage, qui montaient sur la route.

Il n'attendit pas de les voir déboucher entre les falaises grises de Serret. Quand il rentra dans sa cuisine, il s'assit sur sa plus mauvaise chaise, peut-être parce qu'elle datait de cent ans. Usée comme lui.

Il imagina les bulldozers débouchant du haut, glissant lourdement vers Igues-Basses, lames d'acier en avant telles des gueules, rasant la maison à coups de diesels rageurs. Qui conduirait l'assaut ? Son ennemi, le gorille rouquin, nu ?

Hilarian Boudet ricana. C'était une vision puérile de l'enfant rêveur qu'il avait été, capable de forger les visions les plus étranges. Pas de Tchèque ! L'eau calme… Seulement le miroir de l'eau, qui glisserait sur les prés en direction de la maison.

– Salauds, je vais vous faire sauter sur votre cul ! avait-il décidé, la tête trouble, sans savoir s'il devenait un peu fou ou s'il projetait simplement de s'adonner à une polissonnerie amère et désespérée.

Ce matin-là, une détonation grasse d'arme à poudre noire gronda. La volée de plombs à lièvre ne jaillit qu'avec lenteur, mais elle grêla un châtaignier, au-dessus des hommes, dans un froissement de feuilles déchiquetées, dont les débris fins tombèrent en confettis minuscules.

– L'artillerie est repartie ! s'exclama l'un des ouvriers, avec un rire qui grinça.

Comme s'il avait deviné cet agacement, Hilarian Boudet, invisible, bourra de nouveau son fusil à deux chiens, épaula en visant soigneusement le haut de l'arbre couronnant la colline, et envoya une autre salve. Cette fois, il sectionna un rameau garni de bogues, qu'il vit tomber malgré la distance.

– *Macarel*, grogna-t-il, maintenant, ils barrent mon ciel avec des fils d'acier !

Il avait choisi de tirer ses deux coups successifs parce qu'il supposait qu'une équipe mangeait son panier à l'ombre du boqueteau. Il aimait ce petit jeu, auquel il se livrait depuis le commencement de la construction du mur immense du barrage, à côté duquel le batardeau n'était qu'une miniature. Au moment qu'il choisissait, alors que nul ne s'y attendait, il faisait péter son antique Saint-Étienne, qui soulevait si bien les capucins, foudroyés dans leur course sinueuse de bêtes rusées.

C'était sa manière de montrer qu'il était toujours le maître d'Igues-Basses, maintenant que quitter sa maison n'était plus qu'une question de mois… ou d'années, savait-il ? Une façon plus violente et plus menaçante que les mots et les phrases de refus, opposés à Neuville… L'ire gonfla, plus mordante que d'habitude : il envoya un troisième tir de pétoire.

– Tenez ! Vous pourrez saler votre déjeuner ! s'amusa-t-il, en imaginant la farine verdâtre chutant dans les gamelles.

La branche cassée et ses boules piquantes cascada, pour aboutir au milieu du cercle en train d'engloutir des pâtés. Elle frôla les têtes, menace insignifiante, mais l'un des mangeurs se leva dans un réflexe brusque de protection.

– Ce con finira par nous canarder !

– Il a ajusté très haut comme d'habitude, observa son voisin, plus calme.

– C'est un cinglé !

– Un sanglier, plutôt ! Mais un vieux cochon qui fait semblant de nous chasser à l'escopette !

– Avant, il insultait Warzek chaque fois qu'il le rencontrait près de son sentier. Maintenant, il fait parler la poudre à sa place. J'aime pas ça. Je vais porter plainte, s'énerva l'homme.

– Neuville a donné des ordres pour qu'on évite le contact avec l'ours d'Igues-Basses. Pas de complications ! conseilla l'autre.

– Je comprends pas pourquoi le grand patron ménage ce pauvre type…

– C'est peut-être pas facile pour lui de noyer le vieux… C'est comme s'il faisait boire la tasse à son grand-père… philosopha l'esprit pondéré, en écartant une miette verte à l'aide de la pointe de son couteau.

Les ouvriers à la pause appartenaient à l'équipe construisant le blondin. Ils achevaient de dresser un pylône d'une vingtaine de mètres ancré sur les hauteurs dominant Igues-Basses. L'autre, en face, était déjà debout depuis quelques jours. Ce matin, avant de serrer définitivement les boulons de l'appareil colossal, ils avaient essayé de faire mouvoir le câble principal, tendu sur la gorge.

Hilarian Boudet ne pouvait pas voir les hommes au sol. Mais il apercevait parfaitement les armatures élégantes, les poulies au jeu complexe et les filins enroulés dans leurs cannelures.

Avant de se mettre à table, il jeta encore un regard vers le haut, entra avec un haussement d'épaules, reposa le fusil sur son râtelier rustique, plaqué contre le manteau de la cheminée. Puis, il mangea d'un bon appétit, étonné de se sentir apaisé, comme si s'abriter dans la vieille maison le protégeait de toutes ses peurs.

Cependant, dans l'après-midi et les deux jours suivants, il ne put résister au besoin lancinant de comprendre quel était l'usage de l'appareil et comment il fonctionnait. Pour mieux épier, il gravit la dure pente, sous le couvert des châtaigneraies et il se tapit dans une cache servant à l'*espère**, à quelques mètres des hommes.

Le monstre enjambait la vallée. Les câbles rayaient le ciel, tandis que les pylônes figuraient des pattes dégingandées et indestructibles. À la manœuvre, de grosses nacelles de métal et d'autres ressemblant à des goulottes avancèrent, descendirent sur la gorge au bout d'un filin mobile qu'actionnaient des moteurs dont on entendait le ronflement lointain. Soudain, le fond des bennes s'ouvrit, déversant une volée de pierres dans le vide.

Les essais s'interrompaient, sans doute pour des réglages. Ce que vit Hilarian Boudet le second jour le sidéra. Le pylône du blondin le plus proche oscilla lentement à droite, puis à gauche, permettant ainsi au gros fil vertical portant les charges de balayer une belle largeur, de part et d'autre de son alignement habituel. Hilarian devina qu'aucun endroit du barrage ne se trouverait hors de portée des bennes, vomissant du béton.

Il les regarda évoluer longtemps, cherchant à leur reconnaître une ressemblance avec un objet familier.

---

* Chasse à l'affût.

Il pensa au curseur de l'une de ces romaines en usage sur les marchés pour peser des volailles gigotantes, mais il jugea sa comparaison ridicule. Puis, un calcul envahit son esprit : vain, insensé. Combien faudrait-il de ces allers et retours des goulottes pour que la muraille cyclopéenne fût érigée ?

Des semaines ou seulement des jours s'écoulaient-ils heure après heure ? Hilarian n'était plus sûr de rien. Les cris acérés des poulies, le sifflement des filins dans l'air, les accélérations des moteurs du blondin l'avaient d'abord fait sursauter mille fois, comme les coups de boutoir des pelles Marion dans la carrière. Quand il montait le sentier pour gagner Pradelles, chargé d'un panier de poissons, la vue des ouvriers-insectes, fourmillant dans le bas, l'avait terrorisé, le persuadant qu'ils avanceraient leur tâche à une vitesse imprévisible.

Puis, l'habitude de ces bruits et de ces mouvements lui était venue, apaisante, douce comme une anesthésie. Il lui semblait que le temps roulait plus lentement qu'il ne l'avait redouté.

Les fondements du barrage n'émergeaient du fond de la gorge qu'avec peine, du moins s'efforçait-il de s'en convaincre. Lorsque la formidable rumeur du travail cessait et qu'il devinait les rires et les interpellations des hommes, il s'accrochait à l'idée bienfaisante qu'ils avaient piétiné, rencontré des difficultés imprévues. Parfois, il montait en haut à la hâte, pour voir. Il contemplait le cratère lunaire pendant quelques minutes sans mot dire. Les engins inertes, les flaques de béton perdu, la ligne visqueuse du barrage, lui paraissaient ne pas avoir bougé d'un pouce.

Des mois ! Une suite de mois... Hilarian Boudet fut surpris de voir arriver un nouvel hiver, alors que dans ses moments de découragement il s'était acharné à penser qu'il ne rallumerait pas son feu de bois. Maintenant, il craignait de s'être montré imprudent et d'avoir prévu trop juste pour sa réserve de combustible !

Mais c'était une de ces craintes de paysan, toujours préparé à la peur de manquer. Hilarian se rengorgeait en attisant les bûches flambantes. Les après-midi et les longues soirées le berçaient de contentement. Il oubliait tout : d'abord la fureur assourdie du chantier, qui s'évanouissait très tôt à cause de l'avancée de la pénombre ; puis, le tapage des beuveries de Serret, qui ne lui parvenait plus, sa porte fermée.

Ce silence d'autrefois était-il un rêve ou existait-il encore parce que la nuit survenait, durait, libératrice, merveilleuse ? Hilarian tisonnait les braises ou somnolait, mi-inconscient. Lorsqu'il se résolvait enfin à gagner son lit, il enveloppait la brique destinée à le réchauffer au moyen d'un vieux journal.

Il sortait pisser. Le ciel étoilé caressait ses yeux, lui baignait le cœur. Des chiens aboyaient du côté d'Albepeyre. Parfois, il parvenait à distinguer la voix particulière de celui de Justin Marti, un bâtard de sa chienne, qu'il lui avait donné naguère.

– *Macarel*, jurait soudain Hilarian, lèvres serrées, furieux que le froid lui eût rendu trop de lucidité.

En février, l'hiver devint liquide. Mais l'espoir du solitaire d'Igues-Basses d'assister à un nouveau déluge s'évanouit en quelques journées. Bien qu'il n'ignorât pas qu'un miracle se répète rarement, il se révolta contre l'injustice de Dieu et contre la chance dont bénéficiait Neuville, grâce au retour rapide d'un temps sec et vif.

Ancré à la roche par un soubassement capable de résister aux poussées des crues les plus violentes, comme, sans doute, aux forces telluriques, le mur du barrage progressait toujours lentement, retardé par la complexité des niches et des formes à ménager pour accueillir les portes des vannes et les piédestaux des turbines, dans la future centrale attenante.

Tout à coup, au milieu du printemps, tout s'accéléra. Les grincements du blondin, trop sollicité et surchargé, emplirent la vallée et le vallon d'Igues-Basses. Les coups de bélier en provenance de la carrière semblaient ébranler le sol de la combe.

La terre apprend à ceux qui la fécondent qu'ils doivent toujours continuer leur tâche comme s'ils ne devaient jamais disparaître. Hilarian Boudet fit ses foins, malgré toutes les incertitudes pesant sur l'avenir. Rasant l'herbe à la faux, la remuant sous le soleil brûlant de midi, il l'engrangea par petits ballots obstinés, ceints d'une toile grossière qui facilitait leur transport au fenil.

Mais il n'était plus dupe. La précipitation et les plaintes aigres du blondin traduisaient une facilité nouvelle, avec laquelle s'élevait le barrage. Plus de parois aux profils compliqués, comme dans les premiers mètres ! Le mur géant, légèrement arqué, offrait aux bennes son appétit insatiable de béton. Un jour, à Pradelles, on lui avait assuré que certaines d'entre elles transportaient dix ou quinze tonnes à chaque voyage. Ces chiffres le troublaient, ne correspondant à aucune réalité qu'il connût. Mais, il devinait bien que la paroi grise immense parviendrait tôt ou tard à fermer complètement la gorge et que ce moment se rapprochait, implacable. Cependant, il n'essaya plus de compter en semaines ou en mois, se résignant davantage à subir l'incroyable fatalité qui l'empêcherait de terminer sa vie dans ces prés opulents où il était né. Mais, quand l'été s'offrit à lui, il tenta d'en épuiser toutes les joies simples : celles de la lumière, éblouissante pour ses prunelles trop délavées ; celles de son minuscule domaine, si fertile ; celles des oiseaux et des plantes.

Il vivait ainsi, sans oublier, ne fût-ce qu'une seule seconde, l'agitation si proche des fourmis humaines de l'inhumaine Rigord, qui s'activaient à l'emmurer derrière le barrage. Leur rumeur s'était insinuée dans le temps de la belle saison.

Mois étranges. À peine inquiétants, tels ceux d'un malade pour qui sa maladie est devenue familière, routinière. Il n'attendait personne. La solitude était agréable, si douce parfois, si amère d'autres jours, quand il pensait à son fils perdu dans le Léviathan parisien.

Pas de visiteur. Seulement Justin Marti, un début de nuit, une lampe sourde à la main, comme pour ne pas être aperçu de loin. Marti, se dressant au bout du chemin, imprévu, flou dans la pénombre. Hilarian ne se sentit pas heureux de le voir, bien que sa présence extraordinaire le remuât jusqu'au tréfonds de lui-même.

– J'allais me coucher, indiqua-t-il, pour que son ami d'autrefois comprit exactement son humeur.

– Nom de Dieu, jura Marti, tu te souviens pas de la fable des écoles ?

– Quelle fable ?

– Le rat dans un fromage de Hollande ou quelque chose comme ça. Tu es mieux qu'un rat. Tu es roi ! Roi d'Igues-Basses ! plaisanta l'arrivant.

– Alors, ce soir, tu as trouvé le chemin ? demanda durement Hilarian Boudet.

– Si je suis pas venu, plus tôt c'est à cause des autres, tenta d'expliquer Marti, mal à l'aise.

– Je te croyais d'un autre bois. Pas de celui dont on fait les flûtes*.

– J'ai pensé souvent à toi, seul dans ta combe depuis si longtemps.

– Garde ta pitié, Marti. J'ai besoin de rien. Toi, si, je le devine !

– Oui, de ton pouvoir, avoua Justin, d'une voix qui tremblait.

– Je sais pas si j'ai envie de soigner un des types qui m'enferment, pour me noyer après ! grinça Hilarian.

– On t'a donné le secret, tu peux pas le refuser, raisonna Marti, répétant ce qu'il avait entendu affirmer si souvent.

* Expression locale pour signifier du mépris à l'égard de celui qui se laisse influencer, comme les flûtes jouent n'importe quel air qu'on leur impose.

– Qu'est-que c'est ? Une mâchure ?

– Non, une plaie qui guérit pas. On me coupera la jambe, si tes mains sont pas bonnes.

– Entre et montre-moi ta patte, se radoucit enfin Hilarian, après un silence encore hostile

– Je savais… commença Justin Marti.

– Tu savais rien. Je pouvais te foutre dehors ! cria Hilarian Boudet.

Le membre, blessé par un bloc de rocher au moment de la construction du batardeau, présentait une bande de peau hésitant entre le brun sale et le verdâtre. De la longue cicatrice, mal refermée, s'écoulait un liquide peu abondant, qui s'étalait avec un vilain aspect visqueux.

– Vous avez des médecins et des infirmières, à la Compagnie ! grommela le vieux guérisseur sur le ton d'un persiflage.

– Tes mains… tes plantes… supplia Justin Marti.

– Des herbes ! Je vais te donner des herbes, décida Hilarian.

– Bandit, tu m'as fait peur ! J'ai cru que tu voulais pas me guérir.

– Assieds-toi. Tu es pas à l'église de Pradelles. Je fais pas payer les chaises, railla Hilarian.

Il commença à chercher les simples, qu'il assemblait pour réaliser des onguents, des cataplasmes ou des décoctions. Il les déposait dans des boîtes métalliques distribuées en prime par l'épicière du bourg, sur lesquelles il fixait des étiquettes à la colle de farine.

Il déversa les contenus mystérieux sur la grande table. Puis, sans dire un mot, il procéda à un long mélange. Enfin, il prit dans un placard une fiole en verre bleuté, dans laquelle un liquide très mobile noyait des sortes de lobes blancs.

– Tu poseras ces pétales de lys sous une gaze une nuit sur deux. Ce sera souverain dans ton cas, expliqua-t-il avec gravité.

– Merci, murmura Justin Marti, figé.

– Je t'ai vu sur cette saloperie de mur. Tu étais pas plus gros qu'une araignée des prés, au bout de son fil, un matin de rosée, reprit le solitaire, comme pour réduire la dette de gratitude de son visiteur.

– C'est vrai : quand on se penche dans le vide, avec seulement une longe à la ceinture, pour placer les goulottes de béton là où il faut, on n'est pas grand-chose : un peu comme tu penses. Mais j'aime ce travail, assura Justin avec force.

– Si ta ficelle pète, je donne pas cher de l'*iragne* !

– Moi non plus.

– Les terres des Marti ont fait vivre tes parents autrefois. Tu aurais pas dû aller travailler à Serret, articula Hilarian sans mâcher ses mots.

– Les temps changent. Je veux gagner de l'argent pour Jeanne et pour ma femme. Tu peux comprendre ça ? cria Justin dans une protestation véhémente, parce qu'Hilarian Boudet touchait au secret de ses ambitions.

– Les temps changent, tu dis ? La Compagnie fait trimer les jeunes comme toi pour noyer les vieux comme moi.

– La solitude te trouble la cervelle, mon pauvre Hilarian, se défendit Marti, mais le reproche de son ami lui faisait mal.

L'isolement du hameau d'Igues-Basses et de son unique habitant confinait à l'oubli. Depuis des mois, personne à Albepeyre n'avait aperçu le vieillard et nul n'était descendu dans la conque verdoyante. Hilarian ignorait farouchement ceux qu'il accusait de trahison ; et leur maire plus fort encore. Il préférait les gens de Pradelles, où il faisait de brefs allers et retours pour écouler quelques poissons ou un panier de champignons, ombre imprévisible qui survenait, hantait une rue ou deux pendant quelques minutes, s'effaçait à nouveau au tournant de la route, disparaissait pour des semaines, des mois peut-être.

– Qu'est-ce qu'ils font, là-haut ? demanda tout à coup Hilarian Boudet.

– Qui ? souffla Justin, hésitant à révéler ce qu'il savait.

– Les rats d'Albepeyre ! Ils commencent à bouger, maintenant que le barrage monte ? Tu peux me dire ça, toi qui te trouveras au-dessus de l'eau à les regarder se sauver ! Tu vas bien t'amuser, le jour où l'eau leur trempera le cul.

– Il restera plus grand monde, avança l'ouvrier-paysan.

– Il y aura la commune entière. Tu veux m'entortiller, parce que tu travailles sur le chantier ? s'énerva Hilarian.

– Ne crois pas ça ! Les rats, comme tu les appelles, seront déjà partis et beaucoup loin d'ici.

– Tu me prends pour un simple d'esprit ? Que veux-tu dire ? s'emporta de nouveau le vieux

– Joseph Recoulettes a donné des idées aux paysans. Beaucoup le suivront dans les plaines, avec l'argent de la Compagnie. Des filles et des garçons s'en iront à Paris ou y sont déjà arrivés, expliqua Justin Marti, les yeux baissés, comme s'il se sentait responsable de la désertion des gens d'Albepeyre.

– Moi qui croyais aller visiter le nouvel Albepeyre, luisant comme un sou neuf ! railla Hilarian, abasourdi par ce qu'il apprenait.

– Tu pourras monter là-haut. La Compagnie reconstruit l'école et quelque chose ressemblant à une église, avec quelques maisons autour pour ceux qui resteront.

Le visage d'Hilarian Boudet se crispa, mais il fit un effort douloureux pour ne pas trahir le désordre de sentiments et de pensées qui le bouleversaient.

Puis, comme s'il se souvenait soudain de l'objet de la visite, il chercha un papier pour envelopper ses pincées d'espèces médicinales. Finalement, il mit la main sur un pochon, qui avait déjà servi, mais qui lui parut digne de contenir son remède favorable à la cicatrisation.

Dehors, une obscurité totale régnait sur la combe et les bois dans lesquels s'élevait la mauvaise route. Lorsqu'il se fut éloigné de cinquante mètres, Justin Marti se retourna, peut-être parce qu'il était plus facile de parler au vieil homme à cette distance, sans risquer de ressentir encore les reproches silencieux de son regard.

– Je reviendrai, Hilarian, promit-il.

– J'ai plus besoin de personne. Reste où tu es, refusa le solitaire d'une voix ferme.

Il laissa son hôte s'enfoncer sous le couvert opaque des bois. Mais il entendait toujours le bruit de ses pas, qui butaient parfois contre de hautes herbes. Quand ils ne lui parvinrent que sourds comme de l'ouate, il l'appela.

– Le jour où tout sera fini ici, il se pourrait que je te demande un service, cria-t-il à travers la nuit.

– Celui de ce soir en vaut un autre. Demande !

– J'ai pensé à toi pour ma chienne. Je te la laisserai, si je dois partir d'ici, articula Hilarian Boudet, en baissant d'un ton le volume de sa voix.

– La mère retrouvera le fils corniaud que tu m'as donné, accepta Marti.

Hilarian ne se pressa pas de rentrer dans la maison. Un long moment, il écouta encore les pas de Justin Marti, que sa jambe blessée obligeait à claudiquer, puis les commérages de la nuit, si souvent épiés : des cris et des gémissements, qui trahissaient des amours animales, des fuites, des poursuites, des chasses et des peurs.

Avant de se coucher, il rangea la dizaine de boîtes, coloriées de gravures naïves, sur le manteau de la cheminée orné d'un galon à petits festons, marbré de traces rousses de fumée. Alignées par ordre de taille décroissant, elles semblaient aussi anodines que les pots de faïence bleutée contenant du sel, du poivre, des girofles et d'autres condiments, placés à la suite, sous le râtelier du fusil. Mais le guérisseur d'Igues-Basses se hissa sur la pointe des pieds pour vérifier la fermeture de chacun des couvercles, comme s'il y attachait une extrême importance.

Lorsqu'il fut satisfait de l'ordre auquel il venait de mettre ce soin inhabituel, il s'assit un moment devant l'âtre, les yeux perdus dans un rêve ou une réflexion mystérieuse. Tout à coup, il ouvrit largement ses paumes, dont la ligne de vie était si creuse qu'elle semblait fendre la main. De part et d'autre, les sillons des rides se nouaient, fils emmêlés de peine et de travail simple. Il contempla les plis indurés, les cals, sa peau desquamée.

– Le pouvoir des Boudet… Il n'y aura plus de secret, ni de pouvoir. Je ne devais les donner qu'à Damien… murmura-t-il, comme s'il demandait qu'un être supérieur acceptât ses excuses ou lui pardonnât une lourde faute.

Le mal de Marti serait-il levé ? Sa jambe estafilée par une mauvaise plaie retrouverait-elle toute sa souplesse ? Hilarian franchit le seuil de sa chambre, épuisé. Dehors, un blaireau grogna.

– Saleté, ça va encore puer devant la porte, demain, mâchonna-t-il, en regrettant de ne pas avoir laissé sa chienne à l'extérieur, pour chasser la sauvagine.

Justin Marti serait-il son dernier visiteur, avant que la montée de l'eau du barrage ne le force à quitter la maison ? Il caressa cette certitude sans tristesse. Mille fois, avant de s'endormir. Qui descendrait encore à Igues-Basses ?

On l'oubliait. Pas plus fréquentable que le mustélidé puant ! On se méfiait de lui, maintenant qu'il envoyait ses coups de pétoire dans les feuillages ou au ciel.

Quelques semaines après le passage de Marti, il décela la présence d'un individu dans un fourré, à cent mètres de la maison. Sans nul doute, l'intrus épiait ses faits et gestes.

Il le surveilla pendant une demi-heure, recroquevillé derrière des buissons. Il saisit le Saint-Étienne, toujours à portée de main, fit feu droit dans le fourré, avec la volonté de placer du plomb. L'homme se redressa, fila vers le haut, en soufflant au bout de vingt mètres. Hilarian fut traversé par l'envie sauvage de presser sur le second chien, mais il retint son doigt sur le pontet.

– Le faux pêcheur ! Bandit ! éructa-t-il en reconnaissant Corton.

Le solitaire se demanda pendant quelques jours quelles pouvaient être les intentions de l'ingénieur marron. Il partait dès le matin dans les prés arme à l'épaule ou il la tenait sur un vieux char, sous le hangar, pour qu'elle fût à portée de main en une seconde. Mais Corton ne franchit pas de nouveau la crête des collines.

Dans le ciel, le blondin continuait à tracer ses traits d'acier avec la même régularité. Par vent favorable, Hilarian percevait presque distinctement les appels mutuels des goulottiers, quand descendaient vers eux les bennes de ciment. Les autres jours, le chantier se faisait rumeur inhumaine, mécanique, de vrombissements, de chocs, de métal écorché, hurlant parfois.

Mais la frêle frontière entre l'armée de la Rigord et la conque-royaume du vieux, entre la fureur et le silence, était toujours respectée. Les collines au-dessus d'Igues-Basses retenaient leur respiration, vulnérables, à l'avance soumises, mais curieuses de savoir quelle direction prendrait l'infime paysan le jour fatidique de sa fuite devant l'eau refluant contre le barrage : vers Pradelles ou vers la haute vallée, au-delà d'Albepeyre ?

Le temps existait-il encore ? Les saisons, le jour, la nuit, se différenciaient-ils depuis que l'agitation des hommes rendait Serret fou, que les lumières y scintillaient à n'importe quelle heure ?

Un matin, était-on déjà parvenu au printemps, Hilarian remarqua d'étranges mouvements autour de sa maison. Des animaux sauvages sortaient des fourrés ou des haies de la prairie, peu effrayés en apparence, mais désorientés. Ils traversaient les étendues d'herbe ou de terrain nu, sans but précis, puis se terraient de nouveau dans les buissons, pour réapparaître quelques minutes plus tard et recommencer leur manège. Il reconnut ainsi dans ces errances inexplicables des bêtes d'une grande méfiance : belettes, fouines, martres et genettes.

Midi et sa chaleur semblèrent décourager la sauvagine, mais les déplacements reprirent dès le coucher du soleil. Des animaux plus gros, renards, blaireaux, chats harets apparurent, glissant furtivement ou zigzaguant dans les prés.

Décontenancé par ce phénomène inexplicable, qu'une longue expérience de chasseur et de braconnier ne lui avait jamais permis d'observer, Hilarian Boudet veilla toute la nuit, retenant sa chienne, les prunelles fixées sur l'obscurité. Médusé, il assista à la révélation du secret de la vallée. Elle était riche : un éden, une arche de Noé ! Des familles entières de sangliers, menées par des mâles énormes dont il n'avait jamais soupçonné la présence, des biches élégantes, parcouraient la combe d'Igues-Basses pour gagner un point mystérieux. Essayant de comprendre la force ou l'instinct qui les tendaient, il suivit longtemps les mouvements désordonnés, puis la fuite des animaux petits et gros vers le bout de la conque.

– Ils montent… *Macarel*, l'eau ! s'affola-t-il, en se reprochant d'être resté confiné pendant des jours près de sa maison, voulant tout ignorer.

À la clarté blafarde de l'aube, il gagna son poste de guet de la colline. Serret luisait, lointain, finissant sa java nocturne entre chair morose et beuverie. Haut, démesuré, le blondin silencieux tranchait l'air en deux, le long de son filin figé. Dans le fond, la rivière résignée remplissait en silence la galerie de dérivation.

– Non ! Pas d'eau. Ils me noieront pas demain ou après-demain, constata Hilarian Boudet, dont le cœur éclata de joie.

Pourtant, dans la journée, les animaux continuèrent de sortir des bois, de se montrer à la vue, puis de s'enfuir vers l'amont. Parfois des biches s'approchaient de la vache d'Hilarian, la côtoyaient, tournaient autour comme pour l'inviter à les accompagner, disparaissaient sous les couverts.

Chaque soir, Hilarian mangea à la hâte un repas frugal, l'esprit ailleurs. Puis, il se posta devant la maison, à l'abri de la treille, restant à guetter, dans le noir. Les bêtes de la vallée se raréfiaient, mais elles fuyaient toujours un danger invisible.

Inquiet, exaspéré de ne pas trouver une explication simple à tout ce qu'il venait d'observer pendant une semaine, Hilarian Boudet décida de descendre à Pradelles, ne sachant pas s'il parlerait à quelqu'un.

La journée était très belle. Il gravit lentement la pente habituelle du sentier. À l'instant où il franchit l'espèce de petit col qu'avait laissé Warzek, pour plonger en direction du bourg, un éblouissement l'obligea à s'appuyer contre le tronc d'un gros baliveau, sauvé de la hargne des bulldozers. Il resta un moment immobile, guettant dans sa poitrine les signes d'un malaise. Mais son cœur persistait à battre sans aucune fantaisie, ni affolement.

Pourtant, lorsqu'il reprit sa marche, l'aveuglement lui révulsait les yeux, dont l'irritation empira jusqu'à ce qu'il pénétrât dans un café de Pradelles, dont la pénombre le soulagea.

Hilarian Boudet commanda un canon de rouge, qu'il sirota en silence, en suivant l'apaisement progressif de ses picotements douloureux. Il resta ainsi, l'esprit vide, fixant sans les voir les silhouettes qui défilaient au bar, ne cherchant ni à reconnaître l'un des personnages ni à deviner les conversations qui s'animèrent subitement à l'approche des apéritifs. Les éclats et les jurons l'agacèrent au bout de quelques minutes, comme si la solitude lui rendait la voix des autres insupportable.

Il se leva, jeta une pièce sur le zinc, sans ramasser la petite monnaie, passa la porte si vite qu'il bouscula quelqu'un.

Dès qu'il se trouva dehors, la sensation d'éblouissement s'empara de nouveau de lui. Résigné à ce désagrément, comme il l'était à la plupart des malaises de l'âge, il s'engagea sur le chemin du retour, en définitive assez heureux de n'avoir rien confié à personne. Il remonta lentement vers la vallée. La brûlure de ses paupières et de ses prunelles était si vive qu'il s'arrêta à plusieurs reprises, pendant quelques instants, sous le couvert des bouquets d'arbres.

En parvenant au droit de Serret, puis du chantier, la morsure de la lumière, réfléchie par les roches dénudées, devint intolérable. La réverbération semblait lui embraser le visage. Il abaissa un peu plus son chapeau à larges bords pour se protéger.

Mais, avant de plonger vers Igues-Basses, il s'obligea à embrasser le panorama ravagé par les machines impitoyables. La puissance qui le menaçait paraissait plus formidable que jamais, comme appartenant à un autre monde.

Le blondin grinçait, les moteurs vrombissaient. Émergeant de ces bruits mécaniques, les ordres des contremaîtres, les cris des ouvriers qui s'interpellaient semblaient dérisoires.

Hilarian plaça une main en visière, pour bien fixer dans sa tête les changements intervenus depuis sa dernière montée à son observatoire. Seule, la hauteur du barrage le frappa durement. Maintenant, il fermait totalement la vallée, mur gigantesque qui devait approcher de son élévation maximale. Violemment éclairée, son arcure de béton étincelait d'une blancheur incandescente.

Le vieil homme, pris de vertige, recula pas à pas, comme s'il ne pouvait pas se détacher de cette vision fascinante et cruelle, qui annonçait la fin prochaine des travaux, puis la fermeture des vannes et le glissement silencieux de l'eau vers Igues-Basses. Cependant, il ne fut pas pris de panique. Tout cela mettrait encore des mois à se réaliser, pensa-t-il.

Lorsque les câbles du blondin ne furent plus que des traits d'acier dans le ciel, un boqueteau cachant les pylônes, il se retourna, pour se jeter dans le sentier, dont la pente était raide à cet endroit.

Tout à coup, Hilarian Boudet ne ressentit plus l'irritation lancinante de ses yeux. Surpris, il s'arrêta. Une idée insensée lui traversa l'esprit, qui le fit remonter vers le belvédère. Une idée terrible, expliquant tous les évènements des derniers jours : la fuite des animaux sauvages dans la même direction, son éblouissement en descendant vers Pradelles.

Le barrage, maintenant très haut, étendait son ombre derrière lui, vers l'amont de la vallée et sur la combe d'Igues-Basses, alors que Serret demeurait baigné de clarté. L'instinct de conservation avait poussé les fouines, autant que le gros gibier, à quitter leurs repaires des bois de plus en plus sombres, dans lesquels toute vie serait anémiée, comme saisie de langueur fatale. Hilarian, le fin braconnier qui croyait savoir tous les secrets de la nature n'avait rien pressenti. Mais ses yeux, peu à peu englués d'une sorte de grisaille, étaient devenus incapables de supporter la lumière éclatante.

– Dieu me damne, jura-t-il, Neuville a mangé mon soleil !

12

Juliette regarda s'éloigner les deux hommes vers l'étable. Si différents ! Warzek, la stature imposante, mais séduisant, dans une assez jolie veste, dominait Jean Cambon d'une tête. Trapu et rond, sujet à cette obésité fréquente chez les paysans de la vallée, qui semblait les river à la terre de leurs champs inclinés, son père marchait avec une certaine lourdeur.

Pourtant, il paraissait très à son avantage, sûr de lui. Juliette le voyait tourner la tête vers son invité, visage plein, portant de l'autorité, tempes grisonnantes, moustache épaisse à la gauloise. Quand il s'immobilisait durant une fraction de seconde pour considérer son amoureux, elle devinait que Jean Cambon acérait ses yeux, l'évaluait comme il l'avait fait dès l'arrivée de ce dernier dans la cour de la ferme.

Des bribes d'une conversation inégale parvenaient à la jeune fille. Le paysan parlait haut, montrait les bâtiments de la main, tranchait. Au contraire, Warzek manquait à l'évidence de confiance en lui-même, ses phrases hésitantes se perdant parmi les chants fiers de coqs inconscients, suite confuse de mots, se diluant dans l'air en borborygmes.

Juliette se sentit au comble de l'inquiétude lorsque Jean Cambon ouvrit d'une vigoureuse poussée le portail de la grange, pour dévoiler à son compagnon toutes ses richesses fourragères : foin de prés bas, de pente piquetée de serpolet, luzerne et trèfle incarnat. Warzek était-il seulement capable de distinguer de vulgaires herbes sèches d'un fourrage plaisant aux animaux ?

Qu'allait-il advenir à l'étable, où les vaches étaient exceptionnellement restées confinées depuis le matin, en prévision de la visite du contremaître ? Juliette, affolée, courut pour tenter une diversion, en se suspendant au bras de Warzek avec des gestes de gamine écervelée.

– On est entre hommes. Ta place n'est pas ici, la rabroua Jean Cambon.

– Est-ce que tu saurais reconnaître un dumper ou un scraper ? demanda-t-elle bizarrement à son père.

Depuis l'apparition du Tchèque, l'éleveur aurait pu le ridiculiser dix fois, en mettant en évidence son ignorance à peu près totale des choses, des animaux et de la vie de la campagne. Mais, il s'en était soigneusement abstenu.

– Chacun ses bêtes ! Les miennes sont rouges et blondes. Salers ou Aubrac, je me trompe pas ! s'exclama l'éleveur, en éclatant de rire.

– J'ai pas votre chance ! Les bulldozers se ressemblent tous, dit Warzek, mécontent de l'intervention de Juliette.

– Voyez comment réagit ma fille : elle vous défend, même si personne n'a l'intention de vous chercher des puces ! persifla Cambon.

Il possédait assez de finesse pour déceler le malaise confus de son hôte, mais il poursuivit le lent tour du propriétaire prévu. Il expliqua posément les mérites de chacune des occupantes des râteliers, concédant parfois un mince défaut, qu'il atténuait aussitôt d'un sourire ou d'une plaisanterie facile.

– On croirait que vous parlez de quelqu'un de votre famille, observa Warzek, surpris par le ton convaincu du fermier.

– Je sais pas comment c'est chez toi. Ici, on aime les bêtes, répliqua Cambon.

Nouveaux commentaires détaillés face au réduit aux veaux, clos de planches brunes, auxquelles s'accrochaient quelques crins arrachés, enroulés en tortillons un peu ridicules ! Warzek resta muet, de plus en plus incommodé par les odeurs, à la fois écœurantes et irritantes, des litières.

– Maintenant, allons voir les champs, proposa enfin Jean Cambon, l'air faussement modeste.

Juliette ne protesta pas. Elle était sûre que son soupirant devrait arpenter chaque champ et chaque pré, qu'il serait obligé de les traverser, d'en pénétrer les recoins. Cambon ne voulait pas manquer le moindre instant du cérémonial des paysans de la région faisant parcourir toute l'étendue de leurs biens.

– Va aider ta mère. Dis-lui qu'on tardera peut-être un peu, conseilla-t-il sans rire.

Juliette regarda Warzek se lancer sur le chemin de terre qu'engloutissaient des haies hautes. Soudain, il lui parut voûté, flottant, indécis. Elle lui en voulut de révéler involontairement avec autant d'évidence qu'il se jugeait étranger à ce monde dans lequel elle avait grandi, si familier, si rassurant pour elle.

Ils ne rentrèrent qu'au commencement de l'après-midi. Malgré la saveur des mets longuement mijotés et les efforts de Juliette, on mangea du plomb. Warzek et Cambon s'observaient, retardant l'instant des mots définitifs, traçant l'inconnu de l'avenir. Peut-être l'agriculteur se demandait-il aussi pourquoi sa fille avait été attirée par cet homme parvenu dans la vallée à cause du barrage qui bouleversait tout.

– Comment tu trouves, ici ? Ce que je t'ai montré ? questionna tout à coup Jean Cambon.

– Je sais pas… avoua Warzek.

– Et pour la gnôle, tu sais ? Tu la prends dans un fond de café ou tu veux un petit verre ?

– Un petit verre, si vous voulez, dit le Tchèque, en se tournant vers la mère de Juliette, qui se précipita vers le buffet, où elle rangeait le service à liqueurs.

– Chez toi, c'est quel genre de tue-ver ? s'enquit Cambon.

– Prune. Beaucoup de prune…

– Goûte cette eau-de-vie de poire. C'est moi qui ai enfermé la duchesse dans la bouteille, précisa le père de Juliette, en laissant sa voix chuter dans un silence, qui était une invitation à parler.

– Juliette et moi, on voudrait se marier, annonça alors Warzek d'une voix mal articulée.

– Juliette et toi ? feignit de s'étonner Jean Cambon.

– Oui, Warzek et moi, intervint la jeune fille.

– Il faudra en parler…

– Souviens-toi : nous avons été jeunes toi et moi… Nous étions impatients comme eux. Les fais pas trop attendre, plaida la mère.

– À la bonne tienne ! plaisanta Cambon, ses yeux plongés dans le cristal de la poire, mobile comme du vif-argent.

À travers le verre clair, le fruit énorme, enfermé là par une habile opération depuis qu'il était un simple bourgeon, offrait un épiderme doré, un peu raidi par son long séjour dans l'alcool. On devinait qu'il pouvait durer une éternité, à condition de le tenir immergé, en rajoutant de l'eau-de-vie.

Ni oui, ni non ! Cette façon de ne pas lui répondre ! La grosse forme, qui le narguait ! Warzek eut envie de balayer la table d'un coup de paume formidable. Mais le regard de Juliette et celui de la paysanne lui disaient que rien n'était perdu, qu'il suffisait d'attendre. Cambon ne le rejetait pas, puisqu'il lui avait montré ses terres, alors qu'il eût pu le rembarrer, en clamant qu'un étranger ne franchirait jamais le seuil de sa maison.

– Merci pour le repas, dit platement Warzek dont les efforts pour se contenir avaient sans doute brouillé la capacité de prendre congé de manière plus originale.

– Revenez quand vous voudrez, proposa la mère de Juliette, qui se sentait assez sûre pour traduire ainsi la neutralité bienveillante de son mari.

Dès qu'il s'engagea sur la route, au débouché du mauvais chemin de ferme, Warzek accéléra sa marche, comme si retrouver rapidement Serret lui permettrait de s'apaiser en s'enfonçant de nouveau au milieu des baraques d'où sourdraient des bruits familiers, si différents de la solitude entourant la maison des Cambon.

Mais il comprit vite qu'il courait après une illusion. Depuis des mois, les soirées des dimanches se perdaient dans une routine chaque semaine plus pesante. L'excitation des premiers temps du chantier, les beuveries chez la veuve Bru, les bordées au lupanar s'engluaient dans un ennui évident. Certains ne ressentaient même plus le besoin de s'évader un moment de leurs chambrées, tapant interminablement le carton avec quelques camarades moroses.

Un solitaire poussait un caillou. En apercevant Warzek, il shoota avec force contre une porte de remise. La pierre fit un bruit sec, comme indignée de cette brutalité inutile. L'ouvrier s'était-il jugé ridicule de ce désœuvrement ou voulait-il prouver qu'il ne somnolait pas debout ? Il dévisagea le contremaître avec une certaine hostilité.

– Tu as la tronche d'un type qui a envie de se pendre ! fit-il, avec une espèce de grimace.

– Ta gueule ! répliqua le Tchèque, pensant encore à la phrase minable qu'il avait articulée avec tant de peine pour demander la main de Juliette à son père.

– Tu entres pas chez la veuve ? questionna l'autre sans se vexer, parce qu'un apéritif lui eût fait oublier un dimanche raté.

– Non, même si tu payais la tournée ! refusa Warzek.

Chez lui, il ne se jeta pas sur le lit, comme il en avait l'habitude lorsqu'il rentrait du travail, les muscles douloureux, la tête bourdonnant du vacarme des machines et des appels des hommes. Il s'installa à califourchon sur une chaise de bois, sans intention précise, mais en quelques secondes ses yeux se fixèrent sur les toits proches, comme si des formes ou des objets inhabituels attiraient tout à coup son attention.

Pourtant, il ne voyait rien d'autre que le pan de versant, voûté comme une échine, sur lequel vivaient les Cambon. Il bougea, tourna la tête à droite, puis à gauche. La maison, les champs, les prairies restaient présentes dans sa tête avec une précision incroyable.

Son amour pour Juliette suffisait-il à expliquer la force exceptionnelle de ces images, qui ne s'affaiblissaient pas ? Jamais, au cours de son existence, qui ne le rattachait à aucun paysage particulier, il n'avait contemplé avec autant d'attention un quelconque morceau de campagne, fût-il remarquablement pittoresque.

Une question étrange l'aveugla soudain. Accepterait-il l'idée de perdre sa liberté, de se lier pour longtemps à la vallée, si Juliette l'exigeait ? Ou lui imposerait-il de le suivre ailleurs, sur d'autres chantiers, vers d'autres pays ? Il ferma les paupières, qui lui firent mal, puis les rouvrit. Face à lui, la lueur des toits lui sembla brûlante.

Corton avait-il frappé ? Il entra sans s'excuser, peut-être seulement un peu surpris de découvrir Warzek le torse raidi sur son siège inconfortable, regardant dans le vide. Lui-même affichait sa dégaine des mauvais jours, mais une espèce de fébrilité animait sa démarche et les gestes de ses mains, lorsqu'il repoussa la porte et qu'il en tourna la poignée bec-de-cane.

– Vous gênez pas ! protesta Warzek, plus parce qu'il détestait l'envoyé de Delalande que parce qu'on le dérangeait.

– Je voulais vous voir…

– Vous pouviez attendre demain, non ? s'énerva Warzek.

– Justement, il y a du nouveau pour demain. Du nouveau, venu de Paris. J'aurai besoin de vous comme de tous les autres contremaîtres, articula Corton sur un ton autoritaire.

– Je prends les ordres chez Neuville, répliqua Warzek avec froideur.

– Neuville… ricana l'ingénieur déchu. Vous auriez intérêt à ne pas jouer les chiens fidèles.

De fines veinules rouges vibraient dans ses yeux. La haine habituelle pour le maître du chantier ? L'assurance sournoise de triompher un jour de ce dernier ? Corton sembla ignorer qu'il venait de s'introduire dans la chambre sans y être invité. Il alla vers la fenêtre, considéra un instant les travées d'ardoises, affronta enfin le regard de Warzek, soudain aiguillonné par la plus grande méfiance.

– Il vous faudra compter avec moi pendant toute la fin des travaux, assena-t-il, en redressant sa modeste stature, face au Tchèque athlétique.

– Pas plus que d'habitude ! persifla celui-ci.

– C'est pas à Neuville que le patron a téléphoné tout à l'heure ! Charles continuera de diriger le chantier, mais je vais tout coordonner, triompha Corton.

– Allez lui apprendre ça ! Il appréciera !

– Je peux compter sur vous et sur les autres ?

– Qu'est-ce qui vous agite ? grinça Warzek, que l'insistance de son interlocuteur exaspérait au point qu'il faillit le jeter dehors, en dépit de ses fonctions ambiguës et du pouvoir mal défini qu'on lui prêtait.

– Le président Lebrun se rendra bientôt dans le département pour décorer des mères de familles nombreuses…

– Combien d'enfants leur faut-il pour la médaille ? coupa bizarrement Warzek.

– On s'en fout ! Treize, je crois…

– On s'en fout, vous l'avez dit !

– Non, Warzek ! Il faut que le barrage soit terminé pour le voyage de Lebrun. Il décorera les femmes un matin, puis il viendra à Serret le lendemain, expliqua Corton avec un enthousiasme inhabituel chez lui.

– Vous êtes chargé de préparer le ruban et les ciseaux de l'inauguration ? ironisa Warzek.

– Neuville devra se conformer à ce que je déciderai, affirma le représentant personnel de Delalande.

– En attendant, demain, les goulottiers couleront leur béton comme d'habitude, le défia le Tchèque.

– Vous vous trompez ! Charles va recevoir l'appel de Paris. Il vous obligera à travailler plus vite. Jusqu'à la fin du chantier je serai là pour vous surveiller, vous et les hommes. Je vous conseille, comme à tous les contremaîtres, de ne pas jouer au plus fin pour soutenir ceux qui tirent au renard !

– Ils vous ont promis de lâcher Neuville ? Vous les avez vus ?

– Pas encore. Vous êtes le premier à qui j'annonce la nouvelle. J'ai commencé par vous parce que vous semblez très mal comprendre les ordres, persifla Corton.

– Laissez-moi, j'ai envie de me reposer, grogna Warzek, en s'allongeant sur le lit.

Delalande avait-il voulu laisser le temps à son homme de paille de rencontrer ceux qui n'aimaient pas Charles et de constituer ainsi un petit groupe d'ouvriers serviles, à qui on pourrait tout demander ? Il ne téléphona personnellement à son ingénieur principal que le surlendemain, alors que commençaient à se propager des rumeurs sur la date du voyage d'Albert Lebrun.

– Charles, ne le prenez pas mal, mais j'ai incité Corton à se montrer le plus souvent possible sur le chantier, simplement pour rappeler à vos gens qu'on les tient à l'œil de Paris. Ils se sentiront plus vulnérables. Cela vous facilitera les commandements quand vous pousserez les cadences, vous ne croyez pas ? patelina Delalande, cynique.

– On ne pousse pas des ouvriers qui font un travail dangereux.

– Arrangez-vous pour respecter les dates que je viens de vous préciser. Au besoin, lorsque vous le verrez, demandez à Antoine Campan ce qu'il en pense, pour vous persuader que la venue de Lebrun dans notre vallée est de la plus haute importance pour tous les actionnaires, trancha le maître de la Rigord avec sa pire froideur.

– Je tiendrai peut-être les délais. Nous parvenons au couronnement du barrage et il ne restera bientôt plus qu'à le coiffer de la route que nous avons prévue, indiqua Neuville.

– La route ! Vous pourriez la construire après l'inauguration… chipota Delalande.

– Il nous la faut ! avant le jour J. Où mettrez-vous Lebrun autrement ?

– Charles, vous m'emmerdez ! explosa le financier, furieux de s'être révélé irréaliste dans son impatience de s'assurer la présence et la caution du président de la République.

Pendant des semaines, Corton parut pourvu d'un incroyable don d'ubiquité. Les ouvriers, craintifs ou ironiques selon leur tempérament, se retournaient tout à coup, surpris de le sentir dans leur dos, alors qu'ils venaient de l'apercevoir quelques minutes auparavant vers le bas du barrage ou loin devant, vers la carrière.

Après quelques journées au cours desquelles il avait tenté de lancer des ordres personnels, que les contremaîtres semblaient ne pas entendre, il s'était borné à ces allées et venues incessantes et imprévisibles, le regard menaçant, tel un chien hargneux harcelant un troupeau.

Cela suffisait. La méfiance, une crainte confuse avaient empoigné les esprits. Même s'ils considéraient Charles Neuville comme leur seul chef, beaucoup se demandaient quel était le pouvoir réel de Corton. À renifler ainsi autour des équipes, envoyait-il des rapports à Paris, pourquoi pas une fiche sur chaque ouvrier, dont dépendrait le maintien de son emploi quand le chantier serait fini ?

Charles, désireux d'éviter toute confrontation, du plus mauvais effet parmi les travailleurs, apparaissait sans s'annoncer, passait son chemin, comme s'il n'apercevait pas l'X marron errant au pied du blondin ou des camions.

Mais, au fil des semaines, il devint de plus en plus évident qu'une excitation nouvelle, une sorte de fièvre parfois, s'emparaient des équipes. C'était une agitation étrange qui s'ajoutait à la crainte diffuse, entretenue par les menaces de Corton pour pousser les hommes à précipiter leurs gestes, à travailler plus vite qu'à l'époque des fondations du batardeau, puis du barrage.

Parfois, le matin, Charles montait avant eux. Il les regardait arriver par petits groupes, se disperser pour rejoindre leurs postes. Ils le saluaient d'un bonjour évasif et lisse, puis ils hâtaient le pas. Mais tous s'immobilisaient au moins quelques secondes pour balayer le mur gigantesque des yeux. Lorsqu'ils se remettaient en mouvement, ils se redressaient avec une sorte de raideur orgueilleuse. Charles n'interrogea jamais aucun d'eux, mais il devina qu'ils se sentaient très fiers d'avoir participé à la construction d'un ouvrage si inimaginable.

Étaient-ils pressés que la France entière découvre enfin leur œuvre de Titan, à l'orée de cette vallée perdue, qu'elle sache ce dont ils s'étaient montrés capables, parce que de nombreux journalistes accompagneraient Albert Lebrun ? Charles Neuville s'en persuada en suivant les acrobaties des goulottiers, parmi lesquels Warzek et Justin accomplissaient chaque jour des prouesses de rapidité et d'audace pour placer les lourdes bennes au centimètre près, sur l'arête impressionnante du barrage. Tel un jongleur, le contremaître envoyait de grands signes à l'homme du blondin, qui balançait la goulotte, puis la posait en douceur avec une espèce de grâce un peu pataude.

L'ultime grincement du câble dans les gorges des poulies ! La dernière voltige de la marmite de géant dégoulinant dans le ciel, dont l'équipe avait contemplé dix mille fois la descente saccadée ! Dans combien de semaines ou de jours ? Avec son cerveau d'ingénieur et sa manie de la précision, Neuville pouvait sûrement le dire. Mais Warzek n'avait jamais posé cette question, par peur de paraître aussi puéril qu'un enfant geignant parce que le but d'une promenade lui semble trop éloigné.

Trois ou quatre journées ? Une décade entière ? La fin s'annonçait ! Les parapets de la route couronnant le barrage touchaient presque les rochers du versant dans lequel ils seraient ancrés. Bientôt il ne manquerait plus que le tapis de macadam sur lequel Lebrun et sa suite poseraient leurs richelieus vernis.

Depuis le matin, le vent avait forci. Des bourrasques tièdes se lançaient à l'assaut des collines, puis s'engouffraient dans la vallée, où elles mouraient, incapables d'atteindre le fond de la gorge.

– Pas de chance ! maugréa Warzek, la pluie sera pour demain.

– Maintenant, tu connais le vent ? railla Justin Marti, en criant très fort parce qu'une rafale survenait, obligeant son ami à happer sa question au vol.

– J'ai pas mis longtemps à comprendre que ce putain d'autan amenait de l'eau.

– Le vent et les nuages. Il te reste plus qu'à apprendre les lunes et tu feras un bon paysan. Juliette sera contente !

La benne descendait plus lentement que d'habitude. Elle tanguait au bout de son filin, tentée de faire la toupie. Le mouvement était très lent, mais Warzek pressentit qu'il pouvait s'accentuer. D'un geste convenu de ses bras, il commanda à l'homme du haut de ralentir encore la descente.

– J'y vais, décida Justin Marti, debout sur les coffrages.

– La bretelle ! Attache-toi !

– *Macarel*, j'en ai assez d'être ficelé par cette saloperie qui m'entortille comme un saucisson, refusa l'ouvrier-paysan.

Tel un funambule sur son fil, il avança rapidement pour saisir les poignées de la benne. Tant sa familiarité avec le vide était totale, ses pieds chaussés de brodequins se posaient sur les planches avec une précision d'équilibriste. Finalement, il leva ses bras, tel un fragile réceptacle du poids démesuré que seule une habileté remarquable pouvait maîtriser.

– Justin ! hurla Warzek, terrifié, en voyant la benne tourner sous un coup de vent, pourtant moins puissant que d'autres.

Les hommes d'équipe ne bougeaient pas. Leurs jambes tremblaient. Certains détournèrent les yeux pour ne plus voir l'alignement de planches de coffrages, derrière lequel avait basculé leur camarade, et la benne encore pleine, se balançant au bout du câble.

Warzek transpirait à grosses gouttes, qui coulaient en sillons sales sur son cou et sa poitrine nue, maculée de poussière. Pour la première fois, depuis qu'il les commandait, les ouvriers devinèrent qu'il ne parvenait pas à décider quelque chose. N'importe quoi... Bouger. Donner un ordre.

– Cent cinquante mètres de chute ! Il ne reste qu'un tas d'os, que nous ne verrons même pas d'ici, dit un homme.

– Il faut aller voir, murmura enfin le contremaître.

– Je pars à la baraque de chantier, pour téléphoner à Neuville, intervint Corton, que personne n'avait remarqué avant le drame.

– Venez, bredouilla Warzek, en reprenant un peu ses esprits.

Les regards épouvantés fouillèrent l'inconnu du vide. Tous ne virent d'abord que l'uniformité du parement blanchâtre du mur démesuré, qui les aveugla. À son pied, un peu déporté, le toit semi-circulaire de la centrale figurait une coupole dont la taille paraissait dérisoire à cause de la hauteur.

Warzek crispa ses doigts sur les planches contre lesquelles il s'appuyait. Ce fut peut-être la douleur dans ses phalanges qui lui donna le courage de scruter le fond de cet abîme de roches et de béton. Il ne distingua aucune forme désarticulée. Alors, avec une lenteur peureuse, il s'appliqua à examiner chaque mètre du versant, en remontant son regard.

– Là ! souffla-t-il tout à coup.

– Merde ! Maintenant, je croirai à la Providence ! s'exclama l'un des goulottiers.

– Ferme-la ! Des cordes ! hurla Warzek, qui venait de décider d'aller chercher lui-même Justin Marti.

Tous fixaient le pantin immobile, ployé contre une grosse aspérité rocheuse qui avait interrompu sa chute. Ses bras et ses jambes pendaient en apparence inertes.

– Putain ! On va pas le laisser aux corbeaux !

– Ta gueule ! éructa Warzek.

– Il t'aidera pas à remonter ! Cassé, le Marti !

– Clouez des planches, pour fabriquer une civière, commanda le Tchèque, que le drame galvanisait.

On trouva deux clins de bois qui serviraient à faire glisser l'espèce de traîneau sur lequel celui-ci tenterait de coucher le blessé, que les hommes d'équipe tireraient jusqu'en haut.

– Attache-toi sous les aisselles, conseilla l'un des ouvriers.

– Je sais pas si je peux compter sur vous pour tenir la ficelle ! plaisanta Warzek pour se donner du courage.

Il enjamba le parapet encore hérissé de coffrages, chercha un appui des pieds dans la pierraille, puis s'agrippa de toutes ses forces aux chicots de schistes. Malgré la tension rassurante de la longe qui le reliait à ses compagnons, la peur le serrait au ventre. Les pierriers, laissés par le décapage des machines, fuyaient sous son poids, projetant dans le vide des dizaines de fragments, qui rebondissaient en crépitant dans le silence impressionnant du chantier figé par l'accident. À plusieurs reprises des blocs plus gros se détachèrent, risquant d'écraser la victime, en contrebas.

Lorsque Warzek parvint au niveau de Justin Marti, aucune plainte, aucun gémissement ne permettaient de savoir s'il était encore vivant. Le corps gisait sans ressort, abandonné. On ne pouvait même pas imaginer que Justin avait tenté de s'accrocher à la petite arête de roc qui l'avait empêché de rouler bien plus bas. La Providence ? La chance ? Ou simplement le hasard, qui avait aussi retenu sur la pente abrupte des souches, des racines noirâtres, auxquelles ressemblait la forme humaine pliée sur le rocher dont Warzek s'approchait si difficilement ?

– Justin, chuchota-t-il.

Bouleversé, il ne décela aucun signe de conscience. Cependant, il lui sembla que les yeux grands ouverts du blessé n'avaient pas la fixité de la mort. Alors, il s'agenouilla avec précaution et il scruta le visage. La peau lui apparut bizarrement tendue et transparente, comme si un afflux de lymphe la gonflait.

En se penchant encore, Warzek remarqua des veinules bleutées qui vibraient par intervalles réguliers à hauteur des tempes et du front. La vue de ces filaments de vie à peine perceptibles lui donna le courage, qu'il n'avait pas eu jusqu'à cette seconde, de poser sa paume sur la poitrine de son ami.

– Envoyez le traîneau. En douceur. Nous tuez pas avec les pierres ! cria-t-il.

– Qu'est-ce qu'on remonte ?

– Un peu de vie, mais pas belle !

– Il vaudrait mieux pour lui qu'il soit allé au fond...

– Peut-être, mais tire, nom de Dieu ! hurla Warzek, avec une rage qui s'adressait au monde entier.

Il était épuisé, au bord de la défaillance. Soulever Justin, puis l'attacher sur la rude civière, lui avait coûté des efforts incroyables, la peur de glisser lui fouaillant la poitrine. Ployé vers le sol pour maintenir son équilibre, il suivit la remontée saccadée du traîneau, inquiet du ruissellement de pierres que celui-ci déclenchait.

– Tu veux rester là-bas ?

La question en forme de plaisanterie usée ne fit pas rire Warzek, mais elle l'atteignit comme une bouffée de chaleur, qui lui redonna de l'énergie.

– Sortez-moi de là. Du nerf, les gars ! Je suis vanné ! gueula-t-il.

Lorsqu'il franchit le parapet, Charles Neuville se trouvait parmi le groupe d'une cinquantaine de personnes se pressant autour de Justin Marti, toujours inerte. Les contremaîtres et les ouvriers se taisaient, attendant les décisions de l'ingénieur en chef.

– Comment cela a-t-il pu arriver ? demanda-t-il, sans s'adresser à Warzek plus qu'à d'autres.

– Je sais pas, bredouilla ce dernier, comme s'il se sentait mis en cause.

– Faute ! Faute professionnelle ! Pas attaché ! J'ai tout vu, intervint alors Corton, avec dureté.

L'accusation d'imprudence fatale à l'égard du blessé frappa les hommes d'équipe comme un coup bas. Plusieurs se mirent à gronder, indignés, certains serrèrent les poings.

– Il n'y a pas d'accident. Un accident est toujours dû à une défaillance humaine, reprit Corton, avec des yeux brillants.

– Vous êtes orfèvre en la matière, persifla Charles.

Personne parmi les travailleurs du chantier ne connaissait le passé de l'envoyé de Delalande. Mais le regard que celui-ci adressa à Charles était si haineux que certains blêmirent, soudain inquiets des conséquences que la confrontation des deux ingénieurs pouvait avoir sur le sort de Justin Marti.

– Salaud ! lança une voix, derrière.

– Ne bougez pas la civière. Le médecin sera là bientôt, annonça Neuville, ce qui permit de ramener toute l'attention du groupe sur la victime.

Le praticien de campagne possédait une longue expérience des accidents dans les champs et les ateliers, tout autant que des transports au cerveau ou des attaques cardiaques qui foudroyaient les montagnards de la vallée, pas très regardants sur la bouteille et bien d'autres excès. Il s'agenouilla, tira sur les paupières de Justin, considéra la lueur incertaine des yeux immobiles, prit un bras, le laissa retomber, posa enfin son oreille sur le côté gauche de la poitrine.

– Le cœur est bon, constata-t-il avec satisfaction.

– Il nous entend ? demanda Charles.

– On ne sait pas. Paralysie totale pour le moment. Peut-être d'un seul côté par la suite, si la chance lui sourit ! décréta le médecin avec l'autorité qui lui valait de la crainte, mais aussi du respect.

– On saura quand ? intervint Warzek.

– Huit, dix jours, jeta le toubib rural, assez fort pour que tous entendent et mesurent la fragilité de l'avenir.

Il fouilla dans sa grosse trousse de cuir, y prit une seringue et une aiguille placées dans une boîte métallique ouatée. D'un geste mécanique, il appliqua un tampon imbibé d'alcool sur la cuisse de Justin, puis il lui administra une piqûre.

– Ramenez-le chez lui doucement, recommanda-t-il.

– Vous ne l'envoyez pas à l'hôpital ? s'étonna Charles.

– Dans l'état actuel des choses, la science ne peut rien pour lui. S'il doit parler de nouveau et retrouver ses mains et ses bras, sa femme et sa fille lui seront plus utiles que des bonnes sœurs dans une salle commune.

– La Compagnie paiera les visites et les remèdes. Vous devriez passer le voir souvent, suggéra l'ingénieur en chef.

– Si vous voulez. J'enverrai aussi Lucile Quentin deux fois par semaine. Elle essaiera quelques mouvements des membres. Ils ne lui feront pas de mal, s'ils ne lui font pas de bien.

C'était dit avec une franchise brutale et sans beaucoup de conviction. Le médecin de campagne connaissait plusieurs patients cloués au lit depuis des années, attendant la délivrance dans une ferme lointaine, où nul ne leur rendait plus visite, légumes désespérés du jardin tragique de la Camarde. Parfois l'idée l'avait assailli de jouer de la seringue, mais le courage lui avait manqué.

– Justin, je me prononcerai dans huit jours. C'est pas long. Et puis, tu verras : tu seras peut-être heureux d'entendre les autres te parler sans être obligé de leur répondre ! articula-t-il lentement, sur un ton léger, en scrutant le regard du blessé.

Rien. Il se releva d'un mouvement brusque, empoigna sa sacoche et s'éloigna en haussant les épaules. Charles chercha à percer les réactions des hommes pour se persuader que tous partageaient son angoisse. Warzek serrait les mâchoires. Corton s'était éclipsé.

– Je vais prévenir sa femme. Portez-le aux camionnettes et montez-le chez lui, commanda-t-il.

Des contusions, des bras ou des jambes cassés, les blessures n'avaient pas manqué au cours des mois. Pourtant, les terrassiers, les conducteurs d'engin ou même ceux qui dirigeaient le ballet de métal des bennes du blondin avaient toujours rejeté, avec une sorte d'aveuglement volontaire et têtu, l'idée de la mort d'un travailleur. L'accident de Justin frappait tous les esprits, imprévisible, cruel, injuste.

Ceux qui le ramenaient à la ferme s'effrayèrent de son insensibilité absolue au balancement du brancard de fortune, puis aux cahots du fourgon, en particulier sur le chemin rugueux conduisant à la maison. Comme Warzek à l'instant où il s'était penché vers Justin, ils ne pouvaient quitter des yeux l'imperceptible pulsation des fils bleutés de sang du haut du visage, seule manifestation ténue de vie dans le corps flasque.

– Salut, Marti ! On se carapate, maintenant que tu es installé dans ta plume, plaisanta l'un des porteurs, en espérant un signe de remerciement, fût-il très incertain.

– Plus de contremaître pour gueuler dans ton dos, tu as de la chance ! ajouta l'autre avec le même rire forcé.

Mais aucun battement de cils, aucun mouvement léger des prunelles, aucune lueur, ne vint atténuer leur angoisse sourde, ni celle de Jeanne et de sa mère ni celle de Charles Neuville, qui les avait attendus auprès d'elles.

Justin avait-il perçu les paroles du médecin de Pradelles ou son instinct de survie lui commanda-t-il de ne revenir dans le monde des vivants qu'en petites étapes ? Il demeura inerte pendant une semaine, en apparence insensible à toute présence. Puis, ses paupières battirent de mouvements lents et raides, mais il parvint à montrer qu'il saisissait des questions simples, concernant sa nourriture ou ce qu'il ressentait.

Comme le praticien de campagne l'avait laissé espérer, une parole encore maladroite accompagna le retour de la souplesse d'une main, puis d'une jambe. Marti demanda à s'asseoir sur une haute chaise, paillée de seigle, qu'il avait fabriquée l'hiver précédent. Derrière sa fenêtre ou sur le pas de la porte lorsque le beau temps durait, il contemplait la vallée.

À ses visiteurs des hameaux proches, il ne disait rien, se renfermant dans un mutisme les conduisant à penser qu'il n'échapperait plus jamais à la léthargie d'un être profondément diminué. Lorsque Charles survenait, il se redressait. Il ne prononçait pas beaucoup plus de phrases, mais il veillait à se montrer serein, précis dans ses questions sur la fin du chantier, comme si le quotidien des travaux l'intéressait encore.

L'ingénieur en chef répondait point par point, ajoutait une réflexion ou une plaisanterie lisse, mais il devinait les idées amères qui couraient dans la tête de Justin et ses efforts pour donner le change.

– Fermez la porte, exigea ce dernier, un matin, alors que Lucile Quentin commençait à lui remuer les membres en quelques mouvements d'assouplissement.

– Vous bougez de mieux en mieux. Votre femme aimerait voir vos progrès, objecta l'infirmière, mal à l'aise en pressentant que son malade allait lui faire jouer un rôle de confidente qu'il refusait à sa compagne.

– Ma femme ! Si elle savait mes idées !

– Vous marcherez, affirma Lucile Quentin, avec toute sa force de persuasion.

– Peut-être… grinça le paralysé.

– Des béquilles d'abord, puis une canne. Vous n'êtes pas content ?

– Vu comme vous dites, je devrais l'être, mais je me sens en faute, se confia Justin Marti.

– Vous êtes fou ! Quelle faute ? murmura Lucile, désorientée par l'aveu inconcevable de son malade.

– Le seul type que le barrage ait écrasé aura été celui qui pouvait rester à l'écart. Je possédais une belle ferme qui me faisait vivre et qui ne devait pas être noyée. J'aurais dû rester ici, travailler, me tenir au sec. Le barrage m'a tourné l'esprit. J'ai voulu gagner de l'argent. Je suis responsable de ce qui m'est arrivé, se déchira-t-il.

– Vous l'avez fait pour votre femme, pour Jeanne.

– Maintenant, elles ont un pauvre type à vie, s'emporta Justin Marti.

– Taisez-vous ! protesta Lucile Quentin d'une voix assourdie par l'émotion.

– Pourquoi tu cries ? demanda la paysanne, dans la cuisine.

– Fous le camp aux étables ! éructa le paralysé, au comble du découragement.

Troisième partie

LE SILENCE DU MIROIR

13

Il devait être cinq heures du matin. Une violente clarté ruisselait sur Serret, bien qu'on dût encore attendre pendant un long moment le timide glissement de la lumière du jour. Mais, depuis la veille, tout ce qui éclairait : projecteurs des baraquements, lampadaires des rues, lampes des maisons et des établissements de plaisir, brillait, scintillait pour que la fête soit plus totale.

La nuit finissait. Une nuit de joie sans frein. De rires tonitruants. De bousculades. De coups de gueule, parce que c'était la dernière occasion de régler ses comptes. De chansons à boire. De boisson. De soûleries. De chansons de corps de garde. De corps chantant avec d'autres corps !

Le ronflement d'un moteur traversa le surprenant silence qui s'étendait depuis quelques minutes seulement sur le village, après des heures de vacarme pendant lesquelles Serret s'était dessalé.

La veuve Bru, piquée par sa curiosité insatiable, se porta à la fenêtre. Mais elle ne parvint même pas à distinguer le faisceau des deux phares, ridiculement pâles, dans l'extravagant éclat d'électricité qui semblait mettre le feu à cette aube unique.

– Théo, tu as vu ? Des gens qui partent déjà ! Qui ça peut être ? grommela-t-elle.

– Des filles de la maison. Cette nuit, il y en avait des nouvelles, qui sont venues de la ville hier soir, expliqua le garçon sans beaucoup réfléchir, assez satisfait de paraître bien informé.

– Saleté de maquerelle ! Elle a dû gagner une fortune, en faisant monter ces garces parce qu'elle savait que les hommes se débaucheraient pour la fin du chantier.

– Elle va fermer demain ou après-demain, assura Théo.

– Comment tu sais ces choses ? questionna la veuve, tout à coup étreinte par un doute

– Comme ça…

– Vaurien ! Bon à rien ! Tu es rentré dans ce lupanar, accusa-t-elle.

– Maman… protesta minablement Théo, le regard fuyant.

– Je t'ai appelé. Tu étais nulle part, se souvint la Bru.

Elle était abasourdie par l'énormité de ce qu'elle découvrait : son fils avait été assez hardi pour lui désobéir et il avait filé au bordel pour cette première incartade contre la volonté maternelle.

– Ne m'appelle plus « Maman ». Tu m'as déshonorée ! gémit-elle.

– Cette nuit, tous y allaient ! assura piteusement le novice de la débauche pour s'excuser.

– Dévergondé ! cria-t-elle sur le ton d'une plainte.

– Je tiens plus sur mes jambes, je vais dormir, dit-il en s'esquivant, de nouveau soumis.

Il s'engagea dans la cage d'escalier conduisant aux chambres, un peu voûté, maigrichon, bien qu'il fût à l'âge où tout sourit. Elle pouvait compter ses pas alourdis par on ne savait quel plomb.

Elle pensa aux autres : à Warzek, qui était venu boire en compagnie de Juliette, puis qui était parti au bal ; aux ouvriers qui serraient leurs conquêtes d'un soir. Elle fut obligée de s'attendrir sur son fils.

– Un pour qui le barrage n'aura rien changé… soliloqua-t-elle, malheureuse.

Dès qu'il eut disparu dans la pénombre du haut, elle commença à compter l'argent. Elle s'occupa d'abord des pièces, qu'elle rangea en petits rouleaux enveloppés de papier. En pensant encore aux frasques de Théo, elle prit plaisir à les mettre bout à bout. Ils formaient un long serpent, dont elle dut ployer la queue pour qu'il tînt sur la table.

Puis, elle passa aux billets : des biftons et des biftons. Des tout neufs, des sales, des fatigués, que les hommes s'étaient complu à lâcher cette nuit-là, alors qu'ils hésitaient à les extirper de leurs poches les jours ordinaires.

Combien d'oseille ? Une montagne. Un pactole nocturne. La veuve Bru calcula un instant, ses besicles sur le nez. Elle mit un total sous le trait qu'elle venait de tracer à la plume pour additionner les rouleaux et les liasses. Mais ce chiffre ne lui parlait pas. Elle le considéra longtemps, balança sa décision.

– Demain, je prendrai le grand sac pour porter tout ça à Lastic, dit-elle à haute voix, la terreur d'être attaquée en chemin lui nouant le ventre à l'avance.

Lorsqu'elle monta enfin se coucher pour un somme d'une heure, la veuve Bru était morose. Les deux cerises à l'eau-de-vie qu'elle avait avalées pour célébrer son état de caisse mirobolant lui avaient lavé le cerveau, décapé le raisonnement, traçant l'avenir de l'auberge avec la précision d'un scalpel débridant des chairs.

– J'aime pas Neuville, mais il a fait du bon pour moi. Maintenant, tout ça est fini ! réfléchit-elle.

En abordant sur le palier, elle entendit Théo ronfler. Elle l'imagina vautré sur le ventre, comme à son habitude. Bravement, elle parvint à repousser cette image, puis à crocher l'avenir de toute la force de son tempérament obstiné.

– Il y aura moins de buveurs de rouge, mais je donnerai à manger aux ingénieurs de la centrale : des bons repas, avec des cafés et des liqueurs, calcula-t-elle en poussant sa porte.

De l'autre côté de Serret, Charles Neuville se retourna pour la centième fois dans ses draps. Il n'avait dormi qu'un très court moment. Ce n'était pas l'argent qui le tenait éveillé, mais des insomnies de plus en plus tenaces depuis des semaines, contre lesquelles il ne trouvait aucun remède.

Comme la veuve Bru, il se livra au bilan de cette nuit pleine de plaisirs débridés et si singulière pour les hommes et décevante pour lui. Il s'était montré jusqu'aux alentours de minuit à l'auberge, puis au dancing, pour ne pas paraître étranger à la joie brute des ouvriers fêtant l'évènement exceptionnel que représentait pour eux la fin des travaux, l'ultime coup de pelle, la dernière giclée de béton.

Il avait accepté quelques invitations à boire, s'attablant, restant un moment, remerciant. Au bal, Warzek avait voulu épater la galerie, se complaisant à ses manières provocatrices.

– Vous dansez pas, patron ?

– Vous voyez…

– Vous êtes excusable : les filles sont très demandées ce soir. Je vous prête Juliette, mais il faudra me la rendre !

– Vous prenez des risques, Warzek !

Les camarades du contremaître rigolèrent, en apparence satisfaits de constater que l'ingénieur en chef comprenait la gaudriole. Charles entraîna sa cavalière pour une danse qu'il aima, d'autant qu'elle révéla une élégance et une spontanéité sans retenue. Lorsqu'il l'eût reconduite auprès de Warzek, il quitta les lieux car il devinait que les hommes n'apprécieraient ni une présence trop longue ni une familiarité appuyée.

Dans les ruelles encombrées de fêtards, certains le saluèrent, pensant sans doute qu'à cette heure tardive il ne pouvait mieux faire que de regagner sa chambre de chef solitaire, tenu à la bienséance et aux bonnes mœurs.

Charles Neuville ne retrouva pas le sommeil, mais il parvint à se persuader qu'il somnolait avec une sensation de bien-être, recroquevillé sur lui-même, s'accrochant avec l'obstination d'un loir à cette inconscience assez agréable.

La lumière du jour inondait le village lorsqu'il sortit du baraquement. Pourtant, un silence indécis et mou couvrait encore les bâtisses. Seuls des bêlements grêles de chèvres ou de moutons, énervés par leur faim matinale insatisfaite, tremblotaient de temps à autre du côté du défilé.

Alors que des dossiers importants l'attendaient, Charles éprouva un étrange besoin de marcher droit devant lui, comme s'il lui fallait se persuader qu'une journée morte allait commencer à Serret, dont la léthargie de huit heures était un signe avant-coureur.

Il erra dans les ruelles, puis revint dans la rue principale, Des bouteilles vides, des papiers, des détritus jonchaient le sol. Des vêtements avaient été jetés, abandonnés ou oubliés. Une odeur lourde, presque animale, chargeait l'air. La fête puait doucement.

Soudain, une auto freina et s'arrêta à la hauteur de Charles Neuville. C'était la Rosengart de Lucie Quentin. Il se sentit à nu au milieu du hameau vide. Que pouvait-elle penser, en le découvrant ainsi, hésitant parmi les reliquats hétéroclites de la bamboche ?

Mais l'exclamation de la jeune femme, qui l'interpella en baissant la vitre, lui fut extraordinairement agréable, comme si elle écartait enfin sa solitude de la nuit. Il lui sembla que sa voix contenait une chaleur familière, qui le réconforta.

Il l'avait rencontrée assez souvent depuis l'accident de Justin Marti. S'efforçant de rendre visite au blessé au moins une fois par semaine, il avait revu Lucile

Quentin, venue lui prodiguer des soins, à plusieurs reprises. Une sorte de complicité les avait rapprochés dans leur manière de soutenir le paysan, de le persuader de lutter pour recouvrer une partie de ses mouvements. Sans qu'ils se fussent concertés, leurs mots se rejoignaient, s'ajoutaient les uns aux autres, se renforçaient. Sans exprimer complètement leurs pensées sur l'avenir de Justin Marti, ils ne lui cachaient pas leurs inquiétudes, s'abstenant des banalités lénifiantes dont on abreuve les malades. Le paralysé les regardait tour à tour, souriant, en apparence heureux de les voir ensemble à son chevet.

– Que s'est-il passé ici ? demanda Lucile Quentin, en désignant le fouillis de la rue salie.

– Les hommes ont fait la fête, vous le devinez.

– Ils fêtaient le saint patron des barrages ? plaisanta-t-elle.

– Non, la fin des travaux. Tout est fini, insista-t-il.

– Vous allez partir ?

Il sembla à Charles Neuville que cette brève question contenait des regrets, peut-être seulement la contrariété de voir se vider la combe de Serret que Lucile Quentin avait maintenant l'habitude de traverser au milieu de l'agitation.

– La majorité des ouvriers, oui. Moi, j'attendrai l'inauguration, précisa-t-il.

– Ce matin, vous avez l'air perdu, sans les hommes et sans les bulldozers à commander, observa-t-elle.

– Peut-être, concéda-t-il.

– Vous avez la gueule de bois, mais vous ne voulez pas l'avouer !

– Je n'ai bu que deux ou trois verres, crut-il utile de préciser avec un sérieux un peu ridicule, ce qui la fit rire.

– Montez avec moi : l'air des hauteurs vous fera du bien.

– Si vous voulez.

– Quand vos types sortiront de leurs casernes, ils seront heureux de ne pas vous voir dans leurs jambes, ajouta-t-elle, railleuse.

Lucile Quentin démarra avec vigueur, mais dès que la Rosengart aborda la dure montée et les chapelets de virages, elle conduisit tout en douceur, comme si elle voulait transformer la visite prévue à Justin Marti en un petit voyage d'agrément.

Après son isolement amer de la nuit au milieu des ouvriers en ribote, le coude à coude auquel les forçait l'exiguïté de la voiture lui procura un sentiment de réconfort et de familiarité avec sa compagne de route, qui lui fit du bien. Charles pensa que c'était une sensation un peu trop simple, une sorte de satisfaction presque animale d'être deux. Mais, pour ne pas affadir son plaisir, il évita de parler, ne répondant que par des approbations brèves aux remarques de la conductrice sur l'état de la chaussée, la fuite d'un écureuil devant les roues, ou l'inconscience de deux ou trois paysans menant une voiture à cheval zigzaguante, qu'ils dépassèrent en faisant un brusque écart.

– Vous êtes peu communicatif, aujourd'hui, constata Lucile Quentin, alors qu'ils apercevaient déjà la ferme de Marti.

– Excusez-moi, je suis sans doute un peu fatigué.

– Vous ne m'avez pas questionnée sur la santé de Justin, reprit-elle sur le ton d'un reproche.

– Parler n'aurait servi à rien. Je préfère le voir.

Elle ne répondit pas. Dès qu'ils entrèrent dans la cuisine, Charles vit que les traits du paralysé s'étaient détendus et que le peu de gestes qui lui étaient revenus semblaient moins lents qu'auparavant. Moins saccadés aussi : quand il bougeait avec peine l'un de ses bras, Marti ne ressemblait plus autant à un gros automate désarticulé.

Charles sortit au moment où l'infirmière allait commencer ses soins et ses manipulations obstinées pour ranimer les nerfs et les muscles inertes. Bizarrement, il eut envie de regarder ses mains. Ses doigts étaient élégants, presque fragiles.

– Vous pouvez rester, mais vous verrez pas du beau. Aux goulottes, j'étais léger comme un papillon, maintenant je suis plus qu'un pape-merde* ! fit Justin Marti.

– Au revoir. Je préfère vous laisser à votre masseuse.

– Je croyais que vous étiez comme d'autres qui viennent ici : déjà habitué à me voir à demi-raide.

– Je reviendrai, promit Charles, un peu honteux que le paysan ait deviné sa gêne.

Il avança sur le replat assez étendu où la ferme ancrait ses bâtiments harmonieux depuis des générations. En attendant Lucile Quentin, il observa avec attention les nuances complexes des pierres,

* Bousier lourd et lent.

celles des lauzes sur les toits, avec leurs traînées de lichens qui allaient du grisâtre au safran clair, selon l'exposition.

Assez loin sur la pente, qu'occupait un grand pâturage fané, Jeanne surveillait le troupeau. Il lui adressa un signe de la main, auquel elle répondit avec une espèce de retenue. Il vit qu'elle lui souriait, mais elle ne s'approcha pas. Il se demanda si elle le haïssait.

– Vous lui avez parlé ?

– Non, j'ai hésité, admit Charles, pris de court par la question de Lucile Quentin, qu'il n'avait pas entendue marcher derrière lui.

– Ne restons pas là. Il ne faut pas s'éterniser chez les gens, même quand on leur veut du bien.

– Elle a beaucoup changé. Elle fait déjà jeune fille, vous ne croyez pas ? observa-t-il.

– Oui, convint Lucile Quentin, elle a beaucoup mûri en peu de temps.

– Je l'ai photographiée autrefois. C'était une fillette que je ne connaissais pas, murmura Charles.

– Vous pourriez me montrer la photo ! s'exclama la jeune femme, d'une voix enjouée, mais en pressentant que ce souvenir remuait l'ingénieur en chef.

Le retour à Serret fut rapide, meublé par une conversation intermittente, comme si les deux occupants de la voiture préféraient se laisser pénétrer par la sérénité de la fin de matinée.

– Vos troupes se répandent, mais elles n'ont pas encore complètement décuvé ! ironisa Lucile, en évitant un individu marchant au milieu de la route.

– Merci.

– Attendez ! le retint-elle avec un ton d'exigence inattendu.

– Vous voulez monter dans mon bureau ? J'ai du mauvais café à vous proposer.

Elle arrêta la Rosengart devant les baraquements, coupant le moteur avec une espèce de brusquerie. Elle se tourna vers lui et le dévisagea avec l'intensité qui faisait flamboyer son regard quand elle se départissait de sa réserve pour défendre une idée qui lui tenait à cœur.

– Je peux espérer une promesse de la part de l'ingénieur en chef ?

– Dites toujours ! voulut-il plaisanter parce qu'il la sentait grave tout à coup.

– La Compagnie s'acharnera pour ne rien accorder à Justin Marti et à sa famille, n'est-ce pas ?

– C'est assez probable. Les avocats plaideront contre lui en avançant une faute.

– Promettez-moi de tout tenter pour que Justin ait une pension et pour que Jeanne puisse poursuivre des études, si elle le veut, articula-t-elle avec fougue, animée par une force de conviction qui décontenança Charles Neuville.

– Marti a fait une faute, mais je me battrai jusqu'au bout, je vous l'assure.

– Vous m'auriez beaucoup déçue en vous esquivant, avoua-t-elle, avec gravité.

– À mon tour d'exiger une promesse ! Moins difficile à tenir, je crois ! lança-t-il en feignant la désinvolture, pour ne pas trahir son émotion.

– Que voulez-vous ? souffla-t-elle, de nouveau sur la défensive.

– Je vous propose un voyage à la préfecture, si vos éclopés et vos parturientes vous accordent quelques heures. Je vous promets de vous ramener pour votre service de nuit.

– Non, refusa-t-elle, je vous rejoindrai avec ma voiture.

– Samedi ? Où dois-je vous attendre ? demanda Charles en adoptant un ton cérémonieux.

– Au jardin public. Du côté du kiosque à musique.

– Vous verrez, dit-il en quittant la Rosengart, je vous ferai découvrir une bonne table.

Il ne fut pas dupe des sourires entendus des hommes qui regardaient la petite voiture s'éloigner entre les rangées de poteaux, en direction de Pradelles. Ces individus considéraient la conductrice avec un appétit de chiens : bonne à prendre comme celles qu'ils avaient serrées dans leurs pattes ou sautées au cours des heures précédentes.

Il regagna son bureau. Des piles de chemises, aux nuances pastel, le sollicitaient. Il commença à signer des factures que la fin des travaux multipliaient depuis plusieurs jours. Parfois, il pensait à Lucile Quentin. Ses gestes, ses mots bien choisis lui revenaient avec une extrême précision. Et surtout cette passion, cette puissance de persuasion, qu'elle avait jetée contre lui, comme dans un combat personnel, pour défendre la cause de Justin Marti ! Charles fut heureux de partager la même conviction qu'elle, le même sentiment d'injustice, si la Rigord opposait une fin de non-recevoir totale.

Il n'était pas pressé de la revoir. Il ne doutait pas de la singularité de leur journée à la ville, curieux de découvrir le comportement de l'infirmière zélée de Pradelles dans un cadre tout à fait différent du bourg et hors de ses préoccupations habituelles. Cependant, il redouta à plusieurs reprises qu'elle retînt cette complicité de sensations et de sentiments qui les avait unis, en évoquant l'avenir de Justin et de Jeanne.

Il n'était pas dix heures quand il aperçut la Rosengart, qu'elle garait le long du parc. Elle descendit, en robe colorée, la taille cambrée par des talons hauts, sans doute. Il la laissa entrer, traverser une allée déserte, s'approcher du kiosque. Charles la trouva belle, élégante aussi. Elle avait su choisir une tenue qui lui donnait de la classe, bien qu'elle provînt à l'évidence d'une boutique de confection.

– J'ai pu me libérer assez tôt, expliqua-t-elle d'une voix qui sonnait léger.

– Pas de malade grave, cette nuit ?

– Vous auriez été bien ennuyé à m'attendre ! le défia-t-elle.

– Je n'étais pas inquiet. Je savais que vous viendriez.

– Bien sûr ! Je vous l'avais promis ! sembla-t-elle regretter.

– Nous avons du temps avant le déjeuner. Nous pourrions boire un café ou faire du lèche-vitrines dans les rues commerçantes, si vous préférez.

– Je veux entrer dans une librairie. J'espère qu'il y aura des nouveautés ou des livres que je n'ai pas encore lus.

– Je vous accompagnerai, si vous n'y voyez pas d'inconvénient. Mais je serai discret. Le choix d'un ouvrage qu'on aime est quelque chose de très personnel.

– Je n'ai pas de goûts inavouables, vous savez ! dit-elle en riant.

Charles hésita, ne sachant comment se comporter. Accepterait-elle un geste de familiarité ou même qu'il lui prît le bras ? Finalement il resta sur une prudente réserve, marchant à côté d'elle, l'écoutant parler sans la regarder de façon trop directe.

À cette heure encore matinale, le jardin était presque désert. Seuls des vieux désœuvrés erraient dans les allées mal entretenues. Un individu terne, peut-être un fonctionnaire chargé d'une mission banale dans la ville, les dépassa serviette noire à la main, pressé.

Le sable grossier de la promenade crissait sous leurs pas. Sans ce bruit de griffure, le parc eût pu paraître totalement vide. Mais, comme le soleil montait, un peu de chaleur se glissait entre le semis d'ombres rondes que faisaient de jeunes arbres taillés en boule. En passant devant le jet d'eau, Lucile ralentit, puis s'immobilisa pour examiner la nymphe de bronze un peu raide qui l'ornait.

– C'est curieux, je suis passée vingt fois ici, mais je n'avais jamais vraiment vu la statue ! s'exclama-t-elle.

– Vous n'aviez pas manqué un chef-d'œuvre, mais je suis tout de même heureux que vous la découvriez parce que je vous ai invitée.

Les rues marchandes n'occupaient pas une très vaste superficie, mais pourtant les visiteurs de la préfecture ne connaissaient qu'elles. Au-delà de l'ovale presque parfait dans lequel elles s'inscrivaient, les maisons étaient si banales qu'on traversait les quartiers sans rien remarquer, comme si ces lacis de rues n'existaient pas.

Les boutiques ouvraient assez tard, mais lorsque Charles et Lucile Quentin arrivèrent sur la place principale, les clients pullulaient déjà : campagnards un peu empruntés, qu'on reconnaissait à leurs habits du dimanche démodés, citadines pressées courant à leurs courses de la matinée, mais disposant toujours d'un moment pour s'immobiliser en petits groupes d'amies ou de relations, échangeant les derniers ragots.

Dans les rues étroites, on se bousculait. Des remous humains se formaient aux carrefours, qu'il était difficile de franchir. Comme cette agitation et ces mouvements avaient failli les séparer à plusieurs reprises, Charles prit le bras de la jeune femme, qui parut heureuse de se sentir guidée dans la foule.

Tout près de la librairie où elle désirait se rendre, il relâcha son étreinte légère, qui n'avait duré que quelques minutes. Lucile le regarda comme si elle était surprise, parce que la chaleur et la pression des doigts masculins sur sa peau, qui lui avaient procuré une indéniable sensation de confiance et de sécurité, avaient cessé.

– Merci, souffla-t-elle.

– Ces gens vous auraient écrasée ! plaisanta-t-il, mais elle devina que son esprit était ailleurs.

– Qu'y a-t-il ? Depuis une seconde, je vous sens tendu…

– Mais non ! Entrons dans votre librairie, suggéra-t-il en riant pour donner le change.

Il venait d'apercevoir Mme Campan à vingt mètres. Il la voyait de profil, engagée dans un tête-à-tête serré avec une autre bourgeoise, qui semblait tout aussi énergique qu'elle. Un mouvement inopportun des yeux et la femme du sénateur remarquerait la silhouette de son gendre !

Le visage de Charles se ferma, tant il se jugeait ridicule de ne pas avoir envisagé l'éventualité de cette rencontre. Il chercha avec précipitation des mots qui se refusèrent. Comment présenterait-il Lucile à la mère d'Hortense ? Et surtout quels arguments opposerait-il à Mme Campan lui reprochant de ne lui rendre visite que très rarement, alors qu'il semblait disposer d'une journée entière pour flâner en ville en compagnie d'une inconnue ?

– Oui, entrons. Vous verrez : choisir un livre me prend beaucoup de temps !

– Je vous attendrai en regardant les rayons. Je viens si peu souvent ici…

– Vous pourriez continuer à faire du lèche-vitrines. Nous nos retrouverions ensuite, proposa-t-elle.

– Non, je vous suis, mâchonna-t-il, comme s'il était pris en faute.

Le libraire salua Lucile Quentin sans familiarité, mais avec une chaleur aimable, indiquant à l'évidence qu'il la reconnaissait. Charles se demanda si elle se rendait souvent dans le magasin et si elle achetait beaucoup de livres. En se posant cette question, il eut le sentiment de tenter de pénétrer par effraction dans l'intimité quotidienne de l'infirmière, mais il s'attarda à son interrogation car elle lui était agréable. À quel moment de la journée Lucile Quentin aimait-elle lire ? La nuit ?

Elle prenait un ouvrage sur les longues étagères de chêne patiné, elle en parcourait quelques lignes, une page peut-être, elle le reposait, passait à un autre rayon. Il la suivait dans cette hésitation littéraire, heureux de l'attendre, comme si la lueur de ses yeux, qui s'allumait un bref instant, le mouvement léger de ses doigts sur le papier, lui livraient une part de sa personnalité.

– Vous pouvez venir. Je crois que j'ai enfin ce qui me plaît. J'achète le théâtre de Claudel, décida-t-elle, en lui montrant deux volumes reliés.

– Vous aimez les choses difficiles ?

– Pourquoi, difficiles ? dit-elle en souriant.

– Je répète ce que j'ai entendu dire au sujet de Claudel. À vos yeux, je suis ignare sans doute !

– Vous ne lisez pas ?

– Non, je n'ai pas le temps.

– Vous n'avez jamais vu du Claudel à Paris. Vous n'alliez pas au spectacle ?

– Non ! Même raison : pas le temps !

– Vous êtes un vrai rustre ! constata-t-elle, moqueuse et proche à la fois.

Lucile ouvrit l'ouvrage, lui en montra le papier de grande qualité, les caractères élégants et quelques illustrations au trait qui en rehaussaient la qualité et la beauté.

– Vous aimeriez aller souvent au théâtre, n'est-ce pas ? demanda Charles, sans deviner qu'il ravivait une frustration lancinante.

– Oui, beaucoup. Pour me consoler du désert de Pradelles, j'achète Claudel, vous voyez ! C'est dérisoire, mais j'adore ! se confia-t-elle.

– Donnez ! fit-il en lui prenant les volumes des mains.

– Que faites-vous ? protesta-telle.

– Permettez-moi de vous offrir Claudel pour vous remercier d'accepter de fréquenter un plouc de Serret.

– Si vous voulez, accepta-t-elle.

Charles avait prévu de déjeuner au *Royal Cardinal*, au nom pompeux et grotesque, mais à la réputation gastronomique justifiée. Une salle à la décoration un peu démodée, un service discret, mais de grand style, ajoutaient au charme de l'endroit.

– Vous venez souvent ici ?

– En repas d'affaires quelquefois. Vous me voyez manger seul, face à l'argenterie ? ironisa Charles.

Lorsque leurs menus furent enregistrés, il choisit un margaux de prix, qu'il aimait particulièrement. Elle se déclara inculte en vins. Mais elle trouva des mots justes pour exprimer son plaisir de déguster un cru qu'elle ignorait. L'euphorie la gagna-t-elle ? À la fin du repas, elle engagea la conversation sur un terrain auquel elle n'avait fait aucune allusion depuis longtemps.

– Vous allez commencer de noyer la vallée, n'est-ce pas ? questionna-t-elle sur un ton assez tendu, qui surprit son compagnon de table.

– Oui, ça ne va pas tarder, admit-il.

– Vous devriez accorder un sursis à tous ces gens, affirma-t-elle.

– C'est impossible ; une centrale électrique est faite pour fonctionner dès qu'elle est construite.

– Vous êtes l'ingénieur en chef. Vous pouvez retarder la fermeture des vannes, plaida-t-elle avec force.

– Non. Si je refusais de noyer Albepeyre et tous les hameaux, d'autres le feraient plus brutalement que moi, essaya-t-il de lui expliquer.

– Vous êtes donc insensible ! s'exclama-t-elle, le regard brillant, presque hostile.

Lorsqu'ils se séparèrent devant la Rosengart vers laquelle il l'avait reconduite, il chercha maladroitement à effacer le malaise qui avait plané sur la fin de leur repas. Mais il ne se sentit pas du tout assuré des sentiments avec lesquels elle se glissa dans l'auto.

14

Le chantier était mort. Le sang d'agitation et de bruit ne coulait plus dans ses veines. Des formes hétéroclites l'encombraient encore, gisant ici ou là, figées et inutiles. Des tas de ferraille commençaient à roussir de rouille. Des amas de planches et de bastaings mal rangés faisaient des monticules. Des outils abandonnés, des pièces d'appareillages démembrés traînaient, malgré les ordres formels de Charles Neuville de tout rassembler et de tout disposer en bon ordre. On eût dit les épaves de quelque naufrage, totalement inimaginable dans ce tronçon de vallée. C'étaient les débris du combat de plusieurs années, gagné par les ingénieurs et les ouvriers.

Des équipes les enlèveraient peut-être un jour, comme les insectes nécrophages nettoient des dépouilles de petits animaux. Mais elles seraient impuissantes à faire disparaître rapidement les carcasses métalliques de tracteurs vaincus, moteurs en panne, carrosseries broyées ou déglinguées par des rochers rebelles. Charles les avait examinées à plusieurs reprises. Finalement, il avait décidé qu'on les recouvrirait de branchages pour les soustraire à la vue du président Lebrun et de sa suite.

Mais il était certain que les plaies les plus profondes demeureraient visibles pendant des années, peut-être même pendant une génération, jusqu'à ce que la nature généreuse les eût cicatrisées, les couvrant de genêts, de bouleaux blancs et de sorbiers. La carrière béait, grisâtre, enlaidie par les silhouettes de poutrelles et de tôles des broyeurs enfin silencieux.

L'ingénieur en chef avait donné ordre de démanteler le blondin. Quelques mouches humaines dévissaient, tapaient à grands coups de marteau, balançaient les esquilles du gigantesque squelette de fer sur le sol, où d'autres ouvriers les empilaient avec un certain soin. Bientôt, seuls les pylônes se dresseraient encore sur la ligne harmonieusement courbe des collines. On en viendrait à bout ! Charles Neuville était satisfait.

Plus bas, Serret se vidait comme une baudruche percée, retombait à son état de hameau. Les chiens, les volailles et les vaches pourraient de nouveau traîner, sans risque d'être écrasés. Les volets du lupanar étaient clos à jamais, comme les portes du bal. Seule, la Bru tenait bon.

Cependant, Serret regardait ses fantômes de métal et de pierre. Pendant deux ou trois journées, les engins avaient évacué les lieux dans un vacarme dantesque, mais certains étaient toujours sur les parcs à matériel, refusant de démarrer, inertes. Warzek avait renoncé à les ranimer en jurant des grossièretés.

Les baraquements déserts frangeaient le vieux hameau d'une sorte de friche de moellons et de toitures laides, insultant la noblesse des belles façades des maisons séculaires. En se forçant à regarder les baraques, leurs clôtures en béton moulé, les rues défoncées, Charles ressentait un malaise. Mais il était impuissant à raser toute cette laideur car Delalande n'accepterait jamais de débourser l'argent nécessaire.

Robert Josselin et les autres ingénieurs avaient regagné Paris. Les ouvriers étaient partis vers d'autres travaux pour le compte de la Rigord ou vers des destinations inconnues. Seuls, Warzek et une poignée d'hommes continuaient de parcourir les rues de Serret, arrière-garde désœuvrée, dont l'occupation principale consistait à rendre présentables les lieux que foulerait l'escorte présidentielle.

Les ingénieurs vérificateurs du ministère des Travaux publics étaient arrivés. C'étaient des pontes parisiens que les couchettes spartiates avaient effrayés. Ils logeaient à l'hôtel de Pradelles-le-Château. Ils montaient chaque matin vers dix heures, passaient saluer Charles avec des airs distants, puis se dirigeaient vers le barrage. Ils l'inspectaient, sans doute avec méthode, prenaient des monceaux de notes. À la fin, ils diraient si le mur pourrait contenir derrière lui la révolte de la rivière, surprise de buter contre cet obstacle que des hommes d'ailleurs avaient choisi de lui opposer, en allant contre toutes les lois de la Nature.

Aucune inquiétude ne traversait l'esprit de Charles, mais il les regardait s'éloigner avec le sentiment qu'ils le considéraient comme un étudiant de première année. Lorsqu'ils réapparaissaient le soir, leur visage de marbre confirmait leur certitude de posséder un cerveau supérieur.

Charles ne se défaisait que difficilement de ses habitudes. Très tôt, il montait vers le replat familier, d'où surgissait le spectacle saisissant de l'échine gigantesque de béton fermant la vallée. Le soleil levant jetait une clarté flamboyante sur le haut du dos voûté, mais, au fond de la gorge, la pénombre demeurait, d'abord floue, presque noire ensuite.

Il se croyait absolument seul. Pourtant, un matin, une silhouette sortit d'un fourré, puis s'avança vers lui. C'était Maillebuau, le maire d'Albepeyre, dont la présence et cette manière de se cacher, à cette heure matinale, étaient pour le moins étranges.

– Vous vous planquez comme un braconnier ?

– Je voudrais pas qu'on nous voie ensemble.

– Vous avez de drôles de peurs. Il n'y a personne à cinq kilomètres à la ronde.

– Ne vous y trompez pas : des gens d'Albepeyre descendent épier ce qui se passe ici. On dit que vous montez tous les matins.

– Que voulez-vous, Maillebuau ? demanda Charles, que les sous-entendus de l'élu agaçaient.

– Vous prévenir. Quand l'eau arrivera au village, il y aura du grabuge.

– Les habitants d'Albepeyre ont accepté de vendre leurs bâtisses et leurs terres à la Compagnie, qui a payé comptant et qui a construit des maisons au sec pour ceux qui ne sont pas partis ailleurs. Maintenant, ils n'ont aucun droit à protester, vous le savez, rappela l'ingénieur en chef.

– J'ai reçu des menaces. Nous risquons l'émeute, dit Maillebuau.

– Vous êtes le maire. Arrangez-vous pour maintenir l'ordre, le rabroua Charles, qui se souvenait du piège qu'il lui avait tendu.

– Aidez-moi. Je voudrais maintenir la paix dans notre village.

– Vous avez peur de perdre votre mairie, n'est-ce pas, si certains de vos administrés font un drame, quand Albepeyre sera noyé ?

– C'est possible, admit Maillebuau, le visage défait.

– Vous avez déjà retourné votre veste plusieurs fois. Vous trouverez des bonnes paroles pour les amadouer.

– Vous êtes l'ingénieur en chef. C'est un titre qui impressionne. Je vous appellerai, quand l'eau sera proche. Venez à Albepeyre ce jour-là, quémanda le maire, d'une voix tendue.

– En somme, vous m'invitez à me faire écharper ? persifla Charles.

– Je suis pas né de la dernière pluie : il y aura les gendarmes de Pradelles.

– Maintenant, laissez-moi, Maillebuau, l'écarta Charles, sans rien promettre.

Il était mécontent d'avoir été surpris dans ses réflexions, mais les avertissements de l'édile firent remonter dans sa mémoire des frôlements dans les buissons, des craquements dans les châtaigneraies proches de son observatoire, auxquels il n'avait pas vraiment prêté attention, mais qui devaient trahir la présence d'individus épiant ses mouvements.

Charles Neuville avait calculé la durée nécessaire au remplissage de la retenue et à la formation du lac qui donnerait un visage nouveau à la vallée. Il se répéta la date prévue, à laquelle l'eau atteindrait son niveau définitif. Mais un besoin irrépressible de voir et de sentir le poussa à se pencher sur la gorge géante, dès qu'il fut assuré que le maire ne pouvait plus l'apercevoir. Comme un enfant, il jeta un caillou dans l'abîme immense. Aucun bruit ne lui parvint. Seulement une odeur étrange de vide, humide, douceâtre, inquiétante si on s'obstinait à la respirer.

Charles demeura longuement immobile, les yeux rivés sur les rochers hérissés d'arêtes brutales du fond, comme saisi de fascination, imaginant les remous du courant qu'il allait lâcher contre eux. Tout à coup il fut extraordinairement impatient d'obtenir le feu vert des inspecteurs.

Delalande lui téléphona la nouvelle deux semaines après qu'ils eurent rejoint Paris. Malgré sa froideur d'esprit, sa voix vibrait dans le grave, peut-être seulement à cause des gains qu'il escomptait pour bientôt.

– Mon cher, vous avez la bénédiction des experts du premier coup. Bravo !

– Je libère la rivière demain, s'enthousiasma Charles.

– Attendez l'autorisation écrite, qui ne demandera pas plus de deux ou trois jours. Corton vous la remettra en main propre.

– Toujours Corton ! persifla Charles.

– Soyez beau joueur ! Il ne sera jamais qu'un facteur ! s'amusa Delalande.

Le soir même, Neuville réunit les ouvriers et les contremaîtres qu'il avait maintenus à Serret pour l'opération, toujours un peu risquée, de la mise en eau du barrage d'autant que des pluies tombées en amont avaient renforcé le courant.

– On pourrait faire sauter le batardeau, la flotte cavalera vers le bas, proposa Warzek, expéditif.

– Vous aimez bien ce genre d'amusement ? ironisa Charles.

– Un gros coup de gomme* ! Ce sera le signal pour toute la vallée, articula le Tchèque.

– Je préfère jouer avec les vannes : on fermera celles du barrage, puis on ouvrira celle du batardeau, pour remettre la rivière à sa place, trancha Charles.

– Moi, après ces années de travail à crever, j'aurais préféré faire du boucan ! regretta le contremaître.

– Vous avez des instincts de cosaque ! railla Charles.

– Le courant, nous le tenons maintenant ! s'exclama Warzek, comme si la rivière eût été un animal qu'il venait de réduire au calme.

Chaque geste de la mise en eau de la retenue de Serret se déroula comme l'ingénieur en chef l'avait prévu. La cohorte peu nombreuse qui se mouvait autour de lui était-elle subjuguée par l'importance du moment qui les rassemblait, tendus, attentifs aux ordres ? Un silence étrange les unissait, seulement

* Dynamite-gomme.

traversé par les commandements indispensables de Neuville et des contremaîtres.

Lorsque les manœuvres se terminèrent et que le flot puissant se déversa, puis se révulsa contre le barrage, ils s'élevèrent tous, en essayant de courir sur la pente raide, comme s'ils redoutaient de manquer quelques secondes du spectacle qu'ils avaient tant de fois imaginé.

L'eau se brisait d'abord, se déchirait en langues de vagues, qui léchaient le béton, longues flammèches vertes et bleues retombant pour se fondre en tourbillons.

– Écoutez, murmura Charles.

– Ce bouillon formidable, je l'oublierai jamais, affirma Warzek.

– Il finira en silence absolu : dans quelques mois.

– Vous croyez, patron ?

– Vous ne verrez plus bouger une ride : un miroir, précisa Charles Neuville, avec gravité.

– Le silence du miroir…

– Vous avez parfois de belles idées, admit Charles Neuville, plus ému qu'il ne voulait le laisser paraître.

S'il avait cédé à l'envie du Tchèque de dynamiter le batardeau, Hilarian Boudet aurait-il compris que le fracas de l'explosion signifiait l'inondation de la vallée ? Depuis des semaines, il se confinait autour d'Igues-Basses, occupant ses journées à de petits travaux inutiles. Il s'était même abstenu de monter à son observatoire, d'où la raréfaction des hommes sur le chantier lui serait apparue, préfigurant la fin de l'espèce de sursis dans lequel il vivait.

Peu à peu, le vieux solitaire s'était résigné à partir comme on se résigne à mourir. Des instants de révolte secouaient encore cette acceptation insidieuse, mais il remarquait qu'ils devenaient moins fréquents et moins violents. Sa tristesse même lui semblait moins lancinante, adoucie d'une sorte d'indifférence par le temps qui coulait. Une attente. Confuse. Débilitante. Amère. Sans savoir qui ou quoi l'alerterait.

Était-ce avant ou après midi ? Hilarian n'était certain que d'une chose : il n'avait pas encore mangé. Une faim légère lui grattait l'estomac, seule sensation agréable dans l'accablement de chaleur qui le rendait léthargique.

Tout à coup, la chienne se mit à aboyer furieusement au fond du pré, en décrivant des cercles autour d'un adversaire invisible, face auquel elle s'accrochait au sol pendant deux ou trois secondes, reculant ensuite pour se lancer de nouveau à l'assaut.

Hilarian peinait dans l'herbe assez haute, mais en s'aidant de son bâton de houx, il parvint assez rapidement à la lisière de la prairie. La bête s'immobilisa un instant. Puis, se sentant plus forte de la proximité de son maître, elle se précipita de nouveau à l'attaque.

Le vieux rappela la chienne, l'obligea à se placer derrière lui, où elle continua de gronder, s'avança. À la limite d'une touffe de fougères, qu'il avait épargnée quelques jours auparavant pour en faire de la litière, une dizaine de grosses lianes verdâtres rampaient vers le haut du terrain, obstinées, mues par leur instinct, ne paraissant pas remarquer la présence de l'homme, pas plus qu'elles ne s'étaient enfuies sous les aboiements.

– Des serpents d'eau… murmura Hilarian Boudet.

Un réflexe atavique arma son bras. D'un coup adroit, il assomma l'un des reptiles. Il savait que ces couleuvres vertes étaient inoffensives. Mais, était-ce une lointaine réminiscence qui poussait tous les habitants de la vallée à les croire toujours chargées des maléfices du reptile de la Genèse, il fut heureux de l'avoir tuée aussi facilement. Il souleva les deux mètres de chair flasque, qui se plièrent sur la trique, et il la jeta au loin.

Hilarian comprit aussitôt que la masse liquide avait commencé à s'élever derrière le barrage. La faune des berges de la rivière fuyait. Les couleuvres émeraude, qu'il avait si souvent aperçues les jours de pêche, glissaient, désorientées. Sa curiosité habituelle des animaux se raviva, tendit sa volonté. Il décida de veiller les nuits suivantes pour guetter les loutres et les martres, qu'il ne reverrait plus. Les bêtes des bords de l'eau cherchaient de nouveaux et précaires territoires : dans la pénombre des fougères et des ronciers.

L'ingénieur en chef, lui, descendit à Igues-Basses dans la violence de la lumière. Hilarian, qui n'avait pas distingué le ralenti du moteur, fut aveuglé par le scintillement des chromes de la calandre au lion de la Peugeot, qui parcourut la cour comme l'une de ces boules de feu accompagnant les orages secs.

– Je suis venu vous prévenir, dit Neuville.

– Pas besoin ! Les serpents l'ont fait avant vous.

– Que voulez-vous dire ? ne put s'empêcher de demander Charles.

– Suivez-moi, grinça Hilarian, assez satisfait de l'hésitation qu'il venait de percevoir dans les yeux de ce dernier.

Ils avancèrent dans le pré jusqu'à l'endroit où le paysan avait jeté le cadavre de la couleuvre. Hilarian la décolla du sol à l'aide de son bâton et la mit sous le nez de son visiteur, qui tressaillit. Déjà en voie de décomposition, elle n'était plus qu'une loque brune de chair puante.

– Je ne vois pas pourquoi cette bestiole vous a annoncé que j'avais fermé les vannes, bredouilla Charles.

– Vous ne voyez rien, Neuville ! Moi, j'ai regardé monter les sangliers et les biches. Maintenant ce sont les serpents d'eau ou les salamandres. Votre barrage bouleverse autant la vie des bêtes que celle des hommes, accusa le vieux.

– Vous, vous allez partir ? questionna Charles avec dureté, alors qu'il s'était promis de ménager le solitaire.

– Vous êtes venu parce que vous aviez peur de trouver un noyé ? le défia Hilarian.

– Je vous offre un logement dans une maisonnette de la Compagnie. C'est assez grand. Vous pourrez emporter vos meubles.

– Ici, j'étais maître chez moi. Je vais pas payer un loyer à ceux qui m'ont foutu dehors ! cria Hilarian.

– Réfléchissez, conseilla Charles, mal à l'aise.

– C'est réfléchi : la vache à la foire, moi n'importe où… D'ailleurs, ça vous regarde pas !

– Non, mais je voulais vous aider.

– Vous êtes un homme honnête, mais vous avez cassé ma vie. Foutez le camp, Neuville, articula Hilarian avec un calme effrayant.

Le marché aux bestiaux de Pradelles-le-Château ne se tenait que dans quelques jours. Le vieillard connaissait la malignité des maquignons, cherchant ou inventant de prétendus défauts à chaque animal : trop maigre, trop gras, trop léger, trop lourd. Il gorgea la petite vache de foin et de farine pour que sa robe présentât la meilleure apparence et de la luisance. Cet ultime travail, ces gestes familiers occupaient les heures, apaisaient Hilarian. Mais les nuits duraient une éternité douloureuse.

Hilarian Boudet gagna l'étable à la pointe du jour. Il devait arriver tôt sur le foirail pour trouver une place le long de la chaîne. Il faudrait du temps sur le sentier du versant. Et la traversée de Pradelles, encombré de troupeaux et de voitures à cheval, ne serait pas facile !

Hilarian brossa soigneusement le pelage roux et même les sabots. Quand ces soins de beauté furent terminés, il fixa une corde de chanvre gris aux cornes de la bête. Docile, elle le suivit, sans aucun à-coup.

Sur la pente, les idées se bousculèrent. Elles venaient de la tête, du cœur ou des tripes, elles cernaient Hilarian. Il accélérait le pas pour les fuir, mais il présuma de ses forces. Le sang s'affolait dans ses veines. Il fut pris d'un vertige et il dut s'arrêter. Les railleries des marchands jaillissaient à ses oreilles, comme si les hommes au gros portefeuille à chaînette lui parlaient.

– Elle vaut que pour la saucisse ! C'est une chèvre ou une vache que tu veux nous vendre ?

Des visions d'une précision brutale l'assaillirent. Les maquignons la frappaient à coups répétés de gourdin, pour la forcer à monter dans un fourgon ou un wagon. L'abattoir. Le saigneur, armé de son merlin et d'un couteau d'assassin.

– Viens, ma belle, murmura tout à coup le vieux.

Ils redescendirent vers Igues-Basses. Dans le pré, Hilarian détacha la longe, se dirigea vers l'appentis, l'accrocha à son clou parce qu'il avait l'habitude de ranger chaque chose. Puis, il entra dans la cuisine, saisit le fusil sur le râtelier, le chargea en plomb de deux, à peine moins gros que de la chevrotine. Dehors, l'herbe crissa sous ses brodequins parce que le soleil brûlait déjà, annonçant une journée bleu azur, très pure.

La chienne accompagnait son maître. Il se retourna. Il la fixa, cherchant ses yeux à l'iris jaune. Elle avait compris sa terrible décision, levant vers lui sa tête fine, sur laquelle sa peur collait ses oreilles. L'échine charbonnée frémissait.

– Allons, ma belle, c'est ton moment, dit doucement Hilarian.

Il appliqua le canon double sur le front de la vache. Il tira sans détourner son regard du mufle qu'il avait si souvent caressé. Elle tomba comme une masse, presque aussitôt inerte. Il demeura immobile à considérer la robe fauve, les cornes en lyre dont le coup n'avait pas rompu l'harmonie. Il était désespéré, mais très satisfait de son geste.

Il regagna le petit hangar dans lequel il tenait ses outils. Il se munit d'une pioche, d'une pelle et d'une *marre**. À pas lents il revint près du cadavre. Il commença à creuser. Le tapis d'herbe drue lui opposa une résistance qui l'épuisa rapidement. Son cœur battait à tout rompre et il se sentit au bord de la défaillance. Haletant, il épongea les filets de sueur trempant son visage et son cou.

– Tu partiras pas maintenant ! Si je continuais, tu m'aurais la peau ! Je ferai ton trou à la fraîche, décida Hilarian.

Avant de se mettre à l'abri de la canicule de midi, il alla se munir d'une sorte de grand drap de toile de jute, dont il se servait pour coltiner des monceaux de feuilles sèches destinées à la litière d'hiver de la bête, qu'il rassemblait dans les châtaigneraies. Il couvrit la dépouille arrondie.

Après le repas, économisant ses gestes, replié sur lui-même, le corps en boule, comme pour tenir ses émotions prisonnières, il resta assis dans la pénombre tiède jusqu'à la nuit.

Lorsqu'il reprit sa besogne, la lune pleine éclairait entièrement la prairie. Elle suivait chacun de ses efforts, de ses gestes encore souples en dépit de son âge. Elle était au zénith du vallon d'Igues-Basses. Impavide. Regardant ce paysan farouche, ce rebelle dérisoire, au bord de la folie peut-être, enterrer sa vache presque naine. Enterrer sa vie d'Igues-Basses, qu'il avait tant aimée.

---

* Sorte de forte houe qu'on utilisait pour défricher ou extirper des souches.

Curieux ou cruel, désirant assister à ce spectacle terrestre si rare pour lui, l'astre ne semblait pas bouger. Hilarian Boudet se découragea à plusieurs reprises, jetant la pelle, reprenant la *marre*, pelletant de nouveau la terre compacte.

Enfin, il jugea que la fosse atteignait une profondeur capable d'engloutir le cadavre animal et ses souvenirs, en nombre incertain il est vrai. Encore fallait-il se montrer capable de tout tirer au fond !

– J'aurais dû lui laisser la corde aux cornes : ce serait plus facile maintenant, regretta-t-il.

Hilarian se hissa avec peine hors du trou. Il erra un moment dans le pré, à la recherche d'un *plansol** qu'il pensait y avoir oublié. En désespoir de cause, il revint fouiller dans les ressources du hangar, y découvrant une solide perche qui pouvait faire levier.

La lune pâlissait. Le ciel devenait laiteux. Bizarrement, Hilarian Boudet eut la sensation d'être en retard sur il ne savait quel horaire irréel. Il se hâta. Il parvint assez facilement à introduire la perche sous la bête. Bandant tous ses muscles de vieillard, il la bascula lentement. L'air lénifiant de l'autan, qui ouvrait le jour, ruissela dans la fosse avec les pelletées de terre, qui demandèrent encore beaucoup d'efforts.

Quand le ratissage du rectangle de sol remué lui donna enfin satisfaction, il décida d'aller se reposer une heure ou deux. Mais, au lieu de gagner son lit, il partit s'étendre à l'abri des buis, comme il le faisait souvent pour la sieste.

* Gros baliveau de châtaignier poussé en taillis.

Hilarian occupa les heures qui suivirent son court sommeil à ranger quelques objets dans la cuisine et à détruire des papiers anciens. Après le repas, il bourra un gros sac d'un contenu mystérieux.

Avant de quitter Igues-Basses pour toujours, il se livra à une inspection de chacune de ses parcelles exiguës. Puis, il revint vers la maison, les mâchoires serrées, le regard déterminé. Finalement, il ferma la porte à double tour. Avec un ahan qui lui arracha la poitrine, il jeta la clé dans les arbres.

– Viens, on va crever de chaud ! annonça-il à la chienne.

Ils ne débouchèrent dans la cour de Justin Marti qu'à la tombée du soir. Le paralysé contemplait l'horizon, respirant mieux après les heures brûlantes. Il tendit une main malhabile à Hilarian.

– Je croyais pas te voir debout. Tu te sers de ta patte comme un jeune de vingt ans.

– Je t'attendais un de ces jours. À ce qu'on dit, l'eau monte, articula Marti, sans paraître remarquer les paroles réconfortantes de l'arrivant.

– Oui, tout monte : l'eau, la sauvagine, les serpents... C'était l'heure de filer, confia Hilarian.

– Tu as mené ta vache à la foire de Pradelles ?

– Que voulais-tu que j'en fasse ? s'emporta le solitaire d'Igues-Basses avec une violence qui décontenança Justin Marti.

– Tu mangeras la soupe avec nous et tu passeras la nuit.

– Demain, je te laisserai la chienne, proposa Hilarian Boudet d'une voix précipitée.

– Te gêne pas. Je te l'avais proposé. Et depuis mon accident, il me semble que j'aime de plus en plus les chiens, se confia Justin.

– Tu verras, elle est bonne fille ! plaisanta Hilarian, en caressant sa bête d'un léger mouvement de son bâton.

Au cours du repas, la mère de Jeanne fut surprise par la douceur avec laquelle leur hôte sourit et parla à sa fille, alors qu'elle avait pensé que celui-ci, confiné dans la solitude pendant des années, se comporterait en ours. Sans prendre un tour joyeux, la conversation s'écoula, lisse et agréable.

Le lendemain, Justin Marti décida d'accompagner son ami sur le chemin de pierres de la ferme. Appuyé sur ses cannes, il se raidit pour parvenir à sa jonction avec la route bitumée, là où le paysage familier semblait se terminer sur l'inconnu.

Les deux hommes progressaient en silence. La gorge d'"Hilarian Boudet se nouait chaque fois qu'il devait ralentir pour attendre son ami. Il eut envie de lui exprimer de la compassion, mais il se tut, devinant qu'il l'humilierait par des mots maladroits. Lorsque la séparation devint inéluctable, ils se serrèrent la main. Puis, Hilarian commanda à sa chienne de s'immobiliser et la menaça de son bâton, pour qu'elle comprît qu'elle ne devait pas le suivre.

– Tu aurais pu rester des semaines, dit Justin Marti.

– J'ai passé une bonne soirée, comme cela ne m'était pas arrivé depuis des mois. Merci, jeta Hilarian.

Il avança sur la route bitumée, se ravisa, jeta un dernier regard sur l'ami et les deux chiens qu'il laissait.

Enfin, il serra les courroies de son sac avec force et il l'assura sur son épaule la moins douloureuse.

– Boudet ! le rappela Justin.

– La chienne te donnera pas beaucoup de travail : la soupe, une fois par jour, ça suffira ! Et elle est douce pour la compagnie…

– Boudet, ne pars pas ! cria l'infirme.

– Si, j'ai plus ma place !

– Nom de Dieu, tu pourrais dire où tu vas ! éructa Marti.

– Tu entendras parler de moi, Justin ! lança Hilarian, sans se retourner. Avec une espèce de rire délirant.

15

La nouvelle de l'étrange départ d'Hilarian Boudet ne parvint à Charles Neuville qu'une semaine après son bref séjour d'une nuit chez Justin Marti. Un moment, il envisagea de solliciter Corton pour retrouver la trace du solitaire. Si celui-ci avait rejoint son fils à Paris, les détectives de la Rigord le logeraient* très facilement. Mais pourquoi Hilarian se serait-il réfugié dans la capitale, alors que Damien lui avait infligé une blessure irréparable en dédaignant la terre ?

Charles se contenta de revenir à Igues-Basses, un matin, au lieu de se rendre au barrage. De loin, il remarqua le rectangle de terre fraîchement remuée, mais il ne devina pas quel épisode, inimaginable pour un esprit rationnel comme le sien, s'était joué au fond du pré verdoyant. La cour en ordre, le jardin silencieux, la porte fermée à jamais, exprimaient la résolution farouche du vieillard, à laquelle Charles

* En langage policier, localiser, retrouver.

s'était heurté à chacune de ses visites. Cependant, poussé par une vague curiosité, il secoua la poignée nez-de-renard en fer noir, puis tenta de débloquer le pêne.

Finalement, il s'écarta de la façade avec un haussement d'épaules. La Compagnie se moquait bien du contenu de la bâtisse, n'étant ni antiquaire ni pilleuse de bicoques abandonnées. En se dirigeant vers la voiture, il décida qu'il enverrait deux ouvriers pour clouer des planches en travers des ouvertures. Puisque Hilarian Boudet l'avait voulu, sa maison serait submergée sans être ouverte, sanctuaire dérisoire d'un passé que la retenue effacerait.

Cependant, Charles demeura un long moment debout à côté de la Peugeot, parcourant du regard la combe harmonieuse, dans laquelle la vie du dernier occupant apparaissait inscrite avec tellement de précision, même pour un observateur ignorant totalement les choses de la vallée. Il remonta en première le chemin d'Igues-Basses, s'arrêta au dernier lacet pour une ultime contemplation, comme s'il regrettait soudain cette beauté du paysage, peut-être aussi de n'avoir pas su convaincre Hilarian de renoncer à son irréductible rigidité.

En débouchant dans Serret, Charles pensa que la journée serait une fois de plus désagréable. L'inactivité relative des hommes les rendait nerveux et irritables. Des invectives fusaient au moindre prétexte dans les équipes de nettoyage du chantier ou d'entretien du matériel. De leur côté, les spécialistes arrivés pour mettre la centrale en marche semblaient ignorer, peut-être même tenir pour des riens du tout, ceux qui s'étaient sali les mains au cul du barrage. Corton, lui, se complaisait à jouer de ces tensions sourdes, fouineur de vétilles, remueur de haines entre les individus, cherchant querelle aux contremaîtres, défiant Charles.

Les appels, maintenant quotidiens, de Delalande n'allégeaient pas l'atmosphère, chaque ouvrier devinant que l'impatience du grand patron renforçait les prérogatives occultes de Corton et son besoin maniaque d'envoyer des rapports à Paris.

Charles Neuville ne décrocha pas à la première sonnerie, sûr que le financier serait encore une fois désagréable, avec sa manière de mettre en doute chaque détail, de déplorer que l'eau ne s'élevât pas assez vite à son goût derrière le barrage, d'exiger une promesse que l'ingénieur ne pouvait faire quant au jour du remplissage définitif.

– On croirait que vous êtes au bout du monde ! Injoignable comme d'habitude. Où étiez-vous passé ? gronda Delalande.

– Sur le chantier. C'est ma place, je crois ! le rembarra Charles sans hausser la voix, mais sur un ton assez déterminé pour que son correspondant comprît qu'il n'accepterait pas de reproches.

– Alors, vous pouvez me dire exactement où en sont les choses !

– Oui, au point exact où elles doivent se trouver, persifla Neuville.

– L'eau s'approche d'Albepeyre ? insista le banquier.

– Elle est à cinquante mètres plus bas.

– Vous dites cinquante, Corton affirme soixante ! Ce n'est pas la même chose pour nous, vous le savez ! s'exclama Delalande.

– Je peux envoyer faire des relevés : on verra qui de nous deux se trompe, proposa Charles avec un calme glacé.

– Côté péquenots ? interrogea alors le maître de la Rigord avec sa superbe ordinaire et son mépris des gens.

– Les hameaux de la vallée ont tous été évacués et noyés. Les maisons d'Albepeyre sont vides. Elles attendent l'eau.

– Le vieux ? questionna Delalande en pesant sur chaque syllabe avec une espèce de férocité, car l'obstination d'Hilarian Boudet avait souvent fait germer en lui l'idée de l'écraser.

– Il a disparu.

– Disparu ! Sans laisser d'adresse ? Je vous félicite, Charles. Vous êtes sûr qu'il n'est pas au fond de la retenue ? demanda le financier, que l'idée parut réjouir car il émit un petit rire.

– Non, je ne suis sûr de rien, mais je ne crois pas.

Des talons aiguilles résonnèrent dans le bureau du grand patron. La secrétaire particulière devait lui apporter des documents importants ou simplement le parapheur, qu'il visait dès le matin. Mais Delalande tenait toujours le combiné. Par intervalles, un gratouillement se produisait contre l'ébonite. Charles pensa que c'était celui de la grosse chevalière armoriée tournant sur le doigt du banquier.

– Et l'autre ? Il va s'en tirer ? reprit-il avec brutalité.

– Oui, il marche un peu maintenant, précisa Charles, décidé à défendre Justin Marti jusqu'au bout, tant la pingrerie et le cynisme de Delalande l'avaient indigné.

– Dites-lui bien qu'il n'obtiendra jamais une pension de notre part.

– C'est injuste : il est tombé parce que les travaux devaient aller de plus en plus vite. Selon vos instructions, argumenta Charles comme il l'avait déjà tenté à plusieurs reprises.

– Corton m'a adressé un rapport supplémentaire. Il est formel : votre Marti s'était détaché. C'est une imprudence fatale.

– Les contremaîtres assurent que Corton ne pouvait rien voir, avança Charles Neuville.

– Ils savent que c'est faux et vous aussi ! cria Delalande.

– Oui, mais je soutiendrai Warzek et les autres, même devant la justice. Ma parole vaudra celle d'un ingénieur défroqué parce qu'il a été condamné, menaça Charles.

Sa voix s'était imperceptiblement enrouée. Le financier pressentit que celui-ci était résolu à faire un faux témoignage, s'il le fallait, totalement imparable si les ouvriers le confirmaient par des déclarations convergentes.

– Vous feriez ça ? Pensez à Antoine Campan. Il a les mêmes intérêts que nous.

– Laissez Campan. Soyez réaliste ! Pendant les travaux, Justin Marti aura été le seul blessé sérieux. Et il a pris beaucoup de risques aux goulottes.

– Je croyais que vous étiez de notre côté, Charles, persifla Delalande.

– Ici, je donne des ordres à mes hommes. Je sais ce que vaut chacun. Je sais ce qu'a fait Justin Marti pour la Compagnie. Il a droit à une pension. Que vous le vouliez ou non ! explosa Charles Neuville, exaspéré.

– On verra… grinça le maître de la Rigord.

Depuis l'ouverture des travaux, Corton s'était adonné à une délation permanente, dont l'ingénieur en chef s'était accommodé tant qu'elle ne concernait que des évènements mineurs. Mais le refus cynique de Delalande d'octroyer une aide efficace à Justin s'était renforcé au vu des rapports successifs de son larbin. L'intransigeance qu'il venait de montrer prouvait à l'évidence que ce dernier avait encore chargé l'ouvrier paysan. Charles reposa l'écouteur d'un geste de fureur.

– Mouchard ! Vous rapportez chaque soir à Paris comme un cafardeur d'école primaire ! jeta-t-il en surgissant dans le bureau de l'X.

– Vous êtes grillé, Neuville ! La Rigord ne vous confiera plus autre chose. La Rigord et les autres ! jubila Corton.

– Salaud !

Charles agrippa des deux mains le rebord de bois, avec une envie folle de renverser le bureau sur son adversaire. La colère l'emportait, le poussant à crier plus fort pour bien marquer son mépris. Cependant, il se maîtrisa en une fraction de seconde pour ne pas se donner en spectacle aux ouvriers rangeant des ferrailles devant les bâtiments. Par les portes, largement ouvertes, la dispute des ingénieurs aurait constitué un gâchis inutile.

La date de l'inauguration par le Président approchait. Charles Neuville surveillait à la fois le nettoyage définitif du chantier, les derniers moments du démontage du blondin et la lente élévation des eaux dans la vallée.

Jour après jour, elles s'approchaient d'Albepeyre. L'évacuation semblait se dérouler sans drame. Certains habitants avaient abandonné leurs maisons depuis des semaines déjà, parfois des mois, les derniers se pressaient au déménagement des meubles rustiques, des outils, des charrettes. Charles ne s'était pas montré, mais il avait discrètement suivi les allées et venues de ceux qui partaient vers le nouveau village, construit par la Compagnie, qu'on appellerait Albepeyre-Neuf. Il se laissait aller à une certitude agréable, se persuadant certains jours que la submersion des vieilles maisons, de l'église, des ruelles serrées, n'entraînerait aucune émotion parmi les habitants. L'avertissement confus du maire surgissait de plus en plus rarement dans son esprit.

– C'est arrivé ! l'informa pourtant Maillebuau, la voix rauque.

– L'eau arrive jusqu'au bas du village ? demanda Charles avec calme.

– Les jardins, les poulaillers et les premières bâtisses ont le cul dedans. Il y a un petit groupe d'excités qui la regardent. Montez de suite.

– Vous avez appelé les gendarmes ?

– Pas encore, précisa le maire, peut-être avec un regret.

– Les gens sont contre vous ou vous les suivez ? ironisa Charles.

– Je sais pas, ça peut tourner n'importe comment, supputa l'élu, mal à l'aise.

– Je serai à Albepeyre dans moins d'une demi-heure. J'espère qu'ils ne vous auront pas poussé dans le lac avant ! se moqua Charles Neuville, malgré son inquiétude sourde.

Il rangea la Peugeot assez loin de l'entrée du village, pour s'accorder le temps de découvrir et de juger de la situation, en particulier de l'attitude du maire, qui pouvait l'attirer dans un piège, comme il l'avait fait en le conduisant à l'école de Jeanne autrefois.

Il emprunta une ruelle en pente, qu'emplissait le silence. Mais, tout à coup, sur la place de l'église, il s'immobilisa, subjugué par un bruissement étrange, s'élevant jusque-là depuis la ligne de rivage imperceptiblement mouvante de la retenue. Des bruits malaisés à reconnaître se mêlaient ou se succédaient selon une fréquence irrégulière. L'eau clapotait doucement, sans doute contre les premiers murs qu'elle léchait ou contre les troncs des arbres fruitiers des courtils et des jardins déjà noyés. Mais Charles distingua aussi des glissements, de petits grondements, provenant peut-être de courants minuscules, créés par les fantaisies des talus, retardant la montée ou cédant soudain sans raison ; ou par une ouverture béante, dans laquelle se précipitait la masse liquide qui n'avait pas prévu cet appel du vide. Par moments, on devinait le grésillement de grosses bulles, puis leurs coups assourdis, lorsqu'elles éclataient.

Après s'être heurtée au mur de forteresse du barrage, comme un prisonnier s'affole et bat de ses poings les cloisons ou les grilles de sa geôle, l'eau explorait les recoins de sa nouvelle liberté : les bois et les champs d'abord, les jardins et les bâtiments des hameaux déjà envahis, maintenant ceux d'Albepeyre. Mais elle hésitait encore, immobile et mouvante à la fois, frémissant, s'insinuant ici ou là, s'arrêtant un moment ailleurs ; toujours incertaine quand au niveau qu'elle atteindrait à son plus haut.

En apercevant l'ingénieur en chef, la trentaine d'habitants d'Albepeyre poussés par des sentiments, qu'ils étaient eux-mêmes incapables de comprendre ou d'exprimer, se serrèrent les uns contre les autres. Ils ne criaient pas, mais ils semblaient très nerveux, prêts à se laisser dominer par des émotions ou une violence imprévisibles.

Ce n'était ni une foule, ni une émeute ; seulement une sorte de grappe humaine indécise et agitée, des femmes et plusieurs vieux. Charles devina qu'elle était aussi très impressionnable. Maillebuau se trouvait en première ligne. Il avait eu l'idée bizarre de ceindre son embonpoint de son écharpe tricolore.

Charles s'attendait à des hurlements, à des insultes, voire à des menaces. Il n'y eut qu'une rumeur, des interjections, des paroles confuses, des jurons inutiles. Cependant, les gens d'Albepeyre convergèrent vers lui, au risque de l'emprisonner, ce qui le contraignit à reculer vers le bas de la pente, jusqu'aux maisons cernées.

– Partez, vous n'avez plus rien à faire ici, dit-il sur le ton d'un conseil.

– Vous nous empêcherez pas de regarder mourir notre village, si ça nous fait plaisir ! lança une grande vieille sèche.

– Maintenant, votre village, c'est Albepeyre-Neuf. Pas ces maisons vides ! tenta d'argumenter Charles.

– Il faut les comprendre, bredouilla Maillebuau, sans qu'on sût quelles idées il cachait.

Tout à coup, une poussée du vent balaya les pentes, courant plus vite sur la surface liquide. Une houle naquit assez loin vers l'aval, avança, fit tout danser. Des débris, des planches perdues s'entrechoquaient, puis frappaient le bas des murailles. Des outils délaissés flottaient en désordre, grâce à la légèreté de leurs manches de bois. Une bassine en zinc, miraculeusement restée sur son fond, fut drossée contre un tronc de noyer et coula.

– Mon Dieu ! Un berceau ! cria la meneuse, en joignant ses mains avec une espèce d'hystérie théâtrale.

L'objet oscillait doucement. Il avait sans doute été mis au rebut par une famille, qui ne lui trouvait aucun intérêt parce qu'il était d'un modèle très ancien, que personne n'utilisait plus à Albepeyre.

– Noyer le lit d'un bébé ! Nous allons être maudits, reprit la femme.

Soudain, elle se précipita vers le rivage de la petite baie qui ensevelissait inexorablement tout le versant et elle se mit à vociférer des imprécations, accompagnées de moulinets de ses mains, tantôt tendues vers le ciel, tantôt accusatrices.

– Arrêtez-la ! cria Neuville à Maillebuau, en devinant que cet incident pouvait se transformer en drame, si l'excitée se jetait à l'eau pour saisir la vieillerie.

– Il reste des cierges et des napperons d'autel dans les chapelles de l'église : il faut les sauver, hurla alors une bigote.

– Il faut sonner le tocsin, la corde pend encore, s'exalta l'un des vieux.

– C'est dangereux ! Reculez, gronda Charles, en essayant de contenir les plus proches.

Il cherchait à analyser la situation à laquelle il devait faire face en mobilisant toute sa lucidité, mais il se vit débordé. À plusieurs reprises au cours de sa carrière, des évènements graves, des manifestations d'ouvriers, l'avaient obligé à réagir dans le feu de l'action. Mais l'absurdité de ces villageois venus voir périr leur village, l'émotion violente des femmes à la découverte du berceau le désorientaient. Une seule chose apparaissait certaine : si les harpies se mettaient à hurler et à rameuter leurs semblables, la journée tournerait au désastre. Soudain, comme si la folie des hystériques d'Albepeyre poussait son esprit dans l'irrationnel, il pensa qu'il lui fallait les toucher au cœur de leurs émotions insensées.

– La cloche d'Albepeyre ne sera pas noyée. J'enverrai des ouvriers ce soir pour la descendre du clocher, puis pour la transporter à Albepeyre-Neuf, énonça-t-il avec emphase, tout en supputant la fureur froide de Delalande, à qui sa décision imprévue coûterait un peu d'argent.

– Vous voyez, vous ramenez la *campane*, dit Maillebuau aux femmes, qui refluaient, heureux de ce dénouement qui lui assurerait peut-être des voix aux élections à venir.

Charles haussa les épaules. Il savait que le maire se targuerait devant ces rombières et devant tous ses administrés de lui avoir arraché le transfert du petit bourdon paroissial, mais il renonça à lui décocher la remarque sentie qui lui traversa l'esprit.

Il garda un instant ouverte la portière de la Peugeot, comme il aimait à le faire assez souvent en s'attardant sur un point important. La flèche de l'église était finalement de hauteur modeste. Il s'efforça de l'évaluer exactement, sans attendre d'en vérifier la cote au bureau. Elle disparaîtrait totalement dans une dizaine de jours. Les vingt mètres d'eau supplémentaires prévus seraient atteints dans à peu près le même délai.

Puisque l'eau consentait à s'élever dans la vallée en respectant les plans des ingénieurs, les cérémonies de l'inauguration prenaient une sorte de consistance, à la fois agréable et un peu angoissante. Charles éprouva tout à coup une envie irraisonnée d'avoir Hortense à ses côtés pour cette cérémonie officielle, en même temps qu'il voulut lui annoncer lui-même ce grand jour. Il l'appela au téléphone, bien qu'il fût certain que Campan lui eût déjà dévoilé la date.

– Tu quitteras ce trou de Serret, dès que la voiture de Lebrun démarrera vers Paris ? persifla-t-elle.

– Pas exactement. Il me restera à ranger les coupes à champagne…

– Tes plaisanteries ne sont pas drôles ! s'exclama-t-elle, très irritée en apparence.

– Je pensais que tu viendrais. Ton père sera là, tu le sais.

– M. Antoine Campan, Mme Charles Neuville, M. Charles Neuville… mima-t-elle sur un ton acide. Tu as acheté une queue-de-pie ?

– J'aimerais t'avoir près de moi pour une journée de cette importance dans ma carrière, argumenta Charles avec calme.

Mais elle allait refuser. Il l'écouta énumérer ses bonnes raisons et des prétextes, dont chacun le frappait comme un coup de lame. Leur longue séparation, coupée seulement de quelques brèves rencontres espacées de plusieurs mois, la vie mondaine et indépendante qu'elle menait l'avaient de plus en plus éloignée de la province, qu'elle méprisait. À ses yeux de Parisienne, une ou deux journées à Serret représentaient une aventure impensable, une épreuve, peut-être même une humiliation.

– Tu ne seras pas obligée de coucher dans mon baraquement. Tu viendras et tu repartiras avec ton père et le président, insista Charles.

– Le grand ingénieur, la star de Serret ! Pourquoi t'encombrer de ta femme ! ironisa-t-elle.

Cette déception intime, la fébrilité qui le gagnait à l'approche de l'inauguration, le souvenir de la mesquinerie, de la faiblesse ou de la lâcheté des personnages et des hommes qu'il avait dû côtoyer ou affronter au fil des mois, conduisirent Charles à se replier sur lui-même, évitant les discussions, qu'il jugeait vite superflues, fuyant la volubilité de Warzek, qui exposait maintenant avec complaisance l'acceptation de son mariage avec Juliette par Cambon.

Seules les longues marches de vérification qu'il faisait autour du barrage ou sur la route qui le couronnait semblaient lui procurer une complète satisfaction. Comme on était au cœur de l'été, il prolongeait assez souvent ces promenades jusqu'à la nuit tombée. Il était dix heures, l'avant-veille de l'inauguration, lorsque Delalande l'appela des bureaux de la Rigord, où il maniait encore des colonnes de chiffres.

– Vous êtes fin prêt, Charles ? interrogea-t-il sur un ton plutôt aimable.

– Oui, nous avons acheté le ruban et les ciseaux pour le président.

– Il faudrait prévoir de décorer les baraquements avec des fleurs pour le cas où Lebrun voudrait s'arrêter à Serret.

– Il n'y a plus rien à voir dans le camp ou sur le chantier, sinon des épaves et le sol nu, objecta l'ingénieur, surpris des préoccupations subites de Delalande.

– Tout de même, prévoyez quelques bouquets et des calicots tricolores, insista le financier sur le ton d'un conseil, plutôt que sur celui du commandement.

– Toute la cérémonie se déroulera en haut, sur le barrage. Je crois que Lebrun sera enchanté, assura Charles.

Ainsi Delalande avait des inquiétudes ! Ses petites peurs, comme un comédien cabotin se souciant des colifichets ou des décors d'un spectacle ! Avant de s'endormir, Charles s'attarda encore à quelques détails ultimes de la tribune ou du protocole de la cérémonie officielle, préoccupations dérisoires après tant de mois de travail et de volonté acharnés pour ériger le mur titanesque.

Le lendemain, Antoine Campan, téléphona en catastrophe à son gendre. En dépit de son expérience, il avait oublié des amis, des partenaires en affaires et quelques politiciens de sous-préfecture. Il fallut encore prévoir la place de ces retardataires dans le cortège du président. Charles jugeait ces vanités ridicules et ses obligations parfaitement ennuyeuses, mais il ne pouvait s'y soustraire, en particulier au cours de cette ultime journée de préparatifs.

Cependant, heure après heure, le besoin de monter au Saut du Diable, pour contempler en solitaire l'étendue liquide, s'empara davantage de lui, occupa toutes ses pensées, embrasa son imagination, avide de la pureté et de la beauté qu'il avait seulement entrevues au cours de ses promenades.

Lorsque Charles Neuville arrêta la voiture au bas de la haute croupe d'où pointait le piton rocheux, il fut frappé par l'étrangeté de la lumière qui l'enveloppa. Était-ce déjà le crépuscule ou les lourds nuages qui surgissaient avec lenteur de l'horizon à l'ouest portaient-ils l'orage ? Des langues pourpres léchaient des cuivres somptueux, tandis que des bleus d'apocalypse descendaient sur certaines collines.

À petits pas, Charles s'imprégna de cette magnificence, levant de temps à autre les yeux vers le Saut du Diable, qui s'offrait, puis se refusait à chaque fantaisie du sentier. Les rochers nus le fascinaient, tantôt sombres, tantôt vivement éclairés par les palpitations d'un soleil moribond. Charles obligea le feu d'impatience qui brûlait dans sa tête à se calmer, ralentissant sa marche, pour que son plaisir fût total, violent, lorsqu'il appuierait sa main sur les pointements de schistes et de quartz et qu'il contemplerait le lac, comme le spectateur passionné frémit à la vue du premier tableau, quand s'ouvre le rideau d'une pièce lyrique.

Le Saut du Diable hérissait sa menaçante échine minérale. Charles s'assit sur une écaille de roches laiteuses, hésitant encore une seconde à tout découvrir. Le silence éclata, irréel : silence absolu de pureté du miroir d'eau, silence mystérieux des montagnes ; silence du ciel, dont on pressentait la fragilité.

En proie à des sentiments inexprimables, l'ingénieur en chef fixa le lac, son lac. Puis, ses yeux suivirent les sinuosités imprévisibles du rivage, auxquelles la lumière si particulière de ce crépuscule exceptionnel accordait une richesse de nuances infinie et merveilleuse.

Charles effleurait du regard les dizaines de baies, s'arrêtait un instant aux promontoires chauves ou hirsutes, aux presqu'îles filiformes. Une île le fascina. Belle. Légère, au milieu de l'immensité liquide. Il ne se souvint pas de l'avoir prévue dans ses plans de la retenue. Elle n'existait qu'à cause d'une erreur de calcul, parce que Josselin ou lui-même s'était trompé sur la véritable altitude de ce dos de colline. Charles sourit, puis se laissa de nouveau enserrer par l'émotion. Jamais il n'avait éprouvé autant de bonheur à la fin d'un chantier, d'une usine construite en quelques mois.

Des lumières s'allumaient peu à peu. Il pouvait parfaitement distinguer Albepeyre-Neuf et ses maisons trop blanches rangées le long de courtes rues se rencontrant à angle droit. Les lampadaires publics y brillaient déjà. Un peu plus bas, il reconnut la ferme des Marti, avec ses toits de lauzes usées. Justin contemplait-il le couchant, avec sa résignation d'handicapé à vie ?

Du Saut du Diable, en suivant bien la rive gauche du lac, l'ancienne combe d'Igues-Basses apparaissait. Elle s'était transformée en une anse particulièrement attirante. Charles Neuville serra les mâchoires, parcouru par une sorte d'insatisfaction très désagréable. Où était Hilarian Boudet à cet instant ? Une interrogation bizarre lui traversa l'esprit. Pourquoi n'avait-il pas su parler au solitaire, lui qui se sentait si souvent seul face au poids de ses responsabilités ?

Cependant, Charles réussit à repousser ses doutes pour revenir au miroir immobile de l'eau. Il pensa que celui-ci reflétait une absolue beauté. L'ingénieur avait créé un paysage nouveau, dont le belvédère du Saut du Diable donnait toute l'ampleur et l'harmonie.

Était-il Dieu, pour se flatter par de telles réflexions ? Cette vallée, à laquelle il s'était attaché peu à peu, lui appartenait-elle, pour tirer une quelconque fierté de l'avoir transformée, alors qu'il avait été simplement payé par la Rigord pour un travail d'ingénieur en chef ?

Charles Neuville se mit à rire de ses élucubrations, mais il laissa encore vagabonder son esprit. Les images agréables surgissaient, se pressaient, un peu en désordre. Un jour, pas très lointain, des voiles colorées traceraient des sillages scintillants, indiquant que des vacanciers s'adonnaient à leur plaisir, si éloigné de la peine ancestrale des habitants des gorges.

La solitude du Saut du Diable bruissait de mille frémissements imperceptibles, que l'oreille humaine tenait pour un silence absolu. Charles eût dû déceler les craquements d'herbes écrasées que provoquait une silhouette, tentant de se coller à la pente pour rester le plus longtemps possible invisible. À une trentaine de mètres du faîte, la forme obliqua pour se dissimuler à l'abri de rochers, dont elle utilisa les alvéoles rugueux, progressant parfois en rampant. Corton crispait farouchement ses mâchoires, retenant le halètement qui pouvait le trahir. Porté par sa haine, il bondit avec une force incroyable chez un être si peu athlétique.

Escomptant que l'effet de surprise tétaniserait son adversaire, Corton se jeta en hurlant sur Charles. Celui-ci comprit en une fraction de seconde que l'X était devenu un tueur et qu'il espérait le faire basculer au bas du piton, où il se fracasserait sur les arêtes minérales…

Il esquiva l'attaque d'un écart instinctif, mais son agresseur parvint à agripper ses jambes, tentant de le déséquilibrer ou de l'entraîner dans une chute mortelle. Charles pensa qu'il lui fallait se débarrasser de Corton comme on écrase une vermine. Sans pitié, il lui décocha un coup de pied en plein visage, qui lui fit lâcher prise. Le salaud glissa sur le ventre en vociférant, mais il trouva un chicot de schistes sous ses doigts, qu'il saisit avec la force du désespoir.

– Ne me laissez pas crever ! Tendez-moi la main ou votre ceinture, implora-t-il.

– Voyou ! éructa Charles.

– Vous serez accusé de m'avoir assassiné. Delalande vous enfoncera, menaça Corton.

– Si vous tombez, j'irai pas vous chercher ! Mais vous allez remonter par vos propres moyens, parce que vous avez trop peur de crever !

Charles regarda son assaillant se contorsionner pour essayer de saisir des aspérités lui permettant de progresser de quelques centimètres. À plusieurs reprises, il ripa de nouveau vers le bas de l'escarpement. Charles n'esquissa pas un mouvement, ricanant même parce qu'il devinait que Corton paniquait, croyant chaque fois sa dernière heure venue.

Lorsqu'il se mit enfin debout sur le replat, il retrouva toute son arrogance et cracha d'autres menaces. Charles demeurait méfiant car une traîtrise était toujours possible, mais il ne répondit ni à ses accusations ni à ses insultes.

– Vous n'avez pas le droit d'être ici. C'est mon barrage ! éructa finalement Corton.

– Vous êtes cinglé ! s'exclama Neuville.

– Personne ne reconnaît mes dons ! Je suis un ingénieur de génie ! C'est moi qui ai découvert cette vallée.

– Vous devenez jobard, mon pauvre vieux !

– J'aurai votre peau, Neuville !

– Ne restez pas là. Venez, dit Charles, entre indifférence et mépris.

– Delalande admettra que c'est mon barrage, gronda Corton, en désignant le lac d'un geste théâtral.

Charles, inquiet de l'épaisseur violacée que prenait tout à coup l'horizon, commença à descendre.

Debout, teigneux, Corton poursuivait ses imprécations, que nul ne percevait plus.

Soudain, l'éclair le frappa. Il semblait être parti de Serret. Il avait étincelé sur le miroir liquide comme une pluie de diamants, puis avait fulguré sur le Saut du Diable, guidé par on ne savait quelle main, peut-être surnaturelle.

Charles Neuville s'était jeté à terre. Il se releva, la gorge en feu, étouffé par l'âcreté du soufre. Elle s'atténua lentement. Respirant mieux, il remonta péniblement. Mais, vers le sommet, la vapeur jaunâtre s'élevait de nouveau du sol, inquiétante.

Corton était mort. Une mort instantanée. Le corps gisait à la renverse, bras abandonnés sur les rochers. Charles se pencha. Le visage ne semblait pas brûlé. Un peu de sang sourdait d'une oreille.

Le Saut du Diable crépitait toujours de coups de foudre, assailli de bourrasques de pluie presque chaude. Charles Neuville comprit qu'il ne réussirait ni à tirer le cadavre de sa position sur les rocs glissants ni à le transporter jusqu'à la voiture.

Il se précipita vers la Peugeot pour aller chercher du secours à Serret. Même si toute son attention se portait sur les bords de la route qu'effaçaient les trombes d'eau, il conserva assez de lucidité pour décider de cacher l'accident de Corton, au moins jusqu'au matin. Seul Warzek pouvait l'aider dans l'expédition morbide qui occuperait la fin de la nuit, sans ébruiter le terrible événement.

– Merde, il y a une justice ! commenta le Tchèque.

– Taisez-vous, s'indigna Charles.

– Téléphonez à Delalande, avant qu'on monte là-haut, conseilla Warzek d'une voix froide.

Le financier ne répondit qu'après plusieurs appels. Curieusement, Charles essaya de l'imaginer, surpris et dérangé dans un maigre sommeil qui, sans doute, commençait à peine. Était-il furieux ou prêt à entendre n'importe quelle nouvelle ?

– Monsieur, Corton est mort, annonça brutalement Charles, sans le saluer.

– C'est une perte pour nous. Comment est-ce arrivé ?

– Je vous expliquerai. Pas ce soir !

– Vous êtes emmerdé, Neuville ?

– Oui, concéda Charles.

– Où est-il ?

– Dans la montagne. Il faut aller le chercher.

– Combien de temps vous faudra-t-il ? demanda alors Delalande, dont l'esprit rationnel reprenait toute sa puissance d'analyse et de décision.

– Deux heures environ.

– Avant l'inauguration, personne ne doit savoir que Corton est mort ! décida le maître de la Rigord.

– Que faisons-nous ?

– Prenez votre voiture, montez là où il se trouve. Je m'occupe du reste, assura Delalande avec un timbre clair, comme si cette nuit dramatique l'excitait.

Charles et Warzek furent entièrement trempés par les herbes hautes et un reste de pluie, avant d'arriver près du cadavre. Ils le saisirent à bras le corps, mettant un temps effrayant à le transporter jusqu'à l'auto.

– Couchez-le sur la banquette arrière. Si quelqu'un montait… fit Warzek.

Peut-être par respect du mort, Charles Neuville conduisait très lentement. Mais il était fatigué, inquiet des évènements qui allaient terminer ce macabre voyage. Il alluma le plafonnier pour consulter sa montre.

– Comment est-il monté là-haut pour vous surprendre ? s'interrogea Warzek.

– Je ne sais pas. Je ne m'explique pas les choses, murmura Charles.

– Vous êtes resté très longtemps au Saut du Diable ? reprit le contremaître.

L'ingénieur en chef ne répondit pas. Pouvait-il dire combien de temps avait duré sa contemplation du lac, ses réflexions, son exaltation ?

Ils allaient entrer dans Serret. Tout à coup une lumière jaune les aveugla. Charles freina brusquement, mais garda le contrôle de son véhicule. Il vit s'avancer des uniformes sombres.

– Vous ne nous reconnaissez pas. Brigade de Pradelles ! parut s'amuser le chef.

– Qui vous a prévenus ? demanda plutôt stupidement Charles.

– Le préfet. Votre grand patron l'a alerté.

– Vous prenez le corps et nous rentrons ?

– Oui, on vous débarrasse du paquet. On le transporte au frigo. Après, c'est plus notre affaire, ni la vôtre…

Le fourgon de la gendarmerie sortit du chemin creux, où il était à demi-caché, manœuvra avec précaution pour présenter la porte de chargement. Quand le cadavre de Corton fut enveloppé dans une couverture réglementaire, le chauffeur monta sans précipitation sur son siège.

– Vous cassez pas la tête, plaisanta le chef, en claquant l'autre portière, nous sommes parés pour l'inauguration. Tout se passera bien !

16

Ce serait une journée de magnificence républicaine ! Ou quelques minutes seulement, car le président ne ferait que passer dans le village. Quelques instants de gabegie bien française, insensée et inutile, si on considérait les sommes qu'avait dû coûter le clinquant tricolore dont on avait affublé les poteaux, les rares arbres survivants et les bâtisses.

Charles connaissait toute la pompe des manifestations officielles, mais il fut sidéré par l'arrivée, au petit matin, de personnages aux fonctions mystérieuses, sans doute des attachés du protocole, accompagnés d'ouvriers, qui plantèrent des mâts en un tournemain. Quelques heures plus tard, la rue principale ressembla aux Champs-Élysées un 14 Juillet, pavoisée de drapeaux disposés en faisceaux, de banderoles souhaitant la bienvenue à l'illustre visiteur, de grands oriflammes pendant avec solennité.

Tout avait été prévu par le service des voyages de la présidence : même l'envie imprévisible d'Albert Lebrun de s'écarter tout à coup du trajet imposé, par exemple de visiter ce qui restait du chantier et du camp de baraques. Charles Neuville avait dû accepter qu'on cachât certaines façades par de grandes draperies bleu, blanc, rouge.

Les habitants, médusés, regardaient se démener les hommes de l'apparat présidentiel. Ce serait le chant du cygne, grandiloquent et dérisoire, qu'on imposait à Serret, qui n'avait rien demandé. Le lendemain, le hameau retomberait dans sa torpeur. Quand Charles Neuville et les dernières équipes seraient partis, il ne resterait plus rien. Seules, quelques silhouettes taciturnes passeraient sur la route pour se rendre à la centrale électrique.

– On a tout de même donné des couleurs à vos bicoques ! Du bon travail, vous ne trouvez pas ? persifla le chef du protocole.

– Si, convint Charles Neuville.

Le Parisien le fixait avec des yeux étranges. Avait-il déjà appris la mort dramatique de Corton au Saut du Diable par la police ou les Renseignements généraux ? Était-ce cette disparition que l'on voulait dissimuler, plus peut-être que les murs de moellons disgracieux ?

– J'espère que vous avez dégagé assez d'espace en haut du barrage pour faire évoluer le cortège. Allons-y, proposa le personnage.

– Rassurez-vous, les bulldozers ont travaillé deux jours, précisa Charles.

– Un président de la République dans un trou pareil, c'est pas rien ! On ne vous pardonnerait pas un couac, si les invités se marchaient sur les pieds.

– Mettez vos drapeaux, ce sera parfait !

– Dites-moi, vous devez être impatient que cette belle cérémonie soit finie. C'est pire que le purgatoire, ici… railla le fonctionnaire en complet strict.

– À quelle heure ?

– Pas avant quinze heures. Le président n'aime pas se lever tôt et il doit décorer des mères, le matin.

– Je le savais, coupa Charles, agacé par la suffisance de son interlocuteur.

Certains des hommes qui s'insinuèrent partout dans Serret, puis dans le défilé et sur les versants, du côté du barrage, portaient des complets noirs, d'autres des paletots ou des vestes, des manteaux de cuir brun. Difficile de savoir qui était policier et qui était journaliste, car nombre d'entre eux arboraient ostensiblement un reflex ou un Kodak.

La gendarmerie de Pradelles-le-Château monta de bonne heure, mais elle se vit très vite reléguée à des missions subalternes par l'arrivée de plusieurs fourgons de gardes mobiles et d'une compagnie de biffins, spécialement chargés de la sécurité du président. Tous ces militaires en uniforme des grands jours bondirent des camions, puis gagnèrent leurs postes au pas cadencé. En revanche, personne ne remarqua les tractions avant, qui se rangèrent à quelques centaines de mètres de l'entrée du village. Des argousins de la République déguisés en bourgeois en sortirent, puis s'évanouirent dans le paysage.

À quinze heures sonnantes, le cortège officiel s'enfonça, en longue suite d'autos superbes, dans la rue principale piquetée de gendarmes et de gardes en armes, derrière lesquels les badauds manquaient à l'évidence. La limousine du président était splendide :

une Delahaye aux chromes scintillants, dans laquelle se serraient le chef d'état-major particulier, un ministre, le préfet et deux gardes du corps. Derrière, suivait l'Hotchkiss de Delalande, non moins longue et luxueuse, dans laquelle avaient pris place Antoine Campan, le général-financier de l'Arverne et un autre manieur d'argent de moindre envergure.

– Arrêtez-vous ici, exigea soudain Albert Lebrun.

– Monsieur le Président... objecta le ministre sans beaucoup de conviction, parce que l'hôte de l'Élysée était assez souvent sujet à des idées imprévisibles au cours de ses voyages officiels.

– C'est un beau village de notre France. Entrons à l'auberge, messieurs. Je veux parler à ces gens.

L'immobilisation surprise de la Delahaye provoqua un formidable coup d'accordéon, une thrombose de carrosseries, comme un caillot bouche une artère. Des flics affolés et des plumitifs bondirent ensemble sur la chaussée et se heurtèrent.

En apercevant le petit groupe dans l'encadrement de sa porte, la Bru se félicita de s'être nippée sur son trente-et-un, mais elle ne paniqua pas, allant se placer derrière son comptoir, dans ses fonctions en quelque sorte. Elle craignit seulement que les deux armoires à glace et la poignée de journalistes ou de photographes qui avaient réussi à s'introduire dans la salle brisent du verre, à force de jouer des coudes.

– Je tenais à vous saluer. Votre auberge est si typiquement de chez nous ! s'extasia Albert Lebrun, dont l'affirmation fut consignée par les correspondants de presse présents.

– Vous prendriez un petit blanc ? proposa la veuve sans se troubler.

– L'heure est plutôt passée, ma bonne amie... s'amusa le Président.

– Une autre fois, peut-être...

– C'est cela. Une autre fois... dit Lebrun, sans que ses proches puissent savoir s'il prenait la tenancière pour une folle ou s'il regrettait quelque chose.

Charles Neuville ignorait le crochet de la suite présidentielle chez la Bru. Entouré des contremaîtres et des ouvriers restants, il perdait patience sur le replat où allait se dérouler la cérémonie d'inauguration. De temps à autre, les joueurs des cliques, préposés aux honneurs, lançaient une volée de notes. Les flics tournaient en rond, soupçonneux par déformation professionnelle.

Albert Lebrun aimait ajouter de la rondeur et de la bonhomie aux belles cérémonies officielles. Il répondit aux saluts des officiers et à la rigidité des militaires au garde-à-vous, puis il se dirigea vers le reliquat d'hommes du chantier, serrant la main de l'ingénieur et de plusieurs ouvriers.

La mise en place du cortège demanda du temps, entraînant un certain désordre, tant les invités venus de tout le département étaient nombreux.

Delalande considérait les édiles, les hauts fonctionnaires provinciaux, les officiers bardés de médailles, peut-être même le président avec une indifférence ennuyée. Cette inauguration grandiose, sur ce terre-plein perdu dans le foisonnement de collines inconnues, était un hochet, apportant plus de plaisir et de fierté à tous ces gens qu'il n'en ressentait lui-même.

Le maître de la Rigord s'approcha de Charles et lui adressa des félicitations sans excès de mots dithyrambiques ou de véritable chaleur.

– Comment est-ce arrivé ? souffla-t-il, soudain tendu.

– La foudre, murmura Charles.

– Vous n'aimiez pas Corton, n'est-ce pas ?

– Non, mais je ne l'ai pas tué, si vous aviez pensé à cette hypothèse.

– Il avait rendu de très grands services à la Rigord, coupa Delalande en guise d'oraison funèbre pour son homme de paille.

Antoine Campan donna une brève accolade à son gendre, puis l'entraîna un peu à part, avant d'aller rejoindre le groupe des personnalités privilégiées se rassemblant autour de Lebrun.

– C'est votre jour, Charles ! chuchota le sénateur, en acérant son regard.

– Le jour de tous ceux qui ont travaillé sur le chantier, aussi, corrigea l'ingénieur.

– Hortense est à vos côtés par la pensée. Elle regrette de n'avoir pas pu venir à Serret, assura Antoine Campan en prenant un ton affectueux.

– Non, elle a préféré rester à Paris.

– Comment pouvez-vous dire cela ? s'alarma Antoine Campan.

– Ne vous forcez pas ! Le téléphone est devenu un instrument ordinaire et redoutable dans l'intimité des ménages, persifla Charles.

– Ne restons pas à l'écart, maintenant, chuchota Campan.

– Oui, je suis le héros du jour, vous venez de me le rappeler.

Précédant de peu son institutrice, une petite fille de l'école d'Albepeyre-Neuf attendait, intimidée et déjà épuisée. Elle luttait contre elle-même pour réprimer son envie de danser imperceptiblement d'un pied sur l'autre. En robe immaculée, elle essayait de ne pas déranger ses nattes châtain clair et de tenir son gros bouquet de la manière distinguée qu'on lui avait apprise.

Les hommes aux complets sombres se révélèrent sans pitié. Ils discoururent jusqu'à la dernière ligne de leurs papiers, qu'ils lisaient de loin, au bout de leurs bras de presbytes. Le sénateur Campan fit monter son lyrisme de cacique entre les collines vertes, peut-être parce que c'était l'évènement le plus important de sa longue carrière de politicien chevronné.

Albert Lebrun s'avança vers le ruban, barrant symboliquement l'accès au barrage. L'institutrice poussa la fillette vers lui d'un geste incertain. Elle lui tendit les fleurs avec une incontestable élégance et sa grâce de petite femme. Il se pencha et l'embrassa au front.

Le président de la République s'empara délicatement des ciseaux, qu'un garde en grand uniforme lui présentait sur un coussin tricolore. Delalande, Campan et Charles s'avancèrent à ses côtés. Lorsque le ruban céda sous le coup de ciseaux présidentiel, ils ne trouvèrent pas le geste rapide qui eût pu lui épargner de tomber sur le sol.

La *Marseillaise* claqua. Les notes martiales s'élevèrent entre les modestes montagnes enserrant le lac, dont seul Charles Neuville connaissait la pure beauté.

Quand ce fut fini, la haute vallée sembla de nouveau s'enfermer dans le silence. Le brouhaha des conversations, soudain libérées de la rigidité officielle, n'était que mots insignifiants, rumeur fugitive.

– Accompagnez-moi. Faisons quelques pas sur le barrage, demanda Albert Lebrun à Charles.

Les gardes du corps ne bougèrent pas, se contentant seulement de promener leur regard vigilant sur les deux parapets de la chaussée. Le président et l'ingénieur parcoururent une cinquantaine de mètres, avant de s'immobiliser dans l'attitude de deux promeneurs contemplant un paysage nouveau.

– Beau travail ! souligna Albert Lebrun, avec une intensité de ton rare chez lui.

– Merci, monsieur le Président, articula Charles Neuville d'une voix neutre, bien que la chaleur soudaine de son compagnon ne lui eût pas échappé.

– J'ai été polytechnicien et étudiant de l'École des mines, j'apprécie ce que je vois à sa juste valeur. Cette courbe ! Superbe !

– Merci de me dire ces choses de cette façon.

– Neuville, ces minutes avec vous seront pour moi le seul moment intéressant de cette journée. Savez-vous que je vous envie ? se confia Albert Lebrun.

Il posa plusieurs questions à Charles, qui révélaient de beaux restes de connaissances scientifiques et une passion pour le métier d'ingénieur, dont la politique l'avait éloigné. Ensemble, ils se penchèrent sur le lac d'un bleu-vert transparent.

– Vous êtes satisfait, j'espère ? reprit Lebrun avec une espèce de brusquerie.

– Je ne sais pas, avoua Charles avec franchise.

– Tout de même, vous avez construit un avenir à cette vallée ! s'exclama le président.

– Parfois j'ai eu la sensation ou la certitude d'écraser le passé.

– Vous l'avez bouleversé. Ce n'est pas la même chose.

– Oui, réfléchit Charles à haute voix, mais les certitudes lui manquaient !

Ils revinrent lentement vers la foule, se séparant à proximité des voitures. Sans protocole, Lebrun serra des mains autour de lui. L'ingénieur hésita.

– Demandez à l'un de vos hommes de ramener votre voiture. Montez avec nous, Charles, proposa Delalande en veine d'amabilité.

Soudain un individu, vêtu d'une veste et d'un pantalon à la teinte indécise, se détacha de la confusion de la petite foule avec une sorte de claudication saccadée. Courant, légèrement voûté, s'efforçant de vaincre une douleur que son effort devait réveiller dans ses membres, il échappa pendant quelques instants à la vigilance des gardes du corps. Lorsqu'ils se jetèrent sur lui pour le ceinturer, il les feinta avec une agilité imprévisible, recula d'un pas, puis se précipita à nouveau vers le président, sans qu'on distinguât encore ses traits, cachés par le large rebord de son chapeau de feutre brunâtre. Soudain, il brandit le petit sac qu'il serrait et le lança avec fureur.

– Tous vendus ! Président vendu ! hurla-t-il.

Albert Lebrun se protégea la face d'un mouvement réflexe de son avant-bras. Mais deux ou trois kilos de farine s'écrasèrent sur son visage et sur son plastron. Delalande, plus prompt à réagir, s'était reculé. Campan essuyait déjà quelques éclaboussures.

– Hilarian Boudet ! déglutit avec tristesse Charles, qui venait de reconnaître le vieux paysan.

Les policiers en civil et les musclés de la sécurité se jetèrent comme des chiens sur le vieillard. Combien étaient-ils à s'être précipités sur Hilarian ? Charles craignit que leur poids ou les coups de genou l'écrasent. Mais finalement, il apparut debout dans la mêlée, les mains menottées dans le dos.

Autour du président, la scène tournait au grotesque. Lebrun tenait son chapeau d'une main, tandis que des sbires tentaient de faire disparaître les macules blanches à légers coups de paume pressés sur le tissu de luxe. Une femme s'était approchée et essuyait la veste présidentielle à l'aide d'un fin mouchoir.

Charles Neuville avança vers l'armée de policiers entourant le dérisoire agresseur du président. Ils tordaient les bras d'Hilarian Boudet, qui demeurait pourtant parfaitement immobile et semblait prostré. Lorsqu'il devina la présence de l'homme qu'il estimait en dépit de leurs confrontations d'Igues-Basses, il releva la tête et fixa Charles, en silence.

– Lâchez-le. Il ne va pas s'enfuir.

– Vous protégez quelqu'un coupable d'attentat sur la personne du président de la République ? Son compte est bon, gronda le flic.

– Laissez-le ! Vous voyez bien qu'il est un peu fou… plaida Charles.

– Fou ! Bonne idée ! Je vais faire un beau rapport dans ce sens. L'asile à vie ! Il ressortira pas. Il nous foutra la paix pour toujours.

17

Les policiers en manteau de cuir noir et chapeau sombre, qui avaient l'air de touristes, redressèrent Hilarian, puis le poussèrent vers l'une des tractions avant du cortège officiel. Ils serraient très fort ses bras, mais il se laissait entraîner sans aucune résistance.

Bien qu'il ne possédât pas une intelligence au-dessus de la moyenne, le chef de la brigade de gendarmerie de Pradelles-le-Château sentit qu'on allait le dépouiller d'une affaire exceptionnelle, comme il n'en avait jamais traitée au cours de sa carrière campagnarde. Évitant le désordre des individus grouillant autour du président, il rattrapa les policiers en civil, prêt à leur disputer leur proie.

– C'est arrivé ici, dans le ressort de notre brigade. Boudet nous revient de droit, protesta-t-il.

– Vous rigolez ! Voies de fait ou au moins outrage à l'encontre du président de la République ! C'est pas un vol de poules ! le remit à sa place l'homme de la sécurité, sur un ton méprisant.

– La vallée nous appartient, le barrage aussi, argumenta le militaire avec obstination.

– Vous bilez pas ! On vous le rendra peut-être un jour. Pour l'instant, on le prend.

– Où l'emmenez-vous ? demanda le gendarme, pas encore tout à fait résigné à accepter d'être dessaisi.

– À la préfecture d'abord, ensuite à Paris sans doute.

Le prisonnier comprenait-il qu'il était l'enjeu de cet épisode imprévisible de la rivalité farouche opposant la police et la gendarmerie ? Disparaissant presque au milieu de ses gardes, son regard semblait éteint. Mais savait-on s'il ne gardait pas assez de lucidité pour observer, par en dessous et avec une jubilation intérieure bien cachée, la confusion qui régnait ?

– Tu peux être fier ! ricana l'un des flics en cuir luisant.

Sur le terre-plein pavoisé, que le vent de la fin d'après-midi commençait à parcourir de son souffle tiède, les plus hautes autorités de la République flottaient, indécises, tandis que la foule des invités s'agitait, attendant elle ne savait quoi, remuée par l'évènement incroyable.

Le président Lebrun considérait sa tenue, consterné. La femme avait cessé de tamponner, ses gardes du corps de l'essuyer du revers ou de la paume de la main. Mais le résultat de leur intervention précipitée se révélait catastrophique. Le veston présidentiel luisait des restes de la fleur de farine lancée par Hilarian Boudet. Lebrun, grotesque, ressemblait à quelque mitron qui se serait fait emplâtrer par un camarade stupide, au fond d'un fournil.

– Était-ce fini avec ce ruban ? souffla le magistrat suprême.

– Non, monsieur le Président, vous aviez encore la visite d'Albepeyre-Neuf, précisa le chef du protocole.

– Ce n'est plus possible ? s'enquit Lebrun.

– Non, je ne crois pas, bredouilla le fonctionnaire, pris entre une énorme envie de rire et la crainte de se voir sanctionné parce qu'il avait laissé la garde-robe présidentielle à la préfecture.

– Rentrons. À Albepeyre-Neuf, ils attendront ! trancha le président, dont ce fut le seul mouvement de mauvaise humeur.

– Bien fait pour Maillebuau ! rajouta Antoine Campan, lèvres serrées, heureux du camouflet infligé à l'élu pour qui il avait dû manger son chapeau à l'époque des achats de terres par la Rigord.

La farine d'Hilarian Boudet poissait sur la tenue d'apparat du chef de l'État. Lorsqu'il s'assit à ses côtés dans la limousine, le général prit plus de soin encore que d'habitude à maintenir une distance respectueuse, effrayé par la souillure qui résulterait pour son bel uniforme d'un côtoiement trop étroit.

Malgré les sirènes, la Delahaye fut ralentie par un incroyable encombrement, provoqué par le bouleversement du programme de la journée. À Pradelles, des motos et des voitures stationnaient en désordre le long de la rue principale, qu'il fallait obligatoirement emprunter.

– Regardez, les journalistes sont déjà descendus : ils font la queue pour téléphoner à leurs canards, constata Lebrun.

– Ce vieux ! C'était tellement inimaginable ! Vous ferez la une.

– Enfariné, mon Général ! persifla le président.

Lorsqu'il se fut dégagé de la glu de Pradelles-le-Château, le chauffeur de l'Élysée roula à tombeau ouvert, sans doute pour que nul ne pût apercevoir distinctement les occupants de la limousine, sur laquelle les hauts portails de la Préfecture se refermèrent rapidement à l'arrivée.

Le dîner républicain que la cité-préfecture et le département offrirent en l'honneur d'Albert Lebrun à un demi-millier de notables, d'officiers de la garnison, de magistrats et de fonctionnaires, surclassa en décorum et en subtilité gastronomique tout ce qui avait été fait jusqu'à cette soirée historique, plusieurs chefs réputés ayant joint leurs talents.

Le président, à nouveau impeccablement vêtu, semblait avoir oublié l'agression dérisoire d'Hilarian Boudet. Il sourit avec bienveillance à l'annonce cérémonieuse de chaque mets par le serveur en charge de la table officielle. On pouvait croire qu'il était vivement intéressé par les spécialités locales, ennoblies par l'art culinaire.

Charles Neuville se trouvait à deux chaises du chef de l'État, ce qui rendait un peu incertaine une conversation suivie. Cependant, celui-ci s'adressa à plusieurs reprises à l'ingénieur en chef, pour obtenir des détails sur la construction du barrage. Charles répondait avec précision, ce qui paraissait exciter l'esprit du président ou lui remémorer des souvenirs de sa première carrière. Tout autour, les convives de marque faisaient mine de suivre chaque phrase avec passion, comme si on oubliait le flop de l'inauguration.

À côté de Charles Neuville, Delalande s'ennuyait, la tête ailleurs, vers de nouveaux grands projets qui mobiliseraient la puissance et l'argent de la Rigord dans un proche avenir. Il se contenta de chipoter quelques morceaux. Lorsque les larbins qui desservaient le considéraient en biais, parce que son assiette restait encombrée de reliefs, il leur renvoyait un regard glacial.

Il laissa s'émousser la curiosité présidentielle, puis, quand Albert Lebrun accorda plus d'attention aux propos qu'Antoine Campan essayait de placer depuis un peu de temps, il accapara Charles.

– Vous allez rejoindre la Rigord dès la fin de la semaine, n'est-ce pas ? commença-t-il.

– Je ne crois pas.

– Vous n'en avez pas assez de votre vie d'ermite dans ce trou de Serret ?

– En exigeant que les travaux se déroulent toujours plus vite, c'est vous qui m'y avez condamné, je vous le rappelle, répliqua Charles, déterminé à ne pas céder aux pressions du banquier.

– J'ai un autre projet pour vous. Un barrage plus haut, une retenue plus vaste qu'à Serret. Dans les Alpes. Un bled où vous pourriez partir tout de suite, puisque vous semblez aimer les vallées en bout du monde ! persifla Delalande.

– Je vous remercie, mais c'est non, refusa Charles fermement.

– Vous voulez quitter la Rigord ? s'inquiéta le financier.

Son visage s'était figé. Après la mort de Corton, une défection du meilleur ingénieur perturberait les plans de la banque à un point qu'il n'avait pas prévu. Il était furieux, mais il tendit toute sa maîtrise de lui-même pour donner le change à son interlocuteur.

– Il n'y aura pas de question d'argent entre nous, vous le devinez, Charles, promit-il en souriant.

– Vous ne m'avez pas habitué à tant de générosité, par exemple pour Justin Marti et pour sa fille.

– Je ne comprends pas pourquoi ces gens vous intéressent tant ! grinça Delalande, en faisant un effort pour ne pas s'énerver.

– Versez une pension au père, une somme pour l'adolescente, tous les ouvriers les soutiendront jusqu'au bout. Moi aussi, je vous le redis, s'il faut vous rafraîchir la mémoire !

– Ils auront ce qu'ils veulent, mais promettez-moi de diriger notre futur chantier des Alpes.

– Je n'aime pas ce genre de chantage.

– De quel côté êtes-vous, Charles ? Cette vallée vous a tourné la tête ! s'exclama Delalande d'une voix sourde qu'il parvint à contenir, étouffée par ses lèvres crispées.

– J'ai besoin de repos, se radoucit Neuville.

– « Repos », un mot curieux, dans votre bouche.

– Ce soir, ne pensez qu'aux mondanités. Votre indifférence à l'égard de votre voisine frise la grossièreté, railla Charles, que l'insistance de Delalande exaspérait.

Le grand patron de la Rigord se tourna vers la préfète, qu'il avait complètement délaissée pour tenter de percer les intentions de son ingénieur. C'était une assez belle femme, sans doute un peu effacée. Elle parut sensible à l'attention et aux prévenances obligées d'un homme aussi important que Delalande. Mais elle ignorait qu'il était incapable de ne pas parler d'argent ou d'affaires au-delà de cinq ou six minutes. Lorsque leur conversation retomba sans raison apparente, elle le considéra, surprise. Le banquier s'était replié sur ses supputations et ses calculs comme un bernard-l'ermite se claquemure dans la première coquille qu'il trouve. La fin du banquet fut sinistre autour de Delalande, ses voisins de table n'osant pas troubler son mutisme distant.

Ailleurs, dans l'immense salle du banquet officiel, l'air prenait une espèce d'épaisseur, faite de la fumée des cigares et d'une euphorie grandissant avec le champagne, puis les fines, mais aussi avec l'ivresse que procure la fréquentation des hommes de pouvoir : promesses concédées, secrets et confidences, insinuations et ragots politiques.

Le président annonça qu'il se retirait dans les appartements réservés de la préfecture. Charles Neuville fut entraîné dans le petit groupe qui se devait de l'accompagner jusqu'à la sortie et auquel les policiers, énervés, assurèrent un rempart vigilant. Une dernière démangeaison de solennité dut traverser Albert Lebrun au moment de regagner la Delahaye.

– Monsieur Neuville, la France a besoin d'hommes comme vous. Venez me voir à l'Élysée, énonça-t-il avec une certaine chaleur.

– Je vous remercie, monsieur le Président, bredouilla Charles, mal à l'aise.

Au fond du hall majestueux, la foule des invités, qui s'étaient levés au départ du président, se rassit, moins guindée tout à coup. Des jouisseurs sirotaient des alcools dorés, d'autres tiraient sur des havanes, évaluaient le peu de femmes présentes, s'interpellaient ou, au contraire, glissaient à voix basse une médisance politicienne à un ami.

– Vous avez encore des mains à serrer ? Vous voulez revenir là-bas ? demanda Mme Campan au sénateur, en désignant les lustres lourds scintillant à travers une brume bleuâtre.

– Non, ma chère, assez d'émotions imprévues pour la journée d'inauguration. Nous rentrons à la maison.

– Venez, Charles, dit la femme de tête, qui avait deviné qu'il était superflu de s'éterniser près de Delalande.

Sans poser de questions directes à sa fille ou à son gendre, son intuition de mère lui avait fait pressentir depuis des semaines quelle distance séparait l'appétit de plaisirs parisiens d'Hortense et la passion de Charles pour son travail d'ingénieur. Aussi, les jours suivants, s'ingénia-t-elle à multiplier les moments qui, l'un à la suite de l'autre, pouvaient composer l'image agréable d'une vie familiale très harmonieuse.

Antoine Campan laissa cette fiction occuper les journées et deux ou trois soirées où l'on reçut des notables de la ville et de la circonscription. Charles le regardait jouer à merveille son rôle de père comblé et de cacique républicain, honorant d'une invitation à son domicile ses hommes liges, pivots de son pouvoir et de son influence dans toute la région.

Cependant, ce moment de relâchement lénifiant qui suivait les mois de tension avant l'achèvement du barrage, puis l'évènement unique que constituaient le voyage d'Albert Lebrun et l'inauguration, ne pouvait pas durer une éternité. Antoine Campan s'ennuyait, impatient de se replonger dans les arcanes du sérail parisien. Pourtant, ce fut Charles qui écourta avec une sorte de brutalité le tête-à-tête presque silencieux du salon-bibliothèque, un soir veuf d'invitation de notabilités.

– Vous allez rejoindre le Sénat, n'est-ce pas ?

– Oui, mais vous pouvez rester ici tant que vous voudrez. Reposez-vous, Charles, insista Campan avec amabilité.

– Allez à la Rigord. Il faut convaincre Delalande de créer des usines à Pradelles, articula Neuville en accentuant chaque mot, le regard soudain tendu, comme s'il engageait toute sa volonté dans cette idée.

– Vous avez déjà essuyé un refus, je vous le rappelle, grommela le sénateur.

– Il changera d'avis si vous me soutenez !

– Ne croyez pas ça. Ni Delalande ni le général de l'Arverne ne consentiront jamais à utiliser l'électricité du barrage à Pradelles. Il est construit pour vendre du courant à Paris, je vous rappelle encore cela ! s'énerva Campan.

– Vous vous soumettez ! J'attendais autre chose de vous. Vous devriez d'abord penser à l'avenir des gens de votre département, vous battre pour eux ! s'emporta Charles.

– Vous avez de drôles d'idées…

– Vous, vous avez de l'influence. Parlez au président. C'est un ancien ingénieur : il sera sensible.

– D'autant que l'inauguration restera un souvenir rarissime pour lui ! ironisa Campan.

– Il y aura au moins une usine dans la vallée ; celle que je vais construire, lança Charles en se levant, parce qu'il était définitivement convaincu de l'incompréhension et de l'indifférence du politicien.

– Vous prétendez construire une usine ! Vous délirez !

– J'ai étudié le marché de près. Je vais fabriquer des articles textiles de luxe, qui seront vendus dans toute la France, révéla l'ingénieur avec une totale détermination.

– Du textile. Quel genre ?

– De la lingerie fine et bien d'autres articles. Les femmes demandent de plus en plus de qualité et de nouveauté, affirma l'ingénieur avec force.

– Mais vous ne connaissez rien à la mode. Jusqu'ici vous avez plutôt fait dans le béton ! persifla le sénateur.

– Je prendrai un styliste, capable de sentir les tendances des collections. J'apprendrai !

– Vous me surprenez plutôt désagréablement, Charles. J'ignorais que vous puissiez devenir un songecreux, dit Antoine Campan avec dureté.

– J'espère au moins que vous ne me mettrez pas de bâtons dans les roues.

– Je n'ai pas encore oublié que vous êtes le mari d'Hortense, grinça le sénateur.

– Je partirai demain matin. Ne m'en veuillez pas, mère, s'excusa Charles Neuville, en regrettant de froisser une femme qu'il appréciait.

– Vous ne reviendrez plus ici, n'est-ce pas ? murmura-t-elle, très bas.

18

Quel attachement inexplicable à sa chambre-cellule inconfortable poussa Charles Neuville à rester à Serret, plutôt que de séjourner à l'hôtel des Voyageurs pendant la période de liberté et de réflexion qu'il avait décidé de s'octroyer ?

Les baraquements, maintenant lamentablement déserts, ressemblaient à de longs navires gris, échoués sur une grève minérale de sol nu et de macadam. Tel un capitaine refusant de quitter son bord, Charles éprouvait-il un plaisir étrange à défier le vide des journées et des nuits ? Un moment, il avait cru que Warzek ferait un compagnon acceptable. Mais Juliette Cambon s'était révélée si persuasive qu'il avait rejoint la ferme, pour aider aux gros travaux de saison, pendant les semaines précédant leur mariage.

Avant de se coucher, Charles aimait descendre au milieu des baraques. Il marchait pendant une minute ou deux vers un carrefour, toujours le même, d'où l'obscurité livrait ses fantômes dépenaillés : lampadaires éteints, arbres en moignons, objets abandonnés au long de rues désertées qui se perdaient dans la nuit.

Le vieux village, de nouveau reclus sur son silence d'avant le barrage, s'apprêtait à dormir. La veuve Bru, résignée, n'ouvrait plus son auberge le soir. Seules des fentes de lumière lointaines, filtrant des portes fermant mal, témoignaient d'une présence humaine.

Charles faisait demi-tour, fixait avec une sorte de violence intérieure le rectangle brillant de sa fenêtre, qu'il avait laissée volontairement éclairée en quittant la pièce. Il lui semblait que ce point lumineux solitaire jetait dans le noir toutes les incertitudes qui l'assaillaient et les décisions qui s'imposaient lentement à son esprit.

Il romprait avec La Rigord. Les exigences de Delalande, son cynisme à la suite de l'accident de Justin Marti, la manière dont il avait tenté de faire pression sur lui pour l'envoyer diriger un autre chantier dans les Alpes, lui devenaient davantage insupportables chaque jour. Même si la surveillance de Corton avait été levée par le destin !

Parfois, l'invitation bonhomme du président lui revenait. Travailler pour lui dans un cabinet ministériel pouvait se révéler une chance magnifique. Mais Albert Lebrun se souviendrait-il de la promesse rapide, faite dans l'euphorie d'après banquet ? Charles en doutait.

Se rendre à Paris, se présenter à l'Élysée, solliciter une audience, faire longuement antichambre ? N'obtenir que des paroles lénifiantes ou d'autres promesses aimables ? Charles ne se résolvait pas à effectuer ce déplacement dans la capitale, qui l'eût éclairé sur les intentions réelles du président lorsqu'il apparaîtrait devant lui.

D'ailleurs Lebrun semblait n'accorder aucune attention particulière au sort du vieux paysan qui l'avait enfariné. Chaque jour, Charles Neuville descendait acheter le journal à Pradelles. Si l'accusation d'attentat tourna assez vite au ridicule, soutenue seulement par les plumitifs les plus hystériques, la gravité de l'outrage au prestige présidentiel s'étala largement à la une pendant des semaines dans toutes les feuilles du département.

L'ingénieur lisait avec une attention extrême ces articles au style emphatique ou ampoulé, espérant constater un changement de ton, suggérant une intervention de la présidence de la République favorable à Hilarian Boudet, traduisant un pardon ou l'intention de ramener le geste désespéré du vieux à sa juste importance. Mais aucune clémence ne vint de Paris. Le sort du solitaire d'Igues-Basses, livré à la sévérité de la justice, n'intéressait personne. Taxé de folie par les rapports des policiers et des experts, Hilarian fut condamné à l'internement dans l'asile du département.

Charles hésita pendant plusieurs semaines, assailli par un besoin étrange de revoir le vieux. Était-il vraiment fou ou son geste s'expliquait-il seulement par son désespoir ?

– Je n'ai jamais su lui parler. Il se livrera plus facilement à vous. Accompagnez-moi, demanda-t-il à Lucile Quentin, qu'il surprit un soir à Pradelles.

– Pourquoi voulez-vous le revoir ? Vous vous sentez coupable à son égard ?

– Je ne sais pas. Mais je ne peux pas croire qu'il est devenu un forcené qu'on enferme à vie. J'ai peur d'une injustice.

– C'est votre côté tourmenté, dont vous ne vous débarrasserez jamais, observa-t-elle en le regardant avec une espèce de douceur.

– Venez. L'idée qu'un homme puisse rester enfermé parce qu'il s'opposait à mon barrage me fait mal, se confia-t-il.

– Il est à l'asile à cause de sa farine, corrigea-t-elle, en élevant la voix, comme si elle voulait chasser toutes les interrogations de Charles Neuville.

– Accompagnez-moi, je vous en prie, insista-t-il.

– Si nous emmenions Justin Marti ? suggéra-t-elle.

– Ils étaient amis. Vous pensez à tout... constata Charles, remué par l'idée de Lucile Quentin.

Sous l'influence d'un médecin des fous aux conceptions originales, d'aucuns disaient loufoques, la maison de santé départementale avait été placée dans un petit bourg, isolé au milieu d'un vaste désert de pâturages et situé à une trentaine de kilomètres de la préfecture. Était-ce parce qu'on attribuait des vertus apaisantes à ces étendues d'émeraude grasse, les malades les moins agités bénéficiaient de la permission de déambuler dans les rues dès la fin du repas de midi.

– Hilarian qui a perdu le ciboulot, moi qui ne suis qu'une moitié d'homme ! Vous avez de drôles d'idées ! s'exclama le paysan.

– Allons, venez ! Il vous reconnaîtra peut-être, s'obstina Lucile Quentin.

– J'aurai tellement mal à le voir détraqué... murmura Justin, effrayé par la scène qu'il imaginait déjà.

– Ne refusez pas, Justin. Vous lui parlerez de vos champs et de vos bêtes, de sa chienne. Les souvenirs d'Igues-Basses remonteront du fond de sa mémoire.

L'ancien goulottier exigea que sa femme l'habille de son complet des dimanches. Mais il refusa une belle canne à poignée recourbée que voulait lui imposer la paysanne, préférant les deux bâtons de houx dont il se servait quotidiennement. Noueux, usés par le poids de leur propriétaire et les pierres du chemin, ils s'assortissaient mal au costume de cérémonie.

– Rentre ta canne de gandin et donne-moi mes *pièges**, grogna-t-il à l'adresse de sa compagne.

Il écarta aussi Lucile Quentin, qui lui proposait de l'aider, descendit avec précaution les marches du perron, se traîna vers la voiture.

– Neuville, vous avez un beau carrosse, mais je vais me casser pour y entrer. Je préfère mon char à vaches : on le recule contre l'escalier et je m'y assieds facilement, expliqua-t-il, peut-être pour se moquer de son infirmité.

– Excusez-moi, je ne sais pas conduire vos vaches, s'amusa Charles.

Comme s'il redoutait le silence qui le ramènerait à Hilarian Boudet, chacun des occupants de la Peugeot

---

* Piquet à l'aide duquel on soutient les branches d'un arbre très vieux ou risquant de casser sous le poids de ses fruits.

s'appliqua à entretenir une conversation aussi inutile que superficielle, qu'alimentèrent assez bien tantôt le pittoresque des paysages traversés, tantôt les saignées et les bosses de la route.

À la sortie d'un virage facile, le bourg aux fous frappa brutalement le regard des trois voyageurs. D'abord une barrière de remparts, encore solidement ancrés sur un large ovale de rochers, tranchés par les âges géologiques, qui devait enserrer le village médiéval. En contrebas, un amoncellement de maisons banales, plutôt laides, aéré par quelques rues.

Mais, dans une sorte d'alvéole du relief, dont on eût dit qu'il n'existait que pour accueillir cet établissement, l'asile étalait ses bâtiments multiples. Son enceinte rectangulaire semblait faire pendant aux fortifications historiques : celles-ci enfermaient des siècles d'histoire, tandis que les hauts murs tenaient prisonniers des êtres dont certains doutaient qu'ils fussent encore des hommes.

Le médecin-chef n'avait pas seulement prévu que ses pensionnaires respirent l'air campagnard. Allant jusqu'au bout de ses idées de pionnier, il n'enfermait que les plus excités ou les plus dangereux d'entre eux, les autres déambulant à travers le bourg, tenus à l'œil discrètement par des surveillants. Après une longue période de rejet ou de méfiance, les habitants sains d'esprit avaient pris l'habitude de lancer quelques mots superficiels ou moqueurs à ces êtres particuliers. Le directeur, lui, affirmait que la fréquentation quotidienne des villageois facilitait la guérison de ses patients.

Charles Neuville ralentit. On apercevait déjà des silhouettes insolites dans ce patelin rural. Des individus, tous vêtus d'une sorte d'uniforme grisâtre, se déplaçaient en désordre, tantôt rasant les murs des maisons, tantôt obliquant à droite ou à gauche, traversant la chaussée de façon tout à fait imprévisible. Certains transportaient des objets, qu'il était encore impossible de reconnaître.

– Vous croyez qu'Hilarian est dehors ? demanda Justin Marti, dont les traits s'étaient figés dès qu'il avait aperçu les errants.

– Ce n'est sans doute pas un forcené. Nous pouvons le chercher, décida Charles.

– Arrêtez-vous, assez loin d'eux, conseilla Lucile, impressionnée par le comportement des petites grappes de malades.

En voyant la voiture se ranger lentement, cinq ou six d'entre eux coururent vers les arrivants, lançant leurs bras en l'air, esquissant des gestes bizarres et poussant des cris inarticulés. Lorsqu'ils se trouvèrent devant la Peugeot, ils commencèrent à caresser ou à frapper doucement la tôle, mais sans aucun signe d'hostilité. Justin Marti se cramponna à ses bâtons, blême.

– N'ayez pas peur. Ne bougeons pas, souffla Lucile.

Soudain, les tambourineurs cessèrent leur vacarme sans raison, comme ils l'avaient commencé. Ils s'écartèrent de l'auto, adressant des grimaces et des sourires à ses trois occupants.

– Il n'est pas comme ces pauvres types : ça n'est pas possible ! se déchira Justin Marti, en tentant de se rassurer sur l'état mental d'Hilarian.

– Sortons lentement, décida la jeune femme.

Les déséquilibrés reculèrent de quelques pas, puis à nouveau firent cercle, les yeux brillant d'on ne savait quels sentiments ou quelle curiosité. Deux ou trois traînaient des planchettes accrochées à une ficelle, un autre tenait un tuyau de caoutchouc rouge, qu'il porta à ses lèvres à la manière d'un cor de chasse. Tout à coup un géant efflanqué commença à brasser l'air, en grands moulinets, en criant qu'il était un moulin à vent.

– *Macarel*, la mort plutôt que ça ! gronda Justin avec violence.

– Cherchons-le, murmura Lucile, en le poussant doucement.

Ils avancèrent lentement en direction de l'asile. Des fous tournaient autour d'eux, tandis que des villageois circulaient sans paraître prêter attention à ces mouvements dépourvus de sens.

– Nous voulons trouver un malade. Vous connaissez ces malheureux ? demanda Charles Neuville à un passant.

– Personne n'a de nom ici. Seulement un tic qui permet de le distinguer des autres. C'est quoi la maboulerie de votre homme ? persifla l'inconnu.

– On l'ignore, dit ridiculement Charles.

– Je sais quelques prénoms, concéda l'individu, poussé par une certaine curiosité.

– Hilarian. Hilarian Boudet, jeta Marti, tendu par une émotion qu'il ne parvenait pas à maîtriser.

– Hilarian ! L'enfarineur du président ! Il n'est pas comme les autres, ce zèbre-là !

– Il est dehors ? haleta Justin, en se penchant en avant à rompre ses deux bâtons.

– Allez vers les jardins : il doit y être. Il passe des heures à regarder les légumes des gens du village, précisa l'inconnu.

Un chemin étroit se glissait entre des rangées de palissades rustiques, derrière lesquelles s'alignaient des carrés de terre grasse et humide, soigneusement cultivés, dont on apercevait le damier verdoyant.

Le dernier habitant d'Igues-Basses, accusé un temps d'attentat sur la personne du président de la République, s'appuyait sur un portillon vermoulu, contemplant en silence les planches de poireaux et de carottes, agrémentées de quelques taches de fleurs aux couleurs vives.

D'assez loin encore, les visiteurs aperçurent une petite caisse se trouvant à ses pieds, mais dont aucun d'entre eux ne put deviner à quoi elle servait. Lorsqu'il entendit marcher, le vieillard se retourna avec une vivacité plutôt surprenante chez un malade, sans doute soumis à des médications sédatives quotidiennes.

Soudain, il s'enfuit droit devant lui, en emportant la boîte dont ni Lucile ni ses compagnons ne distinguèrent le contenu.

– Hilarian, fais pas la bête ! Reviens ! cria Justin, en essayant d'accélérer le pas.

Charles Neuville se lança à la poursuite du fuyard, qu'il rattrapa très vite. Il le saisit aux épaules, tenta de l'obliger à lui faire face, alors qu'il se débattait. Mais Hilarian refusa de toutes ses forces de fixer l'ingénieur. Lorsque Charles relâcha son étreinte, il se jeta sur la caisse, tombée à terre, l'enfermant de nouveau dans ses bras comme un enfant reprend un jouet qu'on lui a arraché.

– Ma petite... bredouilla-t-il, en ne paraissant rien voir d'autre.

Dans sa cage, une poule noire à capuchon de plumes fauves, se remit à caqueter, après avoir poussé quelques gloussements d'effroi. Charles Neuville recula, cherchant instinctivement les yeux de Lucile et de Justin Marti, comme s'il lui fallait se persuader d'appartenir encore au monde des êtres doués de raison.

Brusquement, Hilarian Boudet s'ingénia à imiter le langage étrange du volatile, parvenant à reproduire des sons, des intonations composant une sorte de dialogue, tant il semblait que la géline prenne plaisir aux caquètements de son maître détraqué.

– Sacré braconnier ! À Igues-Basses, il en savait des chansons d'oiseaux ! Il faisait la bécasse, la grive, la perdrix rouge à s'y tromper. Pour les attirer, puis les fusiller, quand elles s'approchaient de lui, expliqua Justin avec sérieux.

Le vieux s'interrompit un instant, comme si les mots de son ancien ami l'avaient touché. Mais aussitôt, il recommença à bercer la poule et à lui parler à sa manière. Tout à coup, ce manège exaspéra Justin Marti, qui abattit son bâton sur la boîte grillagée d'un coup sec.

– Joue pas au timbré, Hilarian ! On n'est pas venu pour voir ta poule, mais pour toi. Pour savoir comment tu vas !

L'interné frissonna. Il leva enfin les yeux vers ses visiteurs, mais ils avaient une fixité effrayante. Ses mains pendaient le long du corps dans une espèce d'abandon, comme si elles exprimaient un relâchement de l'esprit, un renoncement total.

– Ta chienne va bien. Elle me fait fête quand je lui donne sa soupe, comme je te l'avais promis. Mais tu lui manques, articula Justin en pesant sur chaque mot et en épiant les réactions de son ami.

Hilarian Boudet desserra les mâchoires, comme s'il allait sourire. Pourtant, il se replia aussitôt sur lui-même, parvenant à refouler l'émotion formidable qui l'étreignait.

– Nom de Dieu, pourquoi tu joues au cinglé ? Est-ce que tu crois que je me suis traîné jusqu'ici par plaisir ? s'emporta Justin.

– Nous sommes là pour vous aider. Nous allons parler au directeur. Nous reviendrons vous chercher. Vous vous reposerez ailleurs, argumenta Lucile Quentin, pour qui la simulation du vieux paysan ne faisait plus de doute.

– Nous vous sortirons de là, insista Charles Neuville.

– Je suis bien dans ce village, avec tous ces jardins et les fleurs. Laissez-moi ! refusa Hilarian Boudet.

– Non ! cria Justin.

Tout à coup, un surveillant se précipita vers eux, peut-être attiré par le coup de voix de Marti. Il s'empara de la cage et poussa fermement son malade vers l'asile. Par moments, il le bousculait.

– Cet homme n'est pas fou. Vous n'avez pas le droit ! protesta Charles.

– Allez voir le directeur. Il vous mettra au parfum ! s'exclama l'infirmier.

Hilarian Boudet progressait légèrement courbé, les bras collés au torse, silencieux et soumis en apparence. Il gravit les cinq ou six marches du perron précédant une porte immense sans se retourner. Avant d'ouvrir l'un des battants, l'infirmier lui tendit la volaille, qu'il serra de nouveau contre son torse. Le seuil franchi, Hilarian s'enfonça dans un couloir, sans adresser un regard à ses amis, s'éloignant d'eux d'un pas lent et mécanique.

– Ne faites pas attention : un mauvais moment qui passe vite ! Les malades braillent toujours comme ça quand ils sentent une présence étrangère, expliqua le surveillant.

Des cris, des hurlements, une rumeur inhumaine jaillissaient de pièces, qu'on situait mal dans le bâtiment, et d'une cour où tournaient, avec une démarche simiesque, des individus en file indienne. Lucile Quentin fit un mouvement vers Charles Neuville, qui lui entoura les épaules, avec un geste pressé qui se voulait protecteur et rassurant.

– Le bureau du directeur ? demanda Charles, les traits altérés par l'inhumanité de ce brouhaha de la démence, qu'il n'avait jamais imaginé.

– À gauche, vous trouverez... jeta le gardien d'aliénés, indifférent.

Le médecin-chef abritait des yeux bizarres, réduits à une fente allongée entre les paupières, derrière des verres ronds cerclés d'une fine monture d'acier. Ces lunettes s'appliquaient sur un nez presque inexistant, émergeant à peine d'une face de lune, à laquelle une broussaille de cheveux drus et très noirs semblait conférer une certaine fantaisie. Le reste du personnage se révélait d'une banalité affligeante : stature moyenne, vêtements minables, luisants d'usure et de négligence incontestable.

– À ce que j'ai pu voir, vous vous intéressez à Hilarian Boudet... Vous êtes les premiers à lui rendre une visite, constata-t-il, l'air ennuyé.

– Son fils n'est pas venu ? interrogea Justin Marti, qui respirait mal.

– Il a un fils ? Première nouvelle...

– Il n'est pas fou. Il a seulement besoin de repos et de calme. Nous lui trouverons un logement, intervint Charles Neuville.

– Je suis infirmière. Je le verrai chaque semaine et je vous promets de vous tenir au courant de son état, plaida Lucile.

– Vous savez qu'on ne sort pas d'un établissement comme le nôtre sans des démarches complexes. De plus, vous ne faites pas partie de la famille de Boudet...

– Non, mais monsieur Marti était l'un de ses meilleurs amis : il peut l'héberger pendant quelques mois, argumenta la jeune femme.

– On ne se charge pas d'un fou !

– Il n'est pas fou. Vous le laissez sortir dans le village, insista Charles.

– J'admets que Boudet ne fait pas partie des violents, concéda le directeur.

– Je ne vous connaissais pas avant d'entrer dans votre bureau. Mais j'espérais beaucoup de votre réputation. Laissez sortir ce vieux. Nous viendrons le chercher dans deux ou trois jours.

– C'est impossible, refusa le médecin, en fixant ses interlocuteurs avec hostilité.

– C'est possible, si vous le voulez ! lança Charles Neuville.

– Dois-je vous rappeler que votre protégé n'est pas un malade comme les autres ?

– Que voulez-vous dire ? s'emporta Justin Marti.

– Vous préféreriez qu'il croupisse en prison ? Je vous assure qu'il est mieux chez nous, avec sa poule noire, persifla le directeur.

– Vous obéissez à des ordres venus de Paris, en dépit de tout ce que vous croyez quant à la guérison de vos malades par vos méthodes modernes ? demanda Charles Neuville sur un ton accusateur.

– Vous me permettrez de ne pas répondre à ce genre de question...

Le médecin-chef se leva et reconduisit ses visiteurs jusqu'à la porte monumentale, comme s'il désirait leur marquer une étrange bienveillance. Derrière eux, les déments hurlaient de nouveau.

Un gardien se précipita pour actionner un verrou, gros comme un barreau de chaise, qui émit un grincement à faire frissonner. Lorsque Justin Marti eut franchi le seuil avec peine, le vantail n'attendit pas une seconde pour claquer, inflexible.

– Le silence... murmura la jeune femme, sans que ses compagnons sachent si elle était impressionnée par le calme régnant sur le village ou si elle s'effrayait de l'oubli qui engloutirait Hilarian Boudet, maintenu dans cet asile sur ordre venu de très haut.

– J'oublierai jamais... murmura Justin Marti.

– Vous êtes frappé par ces cris... Vous vous sentirez mieux chez vous, tenta de le réconforter Charles Neuville.

– Quand nous arriverons à la maison, me laissez pas. J'ai peur que ma femme me pose trop de questions. Je pourrai pas répondre, parce que ça me fera trop mal. Vous prendrez une prune à l'eau-de-vie et vous resterez un moment. Je dirai que je suis fatigué et j'irai me coucher. Qu'elle demande le lendemain, ce sera pas pareil...

19

Le retour à la ferme s'était déroulé comme le désirait Justin Marti. Il s'était extirpé sans aide de la Peugeot, mais au prix d'efforts pénibles. Aussitôt, devant sa compagne soucieuse, il s'était plaint de douleurs aux jambes et d'une grande lassitude.

– Ce soir, je suis bon qu'à filer au lit, mais faites pas attention à moi. Buvez, avait-il recommandé à Charles et à Lucile Quentin.

La paysanne s'était inquiétée de l'état d'Hilarian Boudet, mais sans oser demander de détails. Puis, très vite, la conversation était retombée et les visiteurs avaient regagné la voiture.

Dans les virages sévères, en amont de Serret, puis sur la route plus rectiligne de l'aval, Lucile Quentin ne cacha pas qu'elle était bouleversée par les évènements imprévisibles de la journée. Ses yeux, qui s'attachaient souvent au visage de Charles, traduisaient une sorte de relâchement, le besoin d'un appui ou d'un réconfort. Parfois, lorsque les secousses de l'auto la jetaient vers le conducteur, elle s'appuyait contre son épaule sans se retenir, comme si ce contact intermittent lui procurait un bien-être bref ou une sensation agréable de confiance.

– Nous pourrions dîner ensemble à l'hôtel des Voyageurs, suggéra Charles Neuville à l'entrée de Pradelles.

– Non, je crois que je serais incapable de supporter le bruit et le sans-gêne des gens, refusa-t-elle.

– Je m'arrêterai dans votre rue, dit-il d'une voix lisse.

– En bas de chez moi. Ce sera très bien.

Ils traversèrent Pradelles sans qu'aucun bruit ni aucune forme ne retiennent un instant leur attention, comme si le monde se réduisait au cocon de la voiture. Charles coupa le moteur. Devait-il sortir, s'empresser d'ouvrir la portière de sa compagne de voyage ? Il renonça à ces convenances, se jugeant ridicule de se précipiter et de jouer au galant homme ou au larbin.

Elle ne remarqua sans doute pas cette hésitation. Elle bougea sur le siège, mais c'était pour trouver une position lui permettant de s'exprimer avec plus de force de persuasion, parce qu'elle pouvait ainsi dévisager Charles et percevoir chacune de ses réactions, chaque battement de ses paupières, chaque expression de ses traits.

– Nous avons trop facilement capitulé, face au directeur de l'asile, regretta-t-elle d'une voix sourde.

– Je me sens accusé, quand vous dites ça.

– Non. Impossible de tirer Hilarian de là-bas aujourd'hui ! C'est beaucoup plus compliqué !

– Même si nous prouvions qu'il n'est pas fou, seule la justice peut le libérer. Et, dans le cas d'Hilarian, la justice est soumise à Paris, au bon plaisir de la présidence.

– Vous reviendrez à la charge ? murmura-t-elle.

– Plus tard, bien plus tard... fit Charles, l'esprit vide.

– Si le vieux est vivant...

– J'ai essayé de l'aider à Igues-Basses, mais vous devinez que je m'en voudrai toujours d'avoir échoué.

Elle flotta un instant, chercha en vain le système d'ouverture de la portière, que Charles dut faire fonctionner, en se penchant contre son épaule. Libérée de son siège, elle se dirigea lentement vers son domicile, tout proche. Elle atteignait presque l'entrée, mais tout à coup elle se ravisa et revint vers la Peugeot.

– J'aurais dû vous inviter pour vous remercier. Il est l'heure de l'apéritif. Montez chez moi, proposa-t-elle en souriant.

– Non, merci. Mais je vous demande une promesse, insista Charles, avec chaleur.

– Une promesse... Cela dépend...

– Accompagnez-moi. Je voudrais vous faire découvrir le lac : il y a des coins uniques, vous verrez !

– J'accepte, mais ne m'emmenez pas au Saut du Diable, murmura-t-elle.

– Vous êtes superstitieuse, comme les gens d'ici ? feignit de plaisanter Charles.

– Vous savez bien qu'il ne s'agit pas seulement de légendes, articula-t-elle avec lenteur, en le regardant fixement.

– Le Saut du Diable, c'est le passé, affirma-t-il avec gravité, sans fuir l'interrogation de ses yeux.

– Vous ne voulez vraiment pas venir prendre un verre ?

– Non, pas ce soir ! se défila-t-il en riant un peu faux.

Leurs courts voyages autour du miroir d'eau digitée se répétèrent, le plus souvent de manière plutôt imprévisible. Lucile arrêtait la Rosengart devant les baraques désertes, gravissait d'un pas léger l'escalier conduisant aux cellules des ingénieurs.

– Vous ? Nous partons ! s'exclamait Charles.

– Vous n'avez donc absolument plus rien à faire sur le chantier ?

– Vous montrer l'entière beauté de ce que nous avons réalisé dans la vallée ! ironisait-il.

Ils descendaient et ils démarraient aussitôt. L'ingénieur empruntait les petites routes départementales ou communales. Puis, au bout de quelques kilomètres, il bifurquait sur des voies qui se devinaient mal ou qui étaient interdites au public. Il savait vers quels paysages menait chacune d'entre elles, puisqu'il les avait d'abord tracées sur ses plans, puis ouvertes. Ensemble, ils découvraient tout à coup des anses et des promontoires d'une totale solitude et d'une surprenante beauté, se renouvelant à chaque arrêt, au gré de l'envie de Charles de tout montrer à la jeune femme et de lui révéler des sites qu'elle ne reverrait jamais.

– Ici ! Garez-vous. J'aimerais savoir ce qu'il y a là-bas, proposait certains jours Lucile, avec une curiosité aussi subite qu'inexplicable, en apercevant un chemin ou un sentier inconnus.

Ils s'y enfonçaient en silence, peinaient à suivre un tracé mal établi au milieu des broussailles, gravissaient des tronçons escarpés, puis se retenaient sur les pentes à la végétation agressive. Soudain, le rivage incurvé d'une baie exiguë scintillait, tantôt abrupt et inhospitalier, tantôt en pente douce et accueillant, les invitant à gagner le bord de l'eau, à s'y reposer, à y demeurer un temps incertain, selon leur bon plaisir.

Ils faisaient quelques pas, muets, hésitant entre le paysage parfois sévère du versant, brandes violet acide sur dos de roches arides, longs bras pendants et fragiles des bouleaux, et son reflet dans le miroir du lac. La masse liquide semblait adoucir les formes et enrichir les couleurs de la nature de nuances très particulières. Les bruyères devenaient purpurines, tandis que les branches blanchâtres tombaient vers les profondeurs en draperies de plus en plus sombres.

– Vous avez tout changé dans la vallée, murmura un jour Lucile Quentin, en contemplant une sorte de détroit enserré entre un éperon de schistes et une île lilliputienne, coiffée d'un bouquet de sorbiers.

– Vous le regrettez ?

– Non, je ne crois pas. Plus maintenant... admit-elle.

– Ce n'est pas beau ? Vraiment beau ! insista-t-il, en souriant.

– Si, convint-elle. Ce que vous me révélez est souvent d'une splendeur irréelle.

Dans ces moments où ils se trouvaient si loin de tout et si proches l'un de l'autre, parce qu'ils partageaient la même sensation de beauté absolue et les mêmes émotions, Charles Neuville avait souvent été emporté par une envie brûlante de prendre la jeune femme dans ses bras, de lui chuchoter des mots tendres, de l'embrasser. Mais il y avait toujours renoncé, incapable de pénétrer les sentiments de Lucile à son égard, en dépit du plaisir évident qu'elle prenait à ces voyages en auto et à leurs marches solitaires.

Il se sentait très maladroit, parfois ridicule lorsqu'il pensait qu'un garçon de vingt ans se fût montré résolu et hardi. Mais il ne voulait surtout pas que sa compagne pût croire qu'il avait profité de leur tête-à-tête au bout des sentes pour tenter, très banalement, sa chance de mâle.

Abandonnant sa contemplation silencieuse de l'îlot chevelu, elle lui sourit, les yeux brillants d'il ne savait quelle confiance, peut-être d'une complicité ou d'une pulsion inexprimable. Mais, pas plus que d'autres fois, il n'osa la prendre dans ses bras et la serrer contre lui.

– Vous n'êtes pas fatiguée ? Le retour vers la Peugeot va être dur, dit-il sur un ton un peu protecteur.

– Je resterais ici des heures...

– Venez. Il fera très chaud dans peu de temps.

– Attendez-moi ! Ne m'abandonnez pas ! souffla-t-elle, en feignant de courir vers lui et en s'accrochant à son épaule, à la manière d'une adolescente joueuse.

– Je vais vous aider à remonter, lui proposa-t-il, en saisissant la main qu'elle lui tendait.

Il la tira vers le minuscule replat de terrain où il avait pris pied. Mais le sol se déroba sous ses chaussures et elle dut faire un gros effort pour se hisser au niveau de Charles. La respiration courte, un peu haletante, elle se pressa contre lui en riant.

– Vous êtes invitée à la noce de Warzek et de Juliette ? lui demanda-t-il, peut-être pour se protéger de ce jeu risqué, dans lequel l'effleurement des corps pouvait l'entraîner à un geste sensuel.

– Oui. Votre contremaître m'invite. Pour me remercier, a-t-il affirmé.

– On peut savoir de quoi ?

– De pas l'avoir fait souffrir trop fort, quand je l'ai soigné ! ironisa-t-elle.

Il garda les doigts de Lucile dans les siens, parce que la pente restait raide. Mais, bientôt, l'étroitesse du sentier les contraignit à dénouer le lien vivant qui les unissait et à progresser l'un à la suite de l'autre. La petite distance qui les séparait et l'attention nécessaire pour éviter les pierres et les épines n'incitaient qu'à de rares paroles, se bornant à de brèves remarques au sujet de la couleur d'une baie ou sur l'aspérité des nez de roches encombrant leur chemin. Puis, était-ce la crainte vague de s'engager dans trop de familiarité ou la peur des confidences et des aveux, Charles et Lucile se calèrent dans les fauteuils de la voiture, regagnant Serret dans une sorte de laconisme tacite.

– Savez-vous que je vais cuire les gâteaux de la noce ? annonça Charles Neuville, qui avait raccompagné Lucile jusqu'à la Rosengart.

– Vous ! L'ingénieur en chef, au four ? s'étonna-t-elle en partant d'un éclat de rire, comme si imaginer Charles occupé à cette besogne l'amusait follement.

– Warzek s'est proposé pour les pâtisseries, il aidera Cambon qui régente le four. Je suis de la fête !

Dans la vallée, depuis la nuit des temps, les noces rustiques se déroulaient toujours dans la famille de l'épousée, des cuisinières de village prêtant main-forte à la maîtresse de maison pour tuer une foule de volailles, mijoter des plats plantureux, préparer des rochers imposants de choux à la crème.

Charles Neuville et Warzek arrivèrent à l'aube, comme le leur avait suggéré le paysan. D'assez loin, ils aperçurent les lueurs qui semblaient embraser la ferme. Cambon s'activait déjà au fournil, entouré de fumerolles, léché de soudaines flammèches rougeoyantes, lorsqu'il enfonçait des fagots dans la bouche de pierre.

Charles Neuville se jugea plutôt ridicule d'avoir accepté de participer à ce travail dont il ignorait tout. Pourquoi avançait-il, indécis, persuadé de son inutilité, vers le hangar fuligineux ? Suivait-il le Tchèque par une sorte d'amitié brute et pour ne pas le contrarier le jour de son mariage ou croyait-il devenir plus proche des gens de la vallée en se montrant parmi eux, et d'abord, en tentant de partager les gestes et la fièvre de Cambon, mariant sa fille ?

– Si vous voulez vous rendre utiles, allez chercher les fouaces à cuire. Les bouffeurs vont arriver très tôt. Ils les aimeront toutes chaudes, expliqua celui-ci aux deux hommes.

– Juliette se prépare ? Je vais aller l'embrasser, s'impatienta Warzek.

– Restez là. Elle veut pas de vous à cette heure. Le fiancé ne doit pas voir la robe de mariée avant l'autel. Vous connaissez la tradition ?

– Non ! Mais je m'en fous ! s'énerva le contremaître.

– Les fouaces ! exigea le paysan.

Quand ils eurent rempli leur mission, Charles Neuville et Warzek s'assirent sur un fagot, le dos tourné à la chaleur. Cambon parut ne plus faire attention à eux, se consacrant à enfourner les innombrables pâtisseries.

– Quand elles seront à point, vous reviendrez m'aider à défourner et à les transporter à la maison. Pour le moment, allez manger des oreillettes et boire un coup de blanc doux, décida-t-il pourtant au bout d'une dizaine de minutes.

Dans la grande cuisine de la ferme, des inconnus commençaient à manger et à s'abreuver. Charles Neuville les dévisagea, hésitant, incapable d'imaginer le rôle de ces bâfreurs matinaux dans le déroulement de la journée. Ils occupaient un coin de table, tandis que des femmes se démenaient devant des monceaux de pintades et de canards morts. L'odeur douceâtre des volailles écœurait, rendue plus insupportable encore par le brûlé émanant des dards de plumes que les paysannes avaient carbonisés, faute de pouvoir les arracher complètement.

– Vous ne mangez pas d'oreillettes ? railla Warzek.

– Prenez-en une poignée et revenons vers le four. Ici, c'est à vomir !

– Merci d'être là, patron, fit le Tchèque, en obéissant à l'injonction de Charles.

– Je ne suis plus votre patron. Vous, vous épousez Juliette, vous deviendrez un paysan, Warzek, persifla Charles.

– On dit que vous restez dans la vallée ? demanda alors l'ancien contremaître, les yeux brillants.

– Oui, c'est décidé maintenant, énonça Charles Neuville lentement.

– Excusez-moi de vous avoir posé la question ce matin et devant ce tas de volailles froides, mais j'avais besoin de savoir.

– Je croyais que vous ne pensiez qu'à Juliette…

– Je crois que je vais la voir dans sa chambre. Elle doit être très belle dans sa robe, frémit Warzek.

Charles sortit, puis rejoignit Cambon, qui se reposait, appuyé contre un tas de bois. La peau de son visage virait au cramoisi sous l'effet de la chaleur, mais il paraissait très calme, en dépit de la solennité de la journée. Pour lui, la matinée était vouée à la cuisson des pâtisseries : un travail s'ajoutant au soin habituel des bestiaux. Après on verrait ! Il avait largement le temps de s'habiller pour la cérémonie et de se mettre dans le personnage du père de la mariée, qu'on lui demanderait de jouer le soir et jusqu'à l'aube suivante.

– Asseyez-vous sur ma chèvre*, conseilla-t-il à Charles.

– Merci.

– Elle a le dos un peu raide, mais on y est aussi bien que dans un fauteuil, assura-t-il, satisfait de sa plaisanterie facile.

– Vous êtes content, Cambon ? demanda Charles Neuville.

---

* Sorte de chevalet utilisé pour maintenir les rondins lors du sciage.

– Aujourd'hui ne sera pas un mauvais jour pour les Cambon. J'estime Warzek, même si j'ai hésité dans les premiers temps, reconnut sobrement le paysan.

Brusquement, comme saisi par une grande inquiétude, il fonça vers le four. À l'aide d'une balayette en brindilles de bouleau, il chassa doucement le bourrelet de cendres dont il avait calfeutré la porte métallique, noircie de fumée. L'entrouvrant, pendant moins d'une minute, il évalua avec un plaisir intense le doré des croûtes. Dès qu'il eut refermé, il appliqua de nouveau les grosses pincées de poudre grise contre le métal, pour éviter toute déperdition de chaleur.

– Un Tchèque qui épouse une Cambon, c'était inimaginable pour nous, il y a encore quelques mois. Neuville, avec votre barrage, vous en aurez changé des choses ! souligna-t-il en se redressant.

Était-ce un regret ou l'acceptation des changements imparables et imprévisibles des bouleversements imposés à la vallée par les décisions de Delalande et des hommes d'argent ? Charles ne jugea pas utile de répondre. Mais il savait que le mariage de Warzek et de Juliette n'était que la première des unions d'un ouvrier du chantier et d'une fille de paysans d'Albepeyre ou des communes voisines. Quelques-uns de ces étrangers avaient annoncé qu'ils s'installeraient dans les hameaux et les villages ou à Pradelles, mais nombre d'entre reux enlèveraient leur fiancée pour partir très loin. Les rencontres et les pulsions amoureuses se révélaient incontrôlables, poussant les adolescentes aux rêves, dont l'accomplissement, s'il se produisait, se réaliserait hors de la vallée.

Pourtant, les apparences et les rites seraient respectés, comme on s'apprêtait à le faire chez les Cambon. À la mairie, à l'église, puis le soir dans les salles de danse surchauffées, le cérémonial traditionnel des mariages campagnards se répéterait chaque fois, au son des accordéons et des *cabrettes**.

– Allez chercher les panières et les linges, commanda Cambon, en saisissant la longue pelle de bois, à l'aide de laquelle il tirerait les fouaces et les gâteaux du four.

L'agitation dura encore une heure. Puis, le paysan gagna la maison, où il lui fallait se préparer pour le départ du cortège nuptial. Charles, délaissé, alors que Warzek ne réapparaissait pas, erra autour de la ferme, rencontrant des inconnus en proie au même ennui, qui lui lançaient une phrase ou deux. Elles se perdaient dans l'air léger, sans aucune signification véritable, ni importance.

Charles Neuville préférait la solitude des moments où personne n'était en vue. Il ralentissait sa marche jusqu'à s'arrêter et il contemplait le paysage, avec son nouveau miroir d'eau, qui lui appartenait, puisqu'il l'avait conçu de toute la puissance de son esprit, puis posé entre les collines, au terme de longs mois d'obstination et d'efforts de son intelligence d'ingénieur. Maintenant, il était sûr de lui: il engagerait sa nouvelle vie dans la vallée qu'il avait d'abord cru conquérir, mais qui l'avait fasciné, au point de rompre avec tout son passé.

---

*Cornemuses d'Auvergne et du Rouergue.

Cependant, dans ses rêves d'avenir, le lac immense et pur, la nature somptueuse qu'il aimait avec passion, son usine d'articles de luxe qui commençait à sortir de terre, n'étaient rien sans la complicité de Lucile Quentin. N'était-ce pas pour la voir arriver, l'accueillir, prendre possession de ses yeux dès son apparition, qu'il avait accepté de suivre Warzek aux aurores et de jouer au pâtissier d'occasion ?

Elle survint à la fin de la matinée, juste avant le départ de la noce à la mairie. Elle portait une robe au pastel délicat, mais à laquelle la coupe courte, le fond légèrement évasé et un plissé discret donnaient une allure très moderne. Les cheveux mi-longs, arrangés avec beaucoup de souplesse et de charme, Lucile était infiniment attirante. Son regard brillait. Elle devait se sentir heureuse, vive et gaie.

Ils restèrent un instant silencieux, un peu indécis. Il sembla à Charles que ces secondes se gonflaient du plaisir de retrouver la jeune femme, comme les fruits se gorgent de la sève, qu'elles s'épanouissaient, qu'elles précédaient l'une des journées les plus importantes de sa vie.

– Warzek m'a annoncé que vous seriez mon cavalier pendant toute la journée, mais je vous laisse le droit de vous défiler ! dit-elle en riant.

– C'est moi qui dois vous supplier de m'accepter. Je danse très mal, vous savez... s'excusa Charles, tout en la regardant avec une tendresse qu'elle perçut parfaitement.

– Venez, nous verrons vos dons ce soir.

Elle feignit le persiflage, mais elle s'était rapprochée de lui, le visage un peu tendu. Elle ferma les yeux, puis ses paupières battirent à nouveau et elle lui sourit. Il devina son émotion et fut saisi d'un immense espoir.

La peur de ne pas paraître à son avantage au cours des heures qu'ils allaient passer ensemble tout au long de la journée de noce s'évanouissait. Il se sentait capable de se dépasser. Il aurait enfin le courage de lui exprimer ses sentiments, quand il en déciderait le moment.

Cependant, au cours de la cérémonie solennelle, puis du repas, ils conservèrent l'un comme l'autre la réserve qui était toujours demeurée entre eux, même lorsque l'intimité d'un instant eût pu les jeter l'un dans les bras de l'autre.

Puis, pendant toute la nuit, ils dansèrent ensemble, remués par une tendresse à fleur de peau, sans jamais l'exprimer ou se laisser emporter par un abandon de leurs corps ou de leur lucidité.

Charles et sa cavalière se retrouvèrent à l'aube devant les baraquements de Serret. Ils étaient exténués. Lucile Quentin ramena autour de son cou le très beau châle qu'elle avait pris en sortant de la voiture, pour se protéger de la fraîcheur de la nuit.

– Hier, je suis passée devant le chantier de votre usine, vous savez...

– Il reste encore tant à faire... protesta évasivement Charles, pris au dépourvu car ce n'était ni le lieu ni le moment de parler des travaux et des bâtiments de la petite manufacture.

– Les gens de la vallée ont été complètement surpris par votre décision, mais ils apprécient que vous ayez voulu donner du travail aux filles et aux garçons des villages. Moi, aussi ! confia-t-elle d'une voix tendue.

– Montez. Vous avez besoin d'un café fort, chuchota Charles.

– Si vous voulez, accepta-t-elle.

Il prépara le breuvage avec des gestes un peu mécaniques, faisant cependant effort pour éviter les heurts, qui résonnaient bizarrement dans le silence de la chambre-cellule.

– Vous prenez du sucre ? s'enquit-il.

Lucile frissonna, comme si cette question banale la remuait soudain au plus secret d'elle-même. Elle fixa Charles avec une espèce de crainte, parce qu'elle venait de deviner que celui-ci allait prononcer les mots définitifs qu'il retenait depuis des mois et qu'il avait encore gardés pendant toutes les danses qui les avaient unis si parfaitement.

– Lucile, je vous aime, dit-il d'une voix ferme.

– Vous êtes marié. Vous avez votre femme... se défendit-elle.

– Je divorcerai très vite, promit-il, en esquissant un geste d'énervement parce que cette objection ne tenait pas à ses yeux.

– Ce sera peut-être plus difficile que vous ne croyez.

– Non, Lucile ! cria-t-il.

Tout à coup, il saisit le téléphone. L'opératrice du central somnolait sans doute car elle ne répondit qu'après un délai interminable. Bizarrement, on entendit distinctement le bruit de la fiche qui s'enclenchait dans son orifice, puis le chuintement de la ligne.

– Allô, Hortense, répéta Charles Neuville à plusieurs reprises, en laissant de longs silences impérieux entre chacun de ces appels.

Un grésillement sourdait du combiné, comme pour masquer de façon dérisoire l'absence de l'appelée à l'autre bout du fil. Lucile avait détourné les yeux, fixant à travers la fenêtre les premières lueurs du jour.

– Ma femme n'est pas là. Le silence ! C'est peut-être mieux ainsi. Je lui enverrai un avocat, annonça-t-il, en reposant l'appareil avec une détermination glacée.

– Charles, murmura Lucile, bouleversée.

– Venez, allons chez vous, la pressa-t-il.

– Vous ne reviendrez plus jamais ici, n'est-ce pas ? demanda-t-elle en s'efforçant d'imaginer la place que prendrait Charles dans son appartement de Pradelles et dans sa vie de jeune femme indépendante.

Du même auteur

Romans

Les Fiancés de la liberté, Hachette, 1986.

Sel rouge, Rouergue, 1986.

Fortune lointaine, Hachette - Rouergue, 1987.

L'Orange aux girofles, Rouergue, 2001
(Prix Mémoire d'Oc, 2001).

Le Parisien, Rouergue, 2002.

Souvenirs d'un enfant du Rouergue, Hachette Littératures, 2002.

Les Chiens muets, Rouergue, 2003.

Le Mariage de Marie Falgoux, Rouergue, 2004
(Prix Émile-Guillaumin, 2005).

Clarisse, Rouergue, 2005
(Prix Lucien-Gachon et Prix de la ville de Thouars, 2006).

La Chambre d'en haut, Rouergue, 2006.

La Maison sur la place, Rouergue, 2007 (Prix Panazo 2008).

La Rivière en colère, Rouergue, 2008
(Prix salon du livre-net 2009).

Retour à Malpeyre, Rouergue, 2009.

Noces bourgeoises, Rouergue, 2009 (Prix Pierre-Benoît de l'Académie des Arts et Lettres du Languedoc).

La Pomme bleue, Rouergue, 2011 (Prix Pierre-Jakez Hélias 2011, Prix Arverne 2012).

La Faute de madame le maire, Rouergue, 2012.

La Vengeance de Laura, Rouergue, 2013.

Essais

La Chemise fendue, Rouergue et Petite bibliothèque Payot, 1987.

L'Aveyron au XXe siècle, Rouergue, 1999.

Éros en Rouergue, Rouergue, 2003.

Beau livre

Balcons du Sud, Rouergue, 2011 (Prix du livre de tourisme, 2011).

Ouvrage réalisé par Cédric Cailhol Infographiste.

Reproduit et achevé d'imprimer en mars 2014
par l'imprimerie Black Print (Espagne)
N° d'imp. :

Dépôt légal : mai 2014

ISBN : 978-2-8126-0664-9